国家社科基金
后期资助项目

理想世界及其裂隙

华兹华斯叙事诗研究

The Ideal World with Its Cracks

An Inquiry into the Narrative Poems by William Wordsworth

秦立彦 著

北京大学出版社
PEKING UNIVERSITY PRESS

图书在版编目(CIP)数据

理想世界及其裂隙：华兹华斯叙事诗研究 / 秦立彦著 . —北京：北京大学出版社，2020.10
（国家社科基金后期资助项目）
ISBN 978-7-301-31722-8

Ⅰ.①理… Ⅱ.①秦… Ⅲ.①叙事诗—诗歌研究—英国—近代 Ⅳ.① I561.072

中国版本图书馆 CIP 数据核字 (2020) 第 191406 号

书　　名	理想世界及其裂隙：华兹华斯叙事诗研究 LIXIANG SHIJIE JIQI LIEXI: HUAZIHUASI XUSHISHI YANJIU
著作责任者	秦立彦　著
责任编辑	朱丽娜
标准书号	ISBN 978-7-301-31722-8
出版发行	北京大学出版社
地　　址	北京市海淀区成府路 205 号　100871
网　　址	http://www.pup.cn　新浪微博：@ 北京大学出版社
电子信箱	zln@pup.cn
电　　话	邮购部 010-62752015　发行部 010-62750672　编辑部 010-62759634
印　刷　者	北京溢漾印刷有限公司
经　销　者	新华书店
	720 毫米 ×1020 毫米　16 开本　15.25 印张　300 千字 2020 年 10 月第 1 版　2020 年 10 月第 1 次印刷
定　　价	58.00 元

未经许可，不得以任何方式复制或抄袭本书之部分或全部内容。
版权所有，侵权必究
举报电话：010-62752024　电子信箱：fd@pup.pku.edu.cn
图书如有印装质量问题，请与出版部联系，电话：010-62756370

国家社科基金后期资助项目
出版说明

后期资助项目是国家社科基金设立的一类重要项目，旨在鼓励广大社科研究者潜心治学，支持基础研究多出优秀成果。它是经过严格评审，从接近完成的科研成果中遴选立项的。为扩大后期资助项目的影响，更好地推动学术发展，促进成果转化，全国哲学社会科学工作办公室按照"统一设计、统一标识、统一版式、形成系列"的总体要求，组织出版国家社科基金后期资助项目成果。

全国哲学社会科学工作办公室

目 录

第一章 一个浪漫诗人的叙事诗 1
  一 为何叙事，如何叙事 1
  二 叙事与共同体 13

第二章 新的牧歌：继承、建构与消解 23
  一 英国的当代牧歌 23
  二 被消解的"牧歌"文类 32

第三章 乡村家庭的消亡：牧歌与挽歌 41
  一 父子之约与乡村/城市 43
  二 兄弟，乡村/海外 54

第四章 乡村人之恶：惩罚与救赎 64
  一 无谓的猎杀 64
  二 对乡村弱者的戕害 70
  三 沉沦之路 75
  四 救赎之路 81

第五章 当代女性的故事 94
  一 乡村女性的人生轨迹 95
  二 疯女人 101
  三 女性的越界 111
  四 女英雄 117

第六章 《序曲》：自我成长的多重叙述 124
  一 对童年的塑造 124
  二 "我"与乡村之他人 142
  三 乡村之外的空间：剑桥与伦敦 146

四　断裂的空间：法国 …………………………………… 152

第七章　家园、退隐与共同体 …………………………………… 160
　　一　多重矛盾构筑的"家园" …………………………………… 160
　　二　《远游》的多声音叙述 …………………………………… 171
　　三　孤独者：人格化的忧郁 …………………………………… 179

第八章　古典与中世纪：重构英国和欧洲的"过往" ………… 193
　　一　梦幻乌托邦 …………………………………………… 193
　　二　失败的骑士 …………………………………………… 201
　　三　不可能的圣徒 ………………………………………… 208

结　语 ………………………………………………………………… 222
参考文献 …………………………………………………………… 225
华兹华斯作品中英对照表 ……………………………………… 233
中英人名对照表 …………………………………………………… 236
后　记 ……………………………………………………………… 238

第一章　一个浪漫诗人的叙事诗

一　为何叙事，如何叙事

华兹华斯写了数量众多的叙事诗。作为英国浪漫主义之明确标记的《抒情歌谣集》(*Lyrical Ballads*)书名的两个英文词中，"歌谣"(ballads)是一种传统的叙事诗体，而"抒情"(lyrical)则是典型的浪漫派手法，两者的结合显示为一种新事物，就是浪漫的叙事。虽然《抒情歌谣集》中既有抒情诗也有叙事诗，从华兹华斯在中国的接受情况来看，他的叙事诗并未得到应有的重视。有几种华兹华斯诗歌的中译本题名均为《华兹华斯抒情诗选》，给人的印象是抒情诗是华兹华斯作品的主体，虽然这些选本中常常也包括一些叙事诗，这一现象体现了人们对以"我"为发言者的抒情诗与讲述故事的叙事诗之间界限的混淆。

在浪漫派的抒情诗中，诗人的自我常常是放大的，诗人是第一位的主角，与他人保持着较大的距离。华兹华斯的抒情诗中这样的"自我"很常见，比如在他的名诗《丁登寺》中。他的大量诗歌写他在山野独自漫步时的所见所感，其中就有这种抒情自我的体现。《我如一朵孤云漫游》("I wandered lonely as a cloud")一诗的开篇写"我如一朵孤云漫游"，实际上此诗中记录之景象是华兹华斯与妹妹多萝西共同散步时所见，抒情诗将他人从诗中抹除的倾向，在此诗从经验化为诗的过程中发挥了作用。而当书写叙事诗的时候，华兹华斯刻画他人，理解他人，所书写的自我不再是独处之自我，而更与他人妥协，有更大的同情能力，甚至能够对较为自恋的诗人自我进行反思。华兹华斯的叙事诗并非他的作品中最典型的浪漫部分，而是对浪漫色彩的冲淡。《兄弟》("The Brothers")一诗中的牧师把另一个重要人物列奥纳多想象成浪漫主义游客：

> 这欢乐的人在田野间缓缓而行，
> 任由心绪随时变换，有时候，
> 让泪水在面颊流淌，有时候，
> 脸上浮现独处者的那种笑容。(108—111 行)①

---

① 威廉·华兹华斯：《华兹华斯叙事诗选》，秦立彦译，北京：人民文学出版社，2018 年，第 191 页。此书《序曲》为丁宏为译，其余译文均为作者自译。

实际上华兹华斯本人也常常这样在乡野游荡。这一段描写颇似郁达夫的短篇小说《沉沦》中的主人公在日本常做的那样。也许并非巧合的是,《沉沦》中就引用了华兹华斯的抒情诗《独自割禾的少女》。然而在《兄弟》这篇叙事诗中,通过牧师之口,华兹华斯对这样的浪漫主义游荡者做出了温和的讽刺。

在多篇叙事诗中华兹华斯都提到叙事诗人在共同体中的角色。如果说抒情诗是对自己或少数知音的自我剖白与倾诉,那么在叙事诗中华兹华斯给诗人设定的角色更加具有公共性,诗人是嵌在共同体中的。在华兹华斯的一些中世纪题材叙事诗中,他扮演着游吟诗人的角色。在当代乡村题材的叙事诗中,华兹华斯也继承了游吟诗人的传统,将许多叙事诗描绘为自己向乡村听众所讲述的故事,对听众有娱乐或教育功能。诗人是一个诗歌表演者,是在乡村的户外或室内情境中对他人讲故事的人。

《高地盲童》("The Blind Highland Boy")的"题记"中说,这是诗人"我"讲的故事,听众是一个男孩、一个女孩,地点是炉边,故事由"我"在家中的公共空间讲述。诗人的听众是两个孩子,而故事的主人公也是一个孩子。《橡树与金雀花》("The Oak and the Broom")一诗把这个讲故事的角色赋予一个牧羊人安德鲁,安德鲁/诗人是一体的,安德鲁也在家中的炉火边用诗歌给众人讲故事,诗的开篇也是冬日夜晚讲故事和听故事的温馨家庭场景。

华兹华斯将自己的叙事诗描绘为对于乡村共同体具有重要作用。长诗《麦克尔》("Michael")就是一例。虽然《麦克尔》的故事本身大体在一个家庭内部展开,但这个故事中包含了想象的读者,诗人说这个故事"并非不宜于炉边,/或者在夏日树荫之下的闲谈"(20—21 行)。① 就是说,此诗宜于在乡村家庭中讲述,或者在树荫下讲给众人听,而非供读者在书斋里阅读。华兹华斯将此诗呈现为并非自己所创作,而更属于口头传统。但华兹华斯的读者其实就是独自阅读的城市中产阶级。真实的情况是,他的诗并没有在乡村的共同体生活或传统之延续中起到很大作用。但在此诗中,华兹华斯将自己书写为乡村的公共诗人,一个有机的诗人,为讲述乡村故事、延续乡村传统做着自己的贡献。

讲述者面对听众施展自己的话语魔法,也享受语言带来的权力,他的讲述可以说是一种公共表演。华兹华斯在一些诗中就对一些公共表演者表达了敬佩。《音乐的力量》("Power of Music")一诗写伦敦路边的一个盲音乐

---

① 威廉·华兹华斯:《华兹华斯叙事诗选》,秦立彦译,北京:人民文学出版社,2018 年,第 281 页。

家,二十个观众都被他迷住,进入了忘我的状态,他给这些人都带来欢乐。①此诗不仅如诗题所言赞美音乐的力量,也赞美音乐家通过音乐获得的对人群的力量。我们可以推测,华兹华斯希望他的叙事诗也达到类似的效果。这位音乐家控制了人群,他拥有"怎样的一个帝国!"(9行)音乐家在此诗中的作用几乎相当于宗教人员,他带来的是拯救,是光。听到这位音乐家的音乐,"疲惫者有了生命,饥饿者有了至乐,/哀痛者得到鼓舞,忧惧者得到休息"(10—11行)。他的听众是城市里各式各样的普通人,尤其是下层。而艺术的魔法般的力量不论在乡村还是都市都是一样的。这位音乐家的魔法与诗人的魔法有一个共同的原型,就是诗中第一行的"一位俄耳甫斯!俄耳甫斯!"这里强调的不是诗的自我表达功能,而是诗对读者和观众的作用。在音乐的魔法之下,城市街道上的这群人具有了共同体的特点,音乐就是这个小共同体的黏合剂,音乐家就是共同体的核心,甚至可以说是统治者。华兹华斯许多叙事诗中内含的读者也常常是听故事的人,而非阅读者。②

在华兹华斯当代题材的叙事诗中,诗人的形象具有更大的社会性。当他看到另一个人的时候会走上前去,主动探问对方的历史。显然华兹华斯并不惧怕或躲避他人,不像卢梭在《漫步遐想录》中所写的到自然之中避难,在森林里看到人迹就感到痛苦,仿佛他人的出现破坏了自己和自然的和谐,侵入了自己的私人领地。华兹华斯也书写了许多与自然独处的时刻,但在叙事诗中他对他人是敞开的,对话是可能的。

在这里我们需要指出道路对华兹华斯的重要性。在1805年的《序曲》第十二卷,华兹华斯说到了道路对自己的意义:"我热爱公共道路,很少有别的景象/更令我欢欣"(XII.145—146)。③他说他从小就爱道路,喜欢在路上行走,边走边创作诗歌。华兹华斯酷爱徒步漫游,做过多次的长途远足,步行去

---

① "Power of Music," William Wordsworth, *Poems, in Two Volumes, and Other Poems, 1800—1807*, Jared Curties ed., Ithaca: Cornell University Press, 1983, pp. 236—238.

② 《车夫本杰明》("Benjamin The Waggoner")一诗中出现了一个在乡村酒馆中表演的水手,他的道德层面显然是华兹华斯所谴责的,然而在这个人物身上我们可以看到厌憎与吸引并存的特征。他在酒馆里大展身手,拿出了一个大船模型开始表演,从酒馆的顾客变成了主角,把观众吸引了过来。酒馆成了一个新的空间,一种临时的剧场。众人如痴如醉的场面,与《音乐的力量》中人们被街头音乐家所捕获的场面颇为相近。这水手的技艺是低等的,称不上是艺术,但他是个成功的娱乐者,华兹华斯对他的描述中不乏钦美。

③ 本文所用为1805年《序曲》版本。见 William Wordsworth, *The Prelude*, 1799, 1805, 1850, Jonathan Wordsworth, M. H. Abrams, Stephen Gill eds., New York: Norton, 1979。中译基本依据华兹华斯:《序曲,或一位诗人心灵的成长》(1850年版本),丁宏为译,北京:北京大学出版社,2017年(以下简称丁译本)。具体译文据两版本的不同而有变动。

过法国、阿尔卑斯山区、威尔士。道路因其延展性和无穷尽而吸引他,代表对未知和远方的向往,行走也是浪漫派实践身体自由的方式。但在华兹华斯的叙事诗中,他并不致力于书写远方,而是在本地找到了诗意。近期的学者对浪漫派与行走之间的关系有较多关注,但主要焦点是独自行走的浪漫派以及行走带来的自由。西莱斯特·朗干(Celeste Langan)在其著作《浪漫的流浪:华兹华斯与对自由的模仿》(*Romantic Vagrancy: Wordsworth and the Simulation of Freedom*)中,通过马克思主义、精神分析、解构主义等多种理论工具,把华兹华斯与政治经济学联系在一起,对"行走"带来的自由感进行了意识形态批判。作者认为在浪漫派那里,"走来走去本身成了自由的纯粹形式,一种与起点和终点无关,也与兴趣或反感无关的绝对价值。"[①]罗宾·贾维斯(Robin Jarvis)的《浪漫主义书写与步行》(*Romantic Writing and Pedestrian Travel*)也以浪漫派与行走为研究对象,强调行走带来的身体自由感。作者利用丰富的游记和报刊资料等,勾勒了18世纪末的徒步旅行如何在英国兴起,尤其是在法国或威尔士的长距离行走。步行被认为可获得行动自由:"长途步行给自由的或有激进思想的年轻浪漫派一种尤其令人满意的成人仪式。"[②]作者在专注于华兹华斯的一章"华兹华斯:步行的诗人"中,主要分析了华兹华斯1790年代的几首长诗:《黄昏漫步》("An Evening Walk"),《速写》(*Descriptive Sketches*),《索尔兹伯里平原》("Salisbury Plain"),《边境人》(*The Borderers*),《废毁的农舍》("The Ruined Cottage"),《家在格拉斯米尔》("Home at Grasmere")以及《序曲》第六卷,作者的注意力仍主要集中于长途行走及其对华兹华斯的意义。上述两本专著都没有更多涉及本地道路与华兹华斯的叙事诗之间的关系。

对华兹华斯的叙事诗而言,本地道路十分重要,他的许多叙事诗都写诗人与他人在路上的互动。道路不止是他遇到自然风景的途径,也是他遇到他人的途径,不仅带来行走的自由,也带来与他人相遇的机会。这也从反面说明华兹华斯与本地乡村居民的互动是有限的,他并没有亲密的乡村朋友,并没有进入乡民的家中。在他的叙事诗中,他在路上与很多人"一过性"地相遇,并记录下对方的言语。他在叙事诗中写到自己穿行在田野、市镇,遇到各种人物:乞丐、流浪者、牧羊人。当他在山中或树林中独自静观自然时,他是远离他人的,但在路上行走时,他则在人间。他不是流浪汉小说里的冒险者,

---

[①] Celeste Langan, *Romantic Vagrancy: Wordsworth and the Simulation of Freedom*, Cambridge: Cambridge University Press, 1995, pp. 20—21.

[②] Robin Jarvis, *Romantic Writing and Pedestrian Travel*, London: Macmillan Press, 1997, p. 38.

但在路上行走他才能遇到故事。他的很多叙事诗并非写发生于自己身上的经历,而是写自己所遇者之事。我们从中也可以看到当时乡村道路的特点,显然路上的交通不多,行人有限,能够给诗人带来与陌生人一对一谈话的机会。诗人在路上遇到一个人,对此人做出判断与评价,且主动与之攀谈,探问他们的故事。这种探问从现在看来是过于侵入性的,不太顾及隐私。而他遇到的人却常常愿意把自己的故事讲给一个陌生人听,他们需要听众和同情。在这里我们可以看到华兹华斯的一些叙事诗的形成过程,他仿佛是一个在乡村的采访者(interviewer),也是一个有意识观察其他行人的人。

> 凄寂的乡路即变作
> 敞开的学校,让我以极大的乐趣
> 天天阅读人类的各种情感。
> (《序曲》:XII.163—165,丁译本 XIII.162—164)

华兹华斯好奇于他人,希望从他人的外表和言语探知他们的灵魂。他选择用叙事诗来表达他人的灵魂。

《最后一只羊》("The Last of the Flock")就是这样一首诗。① 诗人在路上遇到一个陌生男子,与他是一次性相遇。但对方的举动很特别,令诗人好奇,诗人加以询问,对方于是讲出自己的故事。刚开始对方还是羞怯的,"急于要隐藏自己"(12行),不愿把悲惨生活向一个陌生的过路者暴露。但"我"追上他,追问他为何这样伤悲。诗人的表现超出了陌生人之间社会交往的界线。在华兹华斯的叙事诗中,诗人与陌生人之间的障碍是可以跨越的,彼此之间并没有森严的戒备。

值得注意的是,在很多乡村叙事诗中华兹华斯都将自己书写为乡村的一员。实际上在他居住的乡村,尤其是格拉斯米尔湖区,他这样一个居民在职业、文化层次、家庭结构上,与周围的乡村人显然不同。他虽然居住在乡村,但并非一个乡村人。他意欲在文字中弱化甚至消除自己与乡村中他人的距离,但他仍然是乡村共同体中一个独特的人。他试图以诗人的身份在这个共同体中扮演某种角色,确定自己的位置,然而一个诗人在当时的乡村实际并没有位置。

叙事诗《窄窄的一带巉岩与山崖》("A narrow girdle of rough stones and

---

① 见华兹华斯:《华兹华斯叙事诗选》,第112—116页;William Wordsworth, *Lyrical Ballads, and Other Poems, 1797—1800*, James Butler and Karen Green eds., Ithaca: Cornell University Press, 1992, pp.85—88.

crags")中可以看到诗人与乡村劳动者之间的距离。① 那是9月的一天早晨，收获的时节，诗人与两个知己（妹妹多萝西与朋友柯尔律治）在格拉斯米尔湖的东岸散步，

> 同时田野里传来喧声，是收割者
> 忙碌的欢声，男人女人，少年男女。（42—43行）

　　诗人与地里农民的行为是不同的。诗人和知己在湖边散步，看湖水冲上来的小东西，看花，这是一种审美行为。农民则在地里收割。诗人这边共三个人，农民的数量则很多，两类人各有自己的欢乐。诗人在农忙时节并不劳动，几乎是局外人，与劳动者遵守的是不同的日历。诗人和朋友远远看到一个钓鱼者此时不参与农业劳动，就私底下埋怨他懒惰，后来发现他是身体过于虚弱，于是对自己的鲁莽判断感到愧疚。对诗人和两个朋友来说，"那个美好清晨的快乐悠闲"都被改变了（74行）。他们愧悔自己的不公正判断，恐怕也愧疚于自己的特权，自己不劳动的审美生活。这是知识分子在劳动者前的罪感，有产者在穷人前的罪感。此诗中突显了诗人与乡村劳动者之间的隔阂状态，双方并没有语言交流。

　　也许这导致了华兹华斯乡村叙事诗的一个特点。很少有某个乡村人反复出现在他不同的叙事诗中。他的叙事诗常常是"一过性"的，呈现为并不连属的单独的故事。他或是在路上碰到某人，听到某个故事，仿佛与此人后来永不会再相见。或者他书写乡村的某些人物，这些人物彼此不交织，不构成福克纳的"约克纳帕塔法"那样的乡村网络。这增加了每首诗和每个人物的独立性，仿佛他们互不依凭。只有人们周围的风景和故事发生的空间是固定的、连续的，在多首诗中反复出现。

　　在1805年的《序曲》中，华兹华斯用第八卷梳理自己的另一条思想脉络：爱他人。这种爱并非来自宗教的教导，而是自然教育的结果，但自然的教育与宗教教育殊途同归，对他人之爱与自然之爱相连，由后者所派生。对他人的爱可以部分地解释华兹华斯的叙事诗。在华兹华斯的乡村叙事诗中，我们可以感受到华兹华斯对他人的共情，很多诗也在读者身上引起类似的效果，使人们同欢乐的牧童一起欢乐，与痛苦的老人一起痛苦。华兹华斯尤其怜爱老弱妇孺。对他人的怜悯与同情，使华兹华斯在书写他最好的叙事诗时保持着宽容的态度，虽然后来他的道德标准有所收紧。《写给父亲们的一件小事》（"Anecdote for Fathers"）一诗写一个撒谎的孩子，第一稿的副标题就是"如何

---

① William Wordsworth, *Lyrical Ballads, and Other Poems*, 1797—1800, pp. 247—250.

传授说谎的艺术",修改后的副标题改为拉丁文,"如果你逼迫我,我就说谎"。① 从两个版本之间的差别我们能读出华兹华斯后来在道德标准上的收紧,这也是华兹华斯很多诗修改后的效果。第一稿中的孩子顺口撒谎,显得轻松而无所谓,诗人的态度是觉得有趣。而修改后的版本加重了孩子感受到的压力,"我的少年垂下了头,/羞愧地红了脸",足见后来的华兹华斯对道德维度更加敏感。但两个版本中都对这个孩子没有指责。《乞丐》("Beggars")中的母子也可以说是说谎者,华兹华斯也没有指责他们。② 另一首诗《两个小偷》("The Two Thieves")的副标题中有一个词"贪心"(avarice),显得很严重,实际诗人对诗中的两个小偷也没有谴责。③ 诗中一老一小两个无害的小偷并不可恶,甚至是可爱的,因为他们都是天真的。诗人不仅同情他们,还爱他们,尤其是那位老人,因为他更值得同情。此诗中的两个人物不是不道德,而是"非道德"(amoral),对社会规范或文明教化、私有财产没有意识。天真的自然之子是不会有过错的,此诗中的违规行为对一老一小两个人毫无损害。

华兹华斯如何在他的理论话语中解释他的叙事诗?浪漫派书写抒情诗,华兹华斯也是极其重要的抒情诗人。他有一个著名的论断,"诗是强烈情感的自然流溢"(poetry is the spontaneous overflow of powerful feelings)。④ 这一论断仿佛只涉及抒情诗(lyric),但它出自1800年版《抒情歌谣集》的"序言",而在那本诗集中叙事诗的比重很大。或许我们可以将这一判断移用到华兹华斯的叙事诗创作中。他的叙事诗中也有强烈情感的自然流露,但不一定是"我"的情感,"自然流溢"(spontaneous overflow)不只是自我表达,也可以是对他人情感的表达。

在《抒情歌谣集》的1800年版序言中,华兹华斯解释了他为什么主要采用乡村人的生活作为诗的题材:

> 所选取的一般为低微的乡村生活,因为在那样的境况下,心灵的根本激情找到了可达至成熟的更好土壤,所受约束更少,所说为更直白、更鲜明的语言;因为在那样的生活境况下,我们的基本感情在一种更为朴素的状态中存在,因此也可以被更准确地静观,被更有力地表达……最

---

① 中译见华兹华斯:《华兹华斯叙事诗选》,第99—102页;William Wordsworth, *Lyrical Ballads, and Other Poems, 1797—1800*, pp.71—73。
② 同上书,第305—307页;Ibid., pp.228—234。
③ 同上书,第267—269页;Ibid., pp.186—188。
④ William Wordsworth, *Lyrical Ballads, and Other Poems, 1797—1800*, Appendix III, p.756。

后,因为在那一境况下,人的激情融入于自然的美好而永恒的形式中。①

这可以说是华兹华斯对他的乡村叙事诗的辩护。之所以需要这样的长篇辩护,从反面说明了这一题材领域是独特的,具有颠覆性的。阿布拉姆斯(M. H. Abrams)在其《自然的超自然主义:浪漫主义文学中的传统与革命》(*Natural Supernaturalism: Tradition and Revolution in Romantic Literature*)中认为,华兹华斯书写"卑微中的伟大,日常生活中的英雄品质",并将其与华兹华斯曾经的激进派的身份联系在一起:"在放弃自己作为政治激进派的角色时,他采纳了诗歌激进派的角色,致力于颠覆他的读者们的腐朽价值,那是读者们从一个被阶级所分割并有阶级自觉的过去继承得来的。"在阿布拉姆斯看来,"早期的华兹华斯在文类、题材和风格上,确实是他那一代人中的诗歌雅各宾派;在这一个重要方面,他比雪莱,甚至比布莱克,还要激进。"②类似的,汤普森(E. P. Thompson)也将这种关注视为华兹华斯在法国大革命失败的幻灭之后,将法国大革命的理想转移到普通人与民间。③ 这种看法是具有启发性的。在华兹华斯看来,诗人写叙事诗是为人类共同体做的一种服务。1802年《抒情歌谣集》的序言中他这样写诗人的角色:"他到处携带着关系与爱……诗人用激情和知识将人类社会的庞大帝国凝聚在一起。"④在理想状态下,他的叙事诗起到的就是这样的功用。

从同时代人对这类题材的强烈反应中,我们亦可看出这些诗的颠覆性。华兹华斯的老对手弗兰西斯·杰弗里(Francis Jefferey)在1807年10月的《爱丁堡评论》中尖刻地写道:华兹华斯有一个重要错误,就是"把他最崇高、温情或充满激情的观念,与那样的对象和事件联系在一起,他的大部分读者很可能会坚持认为那些对象和事件是低等的、愚蠢的,或者无趣的。"杰弗里认为《乞丐》一诗"是愚蠢与造作的典范",而《爱丽丝·菲尔》("Alice Fell")"亦属此类"。⑤ 拜伦在1807年评论华兹华斯的新诗集《两卷本诗集》

---

① William Wordsworth, *Lyrical Ballads, and Other Poems, 1797—1800*, Appendix III, p. 743.
② M. H. Abrams, *Natural Supernaturalism: Tradition and Revolution in Romantic Literature*, New York: W. W. Norton & Company, 1971, pp. 392, 396.
③ E. P. Thompson, *The Romantics: England in a Revolutionary Age*, New York: The New Press, 1997, pp. 34—35.
④ William Wordsworth, *Lyrical Ballads, and Other Poems, 1797—1800*, Appendix III, p. 753.
⑤ See John Hayden ed., *Romantic Bards and British Reviewers: A Selected Edition of the Contemporary Reviews of the Works of Wordsworth, Coleridge, Byron, Keats and Shelley*, London and New York: Routledge, 2016, pp. 15, 18.

(*Poems，in Two Volumes*)的一篇书评中写道,"我们认为这两卷诗所体现的天才应有更高的追求,遗憾的是华兹华斯先生把他的缪斯局限在这样琐屑的题材上"。① 甚至华兹华斯的友人骚塞在评论《抒情歌谣集》时也说,读完《丁登寺》后,"不可能不惋惜诗人居然屈尊去写《最后一只羊》《囚徒》以及大部分歌谣那类篇什"。②

在叙事诗中华兹华斯力图突破小我的界限,通过同情与想象来体会他人的情感。这类似戏剧家或小说家的工作,引导诗人走出浪漫主义的自恋。《麦克尔》中,诗人说麦克尔的故事:

> 以自然物的那种
> 温和的力量,引导着我,引我
> 去体会不属于我的强烈情感。(29—31 行)

这也让我们看到华兹华斯在叙事诗中所指的"激情"(passion)是怎样的。华兹华斯的乡村故事并非平凡或普通的生活。此诗中麦克尔对儿子的情感非常强烈,可称之为激情,但并不以大喊大叫的方式表达出来,而是克制的,隐忍的。

像《麦克尔》一诗中一样,华兹华斯希望把自己书写的情感,与当时的感伤主义、狂风暴雨般的激情区别开来,他认为现代人日益追求刺激,所以对日常情感的描绘就更重要。现在流行的是"癫狂的小说,病态而愚蠢的德国悲剧,一波一波的无益而夸张的诗体故事",③它们都追求强烈的刺激。对于这类文学华兹华斯是坚决反对的。后来他的这种倾向就演变为对拜伦式浪漫主义的批评。他大约写于1834年的诗《不是在生命的清醒间隙》("Not in the lucid intervals of life")批评拜伦及其同时代人是"为了激情而渴望激情"(13 行)。④ 另一首作于1840—1846年之间的八行小诗《让更雄心勃勃的诗人们用风暴抓住人心》("Let more ambitious poets take the heart")可以说是夫子自道:⑤"让更雄心勃勃的诗人们用风暴 /抓住人心,但我的诗宁愿 /柔和地

---

① See John Hayden ed., *Romantic Bards and British Reviewers：A Selected Edition of the Contemporary Reviews of the Works of Wordsworth，Coleridge，Byron，Keats and Shelley*, London and New York：Routledge，2016，p. 11.
② Ibid., p. 5.
③ William Wordsworth, *Lyrical Ballads，and Other Poems，1797—1800*, Appendix III, p. 747.
④ William Wordsworth, *Last Poems，1821—1850*, Jared Curtis ed., Ithaca：Cornell University Press，1999，p. 238.
⑤ Ibid., p. 355.

潜入心灵"(1—3 行)。在此华兹华斯把自己与拜伦等诗人区别开来,他们是狂风,自己则是"微微的南风"(southern breeze, 7 行)。这样看来,虽然华兹华斯将自己所书写的他人的强烈情感称为激情,但这种激情常常以温和的方式呈现。有时候华兹华斯也将故事的情感强度表述得更低,说自己喜欢的是平凡的故事,

> 我并不善于讲述惊心动魄的事,
> 也没有本领让听众血液凝结,
> 我爱的是在树荫下,炎炎夏日,
> 独自为多思的心灵唱支朴素的歌。(《鹿跳泉》:97—100 行)①

从《老猎人西蒙·李》一诗中我们也可以看到华兹华斯对日常题材的选取态度。② 他强调说此诗不是一个"故事"(tale),但平常之事也可以给人滋养。他不仅选取了一个平凡的老人,而且写的是他的一件小事:老人老弱,"我"这样的年轻人一下能砍断的树根,他砍了不知多久。但细思之下,这件小事并不平凡,它是西蒙无力生存的体现,预示了他的继续沦落与死亡。华兹华斯说,如果你有心,"你就将/在万物中都看到一个故事"(75—76 行)。他并非回避"故事",只不过他的故事与传统意义上的故事不同。

华兹华斯多次强调自己的乡村叙事诗的真实性。约翰·海顿(John Hayden)认为,"与将华兹华斯视为浪漫派表现主义者的普遍看法相反,实际上在他的基本文学理论中,他是一个传统的亚里士多德主义者"。③ 固然海顿在此走向了通行观点的反面,结论较为极端,但就叙事诗而言,华兹华斯确实有相当浓厚的"亚里士多德"色彩。托马斯·麦克法兰(Thomas McFarland)相信华兹华斯的诗的力量来源于其"强度"(intensity),"只要华兹华斯感觉到自己所写的真实是确定的,他就是个伟大诗人;当确定性离开,他就只是一个写诗者而已"。④ 对真实和"确定性"的强调在华兹华斯的叙事诗中有很突出的表现。

《麦克尔》中诗人说这是"我"最早听到的故事之一,仿佛诗人并非虚构了这一故事,而是把本地故事记录或翻译为诗。类似的,华兹华斯在很多诗中

---

① 华兹华斯:《华兹华斯叙事诗选》,第 212 页。
② 同上书,第 110 页。William Wordsworth, *Lyrical Ballads, and Other Poems, 1797—1800*, pp. 64—70.
③ John Hayden, *William Wordsworth and the Mind of Man: The Poet as Thinker*, New York: Bibli O'Phile Publishing Company, 1992, p. 89.
④ Thomas McFarland, *William Wordsworth: Intensity and Achievement*, Oxford: Clarendon Press, 1992, p. 60.

或后来给友人伊莎贝拉·范薇克(Isabella Fenwick)的解说中都强调这些诗的真实性。《鹿跳泉》是对一个当时仍可见的真实遗址的叙述,地点确凿,诗人本人曾从那里走过,诗中的贵族是个历史人物。《高地盲童》"是一个目击者转述给我"。① 《彼得·贝尔》的故事肯定不是华兹华斯亲眼所见、亲耳所闻,然而华兹华斯仍给它以"真实"的保证。在诗的最后华兹华斯说"我"见过诗中的那只驴子,力图用这一条与现实的联系奠定整个故事的真实性。而《布莱克婆婆与哈里·吉尔》("Goody Blake and Harry Gill")一个版本的副标题就是"一个真实的故事"(a true story)。这首诗的情节类似民间故事,写一个恶人遭到超自然的报应,是华兹华斯的当代叙事诗中少见的有超自然成分的一首。关于此诗,骚塞在一篇评论中写道,"但作者真的确信这是一个'真实无疑'的故事?这样说是否会对民众的巫术迷信推波助澜?"②

在进行叙事诗创作的时候,华兹华斯对强烈情感的强调具有浪漫主义特征,而他对真实性的追求又使他具有现实主义的特点。他认为当描绘他人的激情时,他做的工作是模仿,诗人比不上真实感受到那些激情的人:"当他描述和模仿激情的时候,同真正的行动和苦难之自由与力量相比,他的处境完全是奴隶一般的,是机械的。因此诗人会希望使自己的情感靠近那些他正描述的人的情感,而且,或许在短暂时间内,让自己完全滑入幻觉之中,甚至把自己的情感与那些人的情感混同为一。"③在一些叙事诗中,他暂时抹除诗人的自我,而想象自己是他人。我们可以说华兹华斯希望在叙事诗中做到的是现实主义与浪漫主义的结合,模仿与表达的结合。

当然,我们知道华兹华斯的很多诗并非是完全依于事实的。《爱丽丝·菲尔》本是一个友人的经历,在诗中那友人成了"我"。④《乞丐》一诗大体出自多萝西本人的经历,记载在她的日记中,在华兹华斯的诗中也变成了"我"的经历。⑤ 从一些诗的修改中我们可看到华兹华斯叙事诗的"虚构"特征。以《兄弟》为例,诗中的列奥纳多离开家时的年龄,第一稿中是 13 岁,后来修

---

① William Wordsworth, *Poems, in Two Volumes and Other Poems, 1800—1807*, pp. 221—228, 420.
② See John O. Hayden ed., *Romantic Bards and British Reviewers*, p. 4.
③ William Wordsworth, *Lyrical Ballads, and Other Poems, 1797—1800*, Appendix III, p. 751.
④ 见多萝西 1802 年 2 月 16 日的日记,此诗中所述之事是 Mr. Graham 的经历,华兹华斯先把故事说给多萝西,然后于当年 3 月 12—13 日写下此诗。Dorothy Wordsworth, *The Grasmere and Alfoxden Journals*, Pamela Woolf ed., Oxford: Oxford University Press, 2002, pp. 69—70.
⑤ 多萝西 1800 年 5 月 27 日的日记写"一个很高的女人来敲我家的门"。同上书,第 9 页。约两年后华兹华斯写了此诗,1842 年华兹华斯对范薇克说这是妹妹的经历。

改为16岁。华兹华斯还会把一些单篇的叙事诗重新排列组合,《家在格拉斯米尔》中有一个家庭是父亲带着六个女儿,这个家庭的故事后来被华兹华斯移入《远游》一诗,曾在这家人的窗外看着室内的人,在《家在格拉斯米尔》中是诗人"我",在《远游》中变成了牧师。这些修改为我们留下了诗人创作的痕迹。

在我看来,并非是华兹华斯将虚构的故事标榜为真实,而是他在叙事诗中对"真实"的理解是宽泛的,他对自己在其中的叙事作用并不讳言,但认为自己的书写并不妨碍真实,而是真实的一部分。华兹华斯1805年所作的哀悼海难而死的弟弟约翰的诗《致雏菊》("To the Daisy—Sweet Flower")中,写到弟弟之死。① 在此诗后来的修改版本里,他加入了一段弟弟的船只遭遇风暴的叙事段落。② 在弟弟之死这一件惨痛之事上,华兹华斯允许自己想象,他相信这是真实的想象,不悖于对弟弟的沉痛怀念,因为"我的灵魂时常看到那景象"(oft in my soul I see that sight)。这是灵魂的眼睛所见的跨越距离的真实。

另一个例子是旺德拉库尔与茱莉亚(Vandracour and Julia)的故事。这个故事出自华兹华斯1805年的《序曲》,华兹华斯也称此故事为事实。1820年他将这个故事单独出版,添加了一个"题记",其中写道:"其中事实均为真实,关于事实作者没有进行发明,因为不需进行发明。"③此处他只说自己在什么地方没有发明,仿佛基本情节最重要,如同树干,如同图画的轮廓。他自己做的只是填补上枝叶等细节,添加"如何发生""为何发生"等。他暗示而未明言的是,人物的性格、语言、内心活动等出自他的发明,而在他看来,这些发明是合法的,具有心理的真实性。从这一点上来看,传记家肯内斯·约翰斯顿(Kenneth Johnston)对华兹华斯的判断是比较准确的:华兹华斯不是传统意义上的诗人,"他是个有极低发明能力、极高想象能力的诗人"。④

在华兹华斯看来,通过心灵的共情而揣测到的他人之心,得到的就是一种真实。他的很多为他人代言、以他人的第一人称书写的叙事诗,可以说就是这种真实观的体现。《宠物羔羊,一支牧歌》("The Pet-Lamb, A Pastoral")

---

① William Wordsworth, *Poems, in Two Volumes and Other Poems*, 1800—1807, pp. 608—611.
② Ibid., p. 610 note. 此诗的后来版本见 William Wordsworth, *The Poems*, John Hayden ed., New Haven: Yale University Press, 1977, vol. 1. 643, lines 43—49.
③ William Wordsworth, *The Poems*, John Hayden ed., New Haven: Yale University Press, 1977, vol. 1, p. 623, headnote.
④ Kenneth R. Johnston, *The Hidden Wordsworth: Poet, Lover, Rebel, Spy*, New York: W. W. Norton & Company, 1998, p. 8.

一诗的主体部分是一个乡村小女孩的歌,在这部分之前之后都是诗人的自我反思,这种反思可以加在华兹华斯很多为他人代言的诗中。① 我们从此诗中能看到,华兹华斯如何通过他人的一些外部迹象判断他人之心,并相信自己的揣测是准确的,是属于对方的。因为有爱与同情,所以判断的结果不会与真实相差太远。华兹华斯并非要像浮士德那样亲自经历各种事情,而是通过同情成为他人,体验他人的情感。编织有趣的故事并非他的全部目的,他想要表达的是心灵的真实,为此他需要观察他人,倾听他人。在此诗中,他观看小女孩,小女孩则不知道他的存在,所以表现出最本真无伪的一面。诗人最后觉得此诗一半属于她,一半属于自己,然后又将这一说法加以修正:

> 我说,"属于那小姑娘的必定不止一半,
> 因为她的目光如此,她的语气如此,
> 我几乎把她的心接纳进我的心里。(66—68 行)

众人的心灵并无本质区别,甚至可以交换,人心之间没有阻隔,外表就是内里的标记。而一个善于观察的诗人的工作就是猜度他人的内里,为他人唱出他们没能唱出的歌。

二 叙事与共同体

我们将以《彼得·贝尔》作为核心文本,集中分析华兹华斯如何看待自我表达与叙事,以及他在诗中设定的诗人与听众之间的关系。②

长篇叙事诗《彼得·贝尔》讲述了一个乡村无赖改恶从善的故事。正文之前有一篇"序幕",看似与故事本身没有太大关系,却可视为华兹华斯的重要自叙。序幕主要写诗人与一条神奇的小船之事,"我"如何喜爱小船,又放弃它而回到地球,它则怨恨地离去。小船可以超越物理距离,带"我"到远方,包括外太空、异国、仙境。小船代表的是不可能的浪漫幻想,华兹华斯在此诗中表现了对这种幻想的克制甚至放弃,因为幻想是对人世的逃避。坐着小船遨游的时候,诗人乘着幻想的翅膀越飘越远,远离地球,也远离了一切人,独自去旅行。从小船上下来之后,他又回到亲切的人间,这里有期待他的人们。他在这些人中有位置,有任务,那任务就是给众人讲故事。人们显然等待的

---

① William Wordsworth, *Lyrical Ballads, and Other Poems*, 1797—1800, pp. 222—225.
② 《彼得·贝尔》,中译本见华兹华斯:《华兹华斯叙事诗选》,第 117—174 页。本书的英文采用 William Wordsworth, *The Major Works*, Stephen Gill ed., Oxford: Oxford University Press, 1984, pp. 91—128,其文字与康奈尔版本略有不同。采用的《彼得·贝尔》的修改稿为 1819 年版本,见 William Wordsworth, *The Poems*, John O. Hayden ed., New Haven: Yale University Press, 1977, vol. 1, pp. 315—351.

是一个能给他们带来愉悦的故事。他的故事《彼得·贝尔》虽然有道德意味，但其中有浓厚的幽默成分，否则他就是失败的讲故事者，他的故事就不会在观众中得到反响，他的道德意图也无从实现。

在外太空，诗人可以享受美好的逃世之乐，体验无重量的"轻。"他可以看到无人见过的美景，但离开了人世他也没有了听众，没有了讲故事的需要。外太空是孤独的浩瀚空间。即便在太空中，诗人也并没有完全忘世，他还是能看到他的朋友们。"朋友"可以视为广义的读者，他们与诗人的幻想之间有着天壤之别，他们不相信这种飞升的存在。"我"与朋友们之间的差距或可以说明"我"的优越性，但也是一个需要填补的鸿沟。当朋友们完全看不到"我"，诗人如断了线的风筝，几乎获得彻底自由，同时也失去了目标。

诗人向太空飞升的时候是不会有叙事诗存在的。而当他面对普通听众时，他愿意讲一个他们爱听的故事，这就是叙事诗。这首诗的序幕仿佛某种寓言，说明了叙事诗对华兹华斯的意义，以及他设想自己凭借叙事诗而在共同体中发挥的功能。这种功能既是娱乐，也是道德的教育。华兹华斯的很多抒情诗可以说是对自我灵魂的剖白。叙事诗却是一种纽带或锚，把将要飘去的诗人重新拉回地面，使他确认自己与那些截然不同的他人的联系。此诗正文中的彼得·贝尔后来也认识到这一点，从自我中心的世界里走出。从正文与序幕之间的关系看，诗人与彼得·贝尔存在一定的相似之处，就是他们都曾是自我中心的，他们最终都走向他人。

诗人尊重他的听众，他们也看重他，一心等着听他许诺讲给他们的故事。诗人在共同体中的功能是讲故事，这更像荷马和中世纪的游吟诗人，更回到了古代诗人的传统。此诗中的几个听众都是华兹华斯熟悉的乡村人物，他们期待的是吸引人的简单讲述风格。他们要求诗人的讲述有头有尾，按照时间顺序展开，不能太跳脱。为了他们，诗人愿意降下自己的高度。然而我们知道，华兹华斯的读者其实并不是乡村人物，而是城市里的中产阶级，像《彼得·贝尔》这样一篇长叙事诗也不可能在众人面前"讲述"。此诗中的诗人在花园中给九个乡村观众讲故事的情景并非现实情境的再现，而更是文本的建构。大概也只是在诗中，诗人真正实现了与周围共同体的融合。在此诗中，诗人实现了"游吟诗人"（bard 或 minstrel）的功能，众人如痴如醉地听他的故事，他对他们施加的是魔法般的力量。然而他在这里的听众并不是乞丐、流浪汉、牧羊人等，而是有更高社会等级和文化程度的乡村居民。

他的听众们都直接、天真而欢乐，是华兹华斯的乡村诗中比较少见的一群人。他们与诗人不同，不深思，但却是可爱的伙伴。他们是他所喜爱的，他在他们中间如鱼得水。这些听众都不是诗人，但他们与诗人情谊深厚，相处和睦。诗人不坚持自己的主张,愿意向他们让步,提供他们能够欣赏也能够理解的一个好故事。他给他们讲故事,他们欢迎他,这是一种稳定的契约关系。从前的游吟诗人以讲故事为生计之来源,而此诗中的诗人不追求物质回报,显得比古代诗人更加利他。

那能带着诗人去飞升的小船也是可爱的,飞升之幻想显示出诗人的独一无二与超凡脱俗。诗人是唯一有特权乘坐这小船的人,他如同一个探险者,深入人所未至的领域,到达人想象的边界。但远离人间之后固然有新奇美景,却也不再有什么发生,飞升显然是逃避主义的。诗人远离了人间的烦扰,远离了"背叛,动乱,还有战争"(27行)。人间固然有这些不快,但还有其他美好与温暖,飞升之后就被一并抛却。权衡来去,诗人决定还是回到人间。

至少从空间而言,这次飞升是华兹华斯在其当代题材的作品中将幻想放飞到最高的一次,写诗人到达了宇宙的最远端,离开地球,离开群星,离开一切,比夜莺飞得更高,比西风走得更远。但朝向哪里呢?但丁的《神曲》是一个朝向某一预设终点的旅途,从地狱、炼狱到天堂不断上升,最终指向上帝,但丁的那一次上升有终点和顶点。然而华兹华斯虽然说到离开了千万颗星星,但他仍是在太阳系的行星中间徘徊,仍寻找着那些行星上类似地球的地方,"土星上的市镇建造得粗疏,/木星上有树荫,美丽清幽"(36—37行),他仍是按照地球的标准去衡量其他星球。

离开小船,回到地球,诗人不是没有无奈和遗憾。向上(外太空),向下(回到地球),向外(走向他人),向内(走向自我)——诗人当何去何从?至少在这首诗里,诗人选择了向下和向外的方向。在幻想的世界中诗人是没有位置的,"无论说什么,无论我怎样,/对宇宙不会有丝毫影响"(43—44行)。而在人间,诗人可以起到自己的作用,使他人和世界变得更好。这也正是《彼得·贝尔》一诗的用心。地球是"我们小小的地球"(40行),虽然不起眼,但对诗人来说却是"亲爱的碧绿星球"。外太空固然广大,但非人所宜居。回到地球来的时候,诗人简直如游子远行,归心似箭,地球上的一切都令他痴痴如狂,包括他只听说过而不曾见过的遥远地方,如太平洋、第聂伯河等。外太空之旅使人间的一切都变得可爱,使人类变成一个大家庭,诗人变成了一个世界主义者。这是一首热爱世界的诗,此诗序幕中的地球完全没有华兹华斯在一些诗中所写的因人类异化而导致的忧郁和痛苦。在刚刚归来的诗人眼中,地球没有瑕疵,人间一片和谐。最后他一路降落,落到了英国自己家的花园里。地球很可爱,英国更可爱,家园最可爱。地球之可爱不只因其物理存在,更因其中的人们。在回到故乡的时候,"我才将人性恢复"(50行)。这句话暗含之意是此前诗人不能称为"人",可称为仙或神,但也可说是"非人"。对

"人"之属性的确认,也就是对社会性和归属感的确认,对"别处"的否定。这种确认也是某种妥协,诗人毕竟是人群中的一个人,而不是神。

即使不到外太空去,地球上也有其浪漫之地。在此诗中,华兹华斯对那种带有异域风的浪漫远方也是加以否定的。这些地点包括:北极(西伯利亚)、非洲深处。华兹华斯对非洲腹地直接使用了"浪漫"(romantic)一词,"我知道一个幽邃的浪漫之国"(I know a deep romantic land,91行),有趣的是,此处华兹华斯对"浪漫"一词的使用却是对"浪漫主义"的否定。那些遥远的异国是逃世的好去处,以其异样的风景吸引着西方人的想象。小船还可以带华兹华斯到仙人的世界,异域与仙界相去不远。仙界中有人物,但都是"幻影","幻影的君王,幻影的宫殿"(100行)。这个仙界与华兹华斯所书写的某些中世纪题材的诗很接近,可见"幻影"并未被华兹华斯完全抛弃。那种世界是虚飘的,也是过去的、贵族的。总之,外太空、异域、仙界,其共同特点就是"在别处"。而至少在此诗中华兹华斯摈弃了这些,选择了此时与此处。

诗人温和地批评这条小船不关心现实,只关心自己享受自由,"世上正发生的那些事态,/我的小船,或许你已忘却"(119—120行)。值得注意的是,小船在第一稿中没有性别,修改稿中则称为"she"。诗人与小船的关系变成了一对异性之间的纠缠,与浪漫爱情产生了某种联系。对小船的"抛弃"不仅是对一个孤独自我的抛弃,也是对爱情的二人世界的放弃,诗人选择的是回归人群与共同体。诗人抛弃小船,投身到人间朋友们的怀抱,哪怕那小船气恼抱怨。诗人对这小船几乎是背叛。小船以诗的名义指责他,批评他现在回归地球属于一种胆怯行为,他对日常世界的这种执着是诗歌史上不曾有的。小船代表的正是浪漫主义的逃世的理想,那种自恋和对自由的渴望,华兹华斯表现出对这种理想的爱恨交织的情感。小船许诺可以让他体验到一切,但仿佛它能提供的只是"电影"一般的声音和色彩,是幻象。

与小船的太空之旅被华兹华斯描绘为一次已经实现的旅行,那时诗人与小船亲密无间,毫无矛盾。这次旅行又表现为一种强烈诱惑,诗人与小船有不同的欲望,不同的方向,诗人只能劝说自己拒绝小船的吸引。在华兹华斯看来,在过去的时代,诗人们是更幸福的,令人惋惜的是他没能赶上那个时代:

> 的确,从前曾有一个时代,
> 诗人们过着惬意的生活,
> 但如今掌管着仙界的钥匙,
> 有何益处?令我痛心的是,
> 那幸福的日子已经终结。(116—120行)

幻想固然美妙,但属于过去,不再符合当下的时代需求。与之伴随的是诗人地位的下落。诗人背叛了一人一船从前的契约,他要赴的是人间之约。也许,他宁愿坐着小船去飘游,但他敏锐地感受到诗人的使命已经改变,现在已不再是书写幻想世界的时候。

华兹华斯在此诗中又述及了他的诗歌范围与题材。到修改稿中增加的部分,华兹华斯对自己的题材选择已经深信不疑:"龙的翅膀,神奇的戒指,/我将不希求这些作为我的礼物"(136—137行)。诗人完全确信自己的选择是正确的,更坚决地摈弃神话与超自然,而选择日常的卑微的题材(虽然他的中世纪题材的叙事诗中常有超自然因素,也书写特权阶层,可见他对另一倾向并非完全放弃)。

小船对诗人的指责是诗人违背了诗歌史的传统,小船认为诗就是飞升。从飞升/逃离这一点来看,过去的史诗与浪漫主义的很多诗歌是类似的,它们都较少把目光转向当代现实。18世纪诗人亚历山大·蒲柏(Alexander Pope)的《劫发记》(Rape of the Lock)是高度风格化的当代题材,但以仿英雄体(Mock-epic)的形式写出,以达到上流社交界的娱乐效果,实际上是玩笑之作,并不以刻画人物形象、描述当代事件为目的。与史诗的重大题材相比,华兹华斯选取的是当代乡村普通人的故事。书写当代普通人也是后来19世纪现实主义小说的题材,虽然后者所写是城市里身陷资本主义泥沼中的普通人。在书写当代普通人这一点上,华兹华斯与现实主义小说可以说有相通之处。

诗人在《彼得·贝尔》的序幕中选定的社会功能在正文中得到了实践。尤其是在第一稿中,此诗体现出丰富的声音和浓厚的共同体色彩,并非诗人的独白。讲故事者、听众、读者之间有丰富互动,甚至讲故事者、故事人物之间也存在互动。此诗设定的场景是"我"给九位听众在花园里讲故事,仿佛一种非正式的室外表演。有具体的地点(花园的桌子旁边),有人物(一个讲故事的诗人,九个听众)。这显然是一个虚构场景,是古代游吟诗人形象的当代搬演。当代的诗人是写,而不是"讲",读者是"阅读",而不是"听"。即使是口头阅读,也是在上流社会或中产阶级的客厅里,而不是在诗人娱乐乡间的妇孺中。

这个观众团的规模相当可观。华兹华斯在《家在格拉斯米尔》中说,"愿我觅得知音,纵只有寥寥几人"(972行),[①]对自己的读者群并不乐观。然而在《彼得·贝尔》的序幕中,数量众多的观众热切欢迎他。在华兹华斯的乡村

---

① 华兹华斯:《华兹华斯叙事诗选》,第251页。

题材叙事诗中,大多数情况下人物以家庭为单位活动,很少聚集,九人在花园中专心听故事的场面因此更醒目。从诗中判断,这并非一过性事件,而是他们常常在花园中听"我"讲故事,仿佛一种仪式般的集体活动。此诗中的叙事者"我"可视为华兹华斯当代乡村叙事诗中最成功的一个诗歌表演者。

  讲故事的过程中听众多次表达反馈。每一次听众反馈后,诗人都会做出回应,然后继续讲述。听众们在开头有较多插话,主要是针对故事应如何开头的评论。"我"的叙事方法太文学化,听众提出抗议,要求"我"更加平实、直接,"我"依从了他们。这群听众是丰富的组合,有妇女、儿童、牧师、乡绅,在爱听故事这一点上他们非常一致。这是一群热切的听众,他们最爱听的是叙事诗,那诗需要跌宕起伏,有开头,有结局。此诗的大团圆结局和幽默语气也合于这样的"公共"情境。彼得的"十二个妻子"使大家哗然,但诗人不以为忤,甚至很享受他们的反应,这仿佛是他抛出的一个吸引听众的噱头,他们做出反馈表明故事一直吸引着他们。

  我们需要特别关注的是在第一稿中大量存在的第二人称"你"(you)。后来华兹华斯把这些"你"都去掉,让我们更关注到第一稿中"你"的醒目在场。比如"在澄澈湛蓝的夜空下你看见"(356行),就改为"他看见"。从叙事效果而言,"你"的存在利于读者的代入。彼得在震惊之下几乎变成铁,"你或许以为他盯着你出神"(568行),画面感很强,诗中的人物几乎与读者发生眼神接触。类似地,第一稿中"你想想"(594行),"你几乎可以说"(598行),"你大概以为"(966行),"你一定以为"(1003行),都被删除。"你"的存在告诉我们,诗人的那些花园听众一直在专心听故事,全程深度参与。这些变化的人称穿插在故事中,显示了诗人与听众之间的灵活互动,把读者不断邀请进来。"you"可以是单数、复数,可以是花园里的那些听众全体或其中一个,也可以是任何一个读者,也就是诗人邀请每一个读者进入"听众"的位置。这些丰富声音的存在增添了轻松的元叙事因素。华兹华斯后来把这些复杂的声音都去掉,体现了后来他视野的窄化和叙事技巧的僵化倾向。

  诗人在这里也会自反和自嘲:

> 我是个快乐无思的人,
> 我讲起故事来信马由缰,
> 我故事的节奏令人晕眩,
> 下面我尽量不讲得太乱,
> 朋友们,为了你们着想。(931—935行)

  他把此前的叙事总结为自己"信马由缰",把自己评价为一个"快乐无思的人"。这样的形象显然不同于华兹华斯在抒情诗中塑造的深沉多思的形象,也不同于他在很多叙事诗中的敏感而富于同情的形象。在此诗的共同体情境中,"我"的身份是一个欢乐无忧的讲故事者。纵使诗人有劝善的目的,劝善的信息也隐藏在娱乐之中。

概括言之,华兹华斯的抒情诗与叙事诗有不同的功能和情调,叙事诗可以说是对抒情诗的自我中心倾向的一种矫正。但这中间包含着一个悖论。就乡村叙事诗而言,华兹华斯是一个居住在乡村的游离者。他的诗并非口头流传的乡间故事,而是书写给城市的读者来阅读,他在真正的乡村并未起到他在诗中所描绘或设想的功用。他书写乡村人,而乡村人是读不到他的诗的,他的作品与他的真正读者之间存在着脱节。就城市读者而言,华兹华斯强调自己在乡村的有机地位,是对自己乡村知识的肯定和对乡村题材的辩护。而就乡村共同体来说,这体现的更是华兹华斯嵌入共同体的愿望及其受挫。他在乡村共同体中的位置只能在诗歌中被想象地呈现,而在现实中并未实现。

华兹华斯数量众多的叙事诗并未得到研究者的重视。这与西方华兹华斯研究界的几次重要的走向有关。新批评的方法多探究华兹华斯的自我、想象、灵视(vision),而不甚关注他书写他人的叙事诗。即便在分析其叙事诗时,采用新批评路径的研究者也更关心其中的诗人本人。乔弗里·哈特曼(Geoffrey Hartman)的《华兹华斯的诗:1787—1814》(*Wordsworth's Poetry: 1787—1814*)就集中于华兹华斯诗中的自我或类似"自我"的角色,比如《索尔兹伯里平原》("Salisbury Plain")中的男子、《边境人》(*The Borderers*)中的理沃斯(Rivers,此人物后来被华兹华斯改名为 Oswald)、《废毁的农舍》("The Ruined Cottage")中的货郎。① 哈特曼从华兹华斯自己的精神成长来看他笔下的人物,常常将那些人物视为诗人的化身、他的一部分,几乎不具有自己的独立个性与存在。比如《山楂树》这篇写一个疯女人的叙事诗中的"山楂树",就被哈特曼认为是"一个竭尽全力保存自身的正在形成的自我的象征"。② 如艾玛·梅森(Emma Mason)所言,新批评路径的一大贡献是强调对华兹华斯文本的分析,同时,新批评派"一直将华兹华斯的叙事者都解读为孤独的漫游者,思考着人生的道德与美学张力,力图要将自己的情感与物质体验转化为语言形式。"③ 新批评的方法尤其适用于分析华兹华斯的抒情诗,但对他的

---

① Geoffrey Hartman, *Wordsworth's Poetry: 1787—1814*, New Haven: Yale University Press, 1964.
② Ibid., p.147.
③ Emma Mason, *The Cambridge Introduction to William Wordsworth*, Cambridge: Cambridge University Press, 2010, p.101.

叙事诗似乎无意或者无力分析。

　　1980年代兴起的左派的新历史主义批评在华兹华斯研究界掀起了巨大的声浪。杰罗姆·麦克干(Jerome McGann)、玛杰莉·列文森(Marjorie Levinson)、阿兰·刘(Alan Liu)等学者致力于分析浪漫主义的"意识形态",从华兹华斯的时代语境,尤其是华兹华斯与法国大革命的关系中,书写他如何为躲避时代风云而逃入自然,逃入想象。① 他们着力于寻找在他的诗中被排除和被压制的当时的政治。他们相信在文学之下、之外有另一个文本,列文森说自己的方法是"一种负面寓言理论"(a theory of negative allegory)。② 这些左派批评家对"正确的"文学有单一的理解,就是反映当代穷人和当代重大政治事件的文学。因此阿兰·刘在他的巨著《华兹华斯:历史感》(Wordsworth: The Sense of History)中就以近于"索隐"的办法,反复将华兹华斯的诗与拿破仑联系在一起,认为《序曲》中华兹华斯对自己跨越阿尔卑斯山的描写其实是隐形地书写拿破仑,《序曲》结尾登斯诺顿山的段落亦指向拿破仑。这种解读把当代的大历史当作唯一重要的历史事实,相当于认为当时的诗人们不可能有其他关切。列文森在对华兹华斯的名诗《丁登寺》的分析中,寻找那些不在场的穷人与流浪者。③ 然而如果深入阅读华兹华斯的叙事诗,会发现华兹华斯写了许多的流浪者与穷人。可以说华兹华斯在他的抒情诗与叙事诗中进行了分工,抒情诗以自我为主角,叙事诗则更加脚踏实地,有更大的公共性。

　　乔纳森·贝特(Jonathan Bate)在其《浪漫生态学:华兹华斯与生态传统》(Romantic Ecology: Wordsworth and The Environmental Tradition)中分析了新历史主义批评的"历史性",指出新历史主义批评的出现是为了打破哈特曼、布鲁姆等的强势地位,但新历史主义"起初意在推翻一种霸权地位,结果自己成为霸权"。④ 学者托马斯·麦克法兰(Thomas McFarland)在《华兹华斯:强度与成就》(William Wordsworth: Intensity and Achievement)一书中,

---

① Jerome J. McGann, *The Romantic Ideology: A Critical Investigation*, Chicago: The University of Chicago Press, 1983; Marjorie Levinson, *Wordsworth's great period poems: Four essays*, Cambridge: Cambridge University Press, 1986; Alan Liu, *Wordsworth: The Sense of History*, Stanford: Stanford University Press, 1989.
② Marjorie Levinson, *Wordsworth's great period poems: Four essays*, p. 8.
③ Ibid., p. 107.
④ Jonathan Bate, *Romantic Ecology: Wordsworth and The Environmental Tradition*, London and New York: Routledge, 1991, p. 6.

力图纠正新历史主义的极端政治化解读,回到对华兹华斯的审美评价。① 在此书的第一章"关于缺席的喧嚣"(The clamour of absence)中,作者以列文森对《丁登寺》的批评为主要靶子。列文森强调《丁登寺》中的缺席。麦克法兰的一个反驳是,人们更应分析的不是华兹华斯在诗中没有写什么,而是他写了什么。② 麦克法兰认为,新历史主义无法解释什么是好诗。麦克法兰此书的目的就是寻找华兹华斯伟大诗歌的力量之所在,他给出的关键词是"强度"(intensity),并分析了"强度"在华兹华斯具体作品中的呈现。但在麦克法兰看来,"在华兹华斯的两种伟大模式:个人模式与叙事模式中,最能传达华兹华斯式强度的是个人模式(the personal)",③因此他判断《丁登寺》等抒情诗比《麦克尔》《废毁的农舍》更成功。在此我们又感觉到了新批评派甚至前文所言的华兹华斯同时代人的一种类似倾向。

大卫·辛普森(David Simpson)的著作《华兹华斯,商品化与社会关切》(Wordsworth, Commodification and Social Concern)是更加晚近的左派论著。④ 作者从马克思的角度出发,但得到的是与此前的左派研究相反的结论,看到了华兹华斯如何深刻记录了社会的变化,而西方当今的社会现实与华兹华斯的时代是一脉相承的,华兹华斯的作品因此对今日西方仍有重大意义。辛普森认为,华兹华斯对时代的再现是复杂的,既有反抗,也展现了商品形式的强大力量。此书亦从政治和社会的角度研究华兹华斯,集中研究他与外部世界的联系,但强调他的诗歌的历史真实性。在作者看来,华兹华斯与马克思在很多方面是不谋而合的。此书范围宽广,有强烈的介入感,其重点是华兹华斯如何书写弱者,作者以此批评新自由主义。但作者表现出批判资本主义的过于理论化的倾向,华兹华斯只是他的一个例证。书中多关心华兹华斯书写黑暗、阴魂、死亡等一面的文本,尤其是 1800 年左右的文本,而忽视其理想性、欢乐与明亮之处。华兹华斯对乡村的书写和对中世纪的书写都不完全是资本主义的商品形式能解释的。另外,辛普森用华兹华斯与马克思互证互解,可以说是双焦点的,对具体诗歌文本的讨论不多。

多恩·比亚罗斯托斯基(Don H. Bialostosky)在《华兹华斯,对话法与批评实践》(Wordsworth, Dialogics, and the Practice of Criticism)一书中,以巴

---

① Thomas McFarland, *William Wordsworth: Intensity and Achievement*, Oxford: Clarendon Press, 1992.
② Ibid., p. 3.
③ Ibid., p. 72.
④ David Simpson, *Wordsworth, Commodification and Social Concern*, Cambridge: Cambridge University Press, 2009.

赫金的对话理论为分析华兹华斯诗歌的工具。① 作者的焦点不仅是叙事诗，也包括抒情诗，重点在于发现文本中不同声音之间的差别及其丰富性。但作者对"对话法"(dialogics)的理解过于宽泛，将各种批评家的声音也包括进来，比如分析《丁登寺》一诗时在其中分辨柯尔律治、多萝西的声音，以及其他前辈诗人的声音。作者较难说明华兹华斯的叙事诗与小说的不同。实际上，巴赫金本人认为诗一般"不包括异样的社会语言，而依赖诗人自己和诗人的传统来创造一种特殊的诗歌语言"。② 比亚罗斯托斯基的实践告诉我们，在将以小说为主要对象的叙事学理论和方法用于分析华兹华斯的叙事诗时尤需谨慎，这些方法常常不能揭示华兹华斯叙事诗的核心特点。当代的叙事理论主要面对小说，华兹华斯的叙事诗则落在了一个夹缝当中，导致学者处理他的叙事诗之无力的局面。

本书将全面分析华兹华斯的叙事诗，以勾勒这些叙事诗所呈现的世界。华兹华斯的叙事诗根据题材可主要分为三大部分：当代乡村的叙事，关于"我"的成长与选择的叙事，中世纪和古典题材的叙事。本书的第二到第五章处理乡村主题，第六到第七章处理自我成长与选择的主题，第八章则分析古典和中世纪题材的叙事诗。贯穿在这些诗中的是华兹华斯在追求理想与追求真实之间的矛盾。在乡村、中世纪与古代、自我的成长与身份的叙事中，他都努力描绘近乎完美的世界，但同时在每一世界里，他都无法使自己回避裂隙、黑暗与挫败。浪漫主义与现实主义在这些叙事中始终是纠缠在一起的。

---

① Don H. Bialostosky, *Wordsworth, dialogics, and the practice of criticism*, Cambridge: Cambridge University Press, 1992.
② Ibid., p. 65.

第二章 新的牧歌:继承、建构与消解

一 英国的当代牧歌

华兹华斯最重要、数量也最多的叙事诗是关于当代英国乡村的。他力图将乡村描绘为一个理想世界、一个有桃花源色彩的乌托邦,但这一理想世界同时呈现出许多裂隙。他笔下的乡村的整体气氛是人与自然的和谐,是牧歌,然而不和谐的一面也时常出现。

乡村之所以能作为理想之地,与乡村在自然中的位置密切相关。乡村是嵌在自然中的,乡村人以自然为自己的生活环境,与自然有着紧密联系。乡村的自然性也带来了其有机性,自然及与自然相关的品质构成乡村与城市相区别的标记。华兹华斯书写的各种乡村职业——牧羊人、农民、猎人——都在自然中工作,与自然的纽带是乡村共同体最大的特征之一。乡村的这种有机性在华兹华斯书写景色的诗歌中尤为明显。尤其在视觉的描绘中,在远观的诗人眼中,乡村的房屋、篱笆等都融在自然中。它们固然是人工的结果,体现着人的劳作与活动,但它们也是自然的,不仅不破坏风景的整一,而且是风景的一部分,甚至与山、河流、树等自然物没有本质区别。在《丁登寺》中华兹华斯就写道:"这些篱笆,几乎算不得篱笆,/一小排一小排活泼的树恣意生长"(16—17行)。[1]

《丁登寺》的静态风景中有人居住的痕迹,但并没有一个人出现,仿佛人的活动会打破自然的"有机性"。而在华兹华斯的早期诗《黄昏漫步》("An Evening Walk")中,乡村人也被囊括在自然之中,具有自然的特点。[2] 此诗中的风景不是无人的所在,诗人在傍晚的长途散步并不是为了避开人,以便在风景中躲藏自身。风景中就包括桥梁、道路、农田,甚至采石场。人是风景不可缺少的部分,仿佛没有人的自然也会减弱其美丽。有了人,自然也部分地被驯化,显示为对人类友善的宜居之地。风景中的人在风景之中,与之同色。采石工人的劳动是此诗中最细致的对人的书写,这是在华兹华斯的其他诗中没有出现过的一个乡村人群。虽然他们的工作属于对自然物的破坏,但在此

---

[1] William Wordsworth, *Lyrical Ballads, and Other Poems, 1797—1800*, pp. 116—120.

[2] William Wordsworth, *Major works*, Stephen Gill ed., Oxford: Oxford University Press, 1984, pp. 1—12.

诗中采石被描绘为自然而愉快的职业。采石工人的数量虽多,但他们依然是自然的点缀,在自然中并没有喧宾夺主,在乡村风景中,连采石的炸药之声都并不违和。采石工人的工作虽然危险,但并不劳累,他们"一边劳动一边歌唱"(167行)。在风景中,在美好的自然中,浪漫的劳动是要适度的,不能太痛苦。

华兹华斯对于乡村的理想描绘让他的书写与牧歌(pastoral)传统产生了联系。pastoral一词应该用怎样的中文来翻译,这是一个问题。如果译为"田园诗",似易与中国固有的山水田园诗传统混同起来,令人想起陶渊明、王维,并因此遮蔽华兹华斯的独有特征。pastoral一词来自pastor,pastor是牧羊人之意,而牧羊人的生活环境与中国的田园与乡村并不相同。因其相对自由的户外生活,牧羊人在多种文学传统中都有浪漫色彩,中国古代诗画中也有牧童。但中式田园诗的主角是农夫、渔夫、樵夫,而不是牧羊人,牧童是乡村图景中的点缀。华兹华斯书写的牧羊人不是在广大平坦的草地上或乡村附近牧羊,而是在高山中牧羊。当地牧羊人每家有一块农田,山上有放牧之地,既种地又放羊,延续着世代相传的生活方式。《麦克尔》一诗的第一段用了pastoral一词的形容词形式,描述一个寂静无人的山谷,两侧都是高山,那里并无任何田园迹象。在1805年的《序曲》中则这样写索尔兹伯里平原:"the pastoral downs"(XII. 316),这里的风景也完全不是"田园"的,而是荒凉的,几乎只与"可以放牧"有关。

在这些有关乡村景色的部分中,华兹华斯倾向于以远观的视角,将乡村人物都纳入他的浪漫图景。而一旦近看或叙事,一旦这些泛泛的人物具体化、历史化,叙事就常常与整体的美好或崇高的自然发生冲突,二者间形成明显的裂隙。牧羊人的情况就是如此。在风景中被远观之时,他们是如图画一般的。但当华兹华斯在叙事诗中接近他们,讲述他们的故事,牧羊的职业就失去了其浪漫性,成为谋生手段之一种,一种经济模式。尤其当这职业与金钱和资本联系在一起,就更是一个常常带来痛苦的职业。就如《最后一只羊》一诗中,那到山上去放牧的牧羊人是怀着沉重的心情,他下山的时候走在路上时是哭泣的,自然对他没有任何用处。华兹华斯描绘乡村自然的抒情诗有更浓厚的牧歌色彩,如《丁登寺》和《作于早春》("Lines Written in Early Spring"),叙事诗中则有更现实和更复杂的面向。从作为一种诗体的用法而言,华兹华斯几首以"pastoral"为副标题的诗实际上解构了这种体裁的一致性,他的牧歌毋宁说涵盖了乡村生活的各个方面:欢乐的,痛苦的,美好的,丑陋的。

虽然人们常常认为浪漫主义发现了自然,但华兹华斯的乡村描写与之前的牧歌传统亦有一定联系。他翻译过两首意大利诗歌,可以说都属于牧歌。一篇是《译麦塔斯塔西奥诗》("Translations from Metastasio"),原诗作者麦塔斯塔西奥(1698—1782),诗中写牧羊人与牧羊女之间的情话。① 此诗属于甜腻的风格,在诗中牧羊不重要,自然也不甚重要,重要的就是恋爱。华兹华斯虽然翻译了这样的诗,但他本人并不写牧羊人与牧羊女的恋爱。可以说从这类诗中华兹华斯继承的是对户外优美风景的书写传统,而放弃了恋爱的牧羊人的幻想。《译米开朗基罗断章》("Translation from Michelangelo, A Fragment")则译自米开朗基罗赞美乡村人平静生活的一首诗,与华兹华斯写的一些诗几乎难以区分。② 原诗第一段遵循着典型的牧歌程式,一个牧羊人吹着笛子牧放山羊,"而他的情人,冷心冷面的情人!/在树荫下镇定而漠然地旁观着"(7—8行),骑士传奇中的冷酷女性形象被嫁接在一个牧羊女身上。在米开朗基罗的这首诗中,地点是不确定的,牧羊人并不真的劳动,他"在曲折嘹亮的牧笛中/宣泄自己的痛苦"(4—5行)。传统牧歌并不触及劳动的艰辛,牧羊人的主要活动是通过音乐表达恋爱的欢乐与痛苦,他没有生计的忧虑。他一定要有个牧羊女为伴。而在华兹华斯的诗中,牧羊人不恋爱,也需关心生计问题;他总是独自放牧,没有牧羊女为伴。米开朗基罗这首诗中的自然是泛泛的,而华兹华斯的牧羊人都在英国乡村的具体风景之中,这种风景并非传统牧歌中那样温暖而平静,而是崇高的,有力量和破坏性。

米开朗基罗的这首诗其余各段都很写实,写出了一个非乡村人对乡村淳朴生活的向往,写出了来自城市与纷争世界中的人们对逃离的渴望。米开朗基罗对乡村的向往与理想化,有些部分几乎是华兹华斯的翻版一般。此诗中也从外表的平静推断乡村人内心的安宁:

> 我也同样羡慕着另一种情景,
> 就是那乡下一家人围绕着自己的土屋;
> 有人铺开桌子,有人点燃火……(9—12行)

乡村的特点是没有动荡和纷争,这种乡村书写总是隐含着一个对立面,就是纷扰的人间世界。《桃花源记》也几乎是这种思路,那里的人们生活平静安乐,需要劳动,但劳动并不艰苦。中式的田园中没有高山峻岭(那是隐士与僧道活动的场所),桃花源里没有风暴。这样的诗歌在中西方都有一个强大传统,中国的山水田园诗也有这样的因素。一直到叶芝的《湖上小岛茵尼丝

---

① William Wordsworth, *The Poems*, John Hayden ed., New Haven: Yale University Press, 1977, vol.1, pp.585—586.

② Ibid., pp.665—666.

弗里》("The Lake Isle of Innisfree")依然在这一传统之中。当然,这种向往大多数时候都体现为语言而非行动,米开朗基罗和叶芝都并没有真的到乡下去当农夫或隐者。叶芝在《湖上小岛茵尼丝弗里》中反复说"我现在要动身前去",既表达了逃离到自然中去的渴望,也说明这是一种实际上无法实践的愿望。①

华兹华斯的特别之处在于,他既在桃花源之外,看到其理想性,又生活在其中,与那些牧羊人为邻,深知他们生活的艰辛。他处在某种中间位置:他生长于乡间,定居于乡间,但他的身份是一个并不参加劳动的乡村诗人。他对乡村生活有深入的了解,同时一定程度上又外在于乡村。可与华兹华斯形成另一种对照的是20世纪的美国诗人弗罗斯特(Robert Frost)。罗伯特·菲根(Robert Faggen)写道:"如果'牧歌'(pastoral)意味着一种强调乡村之美与淳朴的模式,那么弗罗斯特的诗看起来显然是不和谐的。"②如果说弗罗斯特的乡村中有许多残酷与黑暗,尤其缺少乡村人物之间的和谐共处,那么华兹华斯的乡村就是以优美单纯为主调,但也有许多痛苦之处。

关于牧羊人,华兹华斯在《序曲》第八卷用了很多篇幅,这一卷与他关于乡村人物的叙事诗关系密切。他出于对人的爱与兴趣写叙事诗,而牧羊人是其中最高大也最重要的角色之一。华兹华斯在此卷中有疏有密地刻画了几个不知名的牧羊人形象,再加上一个较长的叙事段落"女房东的故事"(the matron's tale),构成了对牧羊人的丰富书写。

华兹华斯虽然部分继承了牧歌传统,但他显然对自己叙事诗的独特之处很自觉,也对当代英国的牧歌应该如何很自觉。他强调自己的作品最大的不同是具有当代的"真实"。在《序曲》第八卷,他把自己书写的牧羊人与西方诗歌传统中的牧羊人区别开来。他说,他所写的不是古典牧歌中的牧羊人,也不是莎士比亚戏剧、斯宾塞诗歌中的那种牧羊人;那些都是文学形象与手段,而他的牧羊人是真实的。前者浪漫轻松,后者辛苦,但二者之间并非没有联系。古罗马气候宜人,牧羊人有潘神的保护。华兹华斯并不否定这些,而是对之存有怀旧之情。他并非认为从前那种牧歌是虚假的,而是被其美好书写所吸引,但令他遗憾的是,他相信那样的时代已经过去,他所在时代的牧羊人的生活已经是艰苦的。传统牧歌中的牧羊人跳舞唱歌、恋爱、庆祝各种节日,

---

① W. B. Yeats, *The Collected Poems of W. B. Yeats*, Richard J. Finneran ed., New York: Scribner, 1996, p. 39.

② Robert Faggen, "Frost and the Questions of Pastoral," in Robert Faggen ed., *The Cambridge Companion to Robert Frost*, Cambridge: Cambridge University Press, 2001, p. 49.

那是一种乐园式的存在。如果说华兹华斯的牧羊人也在乌托邦中,这乌托邦的理想性要弱化很多。他笔下的牧羊人需要面对艰辛与痛苦,有生老病死。但牧羊人的辛苦也有其甜蜜之处,其生活中的危险也是浪漫的——这些都增进了牧羊人对他的吸引。危险也源于自然,自然不只是牧羊人的养育者和其自由生活的背景,也是他们谋生的场所和需要克服的力量。

华兹华斯强调自己写的是英国,是当代,英国的地形在一定程度上决定了这里的牧歌是不同的。华兹华斯记录了自己在德国见到的一个有古典风格的宜人牧场,英国的自然条件相比之下要艰苦很多:

> 你们,岩石与悬崖——你们更能
> 抓住人的内心!你们桀骜不驯的
> 飞雪与波涛,你们凛冽的疾风……
> (VIII.354—356,参照丁译本 VIII.217—222)

古典牧歌中的牧场以及当代德国的理想牧场都地势平缓,自然环境优美,不像华兹华斯所熟悉的英国湖区有这样多的岩石和悬崖,有严酷的冬天,这些英国因素给了他的牧羊人空间以崇高的品质。传统牧歌的精神是悠闲、优美、自由,其空间是以地中海地区为范本的。华兹华斯所写的则是英国的当代牧歌。他很多时候仍将牧羊人作为一种美学因素和风景的一部分,写到他们的悠闲,但同时增添了艰苦、崇高、危险。也许英国这样的自然正是华兹华斯所偏爱的,这里的自然并非完全优美,但宏大而有高度,有严酷之时,需要去静观和征服。尤其在英国的冬天,牧羊人需要躲避风雪,需要把干草背到山上,这些是牧羊人生活的现实一面,但也带来崇高感。与传统牧歌类似的是,他的牧羊人也是自由的,包括身体活动范围的自由、经济自由和精神自由。

在华兹华斯的时代,牧羊人的自由显得更加迫切。华兹华斯鼓吹自由,他的自由的主体不是工人,不是贵族或资本家,而是牧羊人。他的选择是很独特的。牧羊人属于社会底层,离穷困的距离总不太远,但他们仿佛处在当代的异化与剥削之外,同时又是传统的继承者。华兹华斯在一个仿佛失去自由的时代,抓住了一个尚存的然而正在消失的"自由之人"的象征。在《序曲》中,华兹华斯将牧羊人视为自由的代表:

> 在他所奉职的
> 广阔区域里,他自觉是个自由人。
> (VIII.385—387,丁译本 VIII.251—252)

这种自由在 18 世纪末 19 世纪初弥足珍贵。牧羊人是众多职业中一种特殊的职业,华兹华斯有时甚至不将其想象为一种职业。牧羊人没有主人,也不隶属于机器,我们可以把牧羊人与华兹华斯多次写到的工厂里的工人相对照。工人在室内,按照固定时间劳作,如同囚犯或奴隶,而华兹华斯笔下的牧羊人则是资本主义之外一种奇特而古老的行当。后来的历史发展证明,这种行当到20世纪几乎消失,羊不再由家庭来散养,而是由牧场大规模豢养,20世纪的牧羊人也是一种雇工,也在为别人工作。华兹华斯描绘的则是一种没有异化的人,逆着历史潮流的人。在那个已很难维持个人自由的时代,牧羊人的自由需要付出艰苦劳动的代价,但这是值得的。牧羊人在自己的领地"就像个君主"(Ⅷ.393,丁译本 Ⅷ.258—259)。与其说这是牧羊人的感觉,毋宁说是华兹华斯的感觉。历史上的牧羊人自己很少书写自己,缺乏自述,是一个沉默的阶层。他们也这样看待自己的生活吗?他们宁愿放牧,也不愿去城市里打工吗?这种生活方式从经济上而言正在消失,所以才有华兹华斯笔下那么多牧羊人家庭的破产,才有《麦克尔》和《最后一只羊》中的牧羊人家庭无论如何勤劳也不能维持生计。这些破产仿佛是偶然事故,但它们集合起来汇聚成一股强大的潮流,告诉我们牧羊人的生活方式是正在被抹除的,华兹华斯对牧羊人的赞美也正是一种哀悼和挽歌。牧羊人的自由在工业革命的时代显得愈加宝贵,几乎是最后的一种自由。

对华兹华斯来说,更自由的是牧羊人,而不是农民。农民比较固定在土地上,其活动空间没有牧羊人的空间广大。在《窄窄的一带巉岩与山崖》一诗中,华兹华斯很少见地书写了田野中的集体劳动场面。① 秋收季节,男女老少都参加土地上的劳动,尤其是儿童也参加。劳动是喧闹的,分辨不出其中的劳动者个体。这农业劳动的场面固然有欢乐的集体色彩,但与牧羊人在山中单独的难以称为劳动的劳动相比,后者更为华兹华斯所偏爱,也更符合他的新牧歌设想。在此诗中,"我们"(散步的华兹华斯、多萝西和柯尔律治)看到一个人在钓鱼,而没有参加农业劳动。"我们"心中指责此人:

> 他一定是一个
> 游手好闲的人,能这样虚度
> 收获季节中的一天,此时雇工工资
> 相当可观,他本可以攒下一点钱,
> 以在冬天时给自己带来些欢愉。(56—60行)

可见在农业劳动中,没有土地而受雇于他人的乡村人很多。华兹华斯写

---

① William Wordsworth, *Lyrical Ballads, and Other Poems*, 1797—1800, pp. 247—250.

的常是自己拥有土地的,既是农民又是牧羊人的人。他不愿过多触碰土地上的雇佣关系,这大概也是他不愿书写农民的一个原因。

在《序曲》中,自然教诗人爱他人,这个爱他人的过程是从牧羊人开始的,牧羊人是华兹华斯心目中理想的人。值得注意的是,牧羊人是华兹华斯的一种书写对象,华兹华斯无法成为他,也未必有愿望成为他。牧羊人辛苦而自由。华兹华斯有时也在山中活动,但牧羊人在山中活动是为了生计,诗人与牧羊人是分开的。牧羊人行踪不定,华兹华斯总是在一定距离之外看他,而难以与之成为一体。牧羊人在山中成为一个景观,保持着一种他者性,给"我"视觉上的震动。相比之下,《远游》中的货郎也是自由的,但他行走在人间的道路上,在行走中他也与自然合一,但他的阅历和经验仍主要在人间。货郎是一个类似华兹华斯的主体,善于思考和表达,可以做华兹华斯的精神导师。牧羊人则不需要反思,他拥有的似乎是一种更加原始的能力。

牧羊人是人的代表,代表人的高贵,华兹华斯对牧羊人的感觉成为对普遍人类的感觉与爱。他也自知这或许过于浪漫,会被人指认为是"虚影或幻象"(《序曲》:VIII.431,丁译本 VIII.297),但对他而言,这些从童年得到的真实感受并非虚幻。华兹华斯童年就看到这样的人,奠定了他对人类态度的基础。《序曲》第八卷所说的爱是对普遍人类的爱,超越了血缘之爱,而牧羊人就是诗人最初所爱的陌生人的代表。从《序曲》来看,华兹华斯的爱从牧羊人开始,及于其他乡村人物,再及于所有人。他并非如儒家那样由对家人之爱推及对人类的爱,他的爱是从某一类陌生人开始,而牧羊人就是这一链条的起点,也是这链条上的最重要环节。

传统牧歌本来是种小体裁,其特点是优美,与崇高的关系不大,华兹华斯的牧羊人则是崇高的。华兹华斯在《序曲》中书写无名的泛指的牧羊人时,其形象最崇高、最独立。这些崇高形象放置在《序曲》这一具有史诗规模的大诗中。但当华兹华斯在具体叙事诗中写到牧羊人时,他们痛苦的一面就更现实地呈现出来。

在华兹华斯的早期诗《黄昏漫步》("An Evening Walk")的风景中就包括牧羊人,"牧羊人裹在火一般的光环中,/时而是一个深色的小点,时而完全消失"(112—113 行)。牧羊人作为风景的一部分出现在"我"的眼中,他总是单独出现,从不成群,带有山中风景的崇高特点。值得注意的是这个牧羊人是一个泛指,没有名字,没有个性和历史,是所有牧羊人的代表。《序曲》第八卷中的牧羊人的形象与此类似,他们很不寻常,是崇高自然的一部分。华兹华斯记录了自己与牧羊人的几次远距离相遇。每一次那孤独的牧羊人都与自然融为一体,都是诗人看到他,他仿佛没有看到诗人,视觉的触动是单方向

的。其中一次"我"还是孩子,满山都是雾,这时,

> 在我的头顶上方,
> 从银色雾气中,看啊,清晰地
> 浮现出一个牧羊人和他的狗!(Ⅷ.93—95,1850年版删除)

这牧羊人如此意外地出现,令人吃惊,本来日常的景象变得不寻常。牧羊人和狗是不动的,而雾气是浮动的,赋予这场景以戏剧性。牧羊人和狗如同在雾海中的小岛上,雾遮蔽一切,然而从雾中显出一个牧羊人,他是雾遮蔽又揭示出的真相。这个牧羊人没有名字,很异样,位置高高在上,仿佛不属于这个世界。

接下来是"我"与牧羊人的另一次远距离相遇(Ⅷ.101—119,此片段在1850年版删除)。"我"的年龄与上一片段类似,"我"的儿童状态也是这景象如此惊人的原因之一。"我"看见"谷底的一个牧羊人"(Ⅷ.105)。在两个场景中,"我"与牧羊人都间隔着相当远的距离,需要仰视或俯视。两个牧羊人都是独自的。"独自"(solitary)也是一种精神独立的标记,如同那苏格兰山谷中独自收割的少女,或者收集水蛭的老人,牧羊人"独自"的生活方式提高了他个人的地位。《序曲》第八卷的这两个景象中,第一个更惊人。第二个场景中的牧羊人正在训练狗,狗吠叫着,追逐看不见的羊群。这是牧羊人在做牧羊人的工作,他有所为,使他可以理解,显得相对普通,而雾中的那牧羊人仿佛无端出现在雾中。第二个场景充满运动和活跃的生活气息,牧羊人发出声音,"手在来回挥舞"(Ⅷ.107),狗在奔跑,还有看不见的被狗吓坏的羊在"朝上窜"(Ⅷ.115)。这一段里有很多动词:人(stand, waved, gave signal, teach),狗(chase, advance, retreat, thridded),羊(fled);有声音(人的语声,狗的叫声),有色彩(傍晚的金光)。而第一个场景中,人只是站立,没有动作也没有声音,风景没有色彩。第二个场景19行(Ⅷ.101—119),第一个场景21行(Ⅷ.81—101),长度相当,两个场景放在同一段落里。两个牧羊人都仿佛是"我"完全不认识的,"我"与他们没有任何互动,没有关于他们外貌等方面的细节描写。重要的不是他们的身体细节,而是他们在这个环境中的位置。

除了这两次相遇外,第八卷提到的其他牧羊人形象也是高大的,尤其当身为儿童的"我"独自在山中突然遇到他,环境以及"我"作为儿童的视角都扩大了他的身量。傍晚,

> 他的轮廓会一下子将我罩住,浓郁的
> 夕晖让它发出辉光,似被圣化,

或有时,我在远处看见他,背衬着

天宇,一个孤独而超然的物体,高于

所有的高峰!(VIII. 404—408,丁译本 VIII. 269—273)

牧羊人总是以雾、阳光、天空等原始而广大的自然元素为背景。这些段落中,华兹华斯用 he 来指称这些牧羊人,仿佛他们是同一个人,抹除了其个性。"我"与他从未交一语,仿佛他是从山中出来的,是自然的原始部分,是人类之外的一种特别生物。他在视觉上给"我"以强烈冲击。他就像是动物或神,他的羊就像是白熊——人和羊都变大,变得异样。这些牧羊人显然是成年男子,但不需要呈现他们的面孔、服装,一个剪影足矣。这与前面的雾中"岛屿"场面是同一种风格,同一种效果。牧羊人以视觉形象出现,令人赞叹,也令人敬畏甚至惊惧。

《序曲》第八卷赋予牧羊人以崇高感的另一方法是叙述他们面临的危险,这也是传统牧歌中少有的。然而当涉及这一内容的时候,牧羊人的崇高与异样色彩就淡化了一些,诗的现实感增强。第八卷中的这部分是以一段长叙事来呈现的。华兹华斯说,关于牧羊人他知道很多"早先时候的灾害、险象与奇妙的/脱险"(VIII. 217—219,丁译本 VIII. 169—170)。他在其他叙事诗中记录了乡村的许多暴力死亡,美好的自然山野会成为暴力死亡的背景,甚至会是死亡的直接原因。在《远游》中,一个英武的年轻人在水中溺死,《兄弟》中的弟弟坠崖,《露西·格雷》("Lucy Gray")中的女孩雪夜在旷野失踪。在《序曲》第八卷,与这一卷牧羊人的崇高生活相应,华兹华斯没有选择那些悲剧故事,而是选了一个惊险的故事,就是"女房东的故事"(The matron's tale, VIII. 222—311)。这故事是"我"的女房东安·泰森(Ann Tyson)讲给"我"的,是第八卷最长的叙事部分。其主人公是一对牧羊人父子,孩子为追羊被困在急流中的小岛上,最终为父亲所救。与上文所述的牧羊人的崇高形象不同。此故事有动作,有起因和结果。而上文分析的雾中与谷地中所见的牧羊人都如同剪影,几乎是不变的,所占篇幅也很短。《序曲》第八卷这一故事中的牧羊人父子代表牧羊人生活的另一面:克服危险,也就是克服自然。长叙事与短叙事在这一卷里承担了不同的功能。

此故事在 1850 版本的《序曲》里全部删除,也许华兹华斯觉得故事中的主人公并非自己,与自己的成长关系不大。前面关于牧羊人的两个片段是诗人亲眼所见,牧羊人的崇高是诗人感受到的,这个故事则是诗人听说的。同时也可能因为这故事写到了具体的牧羊人,牧羊人的崇高感已相当下降,放在全诗中有些气氛不合。华兹华斯的这种大幅度修改可以让我们看到第八卷这一故事的特点。这个故事很长也很详细,它的焦点是被讲述的人,诗人对这故事完全没有参与。

　　故事的两个主人公是一个牧羊人和他的儿子。为了寻找一只迷失的羊，父子在山中辛苦寻找了两天，孩子差点因此丧命。此故事非常紧张、紧凑，父子二人各自都走了很远的距离。华兹华斯把这对牧羊人父子游荡的以家为中心的广大范围勾勒出来，记录了他们的行踪，列举了当地的很多地标。父子走的是山区，其中有高山、深谷、湖、河流，这些既是本地风景，又是牧羊人父子的危险途程。对本地地标的列举赋予了父子的行为以更大的意义和代表性，同时也让牧羊人生活的艰苦一面呈现出来。父子二人喜爱在山中行走吗？他们顾得上欣赏风景吗？在诗歌的字里行间我们看到，父子二人冒着生命危险，为寻找一只羊而奔波了两天。他们爱羊，不是因为对羊的宠物般的爱，更是因为那是拮据之家的家庭财产，由于羊的珍贵，他们愿意付出这样的代价。

　　华兹华斯曾热爱冒险，后来这种热望并未消失，而是被驯服，成为他的诗中的某种潜流。他不需要到别处去寻找交锋的战船，到其他时代去寻找英雄，本地就有直面危险的英雄。这对牧羊人父子就是英雄。危险削弱了牧羊人生活的优美，而增加了其英雄性。尤其是那男孩子，他很有决断，也熟悉羊的习性，他跳到羊所在的激流中的小岛上，"怀着骄傲的心　/和先知般的快乐"（VIII. 279—280）。这些英雄行为都是为自身的：为自己的家，自己的羊。父子二人没有集体感，而是作为个人而存在。他们独立自足，不承担公共责任，他们的勇敢不体现为公共精神。他们与浪漫主义诗人一样，也是自我中心的。

二　被消解的"牧歌"文类

　　牧羊人身上的理想性在《序曲》中表现得最为充分。在这首描述诗人自我成长的长诗中，牧羊人对"我"的意义重大，其形象也最高大，在华兹华斯的自然教育、他与自然和他人的关系中占据着重要位置，也是《序曲》中花最多笔墨去书写的一类乡村人物。而在华兹华斯关于牧羊人的具体的叙事诗中，对叙事对象的近距离书写使"我"的重要性下降，牧羊人自身的视角变得更重要，华兹华斯此时就会更多转向现实描述。牧羊人的理想性与崇高感减弱，他们常常成了可哀怜的对象，其生活的复杂面呈现出来，尤其是其中的痛苦与断裂。一种现实的牧羊人形象出现，他们裹挟在家庭悲剧与时代潮流中，他们的生活正在没落。

　　值得注意的是几首以"pastoral"作为副标题的诗，它们都是叙事诗。华兹华斯把这几首诗标记为"pastoral"，确认它们都属于"牧歌"体裁，然而这几首诗非常多样,有的与传统牧歌比较接近,有的则几乎是传统牧歌的反面。它们划出了一个情节范围和情感范围都很广的区域,华兹华斯将这些区域都以"pastoral"命名。他对这一词的广泛使用,几乎使之失去了作为一种文类的规定意义。这几首诗是《不务正业的牧童》("The Idle Shepherd-boys")、《宠物羔羊》("The Pet-lamb")、《橡树与金雀花》("The Oak and the Broom")、《麦克尔》("Michael"),以及《懊悔》("Repentance")。① 在这几首诗中,《麦克尔》与《懊悔》都写乡村居民失去土地和家园,完全是牧歌的反面,称之为"pastoral"令人意外,而中文若将其翻译为"牧歌"也不大合适。其余三首诗中既有传统牧歌的影子,同时也在不同程度和不同方向上离开了牧歌。

乡村理应是有机的,欢乐的。华兹华斯在一些诗中书写了这样的无忧无虑的欢乐,这种欢乐主要体现在男孩子身上。如果说女孩们仿佛自然的女儿们一样纯洁美好,喧闹、爱游戏的少年则是另一种人类。他们常常集体出现,在大自然中游戏,最集中地体现了不为人世思虑所染的欢乐童年。《不务正业的牧童》就是一首这样的诗,讲述了山上一段小小的戏剧。② 演员众多:中间两个牧童,高处一只母羊,水潭里一只游泳的羔羊。三层高度类似舞台的前景、中景、背景,每一层都演出着紧张的关系:两个牧童在冒险;羔羊被困水潭,向母羊哀鸣;母羊焦急,向羔羊哀鸣。两只羊之间隔着两个牧童,两个牧童最初却不知道两只羊的困境。最后,一个诗人上场,解救了羔羊。

此诗写了五月的狂欢般气氛中一个有惊无险的小事件。在幸福美好的五月,万物自得,牧童也自得。开篇设置了传统牧歌的一个场面,与华兹华斯的许多抒情诗中的欢乐自然一致:

> 喜悦的声音响彻山谷,
> 群山之间荡漾着回声,
> 仿佛一支萦绕不绝的歌,
> 迎接着那五月的来临。(1—4 行)

这自然的背景是温暖的,充满了阳光、生长和自由。

但在这首诗中,我们可以看到华兹华斯牧歌中的游戏/悠闲与劳动/责任之间的张力。题目中的"idle"一词既是对牧童无忧无虑生活的赞美,也是

---

① 《懊悔》("Repentance"), William Wordsworth, *Poems, in Two Volumes, and Other Poems, 1800—1807*, pp. 575—576。题目改为"Repentance: A Pastoral Ballad"的版本见 William Wordsworth, *The Poems*, John O. Hayden, ed., New Haven: Yale University Press, 1977, vol. 1, p. 476—477。

② 华兹华斯:《华兹华斯叙事诗选》,第 270—274 页。

一种批评。牧童可以游戏,但同时也应尽职尽责,因为放牧是严肃的工作。"他们看起来无事可做,/或者该做的事情已经做完"(13—14 行)。这两句诗是对"idle"一词的诠释,很难将这个词翻译成中文,它本来指无所作为,与启蒙的有为、做事正好相反,卢梭在其《漫步遐想录》中也常常这样无所事事并称赞这一品性。两个孩子的游戏与工作无关,作为孩子不失为正当。类似的,《乞丐》中的两个男孩子因为是乞丐,反而从一切社会责任中得到了解脱,获得了彻底自由。但在华兹华斯的现实之眼中,哪怕是牧童也要勤勉。华兹华斯笔下的牧羊人都是勤勉的,他们独立而安宁的生活是辛苦劳动得来的。华兹华斯有实用的工作伦理,他的乡村人几乎从不清闲,连《独自割禾的少女》也是一边歌唱,一边劳动。然而这种劳动是自然之中的劳动,是为了自己和家人的劳动,是有机的而不是异化的,并非辛苦。华兹华斯既书写乡村劳动,同时又不乏"浪漫"地将这种劳动写为并不痛苦的有机劳动。在人物需要劳动这一点上,他不同于传统牧歌;而就人物活动的有机性而言,他笔下的这种劳动又符合传统牧歌。

此诗中游戏的牧童是纯正的天然艺术家,自己创造游戏规则,将各种物品都变成了游戏工具。他们的游戏不是无端消耗时间和精力,而是人类艺术冲动的体现。他们还用本地植物装饰自己的帽子,《乞丐》中的两个少年也以花叶装饰自己的帽子,这是乡村少年游戏之心的一种表现。此诗中两个孩子的游戏还包括吹笛,这是牧歌中牧羊人的典型行为,"两个人像青天白日般快活,/就这样把时间慢慢消磨"(20—21 行)。牧童仿佛比成年牧羊人更能体会到自然之乐,因为他们还不甚懂得生计和责任,这是他们的优点,同时也是他们的缺点。此诗中,孩子们耽于玩耍固然快乐,却险些造成严重后果,损失一只羔羊。此诗体现了华兹华斯身上非实用和实用因素的并存。

与《序曲》中的"女房东的故事"(the matron's tale)类似,此诗中也可看出牧羊人面对的潜在危险以及乡村事故的普遍。一切并非表面看起来那样欢乐,如果细听会听到羔羊发出的哀鸣。两个牧童在玩耍之中并没有听到那哀鸣,在整体的欢乐气氛中这声音仿佛被淹没。牧羊人责任重大,涉及羊的生死。同时两个孩子也处在危险中,他们在游戏中冒险走过岩石,而《兄弟》里的弟弟正是失足而死。此诗的最后羔羊和牧童都无恙,确保了一个大团圆结局。而在其他不那么幸运的时候,牧童和羔羊都有可能遭到灾祸。

此诗呈现了一种和谐的乡村人际关系。两个牧童虽然有性格上的差异,但并无矛盾,是恰好合适的一对伙伴。诗中还有一个如同对待自己孩子一样对待他们的诗人,诗人在乡村的位置是有机的,没有被视为局外人,也并不置身局外。人物和谐共处,故事有惊无险。总之这是一首欢乐的诗,虽不是传统牧歌,也差不多最接近传统牧歌了。

与男孩喧闹的户外活动不同,《宠物羔羊》书写了一个小女孩与羔羊的故事,更加安静优美,与传统牧歌的美好气氛也很接近,然而从中亦可看到人与自然之间的某种隔膜。① 诗人为一个小女孩代言,写她对一只羔羊的爱。她问羔羊:"你怎么了,羔羊?"(21行)。这种写法华兹华斯常常是留给母亲们的,小姑娘对羔羊的关切也类似母亲。但她反复问着羔羊这一问题,看来她与羔羊之间并不能理解。连这样一个小女孩,对野外自然的表象与本质之间的差距也有清晰认识:

> 哎!那山巅看起来如此青翠和悦!
> 我听说有可怕的风和黑暗从那里降落;
> 那些小溪看起来如此轻快,如此逍遥,
> 它们发怒时,会像捕猎的雄狮般咆哮。(53—56行)

一个可爱而幸福的女孩如此宠爱一只羊羔,但此诗中的大自然也隐隐有其阴暗的一面。

另一首以"牧歌"命名的叙事诗《橡树与金雀花》以寓言形式呈现了自然的面貌,尤其让我们窥见自然中的暴力。乡村作为理想世界的一个理由就是它与自然的和谐。自然在《序曲》中是诗人的导师,是人的家园,最完整和谐的整体,自然的这种和谐性与正义性在华兹华斯的抒情诗中到处可见。然而在他的一些叙事诗中我们却看到自然本身的不合理,而对自然合理性的疑虑,正是艾米丽·迪金森和弗罗斯特等具有现代怀疑精神的诗人时常探索的一个主题。华兹华斯的诗歌有时也给我们留下一些怀疑的痕迹。

"自然和谐论"难以解决的一个问题就是大自然中存在的食物链现象,对此,华兹华斯较少触及。他的自然主要由山河等无机物、植物,以及与乡村共同体接近的缺少野性的无害的动物构成,几乎看不到凶猛动物的影子。然而他不可能不看到自然中到处存在的食物链。在他的一首抒情诗《知更鸟与蝴蝶》("The Redbreast and the Butterfly")中,两种美好的生物知更鸟和蝴蝶成了猎手和猎物。② 诗人直接对知更鸟说话,请求它不要追逐那蝴蝶,最后诗人请知更鸟"爱它,或者别去碰它"(42行)。这种追逐是两种美丽生物之间的暴力。此诗中,华兹华斯似乎不愿直接书写暴力,而只写它们之间的追逐。诗人恳求知更鸟爱护蝴蝶,显然他知道自己的愿望不可能实现。人间的暴力

---

① William Wordsworth, *Lyrical Ballads, and Other Poems, 1797—1800*, pp. 222—225.
② William Wordsworth, *Poems, in Two Volumes and Other Poems, 1800—1807*, pp. 75—77.

已令人困惑，但尚可以用人的悖谬来解释，而自然界的暴力最难理解，尤其对华兹华斯而言自然本应是无缺憾的，自然中的裂隙对他来说是难以承受的。类似的，大约写于1835年的《致—》("To—")，用十四行诗形式写了一个奇怪的故事。① 莱斯比娅(Lesbia)弹琴后到窗前，却眼见鸽子被一只鸢扑击。华兹华斯在这里很罕见地记录了一个食物链现象，此诗结束于没有任何纾解的纯粹暴力：

> 一声尖叫，充满了恐怖，痛苦
> 与自责！因为，一只鸢从高处
> 扑下，——那只鸽就在她眼前死去，
> 她无法从鸢无情的喙中救下它。（11—14 行）

这样突然的一声女性尖叫，这样迅疾的猎杀，这样可爱弱小的猎物——此诗没有进行任何道德评判或者解释，仿佛十四行诗体的制约使之戛然而止，震惊的效果很强烈。值得注意的是，此诗放置在古典的气氛中，女主人公的名字具有古典气息，部分程度上拉开了故事的距离。诗中也没有书写鸢捕猎的具体情况，没有血，没有挣扎。②

回到华兹华斯的两首关于乡村生物的寓言体叙事诗《橡树与金雀花》《瀑布与野蔷薇》("The Waterfall and the Eglantine")，③这两首诗在华兹华斯的当代乡村书写中属于很少见的题材。两诗很相似，写作时间接近，题目也对称，都是1800年发表。两首诗都是乡村寓言，都讲述一大一小两个自然物之间的关系，都写一个有力者面对一朵花。《橡树与金雀花》有"pastoral"的副标题，《瀑布与野蔷薇》则没有，也没有开篇的牧羊人安德鲁这个叙事者形象。为什么华兹华斯将《橡树与金雀花》称为牧歌，而与之成对的一首则没有副标题？或许两首都是牧歌，第一首标明即可。两首诗中呈现的自然可以说都不是完全纯净美好。诗中赋予两个自然事物以相对的性格，二者一大一小，一有力一无力，"人物"设计中就包含了自然中的矛盾与对立。

第一首诗中的橡树"是智者也是巨人"（19 行），是谨慎和实用的象征，他告诫金雀花要警惕危险：自然会毁坏弱小生物，山崖会崩塌。但他的担心是无用的。金雀花是一个美好的牧歌景象的核心，花下会有牧童来睡觉，会有

---

① William Wordsworth, *Last Poems*, 1821—1850, pp. 93—94.
② 弗罗斯特有一首诗《设计》("Design")几乎把食物链写得恐怖，与之相比华兹华斯的视角要柔和很多。Robert Frost, *The Poetry of Robert Frost*, Edward Connery Lathem ed., New York: Henry Holt and Company, 1975, p. 302.
③ 华兹华斯：《华兹华斯叙事诗选》，第 259—263, 264—266 页。

第二章　新的牧歌：继承、建构与消解　37

蝴蝶飞来。她对自然有天真的信任，她说："往往那最可称为明智的人，/是那愚人，他不思不虑"（63—64行）。橡树对金雀花提出善意的规劝，橡树是悲观的宿命论者，而金雀花说，不如不焦虑，该发生的总会发生，焦虑也无用——这是相当常见的民间智慧，是对自然正义性的信任，金雀花因此得到回报。诗中有一个明显的道德训诫，由那花朵说出。在诗的结尾，大风把橡树吹倒，金雀花却得以保全。金雀花的智慧似乎得到了证明，然而不能否认的是大自然的毁灭力量落到了那棵老橡树身上，橡树遭遇到大自然的暴力，

> 狂风向橡树的身上击落，
> 终于将它猛然间摧折，
> 然后卷出去很远很远。（105—107行）

金雀花虽得以保全，树却遭难，树在此诗中并非恶劣形象，对于它的遭难，华兹华斯使用的是非常暴力的语言。诗的结尾对花仿佛是奖励，但如果邻居遭难，花的快乐也不免打些折扣。

《橡树与金雀花》是一棵大树对一朵小花的无用劝告，二者之间虽然差别很大，但并没有多少紧张关系。《瀑布与野蔷薇》则是一个强大的瀑布对野蔷薇的暴力。这首诗中的小花很可怜，被强权压迫，最后毁灭。大自然并不善待她，如果她像上一首诗中的金雀花一样信任大自然，她的信任就放错了位置。她像孩子一样，"生活在一个不幸的家中，/孩子们最懂那情状"（9—10行）。这朵花生在不合适的地方，这里不能称为"家"。自然中也有不快和不安全的处所，花也有幸与不幸。

《橡树与金雀花》给了大树以声音，《瀑布与野蔷薇》则是把生命与人格给予了非生物——一条瀑布。它是蛮横无情的自然力量。大自然的这种力量如果未进行人格化，可以带来崇高与敬畏，但在人格化之后就化为凶暴者。它与小花原本是共生共荣的关系，但瀑布变得强大而粗暴，背叛了野蔷薇。这是个强权的世界，弱小者尽管哀求，但并不能说服强大者，最终难逃被其毁灭的命运。《橡树与金雀花》的长度恰是《瀑布与野蔷薇》的两倍。第一首诗说的是自然中的偶然（chance）问题，尤其是如何面对死亡。树与花有对话，树对花善意规劝，花有应答，诗的气氛平静而从容，两个角色的话语展开充分，基调要柔和乐观得多。第二首诗的气氛则更加峻急而暴力。第一首诗也结束于暴力——树被摧杀，但因为偶然也是自然的一部分，暴力色彩得以冲淡。第二首则是两种自然物中，强者施加暴力于弱者，弱者无力反抗，只能发出微弱的声音，终于消亡，强者大获全胜。

《橡树与金雀花》中，金雀花坦然面对万物皆脆弱这一事实，享受自己的

美丽,享受当下。她大智若愚,对自己的生活很满意,她"声音喜悦,心境恬然"(91行)。她的态度也是我们面对自然和未来的不确定性所应采取的态度。而《瀑布与野蔷薇》中,花面对暴力时采取的态度不能算错误,但强者弱者的力量对比过于悬殊,花的请求显得微弱。此诗开篇就是瀑布的粗暴语言,"走开,你这不自量力的东西!"这声音震耳欲聋,类似咒骂或吼叫,不是自然物应该发出的声音。这首诗的语言本身就是暴力的,瀑布这一湖区常见的美好自然意象在此诗中成了暴君和凶手。

《瀑布与野蔷薇》中的花与瀑布曾经互助共生,瀑布给花水分,花使瀑布美丽,那是一种和谐的理想状态。此诗书写了自然物之间的背叛,瀑布很可能杀死了那花,但看不出对瀑布会有任何惩罚。自然的正义在哪里呢?瀑布本来有责任养育花朵,现在他要摧杀自己曾养育的生命。此诗触及了自然中存在的欺凌与背叛的不快主题,从这两首诗中浮现的自然形象并不完全是美好的。

如果上面几首关于牧童、羔羊、自然物的诗中还能分辨出传统牧歌的一些因素,在《麦克尔》和《懊悔》这两首以 pastoral 命名的叙事诗中,我们看到的几乎是传统牧歌的反面。它们书写的是牧羊人家庭的解体、传统的中断与消亡,它们是牧歌中的哀歌。关于《麦克尔》,我们将在下一章中具体分析。而《懊悔》可以说是《麦克尔》的对读文本,表明华兹华斯的牧歌文类有时被抽空了朴素、欢乐、平静等传统含义,只剩下"与牧羊人有关"这一个几乎没有指向性的含义了。

《懊悔》以卖地者妻子的语气发言。她本来不同意丈夫卖地,但没能阻止他。出卖土地如同出卖了灵魂,诗中人物因为贪婪而出卖土地(也包括牧羊的草地),只剩下房子,感到无法挽回的懊悔。此诗是失去土地者的哀叹,可视为《麦克尔》的另一可能:如果麦克尔卖了土地,他们一家就是这样的结果。在卖地的交易中,土地变成了等价的金钱,就经济价值而言并无损失。但土地有其作为财产之外的象征和安慰作用,是自然的,是根。没有了土地,这一家人在乡村成了无根之人,有土地的时候他们自由而满足,现在山野和自然都变得陌生。在诗的结尾,女子的生活几乎失去意义,他们在乡村如同死亡:"我们在谷地中没有了土地,/除了我们的祖先沉睡的六尺土"(35—36)。土地与金钱挂钩,人们被金钱诱惑,心中失去安宁。此诗中的夫妻仍然住在村中原来的房子里,但断了根,没有了精神滋养,如孤魂野鬼一般。

在《麦克尔》和《懊悔》中,牧羊人的乐园因经济压力而失去。类似主题的还有《最后一只羊》中的故事,让我们看到"贫穷"这一最损伤乡村理想社会的因素。《最后一只羊》是一个牧羊人的生活直线下落的故事,其中也没有救赎。① 诗人在路上遇到这牧羊人,他告诉诗人他曾经有很多只羊,后来在经济压力下不得不卖羊,如今只剩下最后一只。华兹华斯仿佛避免称呼他为牧羊人(shepherd),仿佛他的境遇与牧羊人一词带有的浪漫意味不符。这个牧羊人的处境全无牧歌色彩,我们没有看到他在山中,没有看到他与自然的关系,他对自然没有感觉,大自然也没有给他任何安慰。牧羊人生活中崇高性的部分在此诗中全部消失。牧羊人的职业就是一种维持生计的职业,而且是一种没落的职业,牧羊人是难以活下去的乡村人,他们的生活艰难甚至凄惨,几乎无以为继。

在《懊悔》和《最后一只羊》两首诗中,醒目地出现了牧歌中最不应该存在的成分:贫困。过度的贫苦对灵魂有损,所以华兹华斯较少写饥饿者和最穷困者。如果写的是贫穷,则贫穷成为压倒一切的力量,目的就是揭露贫穷对人的戕害与压迫,在极度贫穷之下,贫穷成为主角,人物退居其后。华兹华斯意识到贫穷的异化作用,常常选择去写略高于贫困线之上的人,他们没有被奢侈所腐化,也没有被贫困过度挤压,在自然中从事体力活动以艰苦生存。而牧羊人的贫穷是他们身上最"反牧歌"的因素。传统牧歌中的乡村即便不是丰足的,也至少是小康的。然而贫穷成了一种瘟疫,在华兹华斯的美好乡村风景中,贫穷尤其触目惊心,成为他的乡村诗最刺目的地方。

左派批评与生态批评可以说是近期对华兹华斯式牧歌的解读的两极。罗杰·赛尔斯(Roger Sales)的《历史中的1780—1830年英国文学:牧歌与政治》(*English Literature in History 1780—1830: Pastoral and Politics*)认为牧歌是一种反动文体:"牧歌(pastoralism)成了反革命的一个重要部分,牧歌的习惯用法一直倾向于支持现状。"②此书关于华兹华斯的一章"华兹华斯与地产"的结论是"他在为胜利者书写宣传文字"。③ 作者没有看出华兹华斯的牧歌与传统牧歌之间的区别。类似的,列文森(Marjorie Levinson)的《华兹华斯的伟大时期诗作:论文四篇》(*Wordsworth's great period poems: Four essays*)在对《丁登寺》一诗的讨论中,认为华兹华斯的牧歌图景"是一种脆弱之物,是被排斥(exclusion)行为所精心掩饰过的"。④ 这两本左派著作都不能涵盖华兹华斯的牧歌,尤其是他的叙事诗的丰富性。

---

① 华兹华斯:《华兹华斯叙事诗选》,第112页。
② Roger Sales, *English Literature in History 1780—1830: Pastoral and Politics*, London: Hutchinson, 1983, p. 21.
③ Ibid., p. 59.
④ Marjorie Levinson, *Wordsworth's great period poems: Four essays*, p. 32.

乔纳森·贝特(Jonathan Bate)的《浪漫生态学：华兹华斯与生态传统》(*Romantic Ecology*：*Wordsworth and The Environmental Tradition*)则重新将华兹华斯解读为"自然诗人"(poet of nature)，不只强调他对自然之美的书写的贡献，也将华兹华斯的立场视为激进的共和主义，视为民主冲动和对资本主义的批判。作者认为"牧歌诗有一种永恒持久的力量——它是一种长青的语言"。在作者看来，"牧歌生活催生共和主义，同样，华兹华斯所定义的牧歌诗也催生对自然之敬意和政治解放"，"真正的高贵不在贵族中间，而在劳动的牧人中"。① 生态批评对华兹华斯的牧歌达成了与左派相反的结论。固然华兹华斯笔下的自然主要是美好的，但他的自然观中也并非没有裂隙，"牧歌"的背景也有可能是黑暗的自然。生态主义批评眼中的自然则几乎是传统牧歌式的，没有瑕疵，过于乐观的生态主义批评也有将华兹华斯的牧歌简单化的危险。可以说，在华兹华斯那里，书写作为当代理想的自由牧人形象的这一浪漫冲动，与书写当代生活于底层与贫困边缘的牧人形象的现实冲动，二者既共存又存在着张力。但这两种冲动的指向可以说是一致的，即都是对当代资本主义的无形批判。列文森认为，"《麦克尔》的副标题'牧歌'给了我们的批评方法以解释"，在列文森看来，"牧歌"文类的设定使读者几乎看不到此诗中的当代经济和政治环境。② 列文森基本上是从"牧歌"的传统意义来看待华兹华斯对"pastoral"一词的使用，但从华兹华斯的全部作品来看，尤其如《懊悔》等诗中，"牧歌"这样的副标题在华兹华斯那里除了"与牧人有关"外已经失去了指涉意义，失去了对阅读方向进行引导的作用。

---

① Jonathan Bate, *Romantic Ecology*：*Wordsworth and The Environmental Tradition*, London and New York：Routledge, 1991, pp. 18, 25.
② Marjorie Levinson, *Wordsworth's great period poems*：*Four essays*, p. 59.

第三章 乡村家庭的消亡:牧歌与挽歌

华兹华斯的乡村是面临着现代性的巨变危机的。十四行诗《俗世离我们太切近》("The world is too much with us")中,就对"攫取,消费"(getting and spending,2行)的金钱和市场的现代逻辑表达了批判。① 这种逻辑似乎与乡村关系不大,实际上正是促使传统乡村解体的因素。华兹华斯所书写的乡村是正在被侵入的,正在消失的,惟其如此,对乡村的书写就更显得紧迫。诗人向往古典时代,但那从前的更有机时代已经一去不复返,华兹华斯对乡村与自然的密集书写就仿佛是努力抓住正在滑落之物。《一丛报春花》("The Tuft of Primroses")中,对乡村之宁静的最大威胁就是时间与变化:宁静(Peace)被华兹华斯在此诗中定义为"没有遗憾或恐惧的稳定,/它过去,现在,将来一直如此"(292—293行)。② 在此诗中华兹华斯描绘的不仅是变迁,更是暴力:人的大病,一家人的暴毙,人对树林的砍伐。面对这样来自各个方向的暴力,题目中几乎永存的报春花给了诗人以一线希望,这丛报春花是本地的自然与人世变迁中唯一不变的美丽之物。但固然华兹华斯用大量篇幅赞美它,但实际上一丛报春花怎能抵得上一座树林的消失,一个农舍的消失和一家人的全部死亡。

现代性入侵的最明显标记就是铁路。它既是现代技术,又是外来的力量,吵闹而丑陋,破坏了乡村的风景。华兹华斯写铁路的几首十四行诗均表达了敌视的态度,坚决反对在湖区建设铁路的计划。十四行诗《肯德尔和温德米尔的铁路计划》("Sonnet on the Projected Kendal and Windermere Railway")大约写于1844年10月12日,诗人痛斥铁路,"英格兰就没有一个角落/能免于这样的粗暴袭击吗?"(1—2行)。铁路侵入了英国的国土和传统,诗人邀请自然的风、水流等"抗议暴行"(14行)。③ 另一首大约写于同时的十四行诗《群山,你们从前是骄傲的》("Proud were ye, Mountains, when, in times of old")写群山被铁路糟蹋,诗人看到了火车,听到火车的汽笛声,召

---

① William Wordsworth, *Poems, in Two Volumes, and Other Poems, 1800—1807*, p. 150.
② William Wordsworth, *The Tuft of Primroses and Other Late Poems for The Recluse*, Joseph F. Kishel ed., Ithaca: Cornell University Press, 1986.
③ William Wordsworth, *Last Poems, 1821—1850*, pp. 389—390.

唤山川河流来对铁路一起表示蔑视。①

在华兹华斯关于乡村的叙事诗中并没有铁路的影子,然而铁路所代表的现代性的压迫已经在包围乡村。在许多诗中,华兹华斯都叙述了乡村社会的基本单位——家庭——在经济上和情感上双重破产甚至消亡的故事。这种叙事显然具有相当大的普遍性,共同组成了一幅正在衰落中的乡村图景。有的家庭的消亡是疾病等自然力量所致,如《一丛报春花》中的辛普顿一家(Symptons)。然而在华兹华斯的几首重要的长篇叙事诗中,我们看到的都是经济压力导致家庭关系的破产和家庭纽带的断裂。其中《麦克尔》("Michael")、《兄弟》("The Brothers")是尤为突出的两篇,都写具有久远传统的牧羊人家庭如今到了最后一代,然后彻底消失,两首诗都涉及家庭关系、城市与乡村等主题。华兹华斯笔下的乡村人物属于一个正在过去的时代,这个变化就在华兹华斯的生平中展开。乡村是处在消失边缘的,是在浩浩汤汤的时代大趋势的威胁之下的,它因即将消失而更加显得珍贵,并带上了伤感和哀悼的气氛。

与乡村的消失对应的是城市化与城镇化。从前是相对独立的农舍,彼此之间保持着一定的距离,掩映在大自然之中。现在:

> 从某个
> 可怜的小村的萌芽,迅速出现了
> 一座大市镇,连绵而紧密,
> 覆盖了许多英里的地面。(*The Excursion*:VIII. 119—122)②

同时还有自然的消失,

> 不论旅行者将脚步朝向哪里,
> 他都看到荒凉的原野被清除,
> 或者正在消失。(*The Excursion*:VIII. 129—131)

新的工业时代是不自然的。夜晚就应当黑暗,应当休息,然而工厂的灯光却彻夜不灭,这种违背自然规律的刺目灯光是现代工业的无情铁律的体现,与《麦克尔》中一家人勤勉劳动到深夜的灯光形成鲜明对比。麦克尔家温暖的灯光是家庭手工劳动的象征,而现代产业工人的劳动则日夜不休。华兹华斯写出了工厂里我们熟悉的异化与剥削现象:

---

① William Wordsworth, *Last Poems*, 1821—1850, p.390.
② William Wordsworth, *The Excursion*, Sally Bushell, James A. Butler, and Michael C. Jaye eds., Ithaca: Cornell University Press, 2007.

成年男子，年轻男女，
母亲和儿童，少男少女，
走进去，人人操起惯常的任务，
在这神庙里，向利润，
这领地内的最大偶像，
献上永不间断的牺牲。(*The Excursion*：VIII. 180—185)

人被剥夺了性别和家庭角色，妇女与儿童都没有了故事，成为工厂中的纯粹劳动力。在这样的时代大潮下，华兹华斯笔下的乡村不仅是偏远之地，更是文化上的孑遗与古风保存地。但即便这里其实也难免于巨变。以前乡村有丰富的生活，充满细节与装饰的岁月，现在它变得荒芜。尤其是人的传统正在断裂。

《麦克尔》和《兄弟》是 1800 年《抒情歌谣集》中的核心作品，都描写了牧羊人家庭的破产。两首叙事诗都五百行左右，以素体 (blank verse) 写成，都书写了乡村家庭伦理纽带因为外来的压力而破裂，都是接近于彻底绝望的故事，虽然也都力图以某种方式缓解和克制悲伤。

一 父子之约与乡村/城市

在华兹华斯写牧羊人的全部诗中，就长度和分量而言，《麦克尔》("Michael：A Pastoral Poem") 显然是最重要的篇章之一。[①] 它触及了很多重要主题：自然、劳动、家庭、血缘、财产与破产、乡村与城市。诗中具有代表性的牧羊人家庭的解体是乡村社会正在解体的一个缩影。后来华兹华斯对此诗修改甚少，足见对之特别满意。《麦克尔》讲述了一个悲伤的故事。八十多岁的牧羊人麦克尔与妻子伊莎贝尔、老年得来的独子路加一起，过着勤勉的生活。一次经济上的问题使麦克尔将面临破产，他决定不卖地，而是把儿子送去伦敦打工，以弥补经济上的损失。路加临行前，父子在山中的一个未完成的羊栏立约。但路加进城后不久就堕落，不知所终。麦克尔和妻子后来都死去，他们的家产被变卖。

此诗具有强大的动人力量，华兹华斯以缓慢的节奏叙述了父子之爱与父亲落空的愿望。这里包含了牧羊人家境的没落，面对经济困难的窘境和孩子的成长，然后是孩子令人失望，老夫妻去世，家庭消失。此诗五百多行的长度使华兹华斯有充分的余裕，将一个看似简单的情节充分展开。如果这样一个

[①] 中译见《麦克尔》，华兹华斯：《华兹华斯叙事诗选》，第 280—298 页。William Wordsworth, *Lyrical Ballads, and Other Poems*, 1797—1800, pp. 252—268.

模范的勤勉家庭都会破产,很多乡村家庭可以想象也难逃厄运。在此诗接近结尾处华兹华斯写道:"附近一代,处处发生了巨变"(487 行)。我们不知道这种变化究竟涉及多少乡村家庭,但华兹华斯显然是要将其影响扩大,并使之对整个乡村共同体具有代表性和象征意义。

我们在此诗中也可以看到华兹华斯对牧羊人生活的崇高化或者说浪漫化。此诗的开篇赋予一个羊栏的废墟以重大意义。麦克尔留下了山中几堆乱石,那本是一个未成形的羊栏。《鹿跳泉》中贵族的乡间别墅也成了废墟,但两个废墟的气氛是截然不同的,仿佛牧羊人远胜于骄傲的贵族。麦克尔的石堆如同一个本地地标、一个纪念碑,当关于麦克尔的一切几乎已不存,这石堆尚在。而麦克尔与儿子以羊栏为约,用的词是圣经一般的用语"covenant",将牧羊人的生活崇高化,使牧羊人麦克尔如同《旧约》中的人物。

麦克尔与自然有着紧密的联系。牧羊人的职业规定了他们必须孤独,不可能两个牧羊人一起放牧。在华兹华斯的诗中,除了此诗中的父子二人一起上山外,牧羊人几乎都是独自的。孤独在华兹华斯的诗中是一种有时崇高,有时可疑的品质,然而牧羊人在山上的孤独几乎没有负面性,华兹华斯从未提及这种孤独的痛苦。麦克尔对自然很敏感,了解自然的一切语言,也类似诗人,他是自然的深刻解读者。每当暴风雨到来他都会到高山上去,他深知大自然的崇高。在崇高的时刻(暴风雨中),他身处崇高的地方(高山上),且独自一人,自身也染上崇高色彩,甚至他就处在自然神秘的核心:

> 他曾千万次独自一人,
> 身在迷雾的中心,雾卷过来,
> 淹没他,又离开他所在的高处。(58—60 行)

麦克尔对自然既了解又依赖。自然中到处是他劳动过的地方,到处有他与羊群的记忆,就这一点而言,他比诗人更加优越,他与自然之间有仿佛比诗人更强的纽带。诗人与自然之间是内外心灵的彼此映照,自然对诗人是精神食粮,是导师。而自然是麦克尔生存的地方,如同衣食一样朴素而不可或缺。他从未以"美"来指称自然,自然于他而言仿佛是一种更深广更厚重的依托,如同呼吸和血液一样,更与身体有关。此诗中的自然"仿佛一本书一般,保存着 /一只只不会说话的羊的记忆"(70—71 行)。牧羊人并非没有受过教育或没有文学修养,他们自有他们的"书"。羊是无言的,牧羊人又何尝有言,但他们的"言"以无法辨认的符号记录在自然之中,无一遗漏。过去并没有过去,没有消失,大自然什么都不会忘记,它是忠实的记录者。

然而当华兹华斯的叙事进入到人世的故事时,自然的地位就退后。自然本来是麦克尔的血脉一般:

群山，田野，
是他活生生的存在，甚至胜过
自己的血脉。(74—76 行)

但后来当诗的焦点转向人间时，我们看到终究儿子对麦克尔更重要。不只因为他是老来得子，也不只因为儿子能够传宗接代，主要是因为他把更多的爱倾注在儿子身上。自然只是这个故事展开的背景，人最亲爱的还是别的人。当这位孤独而崇高的山中牧羊人下降到他所居住的谷地中，进入家庭，成为慈祥的父亲，他去掉了自己的孤独色彩。故事临近结尾，麦克尔在失去儿子后又于生命终止之前回归孤独，那种孤独表现为一种缺失，一种难以忍受的痛苦，而不再是与自然共处的那种自足的孤独。开篇不久，华兹华斯就缔结了麦克尔与自然之间的强烈纽带。然而在后来的故事发展进程中，自然的位置下降了，它仿佛被麦克尔忘记。自然本是麦克尔的依托，但它并没有发挥安慰作用，自然的安慰作用在真正需要安慰的人那里是失效的。在华兹华斯关于乡村的苦难故事中，自然与人世并非同一，而是形成对照。生活在美丽自然中的人并非无忧无虑，而总是面对危机。《废毁的农舍》("The Ruined Cottage")、《麦克尔》都是这样家破人亡的悲惨故事。这两首诗描绘了两处乡村废墟：一间破屋的废墟，一个羊栏的废墟，引出两个善良主人公的死亡。人世难以解释的痛苦并不符合自然的整体格局。

麦克尔本来身心都强壮。在家庭变故之后他的身体依然强壮，但他的心已经破碎，不能修补。他八十年来经风经雨，克服了各种困难，那些困难都没有击倒他，他人生的悲剧来自八十岁之后。他一生的轨迹都是平稳的，最后他在短期内直线下落。诗人没有把他的死亡写为暴死，他似乎被沉重的痛苦慢慢压倒。儿子背叛父亲，也带来家庭经济的破产，儿子逃亡海外，不仅割断与乡土和父母的联系，更离开了故国。麦克尔毫无过错，但遭到不该遭受的痛苦打击，他到了本该颐养天年的时候却需面对严峻危机。[①] 麦克尔不追问这背后的经济原因，只将这变故视为人生之苦的一种，他不怨尤，但并不代表他不痛苦。这个故事引起的痛苦是闷闷的，不是重锤一击，但有着长久的效力。

华兹华斯的许多叙事诗都讲述了从幸福沦落的乡村家庭，此诗可以说是麦克尔家族消亡的故事。这是本地最勤劳的家庭，却不得善果。他们家的灯就是本地一个标志："那房子的灯光在这一带是有名的"(136 行)。此诗书写

---

① 华兹华斯书写了许多这样的痛苦老人，如《老猎人西蒙·李》中的老夫妇、《布莱克婆婆与哈里·吉尔》中的老妇。

了乡村传统的难以为继。麦克尔在儿子五岁的时候就给他做了牧羊人的手杖,儿子将是他的继承人,如同麦克尔自己继承了父辈们的精神一样。多少代以来,这个家族都过着麦克尔这样的生活,但这传统如今戛然而止,血脉到此干涸。

麦克尔从来不是严父,而是如同慈母,他虽然是出自圣经中般的人物,但他身上的父权色彩并不浓厚。在华兹华斯书写的乡村,男性特征、女性特征并无截然差别,不像他书写的中世纪,男女过着完全不同的生活。他笔下的乡村夫妻相濡以沫,如同彼此的血肉,虽然他们的感情似乎不能说是爱情。麦克尔本来"性格严肃而坚强"(171 行),但以全部柔情爱着儿子。麦克尔完全没有李尔王的暴怒层面。华兹华斯表现麦克尔慈祥的办法就是使他女性化,他像女人一样照顾儿子,他对孩子的爱不亚于《痴孩子》("The Idiot Boy")等诗中的慈母对孩子的爱:

> 当儿子还是怀抱中的一个婴孩,
> 老麦克尔就常像女人一样侍候他,
> 不只是偶尔逗弄一下孩子取乐,
> 像很多父亲那样,而是怀着耐心,
> 做温柔的琐事;他曾像女人一般,
> 用手轻轻地推动孩子的摇篮。(162—168 行)

父子是山中的同伴,父亲没有对儿子施加父亲的权威。父亲爱儿子远胜过爱妻子,此诗中较少提及母亲对儿子的爱,母亲的角色多少被父亲取代。

家庭是这个故事展开的重要空间,我们可以从此诗中看到华兹华斯对家庭这一最重要的乡村单位的描述。麦克尔夫妇二人大致遵守着内外分工,两人都是勤劳的,夫妇二人遇事彼此商议,男性并非绝对户主。家庭也是个紧密的经济互助单位。麦克尔家的家庭经济是很大程度的自然经济,男子在山中放牧或在田地里工作,女性在家中纺织或做家务,吃穿用度基本都自己解决。强烈的家庭纽带呈现为共同的劳动,而不呈现为言语的交流,一家人之间并没有太多对话,但共同劳动就是一种和谐,父子间的情感也主要在共同劳动中培养而成。只是在最后的羊栏之约中,麦克尔才对儿子说了很多话,仿佛是第一次向儿子表达自己的爱。家庭成员之间没有任何矛盾。勤勉的劳动精神是这个家庭的最大特点,也是使它成为谷地中典范家庭的最大原因。华兹华斯所赞赏的乡村美德中,勤劳是重要一点。而家庭环境的维护是勤劳的一种体现。在《废毁的农舍》中主妇疏于整理农舍已经说明家庭在没落,麦克尔的农舍则是整洁有序的,不奢华也不寒窘。传统牧歌中的牧羊人很悠闲,但华兹华斯笔下的一些牧羊人则执着于劳动,劳动才能维持朴素自足的生活。然而具有悲剧性的是，即便他们劳动到了极限，古老的生活方式也难以为继。超越人力的时代力量使他们的劳动变得没有意义，变得随时会被抹除。

村中的住户居住得很分散。麦克尔家独自一户在一个高地，他家的灯光被称为"长庚星"(146 行)。这盏古老的灯是家庭空间的核心，是家庭精神的化身，笼罩在一家三人之上，且照射到家庭空间之外。这是一个富有诗意的献给勤劳者的意象。这不是挑灯夜读的灯光或秉烛夜游的灯光，而是深夜劳动的灯光。麦克尔家的农舍视野很开阔，但家中的劳动者们无暇眺望。他们是忙碌的，但这种劳动并不辛苦，勤劳而不勤苦是华兹华斯在此诗中为牧羊人设置的劳动强度的界限。在华兹华斯那里，这种劳动使乡村人比不劳而获的城市人或贵族更加高贵。

家庭的室内空间是主要属于女性的空间。伊莎贝拉有两架纺车，一架纺羊毛，一架纺亚麻。纺亚麻的活动是我们在华兹华斯的其他诗中未见的，他写到的绝大部分纺车都纺羊毛。伊莎贝尔总是在这两辆纺车上忙碌。纺织是女性的室内劳动，但并非家务劳动，而是具有生产性的。同时男子也在家中做一些辅助性工作，比如梳理羊毛以供给纺车，或修理农具。麦克尔遭到的经济危机因是否卖地而起，但对于农业劳动华兹华斯在此诗中几乎未予提及。在本地乡民的牧羊人/农民的双重身份中，华兹华斯显然对其牧羊人身份更加偏爱。

这个家庭的危机起因于经济危机。本来他们的经济方式是自给自足的自然经济，麦克尔因为家族之需要而为侄子担保，把自己置于巨大的风险之中，这是把这一家人拖入危机的导火索。但天降祸端，麦克尔担保的侄子破产。此事细节不明，但在与资本相关的经济领域，这种突然变故其实是常态。通过这一担保行为，牧羊人/农人麦克尔就把自己与金钱经济捆绑在一起。农牧经济本是稳定的，牧人/农民可以控制命运，劳动可得到收益。但因金钱经济的变化无常，麦克尔成了被一个巨大轮子碾压的一群人中微不足道的一个。仿佛是因为不容分说的命运之力，他即将损失将近一半的家产。他面临一个两难选择：失去土地（卖地），还是失去儿子（让儿子进城打工）？他选择让儿子进城，目的是将来儿子回来后可以自由地继承这土地。他说："让路加拥有它，自由地拥有，/如同土地上吹过的风"(255—256 行)，在此审美是与经济所有权相关联的。儿子不离家的话，就得卖地，将来儿子得到的土地就有债务，儿子就不得自由。儿子离开，地才可以保全。

人们到城市里所从事的不再是农牧劳动，而是商贸活动。在让儿子进城这一选择上，麦克尔似乎并非没有过错。他自己已被金钱经济伤害，又把儿子送到金钱经济的虎口。城市的劳动是漂浮的,高风险的,这是以严重的困难来考验一个不谙世事的青年。麦克尔显然知道那种危险,否则也不会与儿子立约。然而若非如此,麦克尔又能如何?一家三口在一起无法可想。乡村固然好,但却贫困,麦克尔说:"在人人都贫穷的地方,/有什么好处?"(264—265行)。可见乡村中贫困的不止这一家,甚至可以说贫困是乡村的普遍状态,这时城市又是唯一出路。麦克尔一方面意识到城市的危险,一方面也有些异想天开,认为路加"会很快弥补家中的损失,然后,/重回我们身旁"(262—263行)。在他看来,在城市里赚钱很容易,儿子可以很快完璧归赵,重返故乡。

伊萨贝尔想到了贝特曼(Richard Bateman),一位罕见的自我造就的成功者。贝特曼完全符合资本主义精神,他通过可靠与勤劳的品质发家,最终施惠于乡里。他本是孤儿,乡村人虽然慈善,却只能为他拼凑不多的钱,救济的发起者是教会,人们作为教区成员而共同参与。教区成了这个共同体除了地理界限之外的另一种自我界定。教民一起给这少年集资,大家提供的都是零钱,这是典型的乡村互助形式,乡村的慈善因为物质资源的匮乏而无法深入。贝特曼挎了一个卖货的篮子,就这样去了伦敦。这篮子和善款是他的"第一桶金",但他要去伦敦才能真正发迹。乡村已不是他的家,他的根据地在城市和海外。他有市场人所需要的素质:可靠、坚强、独立、努力。他通过国际贸易与殖民在海外发财,这才是从赤贫到富翁的道路。他的成功之路把乡村—伦敦—海外连成一条线,为华兹华斯的乡村叙事诗提供了海外殖民这样的遥远线索。贝特曼"在他的出生地修了一座教堂,/用外国运来的大理石铺教堂地面"(279—280行)。他施惠于故乡的方式是建一座豪华教堂,这是公众的宗教设施,把遥远的异国以商品形式带到僻远的英国乡村,使村人艳羡。可见乡民也并非全部安于故土,金钱的诱惑是普遍的,城乡在人们心目中的等级差别已经形成。但从另一个角度看,贝特曼是成功的,又似乎是失败的,他除了是一个能干的顾念乡里的富人外,似乎别无可取之处。他只知道回报故乡以金钱和奢华,而这些恰与故乡的朴素不符。他接受了外部世界的金钱逻辑,或许也可以说是一种堕落。路加则在伦敦直接堕落。仿佛离开乡村到城市里的青年很难保有乡村美德与传统,在城市与乡村价值发生冲突时,乡村价值不堪一击。

华兹华斯以全知全能的视角将贝特曼的发迹之路放入伊萨贝尔的思维中,她并没有将之说出或就此与麦克尔商议。或许这是一个乡村妇女的家常想法,而麦克尔对此并不以为然,华兹华斯以此透露了夫妻之间的差异。伊萨贝尔期待儿子在城市里发财,她的想法仿佛是普通乡村人的想法。麦克尔则对乡村有更强的归属感,对故土有更强的依恋,他让儿子去城里是下下策,目的是恢复原来的秩序。麦克尔更朝向传统,是传统的守护人,他与妻子不同,也可以说与大部分向往金钱与城市的乡民都不同。所以诗中的约定(covenant)是父子之间的秘密约定,母亲并不在其中。

麦克尔与路加在羊栏立约的一幕是全诗最重要也最特别的一幕,麦克尔在这里全面表达了对儿子的爱和期望。羊栏立约之前,故事的重心是路加的成长和危机的到来,以叙述情节为主,节奏均匀。立约这一幕则用了重墨,有100行之多(全诗共491行),主要是麦克尔的语言。此约并非两人心中的无言默契,而是有言语的口头契约,并有羊栏为证。约定就是要使用语言,此时语言是有约束力的。父亲预感到孩子将遇到的危险,给他指出了保持正直之路。这是一个共同劳动的约定,也是家产和家族传统继承的约定。这个家族的命脉本来已很微弱,麦克尔老年才生了独子。如果没有儿子,家族血脉就无法传递——这仍是以男性后代来传递的血脉。

父子立约的地点不是在家中或田地里,而是在一个偏僻无人的谷地,这地点的选择以及羊栏的功能,都涉及牧羊人的身份中更为孤独和崇高的一部分。麦克尔是一个奠基者和建造者,那建在深山中的羊栏更提高了他的形象。第341—427行都是麦克尔的长篇言语,给了他以精神上的崇高感。立约是在儿子离开的前夜,麦克尔对孩子的话充满了爱。麦克尔是个罕见的牧羊人,他从前言语不多,现在他是有能力使用言语的诗人,他朴素的语言非常有说服力。他提醒路加不要忘本,不要忘记父亲对他的爱,父亲是根本,乡土更是根本。麦克尔不以故乡的山水为证,而以羊栏为证:这建筑是人工的,但并不破坏自然的氛围,且有实用功能,是本地古老生活方式的象征。通过麦克尔之口,华兹华斯再次追述了路加的成长,补足了此前以第三人称叙述的很多细节。麦克尔说:"我对你的爱也一天天递增"(354行)。此前麦克尔有足够的爱的行动,十八年来仿佛不需明言,这次他明确无误地把这种爱用语言加以表达。①

麦克尔身后是一个家族和一个传统。他的父母也这样待他,麦克尔不会忘记他们。家族存在于记忆中,而城市生活的一个特点就是短暂的记忆,路加进城后可以说就得了健忘症,迅速忘记了与父亲的约定。麦克尔这样说到

---

① Kenneth R. Johnston 在其 *The Hidden Wordsworth*:*Poet*,*Lover*,*Rebel*,*Spy*(New York:W. W. Norton & Company,1998)中,批评麦克尔有控制性,他对儿子的爱是一种"投资"(p.747),他与路加在羊栏的对话说明了他的"自私倾向"(p.748),因为他强调路加欠自己的情感债。这种过于严厉的批评将此诗缩减为经济这唯一维度,其情感维度被勾销。

自己的父辈：

> 他们生活在这里，
> 像他们一代代的祖辈父辈一样，
> 当死期到来的时候，他们安然地
> 把自己的身体献给家族的土地。（377—380 行）

这是代代传递下来的家族之魂。麦克尔不是希望儿子发财，而是希望他能延续这种生活方式。他不求进步或变化，而强调乡民的肉体与土地的联系。乡民在土地上生，也埋葬于这土地。这固然是来自于尘土、复归于尘土的基督教观念的呈现，但麦克尔所说的土地专指"家族的土地"，对土地的忠诚又是对家族的忠诚。

麦克尔希望儿子留在土地上，但与此矛盾的是，同时他深知自己一生操劳却收获甚微。麦克尔在与儿子立约时也说出了乡村生活的负面性：劳动缺少回报，从经济效益角度看从事农牧业是失败的。对土地所有权的拥有仿佛是自由的保证，"这土地曾归我们所有，/仿佛它无法忍受另一个主人"（389—390 行），但继续留在土地上真的是一件好事吗？麦克尔明知自己劳碌一生，所获甚少，为何仍希望儿子像自己一样？在他的言语中，对乡村生活方式的态度并不是没有矛盾的。

华兹华斯直接称呼麦克尔为"牧羊人"（23、41 行），他作为牧羊人的这一面显然更符合华兹华斯的理想。然而当地牧羊人同时也是农民。就牧羊人/农民这双重身份而言，麦克尔本人的视角与诗人的视角并不相同。麦克尔在山上游荡，在诗人眼中是自由独立的，但麦克尔本人则是把自己的独立与自由更多与土地联系在一起。对他而言，财产和土地是固定的，是根。麦克尔这样一个牧羊人/农夫对土地的爱，与赛珍珠《大地》(The Good Earth)中王龙对土地的爱有些类似。牧羊人在自然中更有诗意，然而麦克尔自己更重视的却是土地，土地才是他的家族世代传下来的家产，也是家庭道德传统的载体。他家的地在哪里，多大面积？种什么作物？诗中提到父子在家中修理农业工具，此外就很少提到土地。赛珍珠的《大地》多次写王龙与土地的身体接触，在《麦克尔》诗中我们没有看到这一家中的任何人在土地上劳动，仿佛父子二人白天一直放牧，晚上就在家中。农民并非华兹华斯的理想人物，农业劳动也很难显得浪漫或崇高。但叙事诗中的人物常常具有某种无法被作者克服和吸纳的"真实性"内核，这是华兹华斯不能不尊重的。麦克尔的执着一是儿子，二是土地。在这二者中，"牧羊"并没有什么位置。当在儿子与土地之间必须选择一个的时候，他宁可失去儿子也不肯失去土地，当然，他留下土地也是为了把土地留给儿子。在麦克尔的眼中，他的财产仿佛主要是这

第三章 乡村家庭的消亡：牧歌与挽歌 51

土地。

华兹华斯所写的乡村家庭常常是紧密的核心家庭，我们很少看到三代同堂的场面。除了《兄弟》之外，在有孩子的家庭中代际关系更加重要，更强调一代一代的纵向的历史延续。麦克尔八十多岁只有路加这一个珍贵的儿子。类似亚伯拉罕，他也要把他的独子献出去，但却是将其献给现代性，结果与亚伯拉罕相反，他将失去他的独子。之前路加受到父亲和大自然的教育，做一个少年牧羊人已经很久，可以说是在全部健康的影响下成长起来的，没有受到任何外来的污染。他五岁得到牧羊人的手杖，十岁开始跟父亲上山，十八年中没有学校教育，但父亲和自然的教育已经是最好的教育。然而乡村的自然、道德、家庭、传统的力量，均不足以抵抗城市的腐蚀，路加很快沦陷。最后他不仅逃亡海外，而且不顾惜他的举动对父母的致命打击。他不仅是不肖之子，也是不孝之子。

发生这一重大人生转折的时候，路加正好十八岁，也就是说他不再是孩子，必须为自己的行为负责，而他恰好是不负责任的。他的无力承担责任的特点，从他的成长经历和华兹华斯的叙事方式，似乎可以看出某些端倪。十八年中，华兹华斯都是从麦克尔的视角来描述儿子，路加则缺乏独立的自我。他就没有像父亲那样与自然建立强烈的联系，与父亲的关系遮蔽了一切。全诗中没有一句路加的直接引语，他一直是被诗人和父亲所叙述，缺乏语言也是他缺少主动性的一个标记。在乡村，他是被动的，只是作为麦克尔的儿子而存在。这样看来，麦克尔的爱的教育可以说又是失败的：麦克尔给了儿子足够的爱，但也许没有给他足够的承担责任的勇气，那种山地少年的勇敢气质。

关于路加在城里的堕落，华兹华斯写得很简略：

> 而在这期间，
> 路加开始疏忽于自己的责任，
> 终于，在放浪堕落的城市里，
> 他走上了歧途：耻辱与羞惭，
> 降临在他身上，最后，他不得不
> 逃亡海外，去寻找藏身的地方。（451—456行）

这短短几行中用的都是很模糊的词语。究竟路加做了什么？堕落的途径有千万条，到底走了哪一条并不重要。关于路加的堕落全诗只有这六行。前一半是主动态，仿佛路加有过错；后三行中他又似乎是受害者。一边是"放浪堕落的城市"，一边是父亲和过去所代表的乡村，双方争夺路加的灵魂。他仿佛不由自主，只是两股力量的战场。父亲、十八年的劳动、家庭生活和相关的回忆,最后的羊栏之约,这些都太单薄。诗人似乎不完全怪罪路加。在未离乡之前,诗人对他充满喜爱,到城市之后诗人也对他保留了很大的同情。

麦克尔一家所在的乡村共同体坐落于一个谷地,以自然屏障为界限。共同体的其他成员没有姓名,未加以区分,麦克尔家的人与其他村民没有太多互动。少有的互动由女性发起,当亲戚来信了,是伊莎贝尔把信给邻居们看(《痴孩子》等诗中也是不同家庭之间的女性实现了互助)。这一方面说明女性是具有更高参与度的共同体成员;然而另一方面,华兹华斯的很多诗都书写了崇高的孤独者,女性对共同体生活的参与也在某种程度上表示女性较少孤独,难以达到崇高。

诗中描绘了一次剪羊毛的乡村公共活动,在大橡树下,剪羊毛的人来给众人的羊剪毛,麦克尔父子在那里,同坐的还有乡村其他人。这个场面是团结和谐的气氛,是华兹华斯的乡村诗中很少见的乡村共同户外活动,也是牧羊人生活的一个重要方面,富丁仪式感。然而因为发生的地点不是在山中,此时的牧羊人们并非山中孤独的崇高者。剪羊毛的场面只在此诗中出现,作为麦克尔父子关系展开的一个背景,在这场景中其他乡人并没有一个加入故事中,也没有说过一句话。类似的一个场面是路加离开家时邻居们集体出现,"当他经过门前时,所有的邻居 /都出门,送他祝福和告别的祈祷"(437—438行)。这是路加在乡村中的最后时刻,邻人们的爱表现了乡村社会的和谐。然而这场面没有展开,只有两三行,邻居也没有个性区分。从全诗的大部分内容来看,麦克尔父子仿佛没有朋友,与其他乡人并不来往。路加就在父亲的身边长大,而并未有其他伙伴。这个三口之家是自足的,不需要别人,也不需要共同体。只有当路加即将到城市里,将面对人与人之间太近的危险距离时,父亲才会警告他"如果有邪恶的人 /与你为伍"(416—417行),而"伙伴"(companions)一词之前只用在父子二人身上。路加在这样简单的家庭关系中长大,他不需要社会性,城市里则有人之杂乱交往带来的危险,侵入路加的简单心灵,促成他的堕落。

羊栏是麦克尔未来的希望,儿子也是。当失去了儿子,麦克尔无力再去修筑那羊栏,他几乎是虽生犹死。妻子无法安慰他,自然也无法安慰他。这羊栏成了一个永不可能完成的工作,在其修建者在世的时候就已经是废墟。华兹华斯让麦克尔目睹到那触目惊心的废墟,让他继续咀嚼那痛苦,反复遭受那打击。此诗不只是一个父亲的悲剧,还是一个家族的悲剧,一代代的正直乡民繁衍至今,最后这一代人却道德沦陷。华兹华斯也努力给麦克尔和读者一点安慰:

> 爱的力量能带给人某种安慰,

使本来会使人伤心欲绝的事,
也变得可以忍受——麦克尔就如此。(457—459行)

学者哈特曼认为,《麦克尔》是"华兹华斯关于隐忍的伟大诗篇之一。"①但我们看到麦克尔的羊栏终究没有完成,他只是忍耐到死,我们可以判断他是心碎的。他最怕自己的家产落入陌生人之手,但这就是他身后的结果。华兹华斯在此诗中对苦难的刻画确实走得很远。麦克尔本来身心健康,但华兹华斯用最大的伤心事来结束他的一生,让他在沉默的痛苦中死去。路加本是这个古老家族在财产与精神上的双重继承人,结果他变得不配继承,也无物可以继承。没有了继承人,也没有了可继承之物,这个家庭从此消失,这是最彻底的破产。②

然而从另一方面看,虽然主人公夫妇都死去,但这故事给读者的效果却不完全是悲凉或虚无,而是沉甸甸的,又充满了爱。一个平衡性的因素是自然。在麦克尔一家的故事中,自然后来基本退场,但在全诗的结构中自然仍起到某种镇定的作用。开篇华兹华斯就描述那羊栏所在的山谷地势,诗行从容缓慢,奠定的基调寂静而庄严。那遗迹完全不像鹿跳泉那样荒凉,麦克尔已经"托体同山阿",他的往事已经过去,往事中的悲伤已经消散。石堆的地点寂寂无人,"那里诚然是一个幽独的所在"(13行),仿佛是麦克尔的灵魂的居所,已经滤去了一切尘杂。石堆与自然融为一体,难以区分。这石堆几乎没有经过加工,只是把石头从别处搬到了这里,即便没有建成,这堆石头也并非多么荒废,不像鹿跳泉那齐整的所谓豪宅的废墟反而成为自然中的疤痕。同时,石堆远在山中的位置,也确保了它不会受到乡村剧变的波及。

华兹华斯也通过拉开与主人公的距离使悲伤得以缓解。麦克尔得知儿子的噩耗后的反应是从众人眼中,用被动态写出,"人们都相信"("tis believed by all," 473行),"有时,有人看见他"("sometimes was he seen," 476行)。在麦克尔生命的最后阶段,他正逐渐进入传说和公众记忆。大家同情他,但无能为力,乡村共同体在经济上无法帮助他,精神上也无法安慰他。他深刻的悲痛在他和众人之间竖立了一堵高墙,他喜欢一个人在羊栏那里独坐。这种叙述方法也让华兹华斯避免直视他的伤口,就像《废毁的农舍》中玛格丽特的故事由货郎来讲述,以获得一种距离。最后,麦克尔夫妻都死去,家产转手,

---

① Geoffrey Hartman, *Wordsworth's Poetry: 1787—1814*, New Haven: Yale University Press, 1964, p.261.
② 据 Kenneth R. Johnston 考证,失去土地的事"在 1799—1800 的艰难岁月非常普遍"。Kenneth R. Johnston, *The Hidden Wordsworth*, p.745.

沧海桑田,只有那棵树和羊栏还在。羊栏虽是废墟,却是麦克尔劳动的结果,如同他的精神的物化,虽然也是他的悲痛的物化。而这羊栏将永存。①

二 兄弟,乡村/海外

《兄弟》也是一个牧羊人的家族消失的故事。② 这个家族的一对孤儿兄弟在乡村难以生活下去,哥哥列奥纳多去海上作水手,弟弟詹姆士在谷地中的乡民家里寄居,意外坠崖而死。多年后列奥纳多回到故乡,在墓园与本地牧师对话,知道了弟弟的事。列奥纳多伤心之下离开故乡,重新回到海上。

《兄弟》中的乡村可以说比《麦克尔》的更加有机,人与自然、人与人和谐相处。但细读之下会发现这两个方面都是存在裂缝的。此诗中的共同体精神是慈善,然而这并不能阻止悲剧的发生,并不能消解全诗的悲伤气氛。最终,这仍是主人公列奥纳多无法居住、必须离开的一个乡村共同体。

此诗的叙事在乡村小教堂的墓园里展开。教堂是外形上融于周围环境的一种乡村建筑,本应是乡民聚集和互动的一个场所。但华兹华斯很少写到乡村的宗教生活,也很少提及教堂内部或乡民的星期天。他偏爱的是教堂的另一户外空间:墓园。《远游》中的牧师也是站在墓园中讲述本地乡民的故事,该诗中,墓园是牧师的领地,是"死去的"乡民们真正聚集的地方。因为在同一个地点,有同一个讲述人,那些故事之间也仿佛有了某种联系。同时,在墓园里,故事的主角都已死去,其人生已经完成,可以进行总结。当然,那些故事都指向一个共同的死亡的结局。

《兄弟》和《远游》中的本地故事讲述者都是牧师,这并非偶然。《兄弟》中的牧师一边做着家中劳动,一边望着自己家之外,他看到有陌生人在墓园里,就走过去攀谈。此诗中的牧师是一个熟悉本地历史的乡村人物,他清楚各家的情况、乡民的生死。他一定程度上起到乡村共同体核心的作用,可以作为这个共同体的代表。他是神职人员,与乡民的灵魂密切相关,虽然华兹华斯大部分情况下不强调乡民的宗教层面。同时牧师也是本地的一个普通居民,

---

① 1800 年 10 月 11 日多萝西的日记写兄妹二人顺着青源溪上溯,寻找一个羊栏,后来在多萝西的日记中(10 月 15、18、20、21、22 日),都以"羊栏"(the sheepfold)指称华兹华斯正在创作的诗。此地发生了很大变化,但青源溪的山谷如今还是如当年一样幽寂。Dorothy Wordsworth, *The Grasmere and Alfoxden Journals*, Pamela Woolf ed., Oxford: Oxford University Press, 2002.

② 《兄弟》,见华兹华斯:《华兹华斯叙事诗选》,第 187—206 页,英文见 William Wordsworth, *Major Works*, Stephen Gill ed., Oxford: Oxford University Press, 1984。此版本与康奈尔版本略有不同。

也纺织,也像其他村民一样关注于家庭经济。他在自己的语言中常常代言整个谷地的人们,使谷地中的这个共同体有了一个共同品格。他说如果"我们"知道列奥纳多回来,"那一天将如同节日"(307 行)。① 尤其是众人一起寻找詹姆士的情景,牧师的讲述更令人动容:"邻居们都惊惶了起来,/有人去溪水边,有人去湖中"(374—375 行)。此诗中的乡村互助色彩很浓厚,乡村的人情味使之仿佛一个紧密的大家庭。詹姆士成了谷地共同的孩子,在大家的帮助之下长大。值得注意的是,《兄弟》中这样的人际关系紧密的乡村在华兹华斯的笔下并不多见,更多的时候,他的乡村人物是以家庭为单位过着各自的生活,缺少对彼此的关切。

《兄弟》写到了乡村人之间的更多互动,其诗歌形式也体现了这种互动性,诗的主体部分是从外乡归来的列奥纳多与本地牧师在乡村墓园里的对话。这种对话在华兹华斯以乡村人为主角的诗中并不多。② 但从另一方面看,此诗的对话其实还主要是牧师独自讲故事,对话的双方并没有真正彼此了解,没有"交流",信息是单方向流动的,两人之间隔着一层无知之幕。牧师以为列奥纳多是陌生游客,列奥纳多就扮演陌生游客,对话对两人的意义完全不同。列奥纳多不知道自己离开后本地发生的事,而牧师均知道,但牧师一直到最后也不能看清列奥纳多的复杂心境,两人的言语因此多次交错。在对话中,牧师是主要叙述者,列奥纳多起到发问和引导谈话走向的作用。关于列奥纳多的大部分信息,我们不是在对话中,而是在对话之前及之后得知,只从对话并不能完全看出列奥纳多的性格。对话前后的内容不是舞台指示,而是情节的重要部分,所以这仍是一篇叙事诗,而非戏剧。

诗中的两个兄弟被无情阻隔,彼此思念却永不可能再见,这样强烈的兄弟之爱在西方文学中相当罕见。华兹华斯的书写关涉他本人对兄弟之情的体认,尤其是他对弟弟约翰的爱。诗中的兄弟俩生活在一起就已经自足,此外什么都不需要。哥哥列奥纳多至今未婚,如果弟弟尚在,兄弟二人就是一个家庭。祖父对两个孙儿很好,但在兄弟心中,祖父的地位次要得多。父母早死,兄弟二人几乎是全部投入地爱彼此,而没有多余的爱分给别人。这种兄弟之爱似乎有固执的排他性,他们在乡里很受喜爱,但不需要其他朋友。列奥纳多在故乡唯一的牵挂就是弟弟,故乡的其他人在他的眷念中没有多少位置,没有了弟弟,故乡就不再是故乡。牧师说列奥纳多的灵魂"与故土缠绕在一起"(293 行),但列奥纳多在得知弟弟已死的消息后,感到与故土的纽带

---

① 类似的,见 311、320、338 行。
② 《远游》中是戏剧般的对话,但对话的人物并非典型的乡民。

也断了,"这个他曾那样喜悦地居住的山谷,/他仿佛已不能承受在其中居住"(420—421 行)。同样的,虽然乡民善待弟弟詹姆士,他对列奥纳多的思念却仍足以使他早死。

两兄弟上学风雨无阻,虔诚地遵守安息日,能说会写,其教养超过普通牧童。只有在山野中时他们才玩耍,他们熟悉本地山水的各处。牧师讲到两兄弟之友爱的时候,或以复数说两人的共同活动,或讲述列奥纳多对弟弟无微不至的照看。两人的关系与麦克尔父子的关系不无类似之处。列奥纳多是兄长,是照顾的一方,比较男性化。詹姆士则是被照顾的一方,有些脆弱敏感。列奥纳多只比詹姆士大十八个月,却承担起兄长、家长、族长之责。他背着弟弟去上学的段落是全诗中最动人也最细致的一个细节,描绘如画。

《麦克尔》中,乡村的对立面是城市。《兄弟》中,乡村的对立面是海外。列奥纳多是忠诚的典范,他离乡多年,对弟弟与故乡的爱从未改变。然而《麦克尔》中的路加被城市迅速腐化,逃到海外。《麦克尔》诗里间接书写的成功少年贝特曼也是孤儿,是另一种离乡者的代表:他在城市打拼,在海外致富,然后施惠于乡里。列奥纳多的轨迹与贝特曼有类似之处,他也获得了经济上的成功,但他在精神上却没有收获。城市似乎自然地连接到海外,二者成为一个连续带,勾勒出离开乡村的青年的轨迹。但那些地方在华兹华斯的乡村叙事诗中都是作者不愿多言及的。华兹华斯的视野不是散开的,而是收束在乡村,他的视点一直保持在乡村,城市与海外都只是简略提及。《麦克尔》中路加如何被城市败坏是如此,列奥纳多在海外二十年也是如此,仿佛没什么可说,而乡村的生活却一点一滴值得记录。

列奥纳多在海上过了二十年,但二十年的海上经历远不及他此前的牧羊人生活。作为精神资源,大海几乎是空白:

> 在汹涌的大海上,
> 他内心深处仍然是半个牧羊人。
> ……当风吹着船的绳索,
> 他常听到瀑布的声音,内陆的洞穴
> 和树的声音……(43—46 行)

新的生活并没有带来新的经验,没有产生新的依恋。船索的声音被转化为他从前熟悉的内陆声音,两者之间还有相似之处。接下来华兹华斯就写列奥纳多在空无一物的大海上的纯粹幻想,仿佛大海是块有深度的画布,他在那里看到的是故乡。大海令人厌倦,无法成为风景,人的灵魂与大海之间无法沟通交流。大海在华兹华斯的诗中与乡村全然不同,也与内陆的湖、溪流

第三章　乡村家庭的消亡:牧歌与挽歌

等水体不同。拜伦讽刺湖畔派诗人应该把湖泊换成大海,批评他们视野狭窄。① 毋宁说,在华兹华斯的笔下,乡村美好的一个原因是那里有亲人,有过去,有自己的劳动,这些在大海上都找不到,大海无法去除其异质性。故乡在列奥纳多心中从未随着时间的流逝而变淡,反而在"内视之眼"(inward eye)的注视下愈加分明。② 他不愿做水手,水手只是一种生计,大海只是工具和谋生的手段,而山中的生活则可以安身立命。他不愿离乡,却离开了二十年,他离乡的目的就是为了有朝一日能返乡。乡村的生活是最理想的生活,但在经济上而言并不理想,列奥纳多只能在海上辛苦劳作,以弥补乡村物质匮乏这一致命缺点。

列奥纳多当年到海外去并非孤身一人,而是去投奔一个亲戚(类似《麦克尔》中的伦敦亲戚),但这个亲戚却没有在诗中扮演其他角色。他给列奥纳多提供了工作机会,为这个家族提供了走出经济困顿的可能,然而这些都必须要列奥纳多离开故乡才能实现。离开故乡就相当于拔根。虽有这亲戚,列奥纳多等于是孤身一人,他的精神成长终止于他离家的那一天。各种风景中只有故乡风景能滋养他,众人中只有弟弟詹姆士能给他支撑和温暖。列奥纳多的海上二十年几乎是空白的。在这些年中,他没有认识朋友,没有遇到爱情,一切经历都已在乡村完成。他到了遥远的东方,甚至在北非被奴役。这些虽然是冒险,却又什么也不是。康拉德的作品中的水手们在东方会有很多见闻与经历,列奥纳多则没有。最后他要把这二十年全部抹除,他决意过从前的那种乡村生活。扎根者与漫游者相比,扎根式的生活显得更加优越。

过了二十年,列奥纳多相貌变得如此之大,牧师没有认出他,海上二十年在他的身体上留下了鲜明痕迹,他已不复曾经的少年。但对詹姆士执着的爱二十年后并没有稍减,詹姆士的死依然是对他的最重大打击,也击碎了他对未来生活的设计。列奥纳多从海上归来又回到海上。在这个水手眼中,谷地生活远胜于海上的漂泊,但故乡不复从前,乡村与大海都不再是家园,他在两个无法选择的去处之间反而选择了大海。没有了亲爱之人,故乡反不如他乡。故乡不仅变得陌生,而且会以过去来压迫他。类似《麦克尔》中的自然,此诗中的自然在情节的进展中也是无效的。列奥纳多在海上热烈思念故乡的自然,而当他归来的时候,自然仍是那自然,但失去了最爱的人,故乡也就不是故乡。最终而言,故乡的风景对他并没有情感上的安慰作用。

---

① Lord George Byron, *Don Juan*, New York: Penguin, 2004, Dedication.
② "Inward eye"的说法出自《我如一朵孤云漫游》("I wandered lonely as a Cloud"),见William Wordsworth, *Poems, in Two Volumes, and Other Poems, 1800—1807*, pp. 207—208, 15 行。

此诗中的乡村也处在变动之中,而变动是对乡村宁静的最大威胁,是时间在乡村留下的烙印。列奥纳多开始与牧师对话的时候大意是"山中无甲子",乡村的时间没有标记,历史没有刻度。这是一种传统的牧歌视角。牧师回答说乡村也有丰富的历史,两人由此谈到乡村的种种变化。变化的规模可大可小,这些变化是无法扭转或补偿的,不属于生老病死的循环生活方式的一部分。牧师说到的本地变化多是灾难性的,如造成重大伤亡的自然灾害(洪水、大雪)。此处的自然是愤怒的,难以预料,对人并不眷顾。乡村环境中隐藏着许多危险和威胁,但这也是自然的一部分,是必须接受的。自然的最大变化是山中的两道泉水中的一条已经干涸,这两道泉水显然是两兄弟的象征。他们俩在这个谷地显得如此重要,这样被自然所看重,甚至有象征他们的泉水在山中。他们兴旺,泉水就流淌;一人死亡,一道泉就枯竭。如同《泉》("The Fountain")中一样,泉是自由而永恒的生命的象征,但此诗中的泉水也可以随人事变迁而枯竭。

列奥纳多爱故乡,当初却因为经济困难而不得不离开。在这里我们仿佛看到了《麦克尔》中路加的影子。列奥纳多和詹姆士二人在乡村的土地上无法生活,必须分出一个到外面的大世界去赚取金钱,然后才能真正享受乡村。他们的困境也是乡村很多人的困境,乡村风物美好,乡村人本该自由而愉悦,他们在经济上却无法生存。在乡村,精神的与物质的需求彼此对立。俩兄弟的祖父像麦克尔一样,八十岁依然非常健康,但他无法抵挡经济压力的催逼,一家人的地产传了五代就没有了。《麦克尔》和《兄弟》都写的是本来并不富足但仍足以维持的乡村家庭的破产。失去土地也就失去希望,引起变故。家中的青年必须离家,对很多家庭而言这是唯一的经济出路,但这经济出路却是道德与情感上的一条死路。这是无法选择的选择。经济破产带来精神破产,此前这一家人的生活很稳定,但如今突然到了多难之秋,在这样的危机时刻,纵使麦克尔这样勤勉的人,纵使《兄弟》的老祖父也不免于祸。

这样的经济困境是怎样形成的? 触发麦克尔悲剧的事件是他为亲戚做的抵押担保,这使他的土地与金钱、投资产生了联系。《兄弟》中的家族困顿与此类似。这一家人道德上很慷慨,但经济领域与道德领域并不挂钩,道德优点得不到经济报偿,资产变为负债,劳动无法抵抗"债务,利息,抵押"(211行)。这些经济词汇不具有诗意,但华兹华斯将其写进诗中,它们是乡村悲剧后面的无情因素。诗中的老祖父健康乐观,但重担依然压垮了他。这种局面无法补救,下落之趋势非人力所能阻止。到最后他的脚步都是轻快的,"然而他终于沉沦,终于死去,/他本来还可以活得更加长久"(212—213行),看来他的精神并不轻快。这个家族本来只剩下一个八十多岁的祖父带着两个小孙子,没有壮年劳动力,祖父死后,两兄弟就变成了孤儿。他们的父母看来是壮年去世,已经从乡村生活中抹除,在两兄弟和其他乡邻身上没有留下一点痕迹。这个家族的破产很彻底。祖父死的时候,家产都被变卖,羊一只不剩,两兄弟一无所有。

"他们是家族最后的两个传人"(73行),这是一句不祥之语。这个几百年世居于此的古老家族的最后两个男性继承人,一个早死,一个离家且并未娶妻生子,将来也必是一个漂泊者,两个大有希望的青年就这样凋落。这也让我们想到《麦克尔》中不知所终的路加。两诗的结果都是家产被卖,家族在乡村一人不存。乡村正在失去自己的青年,乡村的凋敝正在进行中。《兄弟》中的两个兄弟几乎无过错,只是承担了家族衰落的后果。他们家曾经有地产、房子、羊群,而落入赤贫是如此之快,麦克尔的家族也被抹平,房子被推倒,只剩下一棵树。仿佛历史的进程在长久稳定之后突然发生巨变,传统戛然中断。

当时对这两个孤儿并无别的救济,在这美好的他们深爱的谷地,他们却毫无出路。兄弟二人一个出走海外,一个靠大家的帮助而生活。列奥纳多当初的离开对弟弟詹姆士是沉重打击,"他日益凋谢"(335行)。他从这沉重打击中活了过来,最后却坠崖而死。这种事故在山区并非罕见,乡村生活不仅艰辛,而且危险。此前詹姆士"成了全谷地的孩子"(338行),靠众人的善意,生活在一个一个没有血缘关系的家庭中,但这样的生活方式毕竟难以建立持久的联系。詹姆士是整个谷地的孩子,也就不是任何一家的孩子,没有特定的归属。诗中的这种安排体现了乡村的浓厚人情,但似乎不能消除弟弟的漂泊感,仍然是以血缘维系的家庭能给人提供更牢固的根基。兄弟俩一去一住,失去了彼此。列奥纳多离开土地;詹姆士留在土地上,却没有属于自己的家和亲人,也是无根的。两人都成为飘萍,一个在遥远的大海漂泊,一个在故乡漂泊。詹姆士在乡间"并不缺少吃穿,也不缺少爱"(340行),两个兄弟之间的感情也是爱,但在此诗中,一个人集中而强烈的爱显然胜过众人的泛爱。詹姆士的境况比哥哥还略好些,列奥纳多似乎一直在外忍受着无爱的生活,不能爱别人,也不能被别人爱——不是一种爱的能力的缺乏,而是他的爱依然全部集中在弟弟身上,不因空间的间隔和时间的逝去而减弱。

詹姆士是因梦游而坠崖的,梦游是他的潜意识的体现。他与哥哥一起时并不曾梦游,梦游表明后来詹姆士的灵魂是一个不安的灵魂。在乡村的其他人眼中,"他度过了许许多多快乐的日子"(341行),但他真的愉快吗?牧师认为,弟弟梦游就表示"远涉他乡的哥哥仍然在他心头"(343行)。可以说对哥哥的思念是詹姆士不对人说起的,造成压抑,转化为梦游,而这梦游和压抑就是他的死因。偶然中包含着必然,他可以说是死于思念。他的梦游与列奥纳多在海上的白日梦是类似的。华兹华斯揭示了现实与表象之下的一个精神层面,就这对兄弟而言,那一个精神层面才是更真实也更具有决定性的层面。

詹姆士的死亡由牧师讲出,而牧师也并非目击者,并非全知全能,他也不是一个判断准确的人,他对列奥纳多的判断就一直错误。这种叙事方式使诗中保留了某种难以去除的神秘和不可知。詹姆士死的那一天是"五月一个晴好的清晨"(352行),有"新生的羔羊"(353行),自然中到处是生机与欢乐。华兹华斯决意要将这一天的自然书写为完美的,詹姆士的死发生在这样的背景中就更加醒目。这气氛弱化了事故的悲剧性,在整个大自然的重生的背景之前,这事故是一个孤立事件。但另一方面,自然对詹姆士的死又显得无动于衷。

华兹华斯将此诗中詹姆士的死因进行了模糊化的处理,以在一定程度上弱化其悲剧性。此诗后来修改不多,但华兹华斯较多修改了詹姆士死的情况。在MS.1中,他的同伴们有事离开(354—355行)。在修改版中,同伴们一起游荡,詹姆士落在了后面(359—362行)。① MS.1中,同伴们走了,回来就找不到他,修改后则是"詹姆士游荡了一会舒服地躺下,/他的同伴们不是没有看到这情景"(370—371行),他躺下去的情形被目击证人描述为"舒服地"(at ease),在MS.1中就没有这样的目击证人的评价。华兹华斯在努力弱化不确定性,弱化詹姆士自杀的可能性。

牧师确证詹姆士不是自杀,列奥纳多也愿意如此相信。詹姆士呈现给别人的都是欢乐的形象,然而他的梦游症并未痊愈。他从前只是晚上梦游,这一次他白日就开始梦游。如果说每次梦游都是詹姆士在潜意识中寻找哥哥,那么现在他白日也在寻找,每时每刻都在寻找。他的两个精神层面——欢快的社会层面,悲伤的梦游层面——交织得更紧密,而不是判然分为属于白天/意识、夜晚/潜意识的两部分。牧师显然觉得詹姆士的"欢快"一面更真实。牧师似乎未意识到,詹姆士一直梦游且因梦游而死,就是这哀伤继续存在的症候。其实牧师对詹姆士的描述是包含着矛盾的,牧师说:"他在死前很久就发现,/时间是疗治悲伤的良药"(384—385行),然后只过了几行,牧师又说,"多虑和悲思,/让他有了梦游的习惯"(390—391行)。牧师并未看出其中的矛盾。华兹华斯似乎是把詹姆士的这两个层面并列,两者均为真,二者中的

---

① See William Wordsworth, *The Poems*, John O. Hayden ed., New Haven: Yale University Press, vol. ,1, pp. 402—414.

第三章　乡村家庭的消亡：牧歌与挽歌　61

任一面都不能取消另一面,要判断詹姆士的一生就必须考虑这两者。但牧师和列奥纳多都更愿意考虑欢乐一面,因为这样就可以不将詹姆士的坠崖判断为自杀。牧师比较直接地说起詹姆士的死状。詹姆士在此诗中是被牧师叙述的人,列奥纳多有自己的语言,詹姆士则没有。关于詹姆士,牧师是此诗中的唯一知情者和信息提供者。牧师的神职身份使他大体是可靠的,但他对列奥纳多的判断失灵,又使他的判断的有效性打了折扣,而牧师提供的版本也是列奥纳多愿意接受的故事版本。

　　詹姆士在睡梦中走到了那最高峻的悬崖边缘,这似乎也意味着他的心理处境之危险,他的生命悬于一线。他恰好死在本地的最高地标之上,那高山名叫"砥柱"(362行),这样的死亡不可能不具有偶然事故之外的某种象征意义,就如同华兹华斯以山中的两道泉水来比拟这对兄弟一样,他的死也因此变得不完全悲惨,而是染上了当时周围自然环境的甜蜜以及那地点的崇高,仿佛他是为忠贞而献身。虽然自杀是基督教不允许的,也是华兹华斯不常写到的,这种献身也具有崇高性。

　　华兹华斯避免把詹姆士之死写成悲剧,却难以彻底消除其中的悲剧性成分。詹姆士并不孤单,有邻人相助,但无人能代替远在天边的列奥纳多,那种空白是他不能忍受的。梦游不是他残留的忧伤在睡梦中留下的痕迹,而是他想要压抑的忧伤的强烈重现。人人都愿意相信他是失足,但自杀是一种阴影中的可能性。华兹华斯的诗中是没有自杀的。如果詹姆士是自杀,则他犯了罪,代表他情感的极端和狂悖,说明他平时在乡村中善于伪饰。这样过于严厉的形象不是华兹华斯诗中常见的乡村少年,也与全诗舒缓的氛围不符。但那令人不安的可能性并没有从文本中完全消除。华兹华斯反复强调詹姆士的死是事故而不是自杀,之所以要这样强调,正是因为存在自杀的可能。

　　能减弱故事忧伤的一是詹姆士并非完全不幸;二是生老病死作为乡村的循环现象是自然的,乡村人对死亡漠然接受,死者活在乡村人的记忆中,得到了纪念。此诗的情节发生在墓园中,列奥纳多和牧师两个人面对着一些坟冢,列奥纳多就站在自己家族的坟旁边。这是一个粗朴的墓园,墓园与非墓园的差别不大,这几乎融于自然之中的没有墓碑的墓园,代表乡村人对生死的淡然,也说明在乡村环境下生死的相邻,生与死都是自然的一部分。牧师说:"对生于山中,死于山中的人而言,/想到死亡并不是件痛苦沉重的事"(179—180行)。但列奥纳多却没有接受弟弟的死亡,牧师恬然叙述的口气与列奥纳多的惶急形成鲜明对比。并非外界的生活改变了他的精神结构,他的精神结构一直是属于牧羊人的,然而乡村人对待生死的恬淡在他的身上却没有得到兑现。他不能看开,不能接受命运,使他成为乡村的异类。他失去了最亲之人,精神上被动摇了根本。那么乡村中其他的损失也可能是有其悲痛后果的。牧师以为大家看淡生死,也许实情并非如此。

我们可以看一下宗教这个安慰因素在此诗中的位置。与《麦克尔》相比,此诗中的宗教因素稍多一些。牧师当年看到两兄弟雨后还坚持上学,不禁预言:上帝"会保佑这两兄弟的虔诚"(262 行)。牧师是神职人员,他的预言或者说愿望在此诗中却没有更重的分量,并未实现,上帝没有祝福这对虔诚的兄弟。牧师特别强调两兄弟的虔诚,尤其他们如何严守安息日。他还说自己在列奥纳多走之前,曾送给他一本圣经,"我跟您赌二十英镑,/如果他活着,那《圣经》一定在他身上"(278—279 行)。这个赌题未有答案。列奥纳多的确活着,但没有迹象表明他仍带着那本圣经。从他的言语中看不出他有多么虔诚,那本《圣经》并没有在海外安慰他,也没有在他失去弟弟时安慰他。作为神职人员的牧师在列奥纳多身上夸大了宗教的作用。

此诗记录了一个返乡又离乡的过程,如同鲁迅的《故乡》。不同的是,列奥纳多本来想在故乡终老,故乡风物基本未变,爱的人却已不在。鲁迅的《故乡》中故乡的人与物则都已改变,只剩下对故乡的回忆,而无法在现实中寻找到回忆的对应物,故乡不再值得留恋,只能离开。然而在鲁迅那篇小说的结尾之处,孩子之间跨越阶级的友谊又给作者带来某种希望,使小说不完全终结于悲观。

相比之下,《兄弟》的结尾是沉重的。列奥纳多回到海上,最后成了一个白发的水手,仿佛他又把自己放逐到大海上。而再次回到大海后,他的生活从三十多岁一直到老年就从未变过,最后两行诗用两行跨越了几十年,列奥纳多后来的一生都在其中。两个笃爱的兄弟一个死去,一个活着,但活着的一个无法真正地活着,没有救赎和希望。他早已深知海上生活的空虚,还是要回到海上,这更像是一种自我惩罚。① 他似乎放弃了一切改变和出路,故乡—海上是他仅有的两种选择,他选择过一种虽生犹死的生活。也许此时宗教起的作用就是使他不会主动自杀。他关心弟弟最后的心理状态,也是想确认弟弟并非自杀,并未犯罪。但列奥纳多只是徒然延续生命和痛苦,被动地等待死亡,正如同慢性自杀。幸福或任何变化于他已经不可能。

《麦克尔》和《兄弟》是华兹华斯比较典型也很成功的乡村故事,F. B. 毗尼翁(F. B. Pinion)称这两首诗是"英国的牧歌传统中最诚挚的两首诗"。②

---

① 在华兹华斯一些关于中世纪的作品比如《边境人》(The Borderers)等中,主人公也给自己这样的惩罚。见本书第八章。

② F. B. Pinion, A Wordsworth Companion, London: Macmillan Press, 1984, p. 117.

两首诗都指向牧歌之失败、乡村之凋敝这一普遍情境。《麦克尔》中八十多岁的勤勉老人麦克尔破产,家庭消失,《兄弟》则是由两兄弟组成的家庭的消失。类似的,《废毁的农舍》中原本幸福的一家最后一人不剩,那农舍也变成废墟。在这些故事中,家庭的破产都是主人公不应遭受的,他们没有明显的过错,诗歌达到了最大的哀怜效果。

这几首诗都以乡村家庭为单位,书写了家人之间的激情(passion):父子、兄弟、夫妻之情。这种激情的表现是平淡的,然而强烈而持久,成为人一生的执着。这激情只能有一个对象,几乎没有变弱的可能。麦克尔关心儿子远胜于关心妻子;玛格丽特因为思念丈夫,对孩子甚至都忽略;《兄弟》中的兄弟之情也是排他性的。华兹华斯以理解爱情的方式来理解其他激情。这些强烈的情感纽带在外部经济压力下绷断,成为家庭破碎的起点,经济危机造成情感危机和道德失序。本来稳定的家庭在巨大的时代压力下破产,彻底消失。在这一过程中自然是无效的。这几首诗都指向乡村的外部:伦敦、海上、战争,它们看似是乡村困境的出路,但都是使人灵魂死亡的出路。乡村人迫于经济压力不得不离开乡村,然而离开乡村对他们而言又相当于心死,他们面临着没有出路的绝境。

在这几首诗中,华兹华斯既要讲述悲哀的故事,又以多种方法克制悲哀。几首诗的节奏都缓慢平静,也拉开了叙事的距离,以淡化暴力。三首诗中的主人公都有漫长的心如死灰、虽生犹死的过程,这个形象可以说凝聚了华兹华斯在诗中既表达悲哀又缓解悲哀的做法。"虽生犹死"是绝望的,但并非真正的死亡。其漫长的过程既拖长了悲哀的效果,又使悲哀在较长的时段内分散开来,避免了暴烈的打击。《麦克尔》中的救赎色彩很微弱,《兄弟》几乎没有救赎,它们描绘的乡村家庭生活的共同结局都是家破人亡。乡村传统最重要的单位——家庭——在现代性的压力面前无法维持,乡村传统因而破产。在这样的叙事诗中,华兹华斯充分表现了他温柔敦厚的一面,而浪漫主义诗人的形象多是蔑视群氓,温柔敦厚并非他们的典型特点。吊诡的是,是政治上变得保守的华兹华斯写下这样同情劳苦人的诗句,而不是政治上支持法国大革命的拜伦。这种复杂局面部分地揭示了阶级批评的局限性。①

---

① 詹姆斯·阿维里尔(James Averill)在其著作 *Wordsworth and the Poetry of Human Suffering* (Ithaca: Cornell University Press, 1980)中试图分析"对人类之惨状的文学使用以及悲剧之快感,我的主角是华兹华斯叙事诗中的作者自我"(p.9)。作者最关心华兹华斯怎样讲述,而不是讲了什么,焦点不是他写了怎样的悲哀的人类处境,而是他叙事诗的自反性,叙事诗中的人物以及读者对悲伤的故事采取怎样的态度。作者大体把华兹华斯讲述悲伤故事看作对他人之悲伤的利用,是华兹华斯获得平静、快感或提高想象力的手段,而没有看到华兹华斯的这类叙事诗所组成的整体的乡村社会景象。

第四章　乡村人之恶:惩罚与救赎

在华兹华斯描绘的乡村图景中,有自然带来的暴烈死亡,有作为人生规律的生老病死,但较少看到的是人的恶意。华兹华斯对这一方面不愿太多触及,但并非对之没有意识。他的这种内心矛盾在《家在格拉斯米尔》("Home at Grasmere")中比较明显地表达了出来:"居住在这神圣之所在的人们,/自身必定也是圣洁的"(366—367 行)。① 这一结论并非定论,华兹华斯对其进行反复修正,有时基本否定,有时则恢复信心。本地自然与本地居民应彼此映照,内外一致(fitted),而人心与外部的一致正是华兹华斯认为自己要歌唱的重大主题。但他实际看到的乡村人却是有缺陷的,不完全配得上自然。华兹华斯在此诗中对乡村人没有形成最后的道德判断,他的思路如河水一样流动变化,没有哪一个论断为最终结论。他反复回到这个主题:自然中的人却未必善良自然。此诗中,他语焉不详地提到一些醉酒怒骂之人,没有说到他们的名字,只提到他们那可怕的声音。那些人的具体行为很模糊,在全诗中所占的篇幅很小,只能被隐隐感觉到,他们醉酒的恶行只体现为远远传来的令诗人痛苦的声音。

人之恶是乡村的污点,是美好的乡村不该有的。华兹华斯这一题材的叙事诗因在乡村图景中的特殊性而更值得注意。华兹华斯并非无视人之恶,在他关于中世纪的剧本也是他唯一的剧本《边境人》(The Borderers)中,就写了一个完全邪恶之人理沃斯。但涉及当代乡村的时候,他涉及人之恶的诗歌相当少,且以各种方式将这种恶加以限制,使恶人受惩罚或被救赎。诗中人物恶的程度、作恶的行为都不算严重。同时,诗人有时用轻松的语气讲述这些故事,进一步弱化其影响。

一　无谓的猎杀

乡村在自然之中,主要是和谐共存的关系。但这其中隐而未宣的是乡村人是以自然为资源的,不能避免对自然的使用。在华兹华斯看来,这种使用不能超过限度。在书写自己与自然的关系的诗中,华兹华斯与自然之间彼此

---

① 华兹华斯:《华兹华斯叙事诗选》,第 229 页。

理解、观照,自然教育他,他体会到自然的神性,然而也并非永远如此。以《采坚果》("Nutting")为例。① 此诗是对童年的一种回忆。华兹华斯后来对此诗的解释是:"写于德国;作为关于我自己的生活的一首诗的一部分,后觉得不宜放在那里而被删除。"② 此处所言的大诗很可能是《序曲》,华兹华斯对《序曲》中的事件是有所选择的,此诗中"我"对自然的轻度掠夺很可能不适合《序曲》的主题。

《采坚果》中"我"与自然的关系不是静观,而是少年的单纯感官之乐。"我"视自然为盛宴,为欢乐的地点与掠夺的对象。那是一座无人的密林。本来"我"在那里享受欢乐,然后"我"突然起身采摘坚果,其过程书写得非常暴力。虽然这种活动中包含着儿童的天真刺激和欢乐,作者也是以轻松的口吻书写,但毕竟他的行为是对自然的掠夺,其中不无背叛与愧悔之意味:

> 然后我站起身,
> 把树枝树干咔嚓嚓扯到地面,
> 无情的破坏。(41—43 行)

"我"感到自己损害了树,"因为树林中有一种精魂"(56 行)。此诗中的自然是食物,是少年游戏活动的对象。人与自然的权力关系中,自然处于弱势,需要人的温情对待。华兹华斯少年时代的这种游戏般的活动是对自然的轻度掠夺,采坚果不能算恶,孩子的行为是乡村生活的组成部分。但"我"依然在某种程度上把自己视为自然的破坏者和入侵者,自然耐心地忍受着"我"的行为。此诗表现了华兹华斯对自然物的关切和对人破坏自然之敏感与痛心。

对自然的另一种破坏就是对树木的砍伐。华兹华斯在《一丛报春花》("The Tuft of Primroses")中对砍伐森林的描绘,让我们看到在我们当代的世界中极为尖锐的环境问题。

> 这是怎样的欢迎! 当我长期外出后
> 归来,我向谷地的中央愉快地看了
> 第一眼,却没有看到它们。(94—96 行)③

这里的"它们"指一座冷杉树林,故乡风物的变迁在归来者的眼中最为刺目。那伐木者不知是谁。树林就在谷地中央,是本地的一个地标,对这些大

---

① William Wordsworth, *Lyrical Ballads, and Other Poems, 1797—1800*, pp. 218—220.
② Ibid., p. 391.
③ William Wordsworth, *The Tuft of Primroses and Other Late Poems for The Recluse*.

树的戕害改变了本地的基本面貌,砍掉了这谷地的精魂。类似的,《远游》中写到一个愉快而精力旺盛的车夫,但他的伐木工作却是对乡村的破坏,他"从这些谷地里,把它们/最值得骄傲的装饰——运走"(Ⅶ. 610—611)。他在诗中被称为"毁灭者"(Destroyer, Ⅶ. 654)。

《采坚果》写的是人伤害树木的灵魂。动物也有灵魂,也会遭到人的戕害,《鹿跳泉》("Hart-Leap Well")就是写人对动物之戕害的一首长诗。① 在《家在格拉斯米尔》中,华兹华斯书写了配不上自然的人们,他们是乡村反牧歌的成分。谷地里那么多欢乐的鸟,其中的两只天鹅却不在,很可能遭了某牧羊人的毒手,我们在华兹华斯的诗中还从未见过这样的杀死天鹅的牧羊人,这个牧羊人几乎变成了猎手甚至是凶手。天鹅的命运类似《鹿跳泉》中的鹿,它们都是美丽优雅的动物,牧羊人打死天鹅是没有理由的,《鹿跳泉》中的猎杀也同样没有理由。

《鹿跳泉》写贵族狩猎活动的不人道,一个贵族将一只鹿追逐至死。鹿死之处成了一个荒凉风景、乡村的一个伤口、自然中的例外空间,那里不再生长动植物,没有比那里更凄凉的地方。在这首诗中,人伤害大自然,大自然也因此惩罚人。鹿跳泉这著名的地点是杀死鹿的骑士命名的,他把杀戮视为自己的壮举,鹿得到了骑士命名的纪念,但纪念的却是它的死亡。华兹华斯在其他诗作中写到了很多对乡村地点的命名,主要是他和家人对本地地点的一种标记,以纪念私人生活中的事件。而鹿跳泉的命名则记录一个公众事件,它标记的是猎杀行为对当地的一种诅咒和污染。

此诗中的鹿被长途追逐,筋疲力尽,跳下高崖摔死。华兹华斯没有选择书写鹿被杀死或被狗咬死的情节,即便如此,骑士的举动仍然相当于杀死了鹿,而且那长久的追逐,鹿从绝高处的一跳,其残酷程度并没有减弱。华兹华斯选择了一次非常特殊的狩猎。猎人以狩猎为生,此诗中的骑士则以狩猎为乐,也就是以杀戮为乐。华兹华斯大部分时候是温柔敦厚的,不愿直接书写血腥,不写"杀"的场面,但这首诗仍让我们感到人的残酷。

此诗分为长度相当的两部分,两部分之间有时间和视角的断裂,叙述语气和气氛完全不同,两部分之间的意外转换造成一种震惊效果。第一部分写鹿之死,迅疾而充满动作。第二部分写一个当代牧羊人对"我"叙述鹿的故事,哀伤而缓慢,有很多自然描写,几乎没有动作。第一部分并未透露太多的悲剧痕迹,这正因为那贵族的漠视和无知,他甚至不知有悲剧发生。视角转

---

① 华兹华斯:《华兹华斯叙事诗选》,第 207—215 页。William Wordsworth, *Lyrical Ballads, and Other Poems*, 1797—1800, pp. 133—139.

换改变了故事的面貌,使此诗的两部分形成强烈对照,上部分跟随着骑士,让人感受到狩猎的刺激与兴奋,在下半部分中我们才看到第一部分的严重后果。骑士一直无动于衷,从未对鹿感到哀伤,而第二部分中的牧羊人则能够同情鹿,显示出底层人与自然更为接近,更有同情心。《老猎人西蒙·李》与此诗都描绘了已成废墟的贵族之家,贵族都已不存在,属于过去时,华兹华斯对于他们的消失并没有哀悼。他的乡村价值观体现在乡村底层人身上,而不是乡村贵族,贵族的价值有时恰是底层价值的反面。

此诗有三个人的声音:骑士、牧人、诗人"我"。骑士有很多言语,都是关于他自己的,他以自我为中心,沾沾自喜。他说到如何在鹿死去的地方建一座乡间别墅,而没有再提到或想到那鹿。他以为自己是不死的,自己的光荣将永存,然而他终于还是死去。在"生命有限"这一点上他与鹿是一样的,他却没有意识到这种共同性。

在第二部分,一个牧羊人向"我"讲述了鹿之死。从鹿的角度讲述它的死亡,这种视角只能由牧羊人提供,因为牧羊人具有同情鹿的能力。鹿被骑士追逐了十三个小时,最后死于从高崖上的残酷一跳。牧羊人觉得鹿爱这泉水,可能因为这是鹿的出生地,所以它选择在这里死去。在他的描述中,鹿有自己的情感与回忆。牧羊人指称鹿时用的是"he",而不是"it",他的同情来自他尊重鹿也是一个有价值的生命,几乎类似另一个人一般。

> 也许从前的夏天,在这草地上,
> 潺潺的水声曾伴它沉沉入睡;
> 也许当它第一次离开母亲身旁,
> 这是它啜饮到的第一口清水。(149—152行)

牧羊人和"我"意见一致,彼此补足。全诗最后的教训由"我"说出,"我"说人不可无端伤害自然的生灵。大自然眷顾他的子民,人却是自然子民的屠杀者,自然把这里加以标记以提醒人类。牧羊人相信这里将永远荒凉下去,他每天在这样的地方走过,心里压着沉重的悲伤。"我"则比他更乐观,"我"的话出现在全诗结尾,表达了希望,提亮了全诗的色调。

此诗写了一个可怕的建筑废墟。《麦克尔》和《废毁的农舍》中都有废墟,那两个废墟都在自然中,自然将其收回的过程中是和谐的,人的痕迹被慢慢抹去,达到另一种安详与美,带来哀伤同时也带来平静,那些废墟可以说是自然风景的一部分。此诗中的废墟却截然不同,其基础是死亡和对自然的暴力。骑士以为自己的这座建筑物会长存,自然挫败了他的计划,在死后对他的傲慢加以惩罚。此诗中的废墟是阴暗的,自然拒绝将其收回:

> 我环顾着远远近近的崇山峻岭,
> 没有人见过这样忧伤的所在,
> 仿佛春天从不曾来到这谷中,
> 仿佛这里的自然任由自己朽坏。(113—116行)

此诗第一部分中那著名的豪华别墅,到第二部分陡然变成难以辨认的几个孤立的遗迹,对自然生命的戕害带来风景的荒凉。这废墟是鹿死之悲剧、人心之无知状态的一种外化与投射。华兹华斯诗中的大部分乡村自然事故,比如《露西·格雷》中的女孩子在野外失踪,《兄弟》中的少年坠崖,都可以说是"自然"的,对自然背景没有任何影响。而这个废墟则仿佛是从自然中挖出的一个有毒的封闭空间,无法滋养生命,其中的树是"毫无生气的杨树桩"(121行)。这里与周围充满生机的自然隔绝开来,弥漫的是死亡的气息,仿佛鹿的哀怨阴魂在这里游荡。在华兹华斯的诗中没有比这更荒凉的风景,而这荒凉是人的行为造成的。在《家在格拉斯米尔》中,冬天的荒凉带着崇高感和尊严感,激发人去面对,从而意识到自己的力量,鹿跳泉的荒凉则接近于虚无和绝望。这本来美好的谷地现在如同一片荒原。

自然有无限生机,养育人和动物,但她并非永远包容。大自然在此诗中为一只鹿复仇,她是怨怒的、报复的,因为悖谬的人违背了她的意志。自然养育人,人却走到自然的对立面,戕害自然的孩子,也就是戕害自己的兄弟,这是人的罪过。到自然不能容忍之时,人类自身也难以立足。大自然的意图人却不能理解,大自然只能通过诗中的废墟这一标记,作为一种符号或装置以警告人类。

诗中的贵族已是过去时,属于一个年代不详的时代,他只留下废墟。这废墟不令人起思古之幽情,而是引起后人的谴责。《布莱克婆婆与哈里·吉尔》中有道德缺陷的人是个富人,此诗中是一个贵族。在华兹华斯的乡村叙事诗中,上层人物常有过多的财富和权力,耽于享乐,却缺少慈善与互助之心。华兹华斯先从骑士角度来讲述逐猎,那鹿就是被追逐的对象。骑士看到鹿的时候,鹿已经死亡,骑士"看着那猎物,说不出的开心"(36行)。当一个人面对另一生物时会有同类之感,骑士也有这样的机会,但在他看来,那鹿就是一个物,"猎物"(spoil),一个站立的狩猎者看着一只躺在地上的死鹿,站立者感到的是自己的力量与优胜。骑士不仅完全没有意识到自己的残酷,还要在那里建立纪念碑,对鹿作为猎物的身份进行永久确认。骑士看到鹿从高处跳了三下落到地面,对此他只是感到惊奇,他的心思并未在此事上耽搁一下,他的同情心没有被触动。他后来的别墅是建筑在鹿的痛苦之上的,其功能是服务于贵族的乡间享乐:

> 将来,当夏日的永昼难以消磨,
> 我会带着我的情人来到此间,
> 我还要带着舞者,吟游的歌者,
> 在那宜人的树荫下恣意寻欢。(69—72行)

这是华兹华斯很多中世纪题材的叙事诗中写到的贵族生活场景,有游吟诗人和舞者,不乏浪漫意味,然而在此诗中这一切显得悖谬。骑士建了一个漂亮的亭子(arbour),是个花叶茂密、绿意盎然的去处。这也是诗人华兹华斯常常流连的那种地方,但在这里它却并非美丽所在,它以恶为根基,因此必然凋敝。

狩猎者若以打猎为生,其猎杀还情有可原。猎人西蒙·李听到号角的声音就很兴奋——即便如此,华兹华斯仍将西蒙·李写为一个已经衰朽的猎人,而非强壮的正从事狩猎活动的人。在《失去孩子的父亲》("The Childless Father")中,华兹华斯写到全村人一起猎兔,有狂欢色彩而无谴责之意,猎兔是为了生存,算不上残酷。《鹿跳泉》中贵族的狩猎则是为追逐而追逐,为屠杀而屠杀。骑士不懈地追逐鹿,这是一个生物对另一生物的无情追捕与残害,仿佛食物链中常常发生的一样。食肉动物追逐鹿,这个骑士还不如食肉动物,因为他并不需要那鹿肉以生存。他的捕猎是"不自然的"。鹿之死亡也许并不可怕,可怕的是它被追逐而死,可怕的是它死前的绝望与恐惧。

与骑士形成对比的是牧羊人,他们养育羊群,华兹华斯在许多诗中写他们如何爱护和拯救羔羊。牧羊人有对弱小动物的同情与怜悯。华兹华斯批评贵族的生活方式,批判骑士单纯为取乐而追逐猎物,以及贵族精神上的冷漠和傲慢。乡村人生活简朴,地位卑微,却能够替其他卑微者着想。鹿之死在那骑士而言是微不足道的小事,然而这对自然是大事,自然的判断标准与人不同。《鹿跳泉》是一篇悲天悯人的诗章,悲悯及于其他生物。此诗中表达的不是专属于某种宗教的那种悲悯之怀,而是在基督教的圣方济各形象,在佛教的割肉喂鹰、舍身饲虎等故事中都可以看到的一种观念。十诫中的"你不能杀"(Thou shalt not kill)是个绝对律令,并没有任何限定,没有宾语。如果根据字面理解而提出更高要求,就是在任何情况下都不能杀人;再高一些,就是不能无谓地杀任何生物。

此诗中的贵族并非大奸大恶之人,他的行为是在人类社会各个历史时段都常见的行为,越是如此,越扩大了此诗批判的面向。对其他生物是应该相害相杀,还是应视之为兄弟?人类有更大的力量,不使用这力量方显人之高贵。在此华兹华斯对人类提出了更高的道德要求,要求人类将同情延伸到其他生物——而很多时候人类之同情尚不能及于同类。不同于《彼得·贝尔》

("Peter Bell")或《安德鲁·琼斯》("Andrew Jones"),这个骑士的行为不是犯罪,但华兹华斯指出了人们习以为常的这种狩猎行为中包含的罪。此诗不只是对这个骑士或骑士阶层的批判,也是批判人在自然中的存在方式,即通过宰制、杀戮而存在。那骑士早已死去,骑士阶层已不存,但人类的这种存在方式至今不仅没有消除或弱化,只是更加变本加厉。

《鹿跳泉》把其他生物当作人的同类,把它们想象为几乎有与人类一样的情感。华兹华斯在此提出了一种与其他物种和谐共处的伦理,其基础是共情,因为人与其他动物都是自然的孩子。最后诗人呼吁"不要让我们的欢乐,我们的骄傲,/其中掺入哪怕最卑微生灵的忧伤"(179—180行)。这不能说是一个浪漫的不切实际的要求。人们可能会说,人类的生存还成问题的时候,如何顾及其他生物。实际上当我们忽略了其他生物,破坏了我们赖以生存的环境,才真正危及人类生存的基础。这是一个长远的视角。我们未必需要把环保或生态等时髦标签贴到华兹华斯身上,毋宁说他有深厚的同情心,他写乡村人物的叙事诗也出自同一种同情心。此诗可以说是有预言性的,在此后二百年里诗中所写的猎杀愈演愈烈,这里只写到猎鹿的孤立事件,现在人们则是以更精密强大的武器进行更大规模的猎杀。这是一个其意义越来越凸显的伦理问题,人为生存而猎杀还有情可原,但总有无端的猎杀,有权贵阶层把捕猎当作男性身份的一种证明(例如西奥多·罗斯福、海明威的例子)。此诗对今天的我们仍有深刻的警醒意义,如果不改弦更张,则自然中物种消失,环境恶化,此诗第二部分的荒原或将成为更普遍的场景。

但最终华兹华斯相信大自然会停止怨怒,回心转意,修复物理和精神上的伤疤,"这里终将迎来更温和的时日,/这种种遗物终将被草木掩却"(175—176行)。自然的怨怒表现为拒绝收回,拒绝生长,她的怒气消解则表现为将废墟收回,继续生生不息。对这个乐观的未来诗人是有信心的,但中间不知要经过多久的时间,总之一切都将在长时段里发生。

二 对乡村弱者的戕害

华兹华斯强调乡村的和谐与理想性,《安德鲁·琼斯》("Andrew Jones")、《布莱克婆婆与哈里·吉尔》("Goody Blake and Harry Gill")、《车夫本杰明》("Benjamin the Waggoner")、《彼得·贝尔》("Peter Bell")这几首书写乡村恶人的诗就更值得我们注意。这些作恶之人都是身体强壮或有资源的成年男子,他们作恶的对象包括大自然和乡村共同体中的弱者。几首诗的题目中都包含作恶者的名字。就职业而言,安德鲁·琼斯是个无赖,哈里·吉尔是贩卖牲畜的(drover),本杰明是车夫,彼得·贝尔是卖陶器的。车夫与卖陶器者都是在路上行走的职业,而《鹿跳泉》中的作恶者则是个骑士。华兹华斯圈定了有缺陷的人的范围,而乡村的主体人群——牧羊人和农民——与恶的关系很遥远。我们透过华兹华斯写的恶人的故事,窥见了另一种并非温暖或高贵的乡村图景。

《安德鲁·琼斯》首先发表在 1800 年版的《抒情歌谣集》(*Lyrical Ballads*)中,写一个瘸腿的乞丐得到施舍者扔到地上的一便士,刚刚用脚将钱在地上收拢,安德鲁·琼斯就过来拿走了钱,并说,"谁找到的就归谁"(29 行)。① 在关于中世纪的戏剧《边境人》(*The Borderers*)中,华兹华斯写到当地人对乞丐有时也是残酷的。从那个中世纪故事中我们推测,对乞丐不和善甚至残酷的情况在当代乡村并非罕见,然而华兹华斯关于此内容只写了这一首短诗。这样的题材与他的乡村想象不符。华兹华斯的乡村叙事诗常常有"本事",这首诗却没有,虽然题目就是这恶人的名字,但我们不能确定这是否为真实的名字。华兹华斯多次在路上遇到别人,听别人的故事,这次却是安德鲁·琼斯和一个乞丐在路上相遇,在叙事的过程中"我"并未出现,"我"只在开头和结尾的诅咒中出现。这样一首态度鲜明的叙事诗很可能是许多同类事件在华兹华斯诗中的凝聚,这也可以解释诗人在此诗中表现的怨毒。

我们可以看出华兹华斯书写这个恶人的两种相反的倾向。一是其罪行从法律角度而言是轻微的,涉及的金钱很少,只有一便士,且他并没有使用暴力,没有触及乞丐的身体。这罪过是不足以判罪的。然而另一方面,从道德角度而言这又是大罪。那被欺侮者是个瘸腿的乞丐,是几重意义上的可怜人。这乞丐的凄惨在华兹华斯关于底层人的书写中是较少看到的,不仅在于他身体和经济状况的贫弱,更在于他的彻底无力,他甚至无法拾起地上的硬币。与他相比,那坎伯兰的老乞丐就是幸运的,因为他得到了所有人的慈善,骑马过去的人会把施舍放在他的帽子里。此诗中的乞丐则没有尊严,骑马过去的人"把一便士扔在地上"(13 行)。华兹华斯其他诗里的残疾者都受到大家的喜爱(如《痴孩子》和《高地盲童》),至少是同情。从这个角度而言,安德鲁·琼斯的罪过又是巨大的。他不仅不同情弱者,而且对弱者怀有恶意,夺取了这乞丐仅有的一点钱,还用言语嘲笑他。他从一无所有的人那里夺取,损害无力反抗的人,破坏乡村的互助和慈善信条。华兹华斯没有说安德鲁·琼斯以何为生,他看上去是一个在路上游荡的乡村无赖,而完全不是自然与家族古老传统培养出的有深厚精神教养和尊严的乡村人。他有阿Q的气息,甚至恶过阿Q,而本来华兹华斯的乡村与鲁迅的魏庄并无任何共同之处。

---

① William Wordsworth, *Lyrical Ballads, and Other Poems*, 1797—1800, pp. 184—185.

这首诗非常短,只有 35 行。诗人在第一段和最后一段都诅咒安德鲁·琼斯,希望他被乡村清除,仿佛他是美好乡村的一个毒瘤。华兹华斯甚至在开头和结尾诅咒他的孩子。此诗中华兹华斯的刻毒非常罕见,但这种并不能发生效力的诅咒另一方面也说明,面对这样的恶人华兹华斯毫无办法,理想在碰到丑恶现实时无能为力。安德鲁·琼斯没有受到任何真正的惩罚,只会继续逍遥。诗人觉得这种人不配做父亲,但安德鲁·琼斯却是父亲,他的孩子们也必将作恶,恶将长期存在。诗人只能记下这恶人的名字和他的罪过,此诗仿佛就是为了铭记安德鲁·琼斯的恶行,铭记诗人自己的愤怒。华兹华斯罕见地表达了仇恨:"我恨那个安德鲁·琼斯;他生的孩子/也会堕落,无恶不作"(1—2 行)。《彼得·贝尔》中华兹华斯还称主人公为彼得,对彼得说话,但此诗中诗人只能称呼安德鲁·琼斯的全名,以拉大他与自己的距离,表达对他的蔑视与愤怒。

《布莱克婆婆与哈里·吉尔》("Goody Blake and Harry Gill")写穷困老妇布莱克婆婆冬天到富人哈里·吉尔的篱笆上抽取木柴以取暖,被哈里捉住,老妇祈祷上帝惩罚哈里,哈里从此一直寒冷。① 在这首诗中,布莱克婆婆"衰老而贫穷"(21 行),哈里·吉尔则是她的反面,他身强力壮,有各种物资,有温暖,他的许多大衣"够盖住九人"(8 行)。他的职业是贩卖牲畜。在华兹华斯的乡村诗中,乡村主要是平等自由之地,乡村人绝大多数都是农牧民,基本没有阶级差别,然而在此诗中我们窥见了巨大的贫富差距。

虽然全诗用轻松的语气书写,我们仍能感到老妇的境遇之凄惨。她日夜劳作,但仍然吃不饱,穿不暖。此诗中揭示的乡村女性的困境是惊人的。

> 她整天在破屋中纺织不停,
> 天黑后三小时依然在织布,
> 哎,可是,又何消我言明,
> 她赚的钱还不够买那些蜡烛。(25—28 行)

她饥寒交迫,诗中主要写她寒冷的问题,她"因为冷而爬上床去睡觉,/又因为冷而根本无法入睡"(47—48 行)。这部分的描写与柔石《为奴隶的母亲》等中国现代乡土文学对贫困乡村的描写没有本质差别,虽然此诗的结局是有利于穷人的。饥寒迫使布莱克婆婆铤而走险,她不得已去抽取哈里·吉尔的篱笆。最后的正义结局让她得以复仇,有上帝为她做主,然而我们其实知道,上帝这一次惩罚了作恶之人,却无法根本改善她的贫困处境。从这首

---

① 华兹华斯:《华兹华斯叙事诗选》,第 56—61 页。William Wordsworth, *Lyrical Ballads, and Other Poems*, 1797—1800, pp. 59—62.

诗的侧面描写中我们会发现乡村的其他一些贫困者：

> 我知道，两个贫穷的老妇人，
> 常常会在一间小屋里同住，
> 在同一堆火上把汤水煮炖。（33—35 行）

可见穷困老妇的情况并不少见。她们是独居的老妇，在乡村过着难堪的生活，她们没有丈夫也没有子女，虽然自己仍有劳动力，但不足以为生。《老猎人西蒙·李》中也是一对老夫妇老无所依的场面。华兹华斯很少写到这些穷人的结局。乞丐可以靠众人的相助为生，这些穷人的未来却是黑暗的。

对于乡村之贫富差距问题，华兹华斯寄希望于富有者的善举，富有者对贫困者有帮助的义务，必须伸出援助之手。哈里·吉尔不仅没有帮助布莱克婆婆，对待她更如对待猎物。诗中描绘他在深夜的月下守候她，采用的是狩猎的意象。老妇抽取他的篱笆其实对他无损，但他不仅吝啬，还要当场捉住她。一个年轻富有的男子与一个穷困老妇在寒冷的户外相遇，诗中描绘了哈里对布莱克婆婆的直接暴力：

> 他恶狠狠地抓住她的胳膊，
> 他把她的胳膊紧抓住不放，
> 他恶狠狠地摇晃她的胳膊，
> "我总算捉住了你！"他大嚷。（89—92 行）

他坚决要抓住她，哪怕给自己带来辛苦与不便，也要站在霜雪的夜里守候她。他不仅是吝啬鬼，还有一点残酷和虐待狂的意味。从第 73 行开始的三段是诗中动作最多也最为戏剧性的场面，是他当场捉住"小偷"，是他的胜利。但是人与人不应是猎手与猎物的丛林法则，哈里·吉尔的"胜利"就是他痛苦的开始。

华兹华斯没有把这个老妇写成《安德鲁·琼斯》中的乞丐那样毫无反抗之力。她虽然穷困，却有巨大力量和主动性。她的力量来自上帝，来自她的祈祷，这是华兹华斯诗中较少见的有行动能力的老妇。她不是温和宽容的女性，她对哈里·吉尔并不仁慈。她呼请上帝为自己伸冤，惩罚迫害自己的人，她觉得自己没有任何错误。用艾玛·梅森（Emma Mason）的话说，布莱克婆婆"在语言上很强大"。① 她的这种态度是上帝许可的，上帝偏向于穷人，对穷人更加宽容，上帝降下惩罚，满足了她的愿望。在祈祷得到兑现后，她在诗

---

① Emma Mason, *The Cambridge Introduction to William Wordsworth*, Cambridge: Cambridge University Press, 2010, p.74.

中就再没有出现。如同《两个小偷》中被所有人容忍的小偷一样,穷困者对他人财产的微小盗窃行为,在华兹华斯的眼中并非罪过。

哈里·吉尔报复布莱克婆婆,结果上帝的报复落到他身上,如同圣经中上帝所言:"伸冤在我,我必报应。"这个故事中的恶人哈里类似安德鲁·琼斯,但哈里受到了"天谴"。对他的惩罚直接施加于他的身体,就是使他成为他所欺侮的人,让他从此用身体来感受什么是寒冷,让他成为需要同情的人。他以为自己是安全的,但寒冷也会落到他身上。此前诗中写到"可怜的布莱克婆婆",结尾则是"可怜的哈里"(124 行),而且"他开始变得日渐消瘦"(117 行)。他跟布莱克婆婆一样不再温暖,不再强壮,再多的钱和衣服对他都毫无用处。惩罚似乎不会休止也无法更改。这惩罚同他的罪过相比有些不成比例,但华兹华斯和诗中的老妇对哈里·吉尔毫无同情。此诗采取的是"以牙还牙、以眼还眼"的态度,而不是逆来顺受。

与安德鲁·琼斯类似,哈里·吉尔的罪过也可以说是轻微的,甚至不是罪过。他保护自己的私有财产,从法律上而言完全正当。而老妇抽取他的篱笆,不止是盗窃,也是侵入私人领地。但道德上的要求超越了法律要求,上帝的法站在穷人一边。在华兹华斯的乡村道德中,对弱者的欺压和不慈善就是大罪。诗中惩罚的是哈里的无同情心之罪,那么罪与罚就是相称的。此诗中华兹华斯翻转了普通法律意义上的罪与罚。然而这种来自上帝的正义显得匪夷所思,对哈里的无止境的惩罚也表明了此诗的道德寓言特点。这首诗中有神迹或超自然的因素。华兹华斯在其当代乡村叙事诗中基本不置入超自然因素,《彼得·贝尔》中那些超自然的因素最后都得到了理性化解释。华兹华斯是喜爱超自然因素的,但常将它们放在中世纪或古典题材的叙事诗中。此诗中却有神之手的痕迹,但华兹华斯仍坚持称之为一个真实故事。此诗1798 年做,最初发表在 1798 年的《抒情歌谣集》中,华兹华斯在 1798 年的广告中说这首诗"来自一件确实发生过的事"。①

此诗的故事在标题中两个主人公之间展开,具有戏剧性和动感。有产者哈里·吉尔年轻富裕,布莱克婆婆年老贫穷,诗中写了这两个人之间的交锋,结果是有产者失败。诗中的两人本是邻居关系。乡村在华兹华斯的笔下基本是平等的,此诗中却出现了巨大的贫富差别。如果说《坎伯兰的老乞丐》("The Old Cumberland Beggar")写的是人人对老弱者的道德义务,这一篇则是写富人对穷人的道德义务,以及不遵守这义务的人会遭受怎样的惩罚。这

---

① William Wordsworth, *Lyrical Ballads, and Other Poems, 1797—1800*, Appendix III, p. 739. 他的 I. F. notes 中说此诗取自"Dr Darwin's Zoonomia," ibid., p. 344.

首诗不是用凄惨语调书写,而是富有喜剧色彩,变成了上帝惩罚恶人的喜剧,使穷人的穷困和富有者对穷困者的欺压都相应减弱了一些锋芒。

三 沉沦之路

《车夫本杰明》("Benjamin the Waggoner")写车夫本杰明夜晚赶着马车在山中跋涉,遇到一个水手,两人一起到酒馆中醉饮。醉饮后他们继续赶路,天明时本杰明的主人前来,发现本杰明酒醉而将其解雇,这辆马车也从此在本地消失。①《车夫本杰明》可视为《彼得·贝尔》的姊妹篇,两篇长度接近,都写一个有缺陷的"在路上"的男子之遭遇,标题中的主人公一个是卖陶人,一个是车夫,职业与本地的牧羊人和农夫截然不同。两首诗都几乎没有说主人公的出身与家庭,仿佛他们没有历史,也表明了在路上行走的无根之人所面临的危险。与牧羊人相比,他们最大的特征是无家庭。两篇都采取轻松的有些调侃的语气,然而都在处理严肃的问题。从这两篇中我们可以看出一个乡村男子是怎样变成罪人,又是怎样自新和得到救赎的。华兹华斯写他们在路上的转变,但二人的转变方向是相反的。本杰明经过软弱的一晚,在外部诱惑下沦陷,彼得·贝尔则在外部力量帮助下弃恶从善。

《车夫本杰明》针对的是一个具体的过错:酗酒。在《家在格拉斯米尔》中,华兹华斯写自己在散步途中常常听到远处不知何人的醉酒胡言,在诗人听来那是群山中最可怕的声音。也是在那首诗里,一位被乡民视为"学者"的村民在精神危机中,无法通过教堂或醉饮(或是群饮,或是在家中独饮),来治疗自己的伤痛,因为他是个有理性的人。他显然是乡村中一个有些书卷气的另类,反衬出的是醉酒在乡间的普遍存在。从《家在格拉斯米尔》的字里行间我们隐约看到了乡村的酒馆,看到了华兹华斯对酗酒的憎恶,而"酒"是乡村男子自我安慰与娱乐的一种常见手段。《彼得·贝尔》也可作为另一佐证。彼得·贝尔经过一个酒馆,看到酒馆中不少醉闹之人,听到了那里的喧哗声,愧悔自己曾无数次在那里流连。在《彼得·贝尔》中并未出现许多乡村空间,除了教堂,就是酒馆。两个地点都是乡村人聚会的地方,是家庭之外的公共场所,然而二者的功能在华兹华斯看来恰好相反,一个抚慰心灵,另一个败坏心灵。实际上,华兹华斯的住所"鸽居"(Dove Cottage)之前就是个小酒馆,就位于格拉斯米尔谷地入口之处,主顾甚多。虽然华兹华斯把它改造成了一个诗人之家,他却无法清除谷地中的其他小酒馆。《车夫本杰明》写到了谷地

---

① William Wordsworth, *Benjamin the Waggoner*, Paul F. Betz ed., Ithaca: Cornell University Press, 1981. 采用此书中的 MS.1。

中的三个酒馆：诗人现在的住所，即从前的"橄榄枝与鸽"（Olive-Bough and Dove），本杰明没有进去的"天鹅"（Swan），还有他进去醉饮的"樱桃树"（Cherry Tree）。几个酒馆的名字都指涉乡村的自然风物，其功能却并不自然。

《车夫本杰明》也是一个罪与罚的故事，我们看到罪与罚不甚相称，故事结尾是对本杰明最直接也最致命的惩罚。连彼得·贝尔那样的凶顽之徒都有彻底悔过的机会，本杰明却被剥夺了工作，剥夺了他钟爱的车与马，从此不再出现，消失甚至死亡了一般，且给本地带来损失。本杰明醉酒后并没有渎神、暴怒或犯下别的过错，他的醉酒显得孩子一般无害，甚至没有影响到他赶马车，但醉酒这一个缺点似乎压倒了他的全部优点。结尾的惩罚不仅是本杰明的主人对他的惩罚，也是华兹华斯的惩罚，华兹华斯没有为本杰明打抱不平。这首语气轻松的诗篇的结尾并不是一个欢乐的结局。

酒是华兹华斯尤其远避之物。对华兹华斯而言，饮酒之罪是严重的，更有甚于饕餮等过失。灵魂需时时警醒，体察外部与内部的微小波动，醉酒则麻醉了灵魂，使之失常。醉酒是人无法控制自己的身体，是一种较低级的弱点，是意志软弱的体现。华兹华斯称本杰明为"生性软弱"（51 行），是"那饥渴的泥土做成的脆弱孩子"（95 行）。华兹华斯在此诗中表现出较强的道德优越感，这多少与人们对很多浪漫诗人们的印象不符。浪漫诗人们多是生活放纵，缺少顾忌，柯尔律治就吸食鸦片。如果说对精英尚可以有这种禁欲主义要求，对本杰明这样一个车夫，华兹华斯为什么也有这样的要求？

或许一个原因是醉酒破坏了华兹华斯心目中的乡村图景。对本杰明来说，醉酒使他丢了工作，这是一个实用的理由。从更高的层面看，在华兹华斯勤劳朴素而高贵的乡村人中，醉酒这一行为没有其位置。如果本杰明不醉酒，他与他的马车就是乡村中一个动人的故事：马与人彼此理解，都辛苦而忍耐。但酒败坏了这个故事，也败坏了本杰明。他本来是本地风景的一部分，甚至是有些崇高的，同时也不乏优美：

> 在壮丽的雾中，壮丽的雪中，
> 他高大而缓慢，充满庄严，
> 或者以更温和的优美，
> 装点着夏日清晨的风景。（777—780 行）

在全诗最后一段，华兹华斯用认真的伤感语调哀悼本地失去了本杰明和他的马车。

《麦克尔》中的麦克尔一家吃的是简朴的晚餐，喝"撇去乳脂的牛奶"（102 行），那才是一个勤劳朴素的牧羊人之家的饮品。华兹华斯在《序曲》中说，自己唯一一次喝酒是在剑桥,为了纪念弥尔顿。诗人的家从前就是个酒馆,这是本杰明道德旅途中要过的第一关,华兹华斯尤其强调室内的人是"喝水的诗人"(60 行),把诗人与普通乡民区别开来。他的家取代了酒馆,两者不能并存。在华兹华斯的诗中,除了《序曲》中对一个酒馆的描绘,我们不曾见到诗人本人进过乡村酒馆。华兹华斯是有节制的,常自豪于能把童年的梦想通过努力付诸实现,那么本杰明的更大错误就是他浪费了自己的天赋能力。他本可以上升到更高层次,然而他放任了自己的身体欲望和本能,让它们捆绑住了自己。这就比饮酒本身更为严重。

本杰明自己对酗酒的判断与华兹华斯实际上是一样的。他明知酒的坏处,也努力抵抗诱惑,他的问题在于意志薄弱。进酒馆曾是他的常事,现在他把喝酒看成危险的考验。他过了第一个酒馆,又过了第二个酒馆,这时他是个胜利者。第 100—145 行写了他一段很长的自言自语:"今晚我比较安全了——/我的心从未这样轻松过"(106—107 行),显然他也想克制自己。但他如同受到魔鬼诱惑,被魔鬼攻陷。华兹华斯将本杰明的"落水"描述为各种偶然因素的共同结果,遗憾的是他没有过关。

华兹华斯对醉酒的不赞成态度也表现在人与自然的龃龉上。华兹华斯没有直接书写本杰明热爱自然,但他的马车是自然的一个和谐部分,当庄重的马车在山上艰难行进的时候,连本杰明也染上了庄严的色彩。然而酒后的他开始偏离自然:

> 他们在情绪高涨的醉闹之后,
> 病态地转入忧郁的安静,
> 仿佛清晨的欢乐时光,
> 对他们的欢闹有杀伤之力。(630—633 行)

本杰明与水手二人在醉后先是无比欢乐,接着开始阴郁,然后是醒酒后的自责。酒带来的这种情绪变化及其顺序,华兹华斯写得相当真切。他们的欢乐是在夜晚,他们的阴郁的到来恰逢清晨。在美好的清晨,在自然中行走的这两个阴郁的醉汉是最违和的因素,他们先前的欢乐被否定和取消。这篇叙事诗中充满对本地自然的崇高描写,与充满喜感的叙事部分形成鲜明的对照。诗的开端就是非常寂静的一个六月的傍晚,全部故事就发生在这个晚上。自然的品格与人的品格并不相符,自然风景是静态的背景,对情节的进展不起很大作用,不像《彼得·贝尔》中的故事发生在一个特殊的自然环境中,自然环境具有驱动情节的功能。大车和车夫在山中本是和谐的,在醉酒之后,两个醉汉就成为对自然的干扰与侵入。这是一种美学上的矛盾。风景美好肃穆,山中却有醉醺醺的两个人。两人可以说冒犯了风景,也罔顾风景的召唤,他们看到的都是酒后的幻象。醉中的本杰明虽然行走在风景中,对风景却失去了意识。

　　诗艺与同情、道德训诫的主旨,这几种因素在此诗中并不水乳交融,并不能形成一种混杂的效果。华兹华斯在抒情诗中对人世常做全面的批评,但在叙事诗中写到具体的人时,他常常变得宽容很多。在此诗中,对本杰明的同情、鄙视和喜爱就混杂在一起。本杰明因酒而失业虽令人惋惜,但显然是罪有应得。但细究此诗,除了喝酒这个缺陷外,本杰明可以说只有优点。他是最合格的车夫,即便在醉酒的情况下。他的赶车技术是得到马的认可的,那是最重要的认可。他并非多么有技巧,而是采取类似道家的御马术,他善待马,聆听马自己的声音。从这一点看,可以说他与庖丁、轮扁一样,甚至是朴素的哲学家。"本杰明就算只有半个脑子,/也抵得上所有吃力的人们"(447—448行)。马对他喝酒并没有意见,在它们眼中,"不论是醉是醒,他都应该赶这马车"(454行)。本杰明从不鞭打马,足证他的善良。在对动物的态度上,本杰明与彼得·贝尔形成鲜明对照。彼得对驴子很无情,对人也没有心肝,本杰明则善待马,马也喜欢他,他还乐于帮助路遇的妇孺。华兹华斯用很多形容词来表达本杰明的性情:"善良的本杰明"(45行),"诚实的本杰明"(234行),"彬彬有礼的本杰明"(249行),这些肯定的形容词是华兹华斯对他的道德评价,显得他此次的醉酒是一种异常。无怪乎查尔斯·兰姆(Charles Lamb)关于此诗给华兹华斯的信中说,"诗中有一种美好的宽容精神"。① 可见华兹华斯对醉酒者的态度在当时已经算得较为宽容了。

　　华兹华斯当然没有说本杰明有理由喝酒,然而我们看到了本杰明工作的艰辛。这也是华兹华斯的乡村诗的另一主题,即美好自然中的艰难生活。赶车的活计是艰苦的,本杰明是深夜的山中赶路人。他的醉饮发生在夜里,他在酒馆里呆的两个小时,是这一晚上他仅有的在室内度过的时间。他是体力劳动者,从事危险而辛苦的工作,在夜里和雷雨中他赶着马车登高山,大雨落到他头上。华兹华斯对这种痛苦不愿直书,我们可以看到诗人书写这痛苦的方法。马拉车上山时累得流汗冒烟,在光照之下形成美好的云雾,包裹着本杰明(608—625行),这云雾让人想起《麦克尔》中牧羊人所在的云雾,《远游》中的孤独者看到的云雾中的幻象,给人以强烈的崇高之感。拉远了距离,一切都变为视觉形象,变为风景和图画。通过这种方式,华兹华斯弱化了马的痛苦,将痛苦变成了审美,就像《废毁中的农舍》中那农舍的废墟最后变成了

---

① See Robert Woof ed., *William Wordsworth*: *The Critical Heritage*, Vol. 1, 1793—1820, New York:Routledge,2001, p. 713.

一种美一样。而马与本杰明几乎是一体的,它们的苦与累也是他的。车夫本杰明需要一个歇脚的地方,甚至需要酒精的温暖和安慰:

> 因为本杰明又湿又冷,
> 有很多理由让他
> 所渴望的那些好处,
> 看起来很像合法所得。(303—306行)

华兹华斯没有写本杰明是否乐于赶车。如果他的生活是孤凄无欢的,那么醉饮就是他难得的欢愉。

此诗中出现了酒馆这罕见的乡村公共场所——各种人杂然相处的场所、怪力乱神上演之处、乡村中的飞地。本该分散在各自家中的人们聚在一起,尤其可恨的是这里有酒。这对本杰明而言是最大的陷阱,也有其他人在此沦陷,难以保全自己的道德品性。而对一个在风雨交加的夜里疲惫赶路的人来说,那酒馆中不只有酒,还有亮光、休息和欢迎,有人的温暖,酒馆简直是爱与希望的象征。在此诗中华兹华斯多次以确凿语言表示自己对酗酒的反对态度,然而我们看到在叙事进程中诗人的态度要柔和得多。诗中出现了三家酒馆的名字,诗人还跟随本杰明进入了其中一家酒馆的内部。华兹华斯少见地直接描绘酒馆的喧闹场景,但并非带着太多厌憎,狂欢场面写得甚至很吸引人。本杰明几乎是无意识地走到了酒馆"樱桃树"门口。"冒着热气的碗,燃烧的火,/一颗心岂能比这些要求更多?"(336—337行)。酒馆与食物、温暖、休息联系在一起,旅人自然期待它,而酒隐藏在其中。跳舞之后,"总有一个吻"(365行),看来酒馆在性的方面也是放浪之所在,虽然华兹华斯谨慎地将这题目一笔带过,把本杰明的兴趣集中在酒上。《浮士德》和莎士比亚的戏剧中常有这样的狂欢场面,但华兹华斯很少书写这样的公共场所。酒馆是本杰明不该踏入的错误空间,其中却不乏狂欢的能量。人群既可厌,又有强大的吸引力。众人之狂欢可能既是华兹华斯希望回避的,又是他深感兴趣的。

这一晚对本杰明来说是沦落的一晚,然而也可以把这一晚的某些事件视为酒带来的好处。在这里我们看到了华兹华斯的道德感与他的诗艺、同情心之间的拉锯。那突然出现的水手是拉本杰明下水的人,然而两人同饮同行,本杰明有了一个可以说话的伙伴。实际上,除了与诗人对话,我们很少在华兹华斯的诗中见过两个行路者边走边谈。《车夫本杰明》中描述了一次特殊的共同体验,虽然这难得的二人同行被华兹华斯写为二人共同堕落。同时,醉酒后的本杰明获得了一定的主体性,变得能表达,会抱怨和解释。两个醉汉眼中的世界也变得奇妙,"一个比诗人所见的更美妙的世界"(521行),酒的力量甚至类似诗歌的力量。

　　《车夫本杰明》与《彼得·贝尔》两首诗都相当幽默,虽然两首诗的目的都在于道德训诫。酒馆中与醉饮后的路上场景是幽默的喜剧,而非悲剧。华兹华斯的长诗以肃穆为主,这样具有喜感、充满声音和动作的诗是不多的。华兹华斯的一个喜剧手法是把本杰明比成古典英雄,用史诗或悲剧的语言来描绘这个小人物,比如说阿波罗可以解救某英雄,却救不了本杰明,或者"命运能否逆转"(670 行)。对于醉后的本杰明与水手两人,华兹华斯的态度是轻松的讽刺,而不是沉痛哀伤这两个灵魂的沉沦。他们深夜共同前行的情景既是如画的,又是可笑的:本杰明的马车,水手的表演用的船、八匹马、一头驴子、一只狗、两个醉汉,共同组成这画面。自然和乡村的视觉特征是和谐,而这画面把种种不和谐之物匹配在一起,是对和谐自然的一种破坏,但同时也有趣,不乏破坏的快感。他的乡村人物中少有这样热闹和欢乐的,连《不务正业的牧童》也不是这样吵嚷。这对华兹华斯而言是罕见的题材,也是难以处理的题材。道德训诫的目的使华兹华斯不能把这种酒后的欢乐当作真正的欢乐,那些快乐一定是虚假而不可持续的,夜晚的欢乐之后是天明必须面对的愧悔。但这醉酒场面写得颇为生动,是华兹华斯作品中较罕见的热闹场面,别具吸引人的力量。

　　在华兹华斯笔下的乡村,车夫的职业接近于货郎(pedlar)、修理匠(tinker)、卖陶器的(porter)。这几种人物不属于本地,但经常在本地出现。车夫带来外面的信息,所以更有与本地人不同的吸引力。然而值得注意的是本杰明给别人赶车,车不属于他,他受雇于人。这对他显然非常不利,他没有经济独立和自由。此诗中醉酒的直接后果是本杰明失去了工作,本地失去了宝贵的车夫和马车。主人与雇工之间的权力关系虽非此诗之重点,然而我们看到本杰明的无财产地位也是造成他"因酒失业"的一个重要原因。本杰明失业固然罪有应得,但解雇他的主人也并非完人,主人似乎对他吹毛求疵,甚至有虐待狂的气息。

　　在故事本身已结束之后,此诗有个相当于"后续"(epilogue)的部分,诗人自己站出来陈述写诗的动机,为此诗的题材辩护。这辆马车是本地风景的一个有机部分,本杰明也是。华兹华斯讲述一车一人对本地和自己的意义,轻松嘲谑的语调仍继续,但增添了哀婉与怀旧之情:

> 我哀叹那不幸的罪过,
> 它夺走了我们善良的本杰明,
> 夺走了他庄严的大车。(815—817 行)

　　马车与车夫本来是本地一景,如今都消失了。华兹华斯说到这辆车对本地的重要性时显然很严肃,"我们有了一个活的日历;/我们有了会说话的日记"(769—770 行)。马车是来自外部世界的移动之物,本地的平静生活有时缺少标记,而这马车就是一种变化和标记。本杰明的马车是由八匹马拉着的,有个封闭的轿厢,车夫在车厢外面随车而行。现在取代它的是"八辆寒酸的车"(798 行),在这些敞开的新式车辆中,穷人们都在寒冷中暴露。这种新式交通工具把凄惨与贫穷直接暴露在人们眼中,不像本杰明的马车那样温暖有人情。本杰明和他的马车于是也代表着一个时代的过去,本杰明堕落的故事又与现代性的入侵、乡村令人不快的变化联系在了一起,他的马车成了一种值得哀叹的旧物。

F. B. 毗尼翁(F. B. Pinion)对《车夫本杰明》有高度评价:"像他在 1806、1807 年创作的大部分诗作一样,《车夫》呈现的是创作巅峰的华兹华斯。虽然此诗写作很快,但它行文流畅,富于优美的细节。"① 在 1819 年第一版前给查尔斯·兰姆的献词中,华兹华斯认为此诗无法与《彼得·贝尔》相比:"有鉴于(《彼得·贝尔》)所致力于的更高想象力,更深的激情笔触,我恐怕这篇拙作与《彼得·贝尔》并置会显得逊色。"② 诗人同情本杰明,但对本杰明似乎没有对别的诗中人物(如麦克尔)那样一往情深。此诗风格较为混杂,嘲谑、同情、谴责、怀旧等元素并非总是水乳交融。同时此诗是以轻松的语气讲述一个人失业的故事,喝酒应该谴责并改正,然而失业是痛苦的。华兹华斯是有深重道德感的诗人,此诗在道德上呈现出一种内在矛盾,同情与谴责彼此抵消了很多。在华兹华斯的其他诗中,即便说谎者、小偷、未婚先孕者、有婚外情的罪人,都被华兹华斯的同情所覆盖,但此诗中诗人对本杰明没有给出全部同情。但丁在《神曲·地狱篇》中也常常同情罪人,然而认可对其审判的公正,同情与惩罚都维持着强度,华兹华斯在此诗中则没有达到这种强度。然而《车夫本杰明》作为一个有趣的文本让我们看到了华兹华斯的多样而矛盾的方面。

四 救赎之路

如果说《车夫本杰明》讲的是一个普通人一夜的沉沦之路,《彼得·贝尔》("Peter Bell")写的就是一个恶人在一夜的救赎之路。③ 此诗为 1798 年所

---

① F. B. Pinion, *A Wordsworth Companion*, London: Macmillan Press, 1984, p. 164.
② William Wordsworth, *Benjamin the Waggoner*, p. 39.
③ 关于"Peter Bell,"本书采用 Stephen Gill 所编 *William Wordsworth: Major Works* 中的版本,与 John Jordan 主编的康奈尔版本的 MSS. 2&3 略有不同。中译见华兹华斯:《华兹华斯叙事诗选》,第 117—174 页。

写,1819 年华兹华斯添加了给骚塞的献词。献词的主旨在于说明,诗未必需要超自然因素的介入,而更可以来自"诗歌可能性范围内的事件,在日常生活的最微末的方面。"① 华兹华斯在这一献词中强调的是他的当代乡村诗的许多共同特点:所叙述的为日常事件,具有可能性,然而此诗的正文在很多方面与献词中的说法并不符合。实际上此诗的主体部分不是日常生活,虽然主人公是一个乡村人物,但在乡村这个环境中他并不普通。诗的主题涉及灵魂问题,也毫不"微末"(humble)。此诗尚有一"续篇",是十四行诗《某诗出版后受到的诋毁》("On the Detraction Which Followed the Publication of a Certain Poem"),② 写很多人读到《彼得·贝尔》而恼怒,诗人请彼得不要理会他们,体现了华兹华斯对彼得·贝尔这个人物和这首诗的偏爱。③

此诗写无赖彼得·贝尔夜里在野外赶路,遇到一个不动的驴子,看到一具水中的尸体,那死者是驴子的主人。彼得骑着驴子来到死者的家,把死者溺亡的消息告诉其家人。经过这一晚上的遭遇,彼得改过自新。彼得·贝尔这一夜的经历中有太多偶然,类似寓言。彼得是一个令人生畏的人,他本来独狼一般,不尊重人共同生活的规则,也不知道同情,后来他意识到自己也是人类的一部分,与他人重新建立了联系。这就是他这一夜走过的救赎之路。众多的人、物、事件参与了对他的教育:他人的死亡,对他人的怜悯,对动物的怜悯,对魔鬼的恐惧,以及宗教指示等。如其他几首写乡村恶人的诗一样,此诗中的彼得也并非在法律意义上犯了大罪,尚有悔改的余地。在华兹华斯的全部诗中,这首诗是唯一一个讲述恶人之悔改的。故事的有些部分异想天开,道德训导意味比较明显。但华兹华斯书写了生动的细节,淡化了其寓言色彩,使之变得更加"现实"。

彼得没有根,是个浪游之人,华兹华斯没有说他的家乡在哪里。这种漫游某些时候正是浪漫主义者们向往的。但就彼得个人的情况来判断,漫游不如扎根。他东奔西走,在山野中过夜,到海边,到高地,身处各种自然风物之中却毫无感觉。这个浪游者与扎根乡土的牧羊人/农民形成鲜明对比,在华兹华斯诗中很少这样刚硬的牧羊人或农民,与土地和自然的联系赋予他们以某种美德。而彼得在各种风景中穿过,却没有在某一块土地上劳作过,没

---

① William Wordsworth, *Peter Bell*, John Jordan ed., Ithaca:Cornell University Press, 1985, p. 41.
② William Wordsworth, *Shorter Poems*, *1807—1820*, Carl H. Ketcham ed., Ithaca: Cornell University Press, 1989, p. 282.
③ 《彼得·贝尔》在华兹华斯研究界的地位正在提高。见 F. B. Pinion, *A Wordsworth Companion*, pp. 85—86.

有与自然形成有机的强烈联系。他走过很多地方,但没有一处地方属于他。① 他在诗中的奇遇也是发生在一个陌生的森林中,不能确定其真实的地理位置,那里世外一般优美神秘,又有些诡异。这个故事类似于嵌在现实生活中的一个梦,一场似乎为教育彼得而精心安排的戏剧。

彼得一直在自然中行走,但他并未被自然的精神所感染或教育,他最后仍然是被人所教育。他到处漫游,与囚禁在监狱中却并无差别,地理空间的广度与他心灵的广度不成正比。自然准备了丰富的教育,但他闭目塞听,接受自然信息的通道没有打开。这是诗开始的时候彼得的最大缺点。这样冥顽的人在乡村是一个极端例子。当与自然沟通的通道阻塞时,彼得的道德感就无从萌生。他对自然刚硬,也就对他人刚硬。在《序曲》中,华兹华斯把自己成长的一个环节总结为"对大自然的爱引致对人类的爱",没有悔改之前的彼得就是这一过程的反面。《彼得·贝尔》一诗中虽然没有明言爱自然与爱人类之间的逻辑关系,但彼得对自然与他人的刚硬显然是相关的。自然仿佛做出了很多努力来教化他,"大自然枉自年年变迁,/一如从前地引导他度日"(216—217行),但都是徒劳。同时彼得的罪过又是一种消极罪过:他不爱自然和他人,但也并非对自然与他人怀有恶意,不同于华兹华斯在戏剧《边境人》(The Borderers)中刻画的大恶人理沃斯(Rivers)。在《彼得·贝尔》情节的发展中,对彼得的教化还是通过爱他人来实现,爱自然的维度在诗中并没有展开,仿佛那将会是一种不言自明的结果,同时也似乎并非最重要的结果。

彼得对动物也是刚硬的,无法与之建立联系。在华兹华斯的乡村图景中,动物,尤其是马、驴等家用牲畜,几乎是人类世界的成员。《车夫本杰明》中的本杰明与马就仿佛伙伴间的关系,所以本杰明的过错实际上比彼得轻微得多。彼得的职业是要使用驴的,虽然他常常同驴子在一起,但他完全将之物化,他的驴子们"吃着草,惬意而满足"(224行),而在彼得眼中,驴子只是吃草而已,他并没有意识到它们也是有情感的。彼得的很多动作接近于华兹华斯在作品中描述的自己的动作:躺卧在大树下,那时大自然的灵魂进入诗人体内,诗人的身体接触大地,面对青天。但彼得可以说是诗人的戏仿,他什么反应都没有:

　　正午,他睡在树林边上,
　　头顶是树木高高的枝杈,

---

① 《废毁的农舍》里的货郎也是漫游的人,但他常在一些固定的地方出现,并与玛格丽特建立了父女般的感情。这个人物在《远游》中继续展开,他既介入本地生活,又行走在各地,认真观察人世,给了他一种恰好的距离。

枝杈间透出柔和的蓝天,
这蓝天从未融入他心田,
他从未感到过蓝天的魔法。(231—235 行)

诗人说青天是"柔和的蓝天"("soft blue sky"),两个形容词都是诗人所加,但天空的这些品质并非彼得眼中所见。彼得将一切他人、他物均视为"物",他的冥顽在于他没有意识到外部万物中所隐藏的灵魂。他是一个怪物,一个孤独者,没有朋友,没有父母。他有过很多妻子也相当于一个没有,连依恋他的那只狗都被他杀死。从这个意义上说,他的"病"需要猛药,需要密集发生的事件才能震动他。这样一个恶人的重生与改造也就具有了更广泛意义。奇怪的是彼得又相当独立自足,从未感到过孤独,也不以此为苦。意识到自己孤独处境的人就会寻找药方,彼得对此没有意识,固然表明他天真,也说明他病得很严重。

一个如此冥顽的人因此比杀人犯更罕见。彼得的种种罪过——包括从一个无辜少年身上抢了一点小钱,喝酒醉闹,杀狗,抛弃一个女子使之忧伤而死——相比之下都显得算不得什么了。彼得最严重的缺点就是他对大自然的无反应,他的罪不是法律意义上的大罪,却是道德意义上的大罪,诗人的轻松语气下隐藏着一个严重情况。在《作于早春》("Lines Written in Early Spring")一诗中华兹华斯写道,"大自然将人与她的美好作品相连"(5 行),人本来是大自然链条中的一环,但同时令诗人困惑的是,在整个自然中只有人与自然的纽带会断裂。① 在华兹华斯的叙事诗中,他对人类的看法并非那样黑暗。彼得沉沦得太低而不自知,可以说他的那些能力是在沉睡中,并没有真的阻断,而需要被唤醒。

彼得无法感受自然的魔法。魔法处处在他周围展开,他视而不见,听而不闻。用阿布拉姆斯(Abrams)的话说,"彼得·贝尔内心堕落的标志就是……他的视觉缺陷"。② 蓝天有"魔法",人看到风景会感到时间之停止,生活中存在着这些类似于"超自然"的现象,彼得则完全在物质层面生活。他的特征是"粗鲁野蛮"("wild and rude," 243 行)。华兹华斯有时用"wild"一词来表示未经人类文明污染的完全自然状态,《我们是七个》("We are Seven")里的女孩"衣服野意盎然"(wildly clad, 10 行),体现了她与自然是一体的。③ 但彼得没有经过自然的教育,他的"wild"是因为他在自然和人类的道德秩序

---

① William Wordsworth, *Lyrical Ballads, and Other Poems, 1797—1800*, p. 76.
② M. H. Abrams, *Natural Supernaturalism*, p. 376.
③ William Wordsworth, *Lyrical Ballads, and Other Poems, 1797—1800*, pp. 73—75.

中没有位置。他是"不法之徒"("lawless,"246 行),这不单指他逍遥于人类的法律之外,也指他生活于自然的法则之外,而这个法则是天性的法则,他的这种"wild"就相当于"扭曲"。他也并非全无所爱,他爱他的无法无天的生活,可以说他爱自由,但这种自由是过度的。他不懂得同情,倒并非积极地去伤害人。人们很可能直觉到了他的那种"不同情",对他敬而远之,谁见了他"都不免要觳觫"(260 行)。他是一个不属于人类共同体的人。

但他与自然之间的关系其实又是复杂的,二者之间仿佛又有一种他自己都没有意识到的接近。他与自然一直在一起,他的心灵不被触动,身体和面孔却如同高山荒原被自然所塑造:

> 他周身笼罩着一股野气,
> 仿佛一个人惯于露宿风餐,
> 他的身形,他的举动,
> 处处透着凶蛮与野性,
> 来自高山,来自荒原。(265—270 行)

此处华兹华斯将户外写成人不宜久居之地,户外之自然所养成的性格也是有野气的。彼得未能吸取大自然中令人性情变得柔和的部分,而是选取了大自然的高山荒野进行吸收,他的面孔就是自然的另一副不宜人的面孔。这些地方给他带来的不是滋养、文明与培育,"孤独的大自然令他揣摩/种种混沌难名的念想"(272—273 行)。那么,他的"病"也来自独处大自然之中,"大自然"也是他的病根之一,尤其是大自然的极端部分,"夏日的风雨,冬日的寒冰"(271 行)。

> 有一种刚硬在他脸上,
> 有一种刚硬在他眼中,
> 仿佛在很多孤寂的地方,
> 他的脸曾经如岩石一样,
> 迎着天空中刮过的风。(291—295 行)

他的外貌就是他内心的体现,因为他的内心有"刚硬"(hardness),而他这迎向大风的面孔也如同自然的镜子。

诗中说彼得的"病"的另一来源是"残酷城市"(cruel city,275 行)。在华兹华斯记录的彼得的漫游行程中并没有明显的城市迹象,对"残酷城市"的提及很突兀。但由此确定了彼得的疾病之源:极端的大自然和城市。似乎华兹华斯对"极端的大自然"的责任依然无法确定,所以才提到在诗中没有展开和呈现的"残酷城市"来分担这种责任。在与残酷城市和荒野的自然相反的地方,也就是温和的大自然与乡村中,就不会有彼得这种病人存在。

我们来看彼得一生中的这个转折性事件所发生的环境。时间是"十一月一个美丽的秋夜"(298 行),地点是一块柔和草地。事件的另一个参与者是一只温和的驴子,天上是满月,斯韦尔河在旁边无声流淌。这是一个"色彩柔美的景象"(351 行),一切都轻柔,仿佛自然把自己的全部温和力量都汇集在一起,以克服彼得的狂野力量。彼得"穿过寒凉,穿过黑夜"(348 行),来到这开阔的所在,虽然是深夜中,但他能看清各种色彩。这是画家都会偏爱的调色板:

> 蓝色,灰色,浅浅的绿,
> 构成一幅美景,无与伦比,
> 谁见了都会觉得可爱。(353—355 行)

这是一块舒适的嵌在森林中的草地。这样的经过精心选择一般的地点和颜色,连彼得也不由得为之驻足。"灰色,浅浅的绿"可理解为周围的灰色山石和浅绿草地,蓝色或许是夜空。天空是蓝,地面是绿,中间没有树木阻挡,蓝色与绿色直接相对,彼此映照。蓝色与绿色是相近色,和谐色,灰色是中性色,与一切颜色均可搭配。这样的画面如何能在深夜的森林中出现？可以说这些色彩的组合就是要唤起一种梦幻感,给接下来的奇妙情节设置舞台。草地周围是岩石。这是一个几乎封闭的意外空间,也是例外空间,只有像彼得这样半夜误打误撞才能进入。这里也是"魔法空间",奇异的事会在这里发生。华兹华斯写到,自己不会告知读者们这个地点是哪里。他也许并非为保护这所在不被人们践踏,而更是为了维持故事的神秘性。这小小空间如此安静祥和,其气氛和色彩降低了下文故事的震惊感,使其不可能是一个恐怖故事。①

彼得与外部世界重新建立联系的过程,是从他与驴子的关系开始的。彼得对驴子本来是暴怒的态度,他坚决想把那林中的驴子拉走。彼得想制服驴子,驴子则以自己的温和力量一直不屈服,一人一驴之间变成了意志的较量。彼得看到驴子如此瘦弱之后反而更加生气,更加刚硬——或许因为某种深层次的良心谴责和某种同情已经升起,而他痛恨这种同情。他几乎魔鬼附身一样暴打驴子,驴子呻吟,彼得反而高兴。而驴子逆来顺受,对施虐给自己的彼

---

① 华兹华斯在 MS.1 中强调此地舒适的寂静,"calm and green," "green and silent"(374 行),1819 年的第一版则更突出其宜人的一面,"this soft and fertile nook"(399 行),"fertile"一词把这个具有神秘色彩的奇异地点变得具有生产性,显得更加熟悉,不那么神秘了。华兹华斯对这个小地点的想象发生了某种偏移,它的神秘特征被弱化。

得完全没有抱怨。

彼得第一次与驴子之间形成某种默契与合作,是当他拿着手杖探向河中的尸体之时。驴子急切而高兴地站在彼得身旁,这时彼得不再惧怕,驴子是他在恐怖情境中急需的同伴,一种联络在他与驴子之间建立起来。他之所以同情这水中的死者,不仅因为死者本身,更因为那驴子,他开始从驴子的角度看这死者。从这样的角度看,死者"青肿的脸"(656行)也就不那么骇人,而是令人怜悯。华兹华斯保留了彼得的这一句自言自语:"看来这个死者,/就是这可怜驴子的主人"(659—660行)。华兹华斯在修改时不遗余力地去掉彼得的言语,但保留了这一句,说明了这个句子的重要。彼得打了驴子,从水中拉上来死者,这种身体接触也促成了他与两者的联系,带来道德上的责任。他说这驴子"可怜"(660行),这与他先前的态度完全相反,而他正是使驴子变得可怜的原因之一。现在他看到了驴子的可怜,开始懊悔。

华兹华斯记录了彼得巨变的过程。虽然他的改变是一夜之间发生的,但其中有清晰的步骤,并非一蹴而就。我们来看彼得骑着驴一路经过的几个地点。途中虽然出现了一个小教堂,是这教堂和从中传出的声音让彼得开始真正忏悔和反思。这教堂被华兹华斯描绘得非常古老,几乎要被大自然收回,"碧绿的藤蔓覆满了屋墙,/层叠的藤蔓青青如盖"(1024—1025行)。这是彼得的旅程的第一个重要人工建筑,然而它已被自然转化,几乎就是自然。

过了教堂,彼得到了一个小酒馆。彼得一直是在自然环境中前进,并没有进入村落。这个酒馆很奇怪,没有周边环境,非常突兀地出现,里面都是喧闹的人。诗中出现这样多的人物,第一次有人世的声音传出来,但诗人又努力切断这种关于人世的联想,保持整个故事空间的隔绝特点。这酒馆如同一幅从窗外能看到的活人画(tableau)。酒馆没有名字,里面的人也没有名字,只是"一群狂饮之徒"(1043行),他们只起到提示彼得思考的作用。酒馆的空间完全封闭,与墙外的彼得不产生互动。这是一个几乎无法存在的酒馆。

教堂的布道声是明显的说教,把此诗的意义说了出来,这也是彼得在来到死者家门之前的最后一次见闻。这声音给彼得带来希望和原谅。此前他愧悔,现在他决心自新,华兹华斯用这个声音标记了彼得下落和上升的两段精神历程。听到教堂布道声,"他潸潸地流下了泪水"(1150行)。教堂是一个几乎被自然收回的建筑,里面有个循道宗牧师在布道。并非华兹华斯对这一基督教派别比别的派别更加服膺,诗中的神奇因素并不是基督教能够完全涵盖的。如果基督教是这一切之后的伟力,那么诗中前面所提及的那些精灵呢?他们有时恶作剧,有时改换人心,不完全是基督教的天使,而更具有异教色彩。

通过林中的封闭空间,最后彼得来到了死者家的院子里。这个家庭显然曾是个典型的幸福之家,有夫妻,有一个男孩一个女孩。彼得突然闯进了一个家庭的私密空间,目睹了平时不会暴露在别人眼中的亲密关系。这个家庭与彼得的家庭全然不同——他到处游荡,没有孩子,甚至可以说没有家庭生活。驴子驮着彼得走向那个小房子,黑夜之中那仿佛是唯一的房子,是道路的终点,黑夜的尽头,彼得的各种奇遇的尽头。这几乎具有童话色彩,但实则是童话的反面,是故事从奇异落回现实。这空间是彼得找到的地方,一切信息都在这里汇集。这空间也是华兹华斯常常书写的农舍(cottage),与他其他诗中的农舍没有太大不同。全诗从奇异空间中走出来,恢复了日常。彼得在之前的各种震惊之后,在这里能够真正地同情别人,彻底地释放,这里是他新生的开始。

彼得是这一家人中的闯入者,扮演的是报信人(报丧人)的角色,这任务是困难的,但他承担了下来。报信本身就是对别人的帮助,他又帮助将死者运回。这是他第一次帮助别人。他不仅从安德鲁·琼斯那样的恶人变成了一个正常人,甚至成了某种意义上的圣徒(holy)。

> 他的心变得越来越开阔,
> 一种神圣感出现在他心中,
> 对于人类,他这时的感情,
> 此前他还不曾有过。(1232—1235 行)

这种神圣感(holy)并非指他开始笃信上帝,而是他开始修复与他人的关系,开始回归他在共同体中的角色,意识到人与人之间理当互相依赖和互助。这个转变的指向并不是宗教上的,而是世俗的。他从前最大的恶就在这一方面。彼得曾是典型的"独狼",华兹华斯不赞成彼得的孤独与独立,现在彼得学会了爱。他经过几乎超自然的复杂过程,得以改过自新。在讲述这个故事时,诗人也期待读者像彼得那样同情动物,同情死者,同情失去了亲人的妇孺,那么读者也得到了其中的道德教育。

华兹华斯在此诗中采用了一种身体叙事,把道德变化刻写在彼得的肉体上。彼得本是铁石心肠,然后他有了泪水,他的"他的神经和筋肉仿佛消融"(1153 行)。作者不说彼得的灵魂发生了变化,而说现在彼得的身体变成了另一种材料,变得柔软。诗人没有将彼得分为身体和灵魂两部分,仿佛他并不存在一个内面,身体就是他的全部。他是一个并不内省和自思的人,然而当他恐惧和怜悯时,我们看到他的内面正在生成。彼得的灵魂转变表现为生理上的强烈反应,尤其是痛感。他第一次对水中的溺死者感到同情是,当他把死者拉上草坪的时候,那同情体现为一种穿透内脏的痛:

> 彼得感觉到有一阵痛楚,
> 迅速无比地依次攫住
> 他的肝脏,心脏,肾脏。(653—655 行)

这些生理上的反应强烈而具体,是彼得无法控制的,也是他想要排斥和拒绝的。他的变化不是主动的体悟,而是仿佛他被某种外来的强大力量攫住。在悔改过程中,他的身体如同经受酷刑,

> 这时他经受过的那种剧痛,
> 再次穿过他的心肝脾肾,
> 仿佛是织匠手中的梭。(873—875 行)

这两次剧痛所涉及的器官都是从外部无法看到的内脏。值得注意的是,心脏这作为灵魂载体的器官夹杂在肝脏、肾脏中,使这几个器官彼此相似,心脏带上了更多的肉体特征,肝脏、肾脏也染上了精神色彩。华兹华斯常写到纺车,那是温馨的乡村家庭不可或缺的物品,也是家庭经济独立的象征,这一次纺车变成了比喻中的刑具。① 眼球也如此,"他的眼球是这样疼痛"(1123 行),以表示他的内心疼痛。胃也是这样一个承担痛的器官。这些器官只承担痛,一是因为痛之深切和内在,也是因为彼得此时缺少自知。

彼得相信"这里面一定有什么古怪"(447 行)。彼得是一个相信超自然的人,诗的"现实"与彼得眼中的"超自然"一直彼此互动,才达到震惊他的效果。此诗的很大部分可以说是与哥特文类的游戏,充满了谜团,而其最后的解释都是理性的。华兹华斯每次都把那哥特的线索拎起来又放下,哥特文类成为他制造悬念的有效手段。彼得看到一头不动的驴子,它其实是拴在那里。水里有个不知为谁的死者,其实是驴子的主人。彼得听到森林里远远的呼声,那是死者的儿子在寻找父亲。彼得在路上看见血滴,那是驴子的血。一切的怪现状都有现实理由,恐怖最终都被打破,被证明是由彼得的无知和错觉所造成。

此诗的一个写法就是使某动作反常地延续或缓慢化:驴子一直不动,一直头向着水流;彼得一直看着水面。这些都造成诡异的效果:

> 彼得一次又一次看过去,

---

① 后来华兹华斯将这些身体器官修改成了"shoot to and fro through heart and reins, / And through his brain like lightning pass"(734—735 行)。闪电有力量和亮度,却过于迅疾,不如缓慢而笨钝的梭子更适于作为酷刑的工具。在修改稿中华兹华斯又添加了"大脑"(brain),心脏、肾脏、大脑(Heart, reins, brain)三个词语一起依然是身心一体之意,但"精神"器官的比例有所增加。

> 仿佛大脑被鬼魂侵夺。
> 他凝视着，不由自主，
> 仿佛一个人在看一本书，
> 看着一本有魔力的著作。（546—550 行）

彼得如同强迫症，诗人也如同强迫症，在原诗中诗人在这五行里反复使用"look""book"并直接提到"haunted"（547 行），虽然此处诗人将哥特因素放置在了比喻中。

此诗中的一切超自然因素都可以进行理性解释，但超自然仍然在修辞层面存在。一种常用的修辞就是比喻。彼得仿佛被锁住，"他感到有邪恶的锁链，/施了魔法一般将他缠住"（502—503 行）。这也是魔法，彼得的恶仿佛是不自主的，他服从于某种莫名的力量。另一种修辞是拟人："月亮不安地从空中俯瞰"（513 行），拟人增进了场景的奇异，驴子具有了人的情感与意志，月亮是天上一个具有参与感的旁观者，它显然站在驴子一边。这是一个奇特的剧场，彼得是被拉进来的不自知的主角，天空和周围的群山岩石都在听，在看，都是满怀关切的观众。

华兹华斯对水中死尸的书写更是典型的哥特式写法。彼得看见水中有物，然后诗人给出三段恐怖的猜测，但均为问句形式，这些猜测后来都被否定，所使用的哥特元素有棺材、裹尸布、绞刑架，也有超自然的恶魔：

> 那会不会是月亮的影子？
> 那会不会是云影模糊？
> 那形象是一个绞刑架？
> 那是彼得在自惊自吓？
> 那是棺材？是裹尸布？（521—525 行）

第 531—535 行这一段采用了很精巧的哥特手法，不是通过鬼魂等恐怖意象的罗列，而是通过将一个日常场景变得诡异。

> 那是某一群聚会的人，
> 活人一般在客厅中拥簇，
> 或啜着潘趣酒，或饮着茶，
> 但看见他们的脸你才觉察，
> 他们沉默着，都身在地狱？（531—535 行）

这一段显示了华兹华斯高超的叙事技巧和描绘场景的能力。这是一个充满矛盾的场面，在派对上，人很多，有的喝酒，有的喝茶，正如在一切派对中一样。但奇怪的是这是一个无声的派对，而那些人的脸！到这里华兹华斯戛然而止,没有去描绘那些脸,正如《山楂树》("The Thorn")中只提到那疯女人骇人的脸,却没有写其细节一样。脸是人的身体最人性的部分,也可以是最诡异的部分,从这一段的那些人脸上可以判断这里是地狱。地狱里的人们居然在喝酒喝茶,这是怎样的地狱?诗人又给出另一种可能的场景:

> 那是地狱一间孤凄的牢笼,
> 其中卧着一个无望的灵魂,
> 离他所有兄弟都千里万里?(528—530 行)

前一个场面中地狱如同客厅,这一个场面中地狱则如同单人牢房,地狱里的距离变得无比遥远,地狱中人的痛苦与其说是因为身在地狱,不如说是因为孤独,远离他人,远离共同体,那就是最大的惩罚。这个人很像彼得的灵魂的写照。华兹华斯这里为书写最可怕之场面几乎无所不用其极,因为总之这些想象都出现在问句中,都是要被否定掉的。

哥特因素带来奇特的比喻,比如"灰白的土路如一根白骨"(842 行)。彼得在开始悔罪后苍白如同幽灵,

> 实话实说,彼得的脸上,
> 既没有血色,也没有表情,
> 仿佛来自诡异世界的生物,
> 那世界充满无声的痛苦,
> 又仿佛月夜出没的幽灵。(831—835 行)

即便我们从这些问句、比喻、拟人中回到故事本身,华兹华斯描绘了一个多么诡异的情景:在河边,彼得的手杖缠在水中死者的头发里,他一直把死者拖上岸。诗人写彼得"拽啊,拽啊,使劲拽啊"(646 行),他不仅拖曳得吃力,同时也是他失去自我控制,无法从梦魇中醒来一般。死者"如同幽灵一样/……/头朝上,从河床直起身"(648—650 行)。这是一个可怕的场景,但华兹华斯最终将其变得不可怕。此事发生在一个舒适环境中,更有驴子陪伴在彼得身边,死者是驴子所失去的亲爱的主人,并非陌生人。通过增添了驴子的视角,死者带来的恐怖感被弱化,鬼魂的可怕在于其不可知,而诗中对驴子的长期铺垫就是对恐怖效果的减弱。对未必理解死亡的驴子来说,这个尸体是亲切的,甚至不是尸体,不是物。驴子将死者正常化,去陌生化。华兹华斯在这里采用的就是哥特式的预期与它的各种反转,诡异甚至超自然因素都找到了正常的原因。全诗的气氛也适合哥特因素的大量使用。深夜无人的密林、小路,一人一驴的奇特脚步,从神秘之夜到恐怖之夜只有一线之差。"鬼魂"(Ghost)一词在诗中多次出现。驴子在农舍的院子里轻轻走,"脚步比

幽灵还要轻缓"(1167行),如此亲切的驴子也可比为鬼魂,这种用词方法继续维持着诗中寂静而神秘的气氛。

在这首诗中出现的另一种恐怖因素就是暴力。华兹华斯的乡村叙事诗中甚少有直接的暴力书写,此诗中也没有真的发生惊人的暴力,但暴力以否定的形式存在着。这与上述的恐怖因素使用的是同一手法,把骇人的部分用在问句中,最后将其否定。

> 难道彼得曾经用棍棒,
> 将某个可怜过客的头打伤?
> 难道他狂怒中捶楚过老父,
> 或者让老父的鲜血流出?
> 难道他曾踢死别人的儿郎?(851—855行)

暴力放在猜测与疑问中,然后被取消,但这些被取消的猜测也是文本的一部分,是另外的可能性,作为比照依然存在。

诗人知道那水中的只是一具尸体,而彼得却认为那是个"恶魔"(fiend),轻信的彼得是哥特因素的爱好者,在他看来这是个超自然事件。哥特因素一直存在于彼得的视角中。彼得看到那路边无端的血滴(实际是驴子的血),他"简直是动弹不得,/坐在毛驴上,如被铸定"(846—847行),他仿佛被超自然的外力攫住,虽然并不存在这外力,但他与恐怖情境的全面合作带来的是如同魔法一般的效果。彼得的误解与诗人的叙事形成两个层面,在彼得的"戏剧性反讽"(dramatic irony)之中,诗人利用的就是这两种知识之间的偏差。诗人不慌不忙,把信息一点点释放给读者,彼得则蒙在鼓里一无所知,一直惊惧却不知为何如此。这样才能教育他,因为他的蒙昧心灵需要的是"电击",而哥特仿佛是他唯一的弱点,"电击"也恰好从这里入手。雷·亨特(Leigh Hunt)讽刺《彼得·贝尔》"是华兹华斯先生的又一篇训诫性质的小恐怖故事,其基础是恐惧、顽固、病态的冲动这些诱人原则。"亨特认为,"须通过正确和善的教导才能阻止彼得·贝尔这类人物的出现"。① 19世纪的这种批判在新历史主义的批评中得到了回响。新历史主义批评家阿兰·刘(Alan Liu)称《彼得·贝尔》是"华兹华斯的一个根本性的故事,关于一个无情的人仅凭被惩罚之念头就转为有情。"②这两种批评都没有看到华兹华斯对恐怖的整体否定,全诗的轻松甚至喜剧的气氛,以及彼得的同情心被唤醒的渐进过程。

---

① See John O. Hayden ed., *Romantic Bards and British Reviewers*, pp. 88, 89.
② Alan Liu, *Wordsworth: The Sense of History*, Stanford: Stanford University Press, 1989, p. 296.

从华兹华斯几首书写乡村恶人的诗来看,在华兹华斯的美好乡村图景中本不应有恶人,就像桃花源中不能有罪犯一样。但华兹华斯在其叙事诗中却不能否认和无视乡村里同样存在的人性之恶,存在人对自然的戕害和对弱者的戕害。在几首书写男性恶人的诗中,他既触及乡村之恶的现实层面,又以多种策略弱化恶的效果。他书写的恶都是小恶,但同时又是破坏乡村和谐的大"罪"。他的罪人遭到诅咒或惩罚,或者弃恶从善,使乡村社会重新归于和谐。诗人有时采用轻松幽默的语气讲述恶人的故事。书写理想和书写现实这两种相反的力量拉扯着华兹华斯,在他的乡村叙事诗里留下了这些复杂的甚至矛盾的文本。

第五章　当代女性的故事

　　华兹华斯所写的以女性为第一人称,为女性代言的叙事诗,远多于以男性为第一人称的诗。关于恋爱婚姻,我们看到华兹华斯主要是从女性的角度来书写。对于女性他有更多关注,而那并非如弗吉尼亚·伍尔夫(Virginia Woolf)在《一个自己的房间》中所说的,是因为男子对女性的兴趣多于女性对男子的兴趣,或因为从那镜子中男子可以双倍地看到放大的自己。华兹华斯对女性是喜爱、同情与尊敬的态度。在他笔下的乡村家庭,毁约和逃避家庭责任的多是男子,男子同女性相比有时更无力承担自己的责任,给恋爱对象或妻儿带来各种伤害。

　　华兹华斯诗中的当代女性主要生活在乡村,有的定居于家庭,有的流浪于路上。在女孩于少女时期之后,她们通过与恋爱对象、丈夫、孩子的关系来定义自己。将华兹华斯关于当代女性的叙事诗放在一起阅读,可勾勒出女性的生活轨迹。若不出变故,她们有一条有迹可循的幸福之路,从美好天真的女孩、少女,到在家中具有重要地位的主妇(matron)。但这样的道路是不容易实现的,华兹华斯在很多诗中都书写了女性的多难人生。女童可能会遭遇贫困与事故,但女性的最大危机出现在恋爱阶段,就是天真少女遇人不淑而导致的种种悲剧。女性在美好的少女时代结束后常常失望、绝望,无法继续少女的幸福与天真。她们或是失去爱人,或是失去孩子,进而流浪、疯狂,甚至死亡。如果没有这些变故,她们就成为稳定家庭中的妻子和母亲。华兹华斯基本没有写过乡村恋人幸福地恋爱结婚,尤其很少写乡村婚礼。从少女到妻子(母亲)的角色之间存在着某种断裂,女性在此前此后的特点有质的变化。华兹华斯也书写了"出格的"女性,较晚的时候还写了几位女英雄,拓展了他的女性书写的边界。①

---

① 早期针对华兹华斯的女性主义研究批评华兹华斯"剥削"家中女性,尤其是多萝西。见 Margaret Homans, *Women Writers and Poetic Identity*, Princeton: Princeton University Press, 1980. Judith Page 的 *Wordsworth and the Cultivation of Women* (Berkeley: University of California Press, 1994)则是女性主义的另一路径,不再专注于发现父权,指责华兹华斯是利用和奴役身边女性的男性暴君,而是强调华兹华斯的态度是复杂的,他身边的女性有自己丰富的生活,比如华兹华斯的女儿 Dora。此书采用传记与文本研究相结合的方法,所关注的女性主要是华兹华斯生活中的。但华兹华斯的家庭与乡村家庭显然很不同。

一 乡村女性的人生轨迹

华兹华斯笔下的小女孩与少女差别不大,对她们的书写有传统牧歌的影子,但华兹华斯在其中加入了劳动的新成分,虽然少女的劳动并不辛苦。女孩和少女常有某种强烈的美,几乎都无忧无虑。《家在格拉斯米尔》里那一家中的六个女儿如同六朵不自知的花朵;《序曲》第八卷中的格拉斯米尔集市上当地最美丽的少女虽然在兜售商品,但无任何实用目的,充满生之喜悦。这些女孩或少女大都精灵般纯洁美丽,是一切美好的集中体现。

小女孩或许会如露西·格雷一样失足而死,或会如孤儿爱丽丝·菲尔(Alice Fell)一样为穷困而哭泣。在《露西·格雷》("Lucy Gray")一诗中,轻快的女孩子的死亡也仿佛有欢快的色彩。类似的,《我们是七个》("We Are Seven")中的无名女孩似乎只有母亲而没有父亲,她的兄弟姐妹或是离开,或是死去,目前在母亲身边的只有她一个。然而这些在她眼中不是缺陷,她完全看不到其中的悲哀。她的童年虽然充满缺失,但并没有创伤,各种打击都没有破坏她童年的完整。《爱丽丝·菲尔》中的女孩是孤儿,她直接被贫困所打击,一直痛哭,这对一个孩子而言是残酷的,她成为华兹华斯诗中少见的凄惨的女孩子。然而即便是她,在得到作者给予的帮助后也恢复了天真快乐。

华兹华斯的叙事诗中的男孩女孩是有差别的。《我们是七个》里的女孩言语固执而天真。《写给父亲们的一件小事》("Anecdote for Fathers")里有类似言语特点的小男孩则显得狡黠,实际是在无害地撒谎,诗人戏称他为自己的老师,对他是喜爱然而有些嘲谑的态度。《不务正业的牧童》("The Idle Shepherd-boys")中的牧童也是顽皮的,充满能量,但也需要一些约束。相比之下,《家在格拉斯米尔》中那一个坚强的帮助父亲的女孩,比华兹华斯笔下的任何男孩子都更强韧也更活泼,更有自主性。

在叙事诗中写本地女子时,华兹华斯较少只赞美她们的美丽。她们的性格更丰富多面,他也较少单独写到妙龄少女,妙龄少女常常是他笔下女主人公的一个很快过去的阶段。但另一方面,女孩和少女大量出现在他的优美抒情诗中,是华兹华斯浪漫情怀的主要对象,可以将之作为他的叙事诗的某种参照。这些少女不是贵族少女,也不是牧歌传统中的牧羊女,而是乡村劳动者。华兹华斯在这些抒情诗中从审美角度书写少女,同时也触及她们的劳动。在这方面,名诗《独自割禾的少女》("The Solitary Reaper")可以说很有代表性。[①] 诗中的苏格兰高地少女主要作为一个歌者,一个美学形象,而留

---

① William Wordsworth, *Poems, in Two Volumes, and Other Poems, 1800—1807*, pp. 184—185.

在诗人的回忆中(虽然诗中之事不曾实际发生),她作为劳动者的一面则属于她美好视觉形象的一个组成部分。华兹华斯称她为"高地女郎"(highland lass,2行),"女郎"(the maiden,25行),这些都是典型的对少女的浪漫称呼。她并非只是劳动,而是边劳动边歌唱。这两个并行的活动中,劳动没有妨碍她的歌唱,歌唱是主要的,是华兹华斯大力书写的,劳动则只是伴随动作。她的歌唱内容与劳动无关,与当时的场景剥离开来。她是一个诗人一般的"乡村艺术家",然而她的歌声是自然的流露,她本人并不自知,她对观察她的"我"也没有知觉。此诗从听觉和视觉入手,其效果如画如歌。这个女子身在一个谷地之中,就是华兹华斯经常写到的英格兰湖区的那种谷地(虽然此诗写的是苏格兰高地),大自然成了她声音的容器。华兹华斯将她的歌声比作动听的夜莺、布谷鸟两种鸟,也就是将她与英国的诗歌传统联系起来,与遥远的阿拉伯沙漠、赫布里底群岛(Hebrides)联系起来。她的声音虽然甜美,但在诗人的猜测中,她歌唱的内容是忧伤的叙事,涉及古典与中世纪、当代乡村的日常悲哀。这些内容正是华兹华斯自己的叙事诗的主要范围。在这两种题材中,悲伤都是一个重要色彩。此诗中有很多继承又改变牧歌传统之处,比传统牧歌多了一些复杂性。少女躬身劳动,手里拿着镰刀,而不是像牧歌中的牧羊女那样完全悠闲,但劳动不是辛苦的。诗中有忧伤,但不是在劳动或现实中,而是在她歌唱的内容中。歌唱的劳动的女郎在优美的高地风景之中,但整首诗的色调比传统牧歌要暗一些,多一些忧郁。此诗优美浪漫,不包含多少现实指向,没有这少女的具体相貌、名字、历史、所割之谷物。劳动没有汗水,一个独自在户外劳动的年轻女性变成了一个歌者。

另一首高地少女诗《致一位高地少女》("To a Highland Girl")的牧歌色彩也很浓郁,对牧歌做了另一些改变。① 此诗赞美一位十四岁的美丽高地少女。如《独自割禾的少女》中的一瞥,诗人与这少女也是一过性相遇而并不相识。她很美丽,诗人最后带走的仿佛是一幅画:

> 因为我想,一直到我变老,
> 我的眼前会一直浮现
> 我现在所见的美景,那小屋,
> 那湖,湖湾,瀑布;
> 还有你,你这一切的精魂。(72—76行)

《独自割禾的少女》中诗人带走了永恒的音乐,这一首诗中诗人带走了一

---

① William Wordsworth, *Poems, in Two Volumes, and Other Poems, 1800—1807*, pp. 192—194.

幅永恒的画面,它们都将保留在诗人的记忆中,是他将反复汲取的情感之泉。如下文要讨论的《拾穗者,观画有感》一样,这是一幅包含人的风景画,画中人就是那女子,她是那风景的核心和灵魂。风景画、歌声——在浪漫之美的观照下,一切都美好无缺憾。这位少女住在幽僻无人之处,几乎没有家庭和社会。她与露西(Lucy)组诗中的露西写法很相似。如果把露西放在华兹华斯所描绘的乡村少女群像中,那么露西最接近的是这类与自然一体,有梦幻感而无社会性的远方女子。所以,其实不必在华兹华斯的生平或在英格兰湖区的范围内去寻找露西的原型,露西和华兹华斯的抒情诗中的这些远方少女差别不大。而她们与其说出自华兹华斯的人生经验,不如说更出自牧歌传统和绘画。《致一位高地少女》中,在这远离他人与社会的地方,少女得到了更大的自由。她与《独自割禾的少女》中的歌者都有某种优越于其他地方的女子的品质,更自由,更有个性,这可能来自华兹华斯对苏格兰的一种浪漫想象。① 那割麦女是一个歌者,华兹华斯关于英格兰湖区女性的诗中就没有写过这种歌者。华兹华斯的中世纪题材的叙事诗很多也放置在苏格兰,仿佛苏格兰是一个更自由的空间,而《高地盲童》("The Highland Blind Boy")中写的苏格兰少年浪漫而大胆,不计代价和后果地追求理想。华兹华斯不能掩饰对女性精神与身体上的自由的喜爱,《致一位高地少女》中的苏格兰少女自由无拘束,仿佛"热爱风暴的那种鸟"(43行)。这几行与诗中此前对这位少女的美丽幽静的书写有所不同,呈现出少女的另一些品质。

这首诗里没有写到少女的劳动或生计,看不出她以何为生。诗人直接诉诸牧歌传统,表达自己愿意作一个牧羊人,与她共居在这谷地里:

> 多么幸福!在石楠丛生的谷地
> 住在你身边,就像你一样
> 朴素地生活,穿朴素的衣服,
> 做一个牧羊人,而你是牧羊女!(47—50行)

然而华兹华斯对这种牧歌传统做了某种改变。把自己设想为牧羊人,将对方设想为牧羊女,在他似乎总是一种不免尴尬的想象,所以他接着说自己愿意做她的父兄,仿佛对一个少女而言,爱人、父兄这几种身份差别不大,而在华兹华斯写少女的叙事诗中确实也包含着爱情和父兄般的感情。他要为诗中的少女祈祷,"当我远离你的时候,/我将诚挚地为你祈祷"(20—21行)。一个少女是需要人们为之祈祷的,因为她的人生路上布满了陷阱。

---

① 苏格兰作为凯尔特文化的一部分,因其与英格兰不同的风景、边境性、严肃的宗教感,成为英国浪漫主义诗人普遍向往的浪漫空间。

与这两首抒情诗形成交叉与交错的还有另一首诗,《拾穗者,观画有感》("The Gleaner, Suggested by a Picture")。① 此诗的标题说明诗中人物并非来自华兹华斯的现实经验,而是来自一幅画。华兹华斯集中书写一个乡村少女的外貌之美。当人物越是虚无缥缈时,传统牧歌体就越是一种顺手拈来的方便文体。在此诗中,诗人的想象直接飞到了"阿卡迪亚的场景"(7行),也就是到了牧歌的传统空间,那里的生活无忧无虑,时间几乎不流逝,没有死亡和痛苦。诗中的少女是"曼妙女郎"(fair damsel,22行)——这是浪漫牧歌对少女的又一用词。诗人几乎有意忘记了她手中的谷物,而宁愿沉溺于"甜蜜的幻觉中"(25行)中,"不顾真实与沉静的理性"(23行),把她手中的谷物想象成"悠闲的花朵"(21行)。华兹华斯在这里自反地写出了牧歌的思维方式。此诗既是对牧歌传统的遵从,也是某种反思和修正。牧歌的主人公应该是悠闲的,不劳动的。或许华兹华斯也感觉到传统牧歌中的主要为异教徒的牧羊人和牧羊女们过于轻飘,缺乏精神性。他既要沿用牧歌传统,又需处理少女之劳动问题,如何让少女与劳动并存,而不影响少女之美? 华兹华斯在诗的结尾提到"人生每日的劳作"(28行),给了这些每日劳动以一种崇高感,增添了此诗的庄重和虔诚色彩。

以上几首都是抒情诗,其中的少女都是单独一人。在华兹华斯的叙事诗中,描述人物少女时代的部分与上述抒情诗差别不大,但牧歌色彩会明显淡化,而添加了时间和家庭的维度。在写少女的抒情诗中,少女的状态似乎是永远的。而在叙事诗中,很多时候灾难会降临到少女身上,尤其恋爱婚姻是女性一生中的重大危机(见本章第二、三节)。

如果女性在少女阶段没有遇到变故,她们就成为妻子和母亲。在母亲和妻子两种家庭角色中,对于母亲的角色华兹华斯写得更生动。关于夫妻之爱他写得不多,我们并未看到乡村夫妻之间的私密活动,动人关爱,喁喁情话等。《麦克尔》中,妻子对麦克尔而言主要是劳动伙伴,夫妻之间的纽带更是因对家和孩子的忠诚而结合在一起的牢固关系,但不一定专门针对彼此。即便失去了其中一方,当只有坚强的母亲或父亲时,母亲会承担父亲的部分功能(《痴孩子》),或父亲承担母亲的部分功能(《家在格拉斯米尔》中带着六个女儿的父亲),《兄弟》中的老祖父更是集祖父、父亲、母亲身份于一身。这些家庭也并不显得残缺。

家很大程度上是妻子的领地。华兹华斯的乡村女性并不地位低下,她们并非顺从的仆人一般,男子也不是家中毋庸置疑的主人。妻子是丈夫的伴

---

① William Wordsworth, *Last Poems*, 1821—1850, pp. 103—104.

侣,家庭经济的承担者。夫妻二人是同一个空间里的共同劳动者,有内部分工。农舍空间的劳动包括:在室外园子中劳动(garden,为夫妻孩子共同拥有),在室内用纺车纺织(男女都参与,以女性为主),修理农具(男子之事)。而维持炉火和提供饭食则是女人的工作。火、饭食、纺车,这些是一个幸福稳定的乡村家庭的标记,共同营造了一个温暖的家庭空间,那主要是一个主妇(matron)的空间。女性在家中找到的不仅是丈夫,也是一个稳固的属于自己的空间和自己的位置,夫妻在共同劳动中建立起超越浪漫和爱的纽带。作为乡村室内空间最重要标记的是纺车,一个作为自然经济组成部分的劳动工具,也是家庭生活的象征。① 家人在家庭空间内并不享乐,而并没有停止劳动。

华兹华斯写过几首歌颂纺车的诗。《纺车之歌》("Song for the Spinning Wheel")是对纺织的歌唱。② 夜晚降临,正宜纺织,纺织是欢乐的劳动,它带来的情感更像真正的爱:稳定,平静,不热烈但持久。《在坎伯兰的原野,在许多山坳里》("Through Cumbrian wilds, in many a mountain cove")几乎相当于把上一首诗改写成十四行诗,既歌颂纺车,也哀叹纺车的消失,而纺车能"免去无所事事的负担"(5 行)。③ 华兹华斯的乡村与传统牧歌最相悖的地方就是没有悠闲,纺车清除了家中的清闲。在另一首十四行《悲伤,你失去了一个常在身边的朋友》("Grief, thou hast lost an ever ready friend")中,华兹华斯歌颂纺车,认为纺车能够安慰悲伤,减轻焦虑,安抚爱的激情,使过度的欢乐平静下来,而现在纺车不见了。④ 此诗可以说是从男性视角来写的,是男性在听到女性的纺车之声时的感受,重复性的转动的纺车具有安抚性,代表母亲,尤其代表妻子。这是对纺车和家庭中的女性生产活动的一种浪漫化。华兹华斯笔下的纺车是手工劳动工具,主要由女性在家庭中操作,与现代工厂的劳动完全不同,不是异化劳动,而是愉快的劳动,其材料羊毛也来自自家的羊。纺车代表着传统,纺车的嗡嗡声是乡村家庭空间里的动听声音,然而纺车就如同牧羊人的职业一样正在消失。华兹华斯之所以要写这几首诗,之所以感觉到纺车之珍贵,就是因为乡村生产的场所、工具和方式都在发生巨变。与此相连,女性在乡村家庭中的地位也岌岌可危。

---

① Judith W. Page 认为,"'居家'(domesticity)作为家庭、爱、稳定之来源的想法,一直存在于华兹华斯的生活与作品中"。Judith Page, "Gender and Domesticity," in Stephen Gill ed., *The Cambridge Companion to William Wordsworth*, p. 125.
② William Wordsworth, *Shorter Pomes, 1807—1820*, Carl H. Ketcham ed., Ithaca: Cornell University Press, 1989, p. 108.
③ Ibid., pp. 152—153.
④ Ibid., p. 109.

华兹华斯很少写到母女关系或姐妹关系,而在《麦克尔》中大力描绘父子情,在《兄弟》中着力于兄弟情。《索尔兹伯里平原》中有一对父女,《家在格拉斯米尔》中有一个家庭由一个父亲和六个女儿组成。其他家庭则常常由母子组成。这样的书写也将家庭关系变得较为简单,其维系纽带主要是父母一代对孩子一代的爱,以及并不多见的横向的兄弟关系,孩子对父母之爱则并非重点。而更复杂的关系,比如母女之间爱与竞争共存的关系则非华兹华斯所长,仅有一诗触及。在他的诗中也几乎没有父子的竞争与冲突:父亲虽然是家中之长,却有女性的温和,父子可以如同母子(《麦克尔》)。华兹华斯书写的家庭关系非常紧密,家庭成员同时也是劳动伙伴。一旦家庭内出现了冲突,家庭也就濒临解体和破产,或者反过来,在将濒临破产的经济绝境下,一个稳定的家庭才会出现裂缝。

在《麦克尔》中,老夫妻之间的描绘是存在差别的。牧羊人麦克尔与自然有更紧密联系,他有更多时间不在家中而在自然中,他的妻子则在家里。麦克尔有事与妻子一起商议,但他对乡土有更深刻的感受,妻子则主要考虑切近的经济利益。做出主要决定的是麦克尔,与儿子立约的也是他。但这种写法并非定例,在其他诗中未必如此,《老猎人西蒙·李》中的妻子还比年迈体弱的丈夫更强壮一点。而很多时候,母亲几乎是家庭的唯一支撑者,比如《痴孩子》和《高地盲童》中的家庭都由一个女性和一个残疾男孩组成,丈夫并不在场,而母亲与儿子组成的家庭完整而自足,没有缺失感。这些母亲都有强大的能动性和行动力。

在《杰德镇的主妇和她的丈夫》("The Matron of Jedborough and her Husband")一诗中,华兹华斯书写了一对没有孩子的苏格兰乡村夫妇。[①] 如本章第四节所述,华兹华斯笔下的未婚女英雄常有更大能量,已婚的英雄女性则仍不能脱开妻子或母亲的角色,脱离家庭空间。此诗题目中说的是一对老夫妇,正文则只赞美那女性。此诗是有事实缘起的:1803 年 9 月,华兹华斯与妹妹住在苏格兰的一户人家,那家的女主人已七十多岁,是此诗主角的原型。因为她的残疾丈夫不能离开椅子。夫妻二人对比鲜明,丈夫瘫痪且耳聋,妻子则活跃;丈夫老迈,妻子仿佛依然年轻,在这个家庭中她才是家长。华兹华斯把这个男子写得特别无力,他被老年打倒,只是"一截人的躯干"(17 行),他的一切感觉几乎都"完全死亡"(52 行),只剩下儿童般的目光追随着妻子的举动。妻子的地位大幅提升,但她仍是一个照顾者的角色,这又使她

---

① William Wordsworth, *Poems, in Two Volumes, and Other Poems, 1800—1807*, pp. 188—191.

如同母亲,使这个不寻常的家庭类似《痴孩子》那样由母子组成的家庭。这个有英雄品格的老妇心灵强大。似乎她曾中过风,精神上也出过问题,现在却这样欢乐。从多萝西的日记中看,此诗所述基本属实,但多萝西对这老妇的欢乐却有另一种解释:"我后来发现她曾有间歇性的忧郁和病态;然后我们猜测她的活泼热情和力量,或许与她从前的忧郁一样,部分来自同一缘由。"① 按照多萝西所说,这老妇的轻快与欢乐也是她疾病的一部分,她有相反的忧郁的时刻,多萝西与华兹华斯相信她的欢乐与忧郁都来源于这疾病。但华兹华斯要书写一个具有英雄特点的女性,从道德意义上去刻画她的性格。多萝西日记中的这些信息在诗的最后闪现了一下,但在诗中女主人公的精神疾患变成了她克服的又一个障碍,她的欢乐变成了她精神力量的标记。

长诗《远游》的第五卷也写了一对夫妇,其中女性占主导地位。② 他们也没有孩子,生活在远离共同体的高处,没有邻居,仿佛他们的农舍自身构成一个共同体。他们的房子虽然粗陋,劳动虽然艰苦,但足以维持生计。妻子在家独自劳动,丈夫在远处的采石场劳动。这是一对模范夫妻,很好客。一个自足的乡村家庭首先要有火,"燃烧的火""整洁的灶"(V.775)。这家的男子似乎头脑有些迟钝,没有一句直接被作者引用的言语,女子则是家中的支柱。男子的精神疾患不影响这家庭的完整,不带来痛苦,也没有减弱妻子的爱。丈夫白天几乎不在家,妻子独自却并不孤独,家庭中的其他物品和动物等都是她的朋友。这对夫妻所处的独自状态(solitude)相当极端,主要由女子来承担,但他们的生活中似乎没有痛苦和愁闷。

华兹华斯很少写幸福的乡村老人,不论男女。贫穷和孤独是老妇的最大苦难,西蒙·李的妻子、布莱克婆婆都是几乎被贫穷压垮的老妇。《家在格拉斯米尔》中的老妇在丈夫死去后,自己也只是迁延时日。乡村的困顿在老人身上体现出残酷的力量,老有所养是乡村难以实现的理想。乡村女性的生活在老年应当如何,华兹华斯对此似乎没有理想化的想象。

二 疯女人

华兹华斯关注女性的悲剧,对乡村女性给予深重的同情。对婚恋的关切使他看到婚恋关系中的性别不平等,也让我们窥见他的美好乡村中的异常。华兹华斯叙事诗中的乡村女性常常处于失去的状态,失去爱人、丈夫或孩子。

---

① 见 William Wordsworth, *The Poems*, John O. Hayden ed., New Haven: Yale University Press, vol. 1, p. 1005.
② William Wordsworth, *The Excursion*, Sally Bushell, James A. Butler, and Michael C. Jaye eds., Ithaca: Cornell University Press, 2007.

这些失去对女性造成毁灭性打击，使她们流浪、疯狂、死亡。华兹华斯很少写女性成功消化了这些损失而依然维持着有尊严的生活。婚恋是华兹华斯处理女性悲剧的主要视角，许多女性命运的逆转来自恋爱时遇人不淑，遭到负心男子的抛弃。这样的被抛弃的未婚女性几乎与被抛弃的妻子是一样的，女性并没有二次恋爱的可能，只能在这一次失败中毁灭。这是华兹华斯常写的题目，尤其是在早期。

华兹华斯的受苦者很少愤怒而常常隐忍，这是他们应对困难的态度和方法，也是他们的崇高感的来源之一。愤怒是不接受现实而要求系统性的改变，忍耐就是接受和承认痛苦是人生的组成部分。但华兹华斯笔下的女性并非都这样温顺。他的叙事诗中少有愤怒的女性，却有疯狂的女性。使她们疯狂的原因是她们被男子抛弃，遭到恋爱之打击。从这类关于疯狂女性的诗看，并非是华兹华斯将女性书写为非理性，以作为男性的对立面。他笔下的疯狂女性都是受害者，疯狂是她们所受心理创伤的外化。华兹华斯常用大脑被烧坏的视觉形象，将疯狂书写为突然的无法承受的重大打击，理性受到损坏无法修复。这些疯狂女性本都是妙龄女子，并没有任何精神错乱的征兆，原本都是完满而没有创伤的。对她们而言，婚恋的打击几乎是人生第一次打击，因此其力量非常强大。婚恋之失败造成她们的生活断崖式跌落，她们的理性也随之破碎。在善良、温和甚至高贵的乡村人总体形象中，这些疯狂妇女显得异常醒目，是乌托邦中的黑暗，牧歌中的悲歌。她们是当时乡村女性困境的一个折射的映像，与华兹华斯笔下的美好少女形成尖锐对立，却常常是等待美好少女们的下一步命运。可以说，疯狂是华兹华斯书写极度痛苦的一种方法，以疯狂这一形象表达生活与精神的某种绝境。疯狂的女性才可以发出哭喊。值得注意的是，华兹华斯写的乡下"疯子"中没有男子，疯狂必然与女性联系在一起。这种疯狂并非歇斯底里，而是凄惨、哀痛、伤悼等多种因素的结合。

大约作于1787年的《歌谣》（"A Ballad"）已经开始书写这一主题。① 诗中的女主人公玛丽在被男友抛弃后疯狂，因疯狂而被监禁，从监禁处逃出来后流浪，最后早死。监禁、早死，这些让我们窥见"疯狂"在乡村所携带的耻辱印记和女性因此受到的惩罚，疯狂将女性从正常乡村秩序中排斥出去。《简·爱》是将疯者禁闭在家中的另一空间，华兹华斯的疯女人则在乡野流浪，但这并不意味着她获得了自由。她失去了家，而大自然也对她施以另外

---

① William Wordsworth, *Early Poems and Fragments, 1785—1797*, Carol Landon and Jared Curtis eds., Ithaca: Cornell University Press, 1999, pp. 386—390，根据其中的 MS. 2。

的惩罚。此诗从女性的角度来讲述,那个男子没有声音。玛丽是华兹华斯笔下被负心人伤害的一系列少女们中较早的一位,诗中有许多值得我们注意的因素,这些因素在华兹华斯后来的诗中被放弃,没有得到继续发展。首先她失恋的原因并不完全是被抛弃,也因为男友与其他村中少女调笑,我们看到了乡村少女在爱情领域的竞争。此诗中有共同体的痕迹,但这共同体主要体现为一个女性竞争的情场。玛丽最后为爱伤心而死,死之前没有任何安慰。诗的最后出现了全村来哀悼她的场景,但之前的故事就是她一个人的沦落,村中其他人并没有参与。共同体的一个功能就是公共的伤悼,此时的共同体完全统一,不区分个人,其作用类似希腊悲剧中的歌队。

华兹华斯所写的因被弃而疯狂的女人的诗中,《山楂树》("The Thorn")是最有代表性的一首。① 此诗写玛莎·雷伊(Martha Ray)因被爱人抛弃而疯狂,她很可能杀死了自己的婴儿。此后她一直到山顶去,那里有一株山楂树、一个小水塘、一个小丘。这首诗阴惨而暴烈,没有救赎,其效果未进行任何弱化,在以温柔敦厚和克制为主流的华兹华斯的当代乡村叙事诗中,显得异常醒目。

《山楂树》写出了婚恋给女性带来的严重风险和女性为之付出的代价,乡村的保守道德在诗中可见一斑。玛莎之所以疯狂,很可能不只是因为爱人别娶。她的疯狂既是自我放逐,也是被放逐。她已失去贞操,且可能杀婴,已失去婚嫁的机会,成了不洁之人。而她现在就是人人躲避的共同体中的异类。她之所以杀死孩子,既可能因为对负心男子的恨,也可能因为未婚先孕在乡村是不被允许的羞耻。她的遭遇与《浮士德》中的甘泪卿类似。她本来完全无辜,在失败的恋爱后,是她独自承受一切代价和痛苦,而那男子则没有受到任何惩罚。婚恋对少女而言是决定命运的一步,不可能悔改或纠正。一旦婚恋失败,女性就彻底失败,没有了补救的可能。

这是一个凄厉的故事。在华兹华斯笔下所有被爱人遗弃的女性中,玛莎是最极端的。《彼得·贝尔》中被彼得·贝尔遗弃的女人悲伤而死,孩子也与她一起死去,但玛莎则很可能已经杀婴。我们在此诗中看到华兹华斯的广泛同情与包容。玛莎未婚先孕,杀婴,但华兹华斯并没有将她标记为罪人。诗人没有以严格的道德标准来要求她,对她并无指责。应该承担责任的是那薄情男子,作者对他是切齿痛恨,"那残忍的父亲怎不去死?/我真希望他死上一万次!"(142 行)

---

① 中译见华兹华斯:《华兹华斯叙事诗选》,第 62—72 页。William Wordsworth, *Lyrical Ballads, and Other Poems*, 1797—1800, pp. 77—252.

《索尔兹伯里平原》和《废毁的农舍》中的受苦女性都忍耐,此诗中的玛莎却发出哀鸣。她的哭喊没有具体内容,不是"说",而是哀痛的呼喊(cry),有一种原始的力量。

> 天可怜见,天可怜见!
> 我多么悲惨,多么可怜!(65—66行)
> (Oh misery! Oh misery!
> Oh woe is me! Oh misery!)

这两行直接引语中,"misery"一词重复了三次。玛莎的词汇量非常少,她的呼喊几乎是无词的,不成为完整的句子。这两行呼喊在诗中多次重复(65—66,76—77行),给人一种压迫感。她已这样二十多年,她在疯狂中不可能变化,甚至不能获得一个新的词语。她的呼喊更像一声哀号,其中的具体语词已不具有很多意义。同时,她是自说自道。上天对她的悲剧没有任何表示,只给她风雨,他人对她也没有关心,她的哀鸣只能向自己发出。哀鸣是她的自我表达,不携带具体信息,也不产生回应。她唯一的语言从自身发出,回到自身,完成了一个封闭的循环。

疯狂赋予她哀痛的声音,同时疯狂也是一种剥夺。因为疯狂,她成了令人生畏的人,别人不敢踏入她的山顶领地。疯狂看似给了她行动的自由,但正如流浪者的自由不一定是真正的自由一样,玛莎的自由也并非正面。她不是女流浪者,她在村中有一间农舍,但她很少在家中。家是一个女性的正常空间,而她没有丈夫也没有孩子,她的屋子算不得一个家,她失去了拥有家的机会。同时,因为疯狂,这位主人公失去了连贯语言,不能像很多女主人公一样讲述自己的故事,她与他人的语言联系已经割断。人们只能看到她在屋里、在山上,听到她的哀鸣,没有人知道她究竟如何,人们对她的判断都只是猜度。失去语言和理智后,她已经不像人,仿佛成了那山顶环境的一部分。

关于她的相貌,诗中没有细节描写,只说她在疯狂后一直穿一件红色的斗篷。她的脸必定是骇人的,华兹华斯对之没有直接书写,只写了其效果,"我没说话,看到她的脸,/已经足够——那样的脸"(199—200行)。她的相貌如此骇人,使叙事者无法开口,阻挡了他的语言,阻挡了他交流的欲望。华兹华斯在路上遇到陌生人后常愿主动询问他们的故事,给予同情,与那陌生人建立联系。但这疯女人令诗中的叙事者转身逃走。他是第一次看到她,他还不知道她是个疯子,但已直觉到她的异样,直觉到二人语言交流的不可能。乡民说夜晚从墓地听到的声音"是死者发出的声音"(174行),那声音与玛莎之间仿佛存在某种联系,诗中的叙述模糊地建立了这种联系,给她蒙上了一层哥特的色彩。墓地中传来了声音,叙事者在暴雨中看到了她的脸,而狂风暴雨中她还在山上,举动如此诡异,执念如此深刻。在她疯狂之后,关于她的书写中使用了强烈的哥特式笔法。这个女人完全不是美丽女郎,而是如同鬼魅一般。

从这首诗中我们看到一个并不美好的乡村图景。此诗中有一群当地的关注者,当地人对她有浓厚兴趣,不断观察和评论她。他们甚至想直接介入,但恐惧吓退了他们。不同于善良互助的乡村人的集体形象,在"他们"的存在与声音中没有太多理解或同情的成分。乡民对这疯女人没有同情,毋宁说他们的目光是她的羞耻的来源之一。在华兹华斯的其他叙事诗中,乡民的集体形象很少如此突出。这个疯女人的身后有一个明显存在的共同体(community),没有他们的"正常"就无法定义她的疯狂。她不属于众人,而她之外的众人很罕见地组成了一个共同体。众人是另一群人,与玛莎截然不同,他们不疯狂也不能理解疯子。

她仿佛一个硬核,一切想了解她的努力都离她甚远,无法抵达她。乡民们一直在谈论她,言人人殊。她虽然自己不发言,但她是一个具有生产性的话题,在人们中间产生了大量话语,成为本地的一个神秘传说。但她的真实存在只是山上那个诡异的幻影和她的呼喊,人们的话都不能确保真实,相异的版本彼此抵消,哪怕大家都同意的说法也未必真确。众人都相信那孩子埋在小丘之下,但谁知道那个小丘到底是什么?人们说她杀死了她的婴儿,叙事者"我"对此就有不同意见:"我不相信她会有这样忍心"(224 行),但叙事者的声音也并不具有更多权威性。众多关于她的嘈杂声音使关于她的信息都难以明确下来。

我们可以看到女主人公从可知到不可知的过程。导致她疯狂的决定性事件发生在 22 年前。对于当年的她,人们所知甚多。华兹华斯写道:"每当斯蒂芬出现在她心中,/她就忍不住,忍不住高兴"(120－121 行)。在此叙事者还可以深入她的内心,知道她在想什么,几乎是全知全能的视角。疯狂将她一生的故事切成两段,二十多年前的她是可知的,疯狂之后她变得不可知。叙事者想讲述她的故事却无法讲出,语言的反反复复的努力只是在她的周边兜圈子。"我说不清"(I cannot tell)这句话在诗中反复出现。这与《痴孩子》中的悬置不一样,在《痴孩子》中,悬置是一种语言策略,目的是制造悬念,而悬念终会被解决。但《山楂树》中叙事者想说却说不出,他只能汇报大家和自己的猜度。他唯一一次亲眼所见本来可以把他的证言提供给我们,那却只是他在山顶雨雾中对她的一瞥,他只是看到了她的脸,一张他仍然无法说清的脸。叙事者甚至说不清她究竟是否怀孕,是否杀婴。"我希望说得清,但做不到"(89行)。①

华兹华斯关于疯女人的几首诗其叙事方法会比较特别。《疯狂的母亲》("The Mad Mother")就让那疯狂的母亲自己发言,而《山楂树》中女主人公的疯狂显然要远甚于《疯狂的母亲》。《疯狂的母亲》写的是一个能唱歌的疯女人,诗中大致遵循着某种情感逻辑,那母亲还能照顾孩子,执行一个母亲的功能。《山楂树》中的疯女人则失去了语言,此诗是从远距离之外描述她,避免描述她的相貌与居住环境,而采用了转移视角的办法,集中书写她总是出没的那山顶,作为她的精神的投射。

她于乡村共同体而言是完全的另类,几乎已经非人。虽然她在村子之中有小屋,但她更属于那山顶。《废毁的农舍》中的玛格丽特在家里就神智较清醒,神志不清的时候则会走出家去很远。《疯狂的母亲》中的女主人公也是流浪者,《山楂树》中的玛莎则是这种游荡女性的极端化。女性的疯狂对应的就是女性身体不在"家"而暴露在户外。在《山楂树》中,那山顶才是那个疯女人的空间,几乎专属于她,别人不敢踏入。华兹华斯一开始就讲述那里奇怪的景物,然后才引出主人公,最后全诗仍归于这些景物,它们与主题密不可分。但那是一个痛苦的户外空间,拥有那样的空间并不能带来安慰。那地点在最高的山上,但在山顶之时,诗中的视线从未离开山顶的几件事物,拒绝展开。这是一个罕见的逼仄的山顶。

山顶的风景不是浑然一体,而是由几个孤立之物构成:一株老而灰的山楂树,一个充满生机、色彩缤纷的小丘(然而却可能是玛莎的婴儿的坟墓)。树与小丘的色彩对比非常鲜明,色调高度不统一。这是个很不和谐的画面,诗人只能一件事物一件事物地叙述它。画面中的事物很矮,没有高度也没有广度,华兹华斯几乎是数学式地精确描述那里的尺度。那里有"一个小小的泥潭"(30行),华兹华斯笔下的水体很少这样浑浊,"它有三英尺长,宽两英尺"(33行),是非常缩微的一潭水。山楂树"还不到两岁的孩子高"(5行),小丘"还不足半英尺高"(37行)。这些数字都强调事物的小、窄,虽然那里是空间本该开阔的高山之上。只是这三件孤零零之物,仿佛这范围内没有花草,没有其他自然物。这画面与周围环境隔绝开来,以浓墨重彩刻画得如此鲜明。树无法长大,水塘无法伸展,华兹华斯力图把最大的情绪挤压在一个最小的尺度之内。三种事物中,对小水塘的描绘很少。有人说那孩子就被淹死在这水塘,也许因此诗人避开这谋杀的可能地点,而把更多笔墨集中在山楂

---

① 大概因为此诗的叙事者"说不清",与自己其他叙事诗中的全知全能叙事人不同,所以华兹华斯后来要特意指出这个叙事者不是诗人本人,将叙事者与自己拉开距离。William Wordsworth, *Lyrical Ballads, and Other Poems, 1797—1800*, p. 350.

树和小丘这两个更有象征意味的事物上。

诗的题目是《山楂树》，开篇第一句就是"有一株山楂树"。这株山楂树不是普通的具有荫蔽作用的大树，那种令人敬畏的大树在华兹华斯诗中出现过多次。《索尔兹伯里平原》中的少女在一棵山楂树下有个座位，把手帕挂在山楂树上，那株山楂树充满少女之温馨。在华兹华斯笔下的所有树中，可以说再没有比此诗中更诡异更不美丽的树了。它甚至说不上是树。它像一块岩石，生物与无生物之间的界线都变得模糊。对这株山楂树的描绘有些类似《序曲》第十一卷里两个童年片段中的噩梦般色彩。小丘非常有可能是孩子的坟，水塘可能是孩子淹死的地方，那这山楂树是什么？在那几乎没有任何高植物、高岩石的山顶，它是个地标。它是疯女人处境的象征，甚至就是她本人。树没有叶子，没有刺，就是一团纠结，如同她精神的扭曲，她的没有言辞。山楂树被苔藓拉向地面，承受着重压，说不清是活着还是死去，如同那不生不死，在人间又似不在人间的疯女人。

山楂树与小丘，一个古老而纠结，一个新鲜而明媚。山楂树是灰色的，相当于没有色彩，没有形状，小丘上的苔藓则是各种美丽的色彩和形状。山楂树和小丘同样被苔藓覆盖，但山楂树上的苔藓是"令人黯然神伤的一簇"（15行），是恶意地想把那树拉到地面的苔藓。小丘上的苔藓则是美丽的，仿佛只为了开放，只为了装饰这小丘。山楂树与小丘之间有无法调和的矛盾，但同时又共存。这样鲜明的对比，在那样的高山之上，再加上那穿红斗篷的疯女人——这画面具有奇异的现代色彩。小丘惊人的美丽，但这种美丽令人不安，它是美丽的也是无序的。诗中说小丘有各种颜色，尤其是深红，那是血的颜色，所以乡民说它是被婴儿的血染红。小丘的鲜艳因此也包含了恐怖的因素，部分而言是暴力的遗存。固然那是一个孩子的坟墓，所以美丽，但也许正是因为孩子尸身的滋养，小丘上的苔藓和花朵才这样繁茂。它的缤纷色彩也是骇人的。

山顶上的三物（树，小丘，水塘）不构成华兹华斯常描写的优美或崇高的风景。华兹华斯诗中的自然很少这样可畏，很少有这样沉重的象征意味。这个场景不能叫风景，因为它很人工。我们甚至可称之为一个装置（installation）。整个场景仿佛人工布置，有设计感，但设计的目的并非是为了美。在华兹华斯的很多诗中，风景是诗人本人内心的投射，这"装置"则是一个疯子无法触及、无法言说的内心的外化。

值得注意的是，虽然此诗中有几个具体的人名，但它的本事几乎是不存在的。华兹华斯说此诗的缘起是"我在暴风雨的一天在匡托克山上看到一株山楂树，我从前在明媚的天气里多次经过它，但从未注意到它。我对自己说：

'我能不能通过虚构,使这株山楂树让人印象深刻,就如暴风雨此刻使它在我眼中这样醒目一样。'"①华兹华斯只是见过一株有些异样的山楂树,故事本身则显然为虚构。在叙事诗中,华兹华斯很少承认自己的虚构,而强调诗的真实性,而他似乎将此诗作为一种诗歌的叙事力量的展示和练习。或者,因为这是一个疯女子的故事,他不愿指出其本事?

另一首以疯女人为主人公的诗是同样发表在1798年《抒情歌谣集》中的《疯狂的母亲》("The Mad Mother")。女主人公是个来自远方的女性,但她的情况与本地女性差别不大,她也是被一男子抛弃。1—10行是诗人对她外貌的描述,然后是她自己的歌唱。此诗与1798年《抒情歌谣集》中的《一个印第安弃妇的怨诉》("The Complaints of a Forsaken Indian Woman")样式几乎一样,也是每段10行,每行四音步。《一个印第安弃妇的怨诉》中的弃妇已近于死亡,《疯狂的母亲》中的疯女人则带着孩子流浪。《疯狂的母亲》中女主人公的状况似乎比《山楂树》中的玛莎要好些。前者在自然中漫游、歌唱,虽然疯狂,但与孩子相依为命,仿佛得其所哉。但这样的情景并不久长,她与孩子的关系在结尾被破坏,诗仍下落为悲剧。

同爱伦坡等作家笔下那种逼真的疯子相比,此诗中的疯女人显得过于正常。柯尔律治在其《文学传记》中这样赞赏此诗中的两句,就是当女主人公突然说:"我看见清风吹拂在树上,/给我们母子送来了清凉"(39—40行)。柯尔律治认为这两句诗展示了诗人的想象力,捕捉了疯子的心态,"准确表达了那种疯狂状态,在那状态中,患病者的注意力会被各种小事从高度敏感之心态转移,然后又被该主导性的心态拉回"。② 这两句诗与上下文形成了文意上的断裂。然而柯尔律治只把文意上的断裂视为疯狂的症状,并没有看到此诗中其他更加隐蔽的疯狂症状。华兹华斯在全诗开篇描绘女主人公的形象,然后就是她自己的语言。开篇第一行是"她目光狂乱",除此之外女主人公的外貌和语言中似乎没有太多疯狂迹象,她的思路仍是在埋怨负心人、爱孩子这可以预测的范围之内,同时华兹华斯给了她的语言以诗的整齐形式和韵脚。然而细读之下我们会发现,华兹华斯在诗中以一种不易察觉的方式表现了一种特殊的疯狂状态。

首先,这个女性显得过于快乐:"亲爱的孩子,他们说我疯了,/不是的,是

---

① 大概因为此诗的叙事者"说不清",与自己其他叙事诗中的全知全能叙事人不同,所以华兹华斯后来要特意指出这个叙事者不是诗人本人,将叙事者与自己拉开距离。William Wordsworth, *Lyrical Ballads, and Other Poems, 1797—1800*, p. 350.

② See William Wordsworth, *The Poems*, John O. Hayden ed., New Haven: Yale University Press, 1977, vol. 1, p. 945.

我心中快乐太多"(11—12 行)。与那些悲戚的被抛弃的女性相比她是愉悦的,这种愉悦也可以说是她的疯狂的一种症状。疯狂使她获得了愉悦,愉悦是她活下来的武器。此外还有她的歌唱:"唱歌的时候我有多么高兴,/当我唱起种种悲哀的事情"(13—14 行)。她所唱的内容是痛苦的,但她本人却因歌唱而欢乐,通过歌唱她把自己从痛苦中抽离,使痛苦变成了歌的内容。她这样描述曾经的疯狂:"曾经有烈火燃烧在我脑中,/我脑中曾有一种闷闷的疼痛"(21—22 行)。"火烧"类似于《山楂树》中对女主人公突然疯狂的描绘,但在此诗中那种暴烈与恐怖属于从前,用的是过去时。我们可以说,现在她的疯狂进入了另一种比较稳定的状态。

与不得不杀婴,只能到孩子坟上哀鸣的《山楂树》的女主人公玛莎不同,此诗中的疯母亲毕竟还有孩子。而《痴孩子》和《高地盲童》中的母亲都有一个儿子就足以支撑自己。此诗中孩子吃奶的吮吸"让我的血液和头脑冷却",孩子"将我宝贵的灵魂拯救"(48 行)。在她自己的表述中,她否认疯狂,将自己描述为一个勇敢甚至幸福的母亲。然而诗题《疯狂的母亲》说明在华兹华斯的心目中,她的疯狂是确定无疑的。

此诗的倒数第二段相当惊悚,表明她心目中相依为命的母子关系很可能是她一厢情愿的幻觉,实际上母子关系很不安定,也未必真的能给她支持。孩子对她的绝对依赖,她对孩子的占有,可能只是她的想象:

> 亲爱的孩子,你要去哪里?
> 你的神情为何如此凶恶?
> 啊,那神情看起来狂野无比,
> 它并非,并非是来自于我。(85—88 行)

孩子似乎并没有被她爱的表达所打动,也并没有接受她"爱我吧"(41 行)的请求。如果去掉倒数第二段,前后内容的连接可以说更加平顺。换而言之,她并没有解决这一段她注意到的这个问题,而是有意滑过它,忽略它,继续母子共同过幸福生活的幻想。她反而说"我们会在树林中找到你父亲"(98 行),这显然是疯狂的更深度体现。最后她对孩子说:"笑吧,快活吧,到树林中去,/孩子,让我们一起在那里永居"(99—100 行),这几乎是牧歌中对情人的邀请,然而在此诗中却是给孩子的。诗中的孩子成了丈夫的替代物,然而从倒数第二段看,孩子并非那样忠于她。如果孩子走了,她将遭到双重抛弃。她只表达孩子对自己的作用,自己对孩子的爱。她希望孩子比丈夫更忠诚,希望他顺从自己的意志,视孩子为几乎是她唯一可以控制的人,也是她存在的唯一理由。她显然是一个有执着的占有欲的母亲。在她充满重复的表述中,其实看不到孩子,他只是她言语的对象和接受端。可以说她虽然有很多言语,但并没有与人交往的能力。从这个意义上来说,她的这许多语言并不比《山楂树》中只能呼喊的女主人公有更多内容。

另一首写疯女人的诗是《路得》("Ruth"),其女主人公路得的生活划分为三个阶段:自由生长的童年,被追求的少女时代,被抛弃后的疯狂时期。① 在此诗中我们看到在不同景况、不同时间,自然对一个女性的不同意义。路得七岁的时候母亲死去,父亲另娶,她孤儿一般在山野游荡,但却是快乐的。华兹华斯笔下的儿童几乎不会受伤,路得的家庭变故对她毫无影响,孤儿身份从缺点变成了优点,变成了自由。像露西一样,她是自然的女儿。这里我们没有看到邻里或亲属的救助,她的童年相当于独自度过,与他人完全没有联系,但因为有自然,所以她并不匮乏,神完气足。虽然是女孩,她的自由却类似男孩,那是独自在山野游荡的自由。"她自己做了一个芦管"(7 行),芦管(pipe)常常是牧童的乐器,现在属于她。因为孤儿般的身份,她获得了其他女孩没有的主动性。

她恋爱被抛弃后疯狂,在自然中流浪,但这时的自然变了,失去了牧歌色彩。自然无法安慰一个女乞丐。她因疯狂而被监禁,然后从监狱逃到荒野,她依然热爱那里,但此时她已不能再像幼时那样继续做自然的女儿。自然变了模样,荒野在她小时候是家,现在她与自然的那种有机联系中断了,自然不再善待她。华兹华斯在她的童年部分使用了更浪漫的书写模式,在她被抛弃后则采用了更现实的写法。她在荒野中变得悲惨,大自然在这里是人类生存需要克服的障碍,给人的身体带来痛苦。自然对一个精灵般的女孩如庇护的父母一般,在她成为一个女流浪者时则残酷无情。

此诗较罕见地写了那抛弃她的男子以及他"引诱"她的过程。她所遇男子的最特别之处在于他是个美国士兵,这使这个乡村故事中植入了异域的因素。诗中有很多篇幅都是关于这个男子的,描绘了他的一些复杂面向。此诗中恋爱的悲剧不只是女子被遗弃这样简单,这男子也并非完全可恶。除了他的潇洒外貌外,他追求路得的方式就是言语。他是罕见的能言之士,讲到印第安人的故事、印第安姑娘、美国的奇花异草和地貌。他也可以说是诗人,他口中的美国大自然美丽而奇幻,美国被他描绘为一个原始天堂,他的描绘不无诱人之处。在华兹华斯的诗中,美国,尤其是美国印第安人,是异域风的来源之一。华兹华斯并不直接书写浪漫而神奇的异域,而是扎根于本地乡土,但在此诗中异域的吸引力嵌在了这位美国人的讲述中,使他成了一个有吸引力的人,而不是其他弃妇诗中那几乎看不到面孔的负心男子。华兹华斯给了

---

① William Wordsworth, *Lyrical Ballads, and Other Poems*, 1797—1800, pp.191—200.

这男子一个在自然中的童年,然而自然不能保证自然之子的道德。自然的优美方面对他有益,但类似彼得·贝尔,他的品格中坏的部分也仿佛是来自大自然,来自一种不适宜的生活,来自游荡、热带、暴风雨。大自然给了他优点,也培养了他的缺陷,太大的活动范围和无根的生活方式不适于人的道德和情感教育。

他也许是个无意的诱惑者,对路得发出浪漫的邀请,"做我在树林中的伙伴吧"(86行),"做我身边的林中女猎手"(89行)。他的许诺是两人脱离红尘,去大自然中享受爱情的梦幻,那梦幻的地点是美国。他吸引女孩的方式不能说不合法。诗中有他的很多直接引语,他的追求力量强大,难以抗拒。二人于是合法结婚。此诗中华兹华斯表达了浪漫对于一个恋爱中少女的危险。这个男子的浪漫邀请是文艺复兴诗中常见的,也是雪莱后来在现实生活中所做的。华兹华斯则更加现实与谨慎。这男子是个浮荡无根之人,这样的丈夫是危险的。他与路得结婚后来到海边,准备去美国的时候抛弃了她。此诗书写了浪漫爱和异国青年的危险,以及一个乡村女性离开英国的危险。

路得的父母早早退场。乡村共同体也是在最后女主人公死的时候,也就是诗的结尾,作为共同哀悼者而出现,而在情节本身中没有任何作用。路得小时候的孤儿时期和后来的流浪时期,共同体没有干预和同情。她长大、恋爱、流浪,都仿佛在真空之中完成一般。诗人说,当你将来死的时候,会为你鸣钟,"全体教区成员都为你 /唱一首基督教的赞美诗"(227—228行),只有在那时她才会被共同体接纳为一个成员。①

华兹华斯关于疯女人的诗为我们揭开了乡村生活的另外一角,以"疯狂"书写了乡村女性在婚恋时遭遇的不幸。华兹华斯站在作为受害者的女性一边,写出她们被从共同体中放逐的处境与恋爱不幸带来的耻辱。"疯狂"是这种压力和放逐的表现形式。

三 女性的越界

在华兹华斯看来女性行为的界限在哪里?他是否鼓励女性越界?对这些问题,华兹华斯给出的是复杂的答案。华兹华斯写过几个男性的乡村恶人

---

① 麦克法兰认为华兹华斯的诗歌成就之一大原因就是他作品的强度。麦克法兰分析了《路得》一诗中华兹华斯如何"创造强度",认为其方法就是集中于人心之脆弱,书写人的最大痛苦,即"爱遭到背叛而对人的灵魂造成的毁灭性打击"。见 Thomas McFarland, *William Wordsworth: Intensity and Achievement*, Oxford: Clarendon Press, 1992, p. 70. 实际上背叛的主题是华兹华斯反复书写的一个主题,麦克法兰的结论也几乎适用于华兹华斯的所有弃妇诗。

(安德鲁·琼斯,彼得·贝尔,哈里·吉尔),他们的共同点是缺乏对他人的同情。华兹华斯笔下的恶女人很少,她们的共同特点是"越界。"同时华兹华斯又书写了一些女性,她们打破了世俗对女性规定的某些界限,得到诗人的赞赏。这两种越界女性都身在乡村,但她们并非普通的乡村女子,而是具有经济或知识上的优越性。

大约做于1796年11月到1797年6月之间的《三座坟墓》("The Three Graves")可以说是一篇少作。① 年轻的华兹华斯非常大胆,他笔下的人物谱是多样的。此诗作者不明确,从第78行一直到结尾的第217行肯定是华兹华斯所写。第184行的"无情的母亲"("the ruthless mother")与第18行的用词完全相同,表明至少华兹华斯不反对如此描绘这位母亲。或许此诗是别人开头,说明华兹华斯一般不主动写此类题材,但他不是不能写,也没有拒绝去写。诗中写玛丽想嫁给英俊的爱德华,玛丽的母亲同意,但在结婚日子将至时,母亲突然疯狂一般对爱德华说自己女儿多么坏,说自己本人想嫁给他,于是一对年轻恋人愤而离开这位母亲。

此诗的最奇特之处在于,在华兹华斯的诗中母亲都对孩子无比疼爱,而这位母亲却对女儿穷凶极恶,诅咒女儿,嫉妒女儿。她是一个不爱女儿的寡母,母女竞争同一个男子。华兹华斯在其他诗里很少触及婚龄少女与她们的母亲之间的关系,此诗则处理了这一关系,刻画了一个畸形的母亲。虽然前77行未必是华兹华斯所作,但他把母亲的恶毒写得那样生动,而之前作者不明的部分中,男子向少女求婚、母亲同意等情节还是可以预期的笔法,母亲的恶毒在华兹华斯笔下才真正爆发出来。华兹华斯完全站在少女一边,将母亲描绘为爱情的抢夺者。在他看来,没有不良少女,只有无良的母亲。此诗中的母亲非常极端,甚至有变态的迹象。母亲看女儿的眼神是"充满仇恨的可怕睥睨"(81行)。她背叛了母亲的身份与责任,她不愿做母亲,不爱孩子:"我悔恨她出生的那个时刻"(103行)。母亲对那男子说了女儿的很多坏话,甚至包括女儿会不忠于丈夫的暗示。母亲拉住年轻男子的手请求他爱自己,这不堪的情景让我们隐约窥见的是乱伦和道德堕落。她对男子说:"甜蜜的爱德华,我愿放弃房屋土地,/只为你的一吻"(128—129行)。她用自己的欲望取代了母爱。华兹华斯在此诗中把少女为爱痴狂的心态加在一个寡母身上,造成丑陋的错位。

此诗中的人物和作者都罕见地怨毒。母亲被男子拒绝后诅咒女儿:"愿

---

① 这首诗用的版本为 William Wordsworth, *The Poems*, John O. Hayden ed., New Haven: Yale University Press, 1977, Vol. 1, pp. 245—252。

你心中的每一滴血／都从此受到诅咒"(144—145 行)。最后是作者对她的
诅咒，

> 被诅咒的母亲，被诅咒的母亲，
> 为自己挖掘坟墓吧，
> 让你所埋葬的坟墓，
> 也永远被诅咒。(214—217 行)

母亲诅咒女儿，华兹华斯也诅咒她。华兹华斯对自己的诗中人物多比较宽厚，更不要说对一个女性，一个母亲。此诗中的母亲有很多恶毒语言，作者也一样，书写母亲咆哮时华兹华斯用的几乎是动物化的比喻：她"像六月的狗一样口冒泡沫"(204 行)。这个母亲的大罪就是她违背了血亲之爱的天伦。

这也是在墓园里讲的故事，"墓园叙事"是华兹华斯偏爱的一种叙事法。在华兹华斯的其他墓园故事中，相近的一组坟墓中常常埋葬着因爱与和解联系在一起的死者，这里的母女则是被恨捆绑，故事没有和解。与其他乡村故事不同的是，这位母亲是富有的，家中有女仆。畸形的故事与一个富有女人连接在一起并非偶然，体现了富有者在道德上更易于堕落。在这个奇特的乡村故事中，家庭成员彼此折磨，母亲有过度肉欲而没有母爱，而本来父母之爱是乡村家庭的最坚强纽带。女儿对母亲的态度全无准备，仿佛之前两人关系一直正常，没有长期的历史积累，一切都突然发生，采取的是一种比较简单化的处理。父亲显然已死，此诗显示了一个单身母亲带来的危险。当她不满足于一个母亲的身份，开始追逐自己的欲望，各种稳定的伦理关系都有可能被打破。

《远游》第六卷(VI. 660—793)也写了一个越界的女子，整卷前面对她的总结是一个"不和善的人物"(unamiable character)，[①]其实这两个词并不能涵盖华兹华斯对这个女性的复杂态度。首先要强调的是华兹华斯很少写罪大恶极的反面典型或令人愤怒的乡村故事。讲述这个女性故事的牧师有这样的意识，华兹华斯在其全部叙事诗中也有此意识。过于黑暗的地方是华兹华斯不愿触碰的，《远游》中的反面人物也常常同时有正面的品质。这是华兹华斯笔下一个罕见的乡村女子，她的少女时代与华兹华斯笔下的其他乡村少女截然不同。"在心灵之力量，言语之雄辩上，／很少有人能超过她"(VI. 691—692)，"她走路的时候／永远在思考"(VI. 697—698)。她有强大的心灵力量，善于言谈，具有男性的特点。从外貌看，她个子很高，符合她的鲜

---

① William Wordsworth, *The Excursion*, p. 45.

明个性,但不能说她是美丽的,思考似乎损害了她的外貌:"习惯性的思考在她宽阔的额头／留下了皱纹与沟壑"(Ⅵ.699—700)。她总是与力量和权力联系在一起,这正是她与其他乡村女孩子的差别。她对于其他女伴如同女王,但没有了她,她们的游戏也就索然无味。对于她的这些特点,讲述故事的乡村牧师显然既赞赏又敬畏,又有些批评。

　　这个女子的叙述分三段。第一段集中于她不屈服的精神力量,爱读书的品质,用了较多笔墨说她的童年。第二段却笔锋突转,说她受制于两种激情:"一是她不放松的,贪心的节俭;/一是她奇怪地被母爱奴役"(Ⅵ.731—732)。此时第一段的主题被华兹华斯放弃,开始说起她的另一组特点。可以说第二段来到了传统女性的功能领域,即女性作为家庭经济的管理者和母亲的功能。从这两方面看她都是失败的,在吝啬基础上建立的家庭经济并不稳固,而执着于母爱导致她的儿子成为浪子。这与第一段她的多思多知与骄傲之间的联系似乎并不明显,但一个多思多知的女性看来很难适应社会指定给她的家庭角色。她的精神力量,她的思考和知识,都不能有效指导她的家庭生活。从第二段开始华兹华斯就不再提及她是否继续读书思考,读书思考没有了用武之地,提前枯萎,且妨碍了她作为母亲和家庭经济管理者之角色。她只有一个浪荡的独子,她的读书和思考没有精神成果,她唯一的血脉传人也是精神上的残次品。值得注意的是诗中基本没有提到她的丈夫,仿佛同丈夫的关系于她而言非常边缘。

　　关于她的父母如何、她怎样结婚、她遭遇的具体困难,华兹华斯都语焉不详。智力的卓越导致了她的傲慢,她没有把希望和信心放在宗教上,而是妄想依靠自己的力量渡过难关。总之,她的心灵蔑视平静,她从未有温和的特点——这是乡村人的典型优点,尤其是女性的优点。她执着于独一无二的权力。她是一个叛逆者,反抗命运,也反抗自己的女性身份。这反抗模糊而不自知,也是华兹华斯不认同的。她盛年因病死亡,可以说是对她的惩罚。华兹华斯的叛逆者大多会得到最终的平静。同时他们的过错都是人性的过错,很少是邪恶或犯罪,可以原谅,惩罚同时也是救赎。在 1845 年的版本中她的结果是这样的:

> 她这曾经的叛逆者,
> 被柔化,被驯服,变得温顺;
> 经过并非无益的长期考验后,
> 她接受命运,躺进了坟墓。(Ⅵ.771—777)①

---

① William Wordsworth, *The Excursion*, p. 216.

长期的疾病是制服她的手段,但这个结局显得有些牵强。她究竟是怎样被制服的?她的性格如何柔化?这个女性的结局我们推测是华兹华斯强制性地加上的,否则她的狂悖与乡村环境太抵触,超过了诗人能够接受和叙述的范围。华兹华斯用否定的词语来总结她的一生:"不慈善的行为","不善"(uncharitable acts,unkindnesses,VI. 791,792)。她与乡村价值观及其性别要求是对立的,而她的这种特点难以正面命名,但同时人们也对她怀有"深深的敬畏"(VI. 793)。华兹华斯的叙事诗常常写乡村女性命运中的悲哀,尤其是在恋爱与做母亲过程中的痛苦,而《远游》中的这位叛逆女性是一位醒目的例外。

关于这位女性,华兹华斯后来说:"此人[Aggy Fisher]几乎是我们的隔壁邻居。……她是个令人印象深刻的例子,说明一个女人在才能、知识、精神修养上会如何超出周围之人,但在心灵与精神的基督教品德上却远逊于他们。我带着悲伤之情说,她仿佛是在此方面胜出多少,在彼方面就有多么不及。"[①]此处华兹华斯把她的性格分割为智力超群、道德不合格两部分,仿佛这两部分是彼此独立的。实际上对于普通乡村女性而言,智力超群就会导致道德不合格。在这两种难以兼容的力量中,华兹华斯看来更认可女性的情感力量而非智识的力量。当然,如同《远游》同一卷中一个多才多艺的浪子的例子,只有智力而没有道德指引,不论男女都不会有好结果。但超群的智力在一个女性身上虽令人赞叹,也令人生畏。那浪子浪费了自己的才能,使人惋惜,而这女性则因为耽于思考,走向了智识的极端,智识成了她的负担和障碍。男性女性在心智才能上的要求和结果是不一样的。

华兹华斯还有一些诗写自己家人中的女性,支持她们在大自然中活动的自由。他并未触及女性的其他越界行为,但对女性应拥有大自然这一点,他的立场很明确。他笔下的小女孩都是大自然的孩子,已婚女性则主要在家中。少女和已婚女性是否有权在大自然中活动?至少就自己身边的女性而言,华兹华斯的回答是肯定的。

《致乔安娜》("To Joanna")最早发表在1800年的《抒情歌谣集》,[②]写山中有一块巨石,有一天诗人与妻妹乔安娜同游,乔安娜在那里大笑,山鸣谷应,诗人将那里命名为"乔安娜岩"。[③] 与诗人同游的女性也将自然划为自己

---

① William Wordsworth, *The Poems*, John O. Hayden ed., New Haven: Yale University Press, 1977, vol. 3, p. 963.

② William Wordsworth, *Lyrical Ballads, and Other Poems, 1797—1800*, pp. 244-246.

③ 根据传记家Juliet Barker考证,写作这首诗的时候乔安娜·哈金森还没有来过格拉斯米尔谷地,"但在这一文本中她起到一种代表性的功能:她代表格拉斯米尔快乐谷地的所有来访者"。Juliet Barker, *Wordsworth: A Life in Letters*, London: Penguin, 2007, p. 97.

的合法活动空间,且与华兹华斯一样对自然有感触,有思索。华兹华斯对妹妹、妻子、妻妹的社会规范显然要宽松很多,为她们保留了更多自由,尤其是在自然中活动的自由。

乔安娜是个城市姑娘,更大胆,虽然她对自然风光缺少感觉。"你在城市的烟霾里 /度过了最初的少女时光"(1—2行),城市在这里被华兹华斯写得阴暗丑陋。但乔安娜的品格似乎又是乡村人不具备的。她被华兹华斯视为朋友之一,来自社会阶层要高些的圈子。华兹华斯命名本地地标以纪念自己、妹妹、妻子、弟弟,此诗为乔安娜命名一块巨石,可见华兹华斯与她的亲密。这个姑娘爽直可爱,她在山上的大笑声引起了天地共振的长久回声。这样的大笑从一个少女口中传出,显得很不娴静,而且她是笑诗人自己,此时诗人正在面对自然而沉醉,就像他在许多诗中写的那样。"我"注视那块巨石,它的一切都"映现在我心中"(50行),这是诗人心灵对自然的反应。而乔安娜获得的则是外部的"反响",大自然几乎全部加入对她的笑声的回应。"我"静观自然,她却用声音得到了自然的直接反应,而她笑的就是"我"。那是亲密的人之间的善意嘲笑,而"我"不以为忤,此诗中华兹华斯也罕见地通过乔安娜的眼睛进行了自嘲。这是一首欢乐幽默的诗,格拉斯米尔的各种地标都被华兹华斯列举出来,加入共同的笑声。高山不再是素日的庄严形象,有的吹喇叭,有的纵声大笑,动作剧烈而多样。这种动态的甚至有些混乱的狂欢自然,与华兹华斯笔下静态的肃穆自然完全不同,这越界的女子激发出了自然的另一面。乔安娜在自然中引起群山狂笑后,对这效果仿佛害怕:

> 乔安娜向我身边靠过来,仿佛她想
> 寻求庇护,避开令她畏惧的某物。(75—76行)

她与自然的关系很微妙,有呼应,有对立,有对彼此的惊怕。同时像柔弱少女一样,她仍然有胆怯之时。

《致乔安娜》和下面两首诗的写作时间接近,都讨论了少女与自然的关系问题,将自然划为少女的活动空间。《致一位因在野外漫游而被指责的女郎》("To a Young Lady Who had been reproached for taking long Walks in the Country")是华兹华斯的一首短诗。[①] 题目中的女子被申斥,因为她在乡下长途散步之举动被视为非女性化的。华兹华斯反对庸众的看法,"大自然的亲爱孩子,让他们咆哮吧"(1行)。他支持这女性,站在她一边,与"他们"成为对立的阵营。此诗中华兹华斯对女性的设想也是有限的,他为对方设想

---

① William Wordsworth, *Poems, in Two Volumes, and Other Poems, 1800—1807*, p. 231.

的未来身份仍是妻子和母亲,而诗中选择的自然事物是鸟巢和花朵,并没有提及高山大川等,合于女性的身份与功能。此诗中的女性或是指乔安娜·哈金森,或指多萝西,总之她们是同一类人。此诗和《露易莎》("Louisa")几乎都作于 1802 年 1 月 23—27 日之间,主题相关,人物也类似,露易莎也被认为是多萝西、乔安娜或者玛丽·哈金森。露易莎也与华兹华斯同游。① 这个少女并非不爱家,但不论天气如何,她同样喜欢在户外漫游。她身心健美,"红润、健康、敏捷,/她能在岩石之间跳跃,/如同五月的小溪"(4—6 行)。

在《从一道向外突出的山岭》("Forth from a jutting ridge, around whose base")这首纪念妻子和莎拉(Sarah)姐妹的很晚的诗作中,两位女性亲人把似乎具有男性崇高意味的高山也征服。② 此诗大约作于 1845 年,距离华兹华斯给当地地标命名的同类诗篇已经隔了几十年。玛丽和莎拉这对姐妹喜爱攀登两座山,"我"常常与她们一起,现在她们都已去世。华兹华斯写得很深情,称呼她们为"爱冒险的姊妹"(9 行)。她们喜爱攀登高峰,诗人因此将高峰以她们来命名,这个举动不能不说是很大胆的。

以上几首诗把户外和自然划为女性的合法空间,打破了当时的男女活动空间的界限。但诗中的女性都是华兹华斯身边的女子,她们像华兹华斯一样,是主动在自然中寻找冒险的人。而华兹华斯叙事诗中的其他在自然中的成年女性常常失去了家庭,失去了传统女性的空间,是女流浪者或疯狂者。

四 女英雄

华兹华斯赞赏女性的勇敢,母亲们就常常勇敢,但勇敢妻子或母亲仍在家庭的传统范围之内。值得我们注意的是,他还写到几位勇敢的年轻女性,她们不同程度上冲破了为女性设定的活动空间。这几位女性在华兹华斯的全部作品中,比较集中地出现在他写作的晚期,它们是作于 1828 年的《俄罗斯逃亡者》("The Russian Fugitive"),作于 1843 年的《格蕾丝·达琳》("Grace Darling"),约作于 1845 年的《威斯特摩兰的少女》("The Westmoreland Girl")。第一首诗的故事发生在俄国,主人公是一位俄国贵族女性。第二首诗发生在英国海边,主人公是勇于救人的少女。第三首诗就发生在本地,主人公是牧羊的小姑娘。地点越来越接近华兹华斯的日常空间,人物也越来越接近诗人熟悉的人物。就诗的内容而言,这几位英雄女性都有行动力,能够救自己、救别人或救其他生物,是华兹华斯叙事诗中的闪光点。但就艺术效

---

① William Wordsworth, *Poems, in Two Volumes, and Other Poems*, 1800—1807, pp. 69—70.
② William Wordsworth, *Last Poems*, 1821—1850, pp. 396—397.

果而言,内容之闪光未必就能带来令人感动的诗,使这三首"女英雄"诗呈现斑驳的特点。

《俄罗斯逃亡者》写已有妻室的沙皇追求贵族少女伊娜(Ina),伊娜不从,半夜出逃到乡下乳母那里,乳母与丈夫将她藏到沼泽中一个小岛上隐居起来。后来她被一个打猎的骑士发现,骑士去向皇后求情,伊娜获得自由并与骑士结婚。① 华兹华斯的许多十四行诗里的俄罗斯都很强大,尤其是因为拿破仑在俄罗斯遭到惨败,在那些十四行中,是大自然帮助俄罗斯打败了拿破仑。此诗中的这位俄罗斯女性身体和精神都强韧,不同于华兹华斯的《亚美尼亚女郎之爱》("The Armenian Lady's Love")或中世纪风格的《埃及女郎》("The Egyptian Maid")中的异域女性。

此诗第一段就是对浪漫主义女性美的批评,虽然实际上华兹华斯自己也参与了那种书写:

> 不要再说玫瑰花蕾般的嘴唇,
> 露水洗过的蓝铃花一般的眼睛,
> 胜过康乃馨的脸颊,
> 还有紫罗兰般的血管。(1—4 行)

此诗中的伊娜有抵抗暴君的意志,有敢于出走的决心,有七天七夜在野外独自行走的体力和耐力。诗中最多的部分就是她的果决言语,她是做出决定的人。她的目的既是保卫自己的贞洁,也是反抗强权与暴力。她从莫斯科逃出,那里是沙皇势力笼罩的地方。在乡下的乳母那里,在孤独的乡野中,她才获得安全,乡下和大自然中才是真正的避难所,而城市是暴君和男权的危险领地。她因为反抗暴君而声名远播,她的行为具有了重大的公共意义。当然,此故事放置在遥远的俄国。华兹华斯很少书写这样靠近政治权力顶层的当代人物,他更愿意书写的是底层,伊娜则是个女贵族。

此诗在很多方面依然保守。伊娜的勇敢主要表现为逃亡。她依然要被一个猎人所救,依然要嫁给他,她的自救并不完整,仍有待于一个男子来完成。她很美丽,与猎人见面时是一见钟情。她的勇敢是在婚恋领域内的勇敢,意在保护自己的名誉和美德,也就是贞操,对于一个未婚女子,这些都是父权社会强调的传统价值。她是"英雄般的女儿"(231 行),又如同圣女,所以她称此次避难为"这次牺牲"(239 行)。最终依然是骑士救下受难的女郎,伊娜的形象仍主要是一个贞操受到威胁的被救的少女。抵抗性暴力的女性,

---

① William Wordsworth, *Last Poems*, 1821—1850, pp. 152—168.

也就是烈女,在中西方都有其传统,为保卫贞操,女性可获得巨大的合法力量。此诗的主人公是个贵族女性,有乳母,是女主人。她祈祷圣母和圣人们保护她,她的力量来源最终归于宗教。在诗的最后皇帝后悔,危险解除,伊娜还是回到莫斯科,婚礼在莫斯科举行,乡村的避难处从故事中消失。诗结束于一个公共性很强的豪华婚礼,伊娜可以说"奉旨成婚",女性与暴君的紧张关系消解,达到了一种大团圆结局。

这个遥远的故事是华兹华斯从书中读到的。此诗气氛紧张,节奏很快,缺少细节和对俄罗斯的自然环境的叙述。如 F. B. 毗尼翁(F. B. Pinion)所言,此诗"诗行相当单调,故事进展缓慢,但有浪漫小说般的吸引力"。①

《格蕾丝·达琳》的女主人公(1815—1842)实有其人,生活在海边,1838年9月7日她与守灯塔的父亲一起划船出海,救起海难幸存者9人。② 此诗的情节是父女二人一起出海救人,但华兹华斯把父亲降为女主人公的一个助手,她的分量和作用远远胜过父亲。华兹华斯强调她的急切心情,也就是她的主动性与意志。她从望远镜中看到那些幸存者,"在这女子的眼中多么珍贵!"(38 行)。当父亲犹豫的时候,是她鼓励父亲;父女一人一桨共同划船,两人"彼此竞赛一般"(52 行)。连被救者都吃惊地看到前来救人的二人中有一个是女性,借助他们惊讶的目光,华兹华斯写出了她的不寻常举动如何超出了时人对女性的想象。

格蕾丝·达琳勇敢而有主见,战胜了大海以救人。她与父亲一起摇船,身体强壮,精神强大。她也是华兹华斯很少写到的海边女子,是华兹华斯触及的家乡之外的一种崭新人物。联系到华兹华斯遇到海难的弟弟,这样的海上救助行为就更有个人相关性。《俄罗斯逃亡者》和此诗中的主人公都获得了公共领域的认可。格蕾丝·达琳是被全体英国人广为传颂的民族英雄,得到了"真正的名声"(13 行),她几乎可以不朽。这位女英雄给人们力量、希望和爱,与露西等在家庭与乡村活动的甘于无名的很多女性都截然不同。

华兹华斯不满足于将她这一次的举动写成一过性的事件,而是希望从中描画出她的品格。《远游》第六卷中的那位爱读书的强力女子后来家庭不幸,仿佛她的智力妨碍了她做母亲。但格蕾丝·达琳是:

　　一个温和的女郎,但在责任召唤下,
　　坚强而不退缩。(22—23 行)

---

① F. B. Pinion, *A Wordsworth Companion*, London: Macmillan Press, 1984. p. 244.
② William Wordsworth, *Last Poems*, 1821—1850, pp. 376—379. "Grace Darling"写于 1843年,已经是诗中的救人之事发生之后四年半,女主人公已死去。

>她虔诚而纯洁,谦逊但勇敢,
>年轻然而智慧,温和然而坚定。(94—95 行)

她兼具传统女性与女强人的优点。不过,华兹华斯只是并置这两类特点,而无法将之融合成一个有机的整体。她是拯救者和解放者。华兹华斯将她的胜利也归于宗教,把整个事件写成仿佛是上帝调动自然的力量对她进行的考验。在上述两首诗中,华兹华斯只有赋予了女主人公以宗教感,她们才能获得力量。但无论如何,在此诗中华兹华斯借助基督教的力量塑造了一个当代的英国女英雄。华兹华斯在诗的最后一段不忘感谢上帝,感谢把她养育成这样人物的她的父母,但在最后一行他几乎是喊出女主人公的名字:"GRACE DARLING"(97 行)。

《俄罗斯逃亡者》和《格蕾丝·达琳》书写了具有勇气和行动力的强大女性,但从效果而言这两首诗都不太成功,两个女英雄有概念化倾向,俄罗斯和海边也是华兹华斯不熟悉的情境。三篇写英勇女性的故事中,写得最好的是《威斯特摩兰的少女》("The Westmoreland Girl")。① 此诗作于 1845 年,与华兹华斯早期的叙事诗主题接续在了一起,同时增加了新的变化。湖区人物是华兹华斯熟悉的题材,但这次他描绘了一个全新的女孩形象。全诗分两部分。第一部分是讲给家中较小的孩子们听的,写一个十岁的小姑娘勇敢跳进水里救被水冲走的羊羔,"啊!那可怕的急流/ 小姑娘勇敢面对那急流的暴怒"(17—18 行)。最后孩子和羊羔都获救。这部分叙述了一个惊心动魄的事件,适于抓住孩子的心。第二部分针对的则是"更成熟的听众"(25 行),专述女孩的性格养成。两部分相当于把《格蕾丝·达琳》那故事中融合在一起的两方面内容拆开来:先是一个英勇的利他事件,然后是女主人公的性格。第一部分有冲击力,但只有 24 行;全诗一共 92 行,大部分用于第二部分,那也是华兹华斯更重视的部分。

这个女孩不是空谷幽兰般的露西,也不是被自然养大的露西·格雷等纯洁美丽的女孩子。她具有的是勇气和力量。她不仅有爱心,而且有爱的行动和能力。华兹华斯要将这女孩的精神作为家庭传统和本地传统的一部分传递给自己的后辈。他在开篇写道:"谁爱听寓言就去找寓言吧,/我要给你们讲的是真事"(1—2 行)。华兹华斯仍然以讲述真实故事为傲,以此凸显自己与其他的儿童教育者不同,其他人可能以为孩子适合的文类是"寓言"(fable),而自己出于对孩子理解力的尊重,也出于对孩子道德教育的目的,要用真实来教育孩子。此诗中的故事确有其人其事。上文讨论的两篇女英雄

---

① William Wordsworth, *Last Poems*, *1821—1850*, pp. 391—395.

故事虽然也有真实性的因素，但事件写得较为模糊，人物有高大全的倾向。而这一篇可放置在华兹华斯的乡村人物谱中，有更多现实感。华兹华斯选择一个女孩作为孩子们的榜样，这有些令人吃惊。此诗的基本情节有些类似《序曲》第八卷中在河中小岛救羊的男孩子，然而那个事件是孤立的，对男孩的描绘没有超过该事件的范围。男孩子也勇敢，但事件本身更重要，叙述的目的是要说明本地牧羊人生活中的危险，性格刻画并非其重点，华兹华斯也无意将那男孩子作为榜样。

如《格蕾丝·达琳》一样，华兹华斯在此诗中也强调女英雄的教育和养成。值得注意的是这女孩的父亲并不管束她，母亲已死，所以她如同孤儿："在故乡的山中／与狂野的自然一起狂野地奔跑"(27—28行)。她的家庭教育和社会教育都很少，她接受的是自然的教育，而自然的教育是不会错的。在这里我们可以听到华兹华斯早期诗的回响。虽然华兹华斯没有明言，但没有母亲似乎是她勇敢品格养成的一个重要原因，这女孩没有被社会的女性道德所规训，父亲不忍责罚她，她无意中得到自由发展的机会。

华兹华斯写过很多这样的自然之女，但其他女孩子从自然中得到的是美好和天真，唯有这个女孩与自然中的其他生物培养了紧密的联系。她的教养是另一种教养。她是小动物的保护者，在对弱小之物的爱惜与保护上，她与华兹华斯本人是类似的。她不只像华兹华斯笔下的很多女孩一样是别人心目中的美好形象，她更有自主行动的能力。俄罗斯女英雄伊娜救了自己，格蕾丝·达琳救了她人，这个女孩则是拯救其他生物。虽然华兹华斯在此诗中并没有太多提及宗教，但她这种普遍的同情心使她具有了圣方济各一般的圣徒之感：

> 一心钓鱼以消遣的人们，
> 知道了她对无害的小鱼，
> 和生着利齿的凶猛梭鱼，
> 怀有同样的感情。
>
> 这慈悲的保护者，她会点燃
> 自己的怒火或鄙视；
> 她救下许多被捕捉的动物，
> 她使一些动物免受长期痛苦。(49—56行)

她不仅有保护小动物的意图，而且能够做到。这一次她还救了一只羔羊，而羔羊是最无辜也是本地最重要的小动物。她在本地是个有影响力的人物。此诗中也有其他乡民，那是一个被她以力量和爱克服的共同体，其他乡民的形象与她相对,他们对小动物缺乏关爱,让我们窥见乡村生活的冷漠甚至残忍的一面。

此诗的第一部分是一个孤立事件,然而华兹华斯对人的性格的兴趣要胜过对孤立事件的兴趣。全诗最后华兹华斯预言她将成长为模范女性,但那未来的成年模范女性形象中包含了很多矛盾,其传统色彩更为浓厚,似乎她长大之后不免被驯服,将失去很多热情和锋芒:

> 这拯救了羔羊的无畏少女,
> 长大后会内心温顺,智慧,
> 会成为女性的可贵榜样,
> 一切时代女性的楷模。(81—84 行)

华兹华斯对"勇敢"作为女性品质这一点显然抱一种矛盾的心态。他加入了"内心温顺"(meek-hearted)一词,那是女性的传统美德。如果说在诗中这个女孩有此方面的表现,那就是她对小动物的爱,而这爱是要以对其他人的斗争来实践的。她的"温顺"并非羔羊般的忍耐,而她将来还需经过使她更加平和的规训。诗人希望她成为圣女贞德般的人物。圣女贞德是战斗女性,将这个十岁的乡村女孩比拟于圣女贞德显得比例失调,也表明华兹华斯难以为她找到先例或榜样。未来的她如何体现自己的英雄特征?究竟她能做到什么?她作女孩时,空间和可能性都很开阔,但对于成年女性,在当时社会现实的局限下华兹华斯很难设想出更多的可能。他并没有规定她一定要做妻子或母亲,他不愿以这些角色束缚她,但他也很难想象她究竟能如何。

总之,这几位"女英雄"是敢于行动的,她们充满力量,并不忍耐,自己有生机,也给别人带来生命。学者茱蒂丝·佩芝(Judith Page)认为,"从 1820 年代开始的一种新的倾向表明,华兹华斯接受了维多利亚时代关于女性特点和家庭空间的观念,并为之做出了贡献"。佩芝尤其分析了《三女性》("The Triad")一诗中华兹华斯写到女儿朵拉(Dora)等三位女性作为家中的女王、奉茶者、美女的形象。① 但我们可以看到与此不同的另一个方面是,在华兹华斯的晚期叙事诗中也有"女英雄",较大地拓展了华兹华斯对女性自由之书写的边界。

华兹华斯对当代女性的书写呈现多样化的特点。从美好可爱的女孩、少女,到在家庭中具有举足轻重地位的主妇,他勾勒了乡村女性的人生轨迹。婚恋是女性生活的分水岭,将女性人生切割为有时难以连接的两部分。婚恋

---

① Judith W. Page, "Gender and Domesticity," Stephen Gill ed., *The Cambridge Companion to Wordsworth*, p. 135.

也是一个重大危机,华兹华斯书写了许多被男子抛弃的女性,她们流浪甚至疯狂。对于女性的活动范围华兹华斯是矛盾的态度,不遵守家庭伦理以及过于追求智识的女性或被他诅咒,或被他批评。然而对于自己家中的女性,他坚定地捍卫她们在大自然中活动的权利。晚年的华兹华斯更写了几首关于当代女英雄的诗,赋予女性以更大的力量和更重要的公共角色。

第六章 《序曲》：自我成长的多重叙述

对自我的叙述是华兹华斯叙事诗的一个重要部分，主要体现在长篇大诗《序曲》《远游》以及《家在格拉斯米尔》中。在这些诗中诗人塑造了自我的形象，书写了自己的精神史，也触及了自己的许多矛盾与困惑。本章集中讨论《序曲》中关于自我成长的叙事，下一章将讨论《家在格拉斯米尔》和《远游》中揭示的诗人的多个面向以及自我与共同体的关系问题。

一 对童年的塑造

华兹华斯在其他叙事诗中较少触及自己的童年，较少朝很久之前的事件回溯，他叙事的主体主要是别人，而非自己。《序曲》这本书则为他打开了回忆之门。在《序曲》中，"我"的回忆丰富而多样，而"我"就是其中的贯穿性因素。《序曲》中的童年是诗人后来一切力量的来源和根基，《序曲》叙述的童年事件最多，也说明童年最重要。虽然只有第一、二卷的题目中含有"童年"（childhood）、"学童"（school-time）字样，仿佛诗人之后就离开了童年，进入了人生的新阶段，但实际上童年往事在后来的很多卷里反复出现，比如第五卷"书籍"、第八卷"回溯"、第十一和十二卷。华兹华斯总是重新回到童年，关于童年的叙事有时甚至出现在它们"不该"出现的地方。这些内容主要是叙事性的，给人以深刻印象。华兹华斯以诗人的身份写一篇"哲学的歌"（philosophical song），有时令人未免有"理胜于辞、淡乎寡味"之感，而这些叙事的部分不仅是"时间之点"（spots of time），也是这首长诗的亮点。我们将分析《序曲》怎样用叙事的安排来塑造诗人童年的形态。

第一卷题为"幼年 学童时代"，第二卷题为"学童时代（续）"，两卷几乎是连续的，很可能为了长度上的平衡才进行分割。两卷的题目中都包含"学童时代"的字样，但"学童时代"只是说华兹华斯的年龄范围。华兹华斯并没有以任何方式标记自己如何上学，没有写到老师、学校、书，虽然根据传记家肯内斯·约翰斯顿（Kenneth Johnston）的考证，"华兹华斯在霍克斯海德（Hawkshead）的大部分时间都在学校中度过，他是个非常优秀且书卷气浓厚的学生"。① 上学是教育的开始,但在《序曲》的描述中学校教育并非最重要,上学前后的部分并没有断裂,依然延续着自然对"我"进行教育的主题。

从第一卷到第二卷事件的数量是递减的,动态也弱化。第一卷的前几个事件都写儿童时代的诗人与自然相遇,对自然的认识主要与身体密切相关。第二卷则更加安静,慢慢来到"我"静观自然的内容。第一、二卷的这些事件绝大多数并非指向某一个具体时刻,而是很多类似事件的综合表述。

第一卷的叙事非常密集,从第 290 到 570 行占据了此卷大约一半的篇幅。所叙述的"时间之点"(spots of time)中,短的十几行,长的五十多行,并没有后来的"退役士兵"故事(the discharged soldier)、"女房东讲的故事"(the matron's tale),或"旺德拉库尔和茱莉亚"(Vandracour and Julia)的故事那样长。第一卷记录的事件都比较正面,虽然有自然之崇高因素慢慢加入,比如"我"深夜看到的高山,滑冰和室内打牌时候的户外自然。这些片段常常由沉思引起,是对诗人在童年少年时期与自然的关系这一主题进行的某种"举证",主题与叙事水乳融合。比如第一卷的"偷船"片段要说明的是:

> 自然有时候也喜欢
> 采用更严厉的干预手段,
> 更可触的教导——她对我就如此。
> (I. 369—371,1850 版删除)

接着华兹华斯写到,"夏日的一个傍晚(我一定是在她的引导下)"(1. 372),引起了这个"偷船"故事,主题与叙事之间有着明确的联系。

从时间看,第一卷提到的诗人的童年活动涵盖了四季,包括夏日在河中洗澡,深秋在山中捕鸟,春天掏鸟窝。关于冬季则写到两件事:滑冰,在室内打牌。就一天内的时间分布而言,这些活动又涵盖了白天、傍晚、深夜。几次经历的色调和感受都不甚相同,每次都表达了诗人与自然关系的一个不同侧面。可见这些活动并非随机书写,而是经过了精心选择。事件的顺序大致按照"我"逐渐长大的时间顺序,但这条时间线索并不严格,有时甚至模糊。更重要的是季节和晨昏的节奏,那是自然本身的节奏。

五岁的时候"我"常常在小河里洗澡,在水中度过夏日。这是诗人与养育自己成长的德伦河(Dervent)之间的关系,与自然的交往是愉快的身体之乐,不需太多思索。深秋之夜"我"在山中下套捕鸟也是如此,有时"我"也偷取别人猎获的鸟,可见这些都是乡下儿童的常见活动。这一次自然不只是"我"深

---

① Kenneth Johnston, *The Hidden Wordsworth: Poet, Lover, Rebel, Spy*, p. 69.

夜捕猎的场所，也有其气氛。"我"盗取别人的鸟，

> 每当我做过此事，就会听见
> 孤寂的山中响起低沉的呼吸声，
> 就在我身后，跟随而来；还有些
> 分辨不清的声音，脚步的声音，
> 几乎如被踩到的草地一般几近无声。(I.328—332,丁译本 I.321—325)

这是一段非常幽微难测的具有哥特色彩的描写。一个九岁孩子深夜独自在山中如何能毫不恐惧？但华兹华斯将这段描写放在自己做了"坏事"之后，使恐惧的气氛有了理由，成为自己自责和内疚的外化。此时的自然已经开始具有人格与道德力量。

在山中给鸟下套的时候"我"是"一个可恨的毁灭者"(a fell destroyer, I. 318, 1850 版删除)，春天掏鸟窝时"我"是"一个劫掠者"(1 a plunderer then, I. 336, 1850 版删除)。这两个活动都是冒险的，都有悬念，捕鸟在深夜，掏鸟窝则在悬崖上。掏鸟窝才给了"我"一个高处的视角，"我"才听到风的奇特语言，看到云的运动和奇异的天空。从上文的深夜山中捕猎开始，"我"已经知道了对自然的敬畏。五岁时"我"洗澡的小河是把德伦河引到家后面的磨坊，自然不是野性的而是宜人的，是人居的一部分。此后"我"越来越深入自然的深处和远处，越来越远离人的住所，看到野性的可敬畏的自然，"我"的举动也越来越与众不同。那里才有自然的真谛与本质，才是"我"与自然形成独特联系的地方。

第一卷第 372—427 行的"偷船"片段(the boat stealing episode)是此卷篇幅最长的"我"与自然的一次深夜相遇。"我"在一个夜晚偷上了一条小船，划船时遭遇到一座大山。此片段中的诗人并无其他目的，目的就是探索自然，寻找自然的真相。他没有计划，没有预期。前几个片段明确标记他的年龄分别是四岁、九岁，这个片段中的他应该不止九岁，但没有明言他的年龄，仅有的时间坐标就是"夏日的一个傍晚"(l. 372)。华兹华斯非常擅长书写黄昏、黎明、深夜，这些时段都混合了崇高或一点恐惧。傍晚常常比日出更重要，更宜于散步，从白日到黑夜的转折包含着忧郁与崇高。傍晚之时色彩被削弱，各季节的傍晚因此相差不多。色彩的削弱与简化对这个片段非常重要，给这事件以一个大的尺度，凸显了视觉中大山的轮廓。大山没有细节，更增加了其力量和存在感(此写法也出现在第十三卷的攀登斯诺顿片段中)。这是一幅几乎黑白的画面，其中包含双重运动："我"划着船，看到大山升起。这是"我"与一座大山的惊心动魄的邂逅。黑黢黢的高山在这个片段中几乎是运

动的,它可以说是一个浑全的自然个体,又是给人威压的存在。大山本来是无生物,在这事件中却仿佛有了生命,要传达给"我"神秘而特别的信息,因为"我"是它专门选中的。《序曲》第一卷的几次事件都有某种非法性:捕鸟,掏鸟窝,"我"偷上了一个牧羊人的船。非法越界就是冒险,带来悬念与戏剧性。

这个"偷船"片段共 55 行,地点是放假时华兹华斯去的派特谷(Patterdale,I.376,1850 年版删除),因为是陌生地点,一切都染上了不确定性。"我"看见那条船纯属偶然,也因为在陌生地点,那大山的出现才如此出人意料。这是华兹华斯在月夜的一次大胆探索。上有月亮,下面是明净的湖,确保了平安的整体气氛。"我"的划船动作很连续,船后的水痕"白光耀目"(I.394,丁译本 I.367),也增强了平安的感觉。夜晚的寂静中只有划船声引起的群山回响。"我"本来将一座高山作为地平线的界限,没想到,

> 一座巨大的山峰,
> 似乎在自由意志的支配下,将那黑色的
> 头颅扬起。我使劲划动桨叶,
> 但那巨大的悬崖在我与繁星之间
> 愈加增大着它的身躯,而且
> 随我的划动向我逼近,就像
> 活的东西,有动作节奏和自己的
> 目的。(I.406—412,据丁译本 I.378—385,略有变动)

这个片段可以分成"我"发现高山和被高山追逐两段,形成一个进程。大山动了起来,崛起并仿佛追赶"我"。"我"以颤抖的双手继续划船。一边是"我"划水,一边是大山逐渐变高。山是异样的,给"我"带来的不是愉快,而是敬畏,掺杂着恐惧的崇高。① 这是大自然的另外一面,并不平静宜人,而具有打破人心安宁的力量。这也是前三卷的具体事件中唯一一个神秘难解,却对心灵有强烈震荡作用的经历。② 这是"我"与大自然神秘力量的一次单独相见,一次约会。没有花,没有树,仿佛并没有另一个人、另一个生物在场,此事

---

① Johnston 指出,华兹华斯从小被"恐惧与美"养大一般,"恐惧(如斯奇多山)意味着崇高的具有威胁性但也令人兴奋的体验;美(如德伦河)是有女性特点的愉悦情感,与家庭和如画的风景相关"。Kenneth R. Johnston, *The Hidden Wordsworth*:*Poet*,*Lover*,*Rebel*,*Spy*,p.19.

② 参考 Geoffrey Hartman, "Was it for this…? Wordsworth and the Birth of the Gods," in Harold Bloom ed.,*William Wordsworth*,New York:Infobase Publishing, 2007, pp.131—146. 哈特曼认为,"在那灵视中的恐惧时刻,灵魔(demons)诞生了,它们是一种活的、非人的边界形象。自然被清空了其形体和色彩正常情况下所能提供的安慰"(p.139)。

件中的元素变得极端简化:"我"、湖、船、月、山,尤其是静态的山在此段落中获得了反常的动感。这个事件留下了长久而深刻的、并非完全愉悦的印象。《序曲》第一卷中写的冬日滑冰、打牌、夏日洗澡都是华兹华斯常做的活动,是"我"的童年—少年时期的贯穿线索和反复的主题。而这次与大山的相逢则是一次性的,具有断裂感和冲击力。

第一卷中的冬天傍晚滑冰片段中,我们也不知道诗人的年龄。虽然滑冰是孩子们的集体活动,是狂热的童年欢乐,但"我"毕竟与别人不同,有更敏锐的感受力。本来是令人不快的"夜色和寒气"(I.466,丁译本 I.438),但吵嚷的滑冰的孩子给了这场景以热度,将严冬变成了孩子们的狂欢节。别人是欢乐,"我"则是狂喜,"我"对这快乐有更深入的体会。周围的自然并非被动地观看,而是给孩子们以回应。但自然总体而言是安静的,孩子的吵闹只强化了天地间的肃穆,而自然的有些忧郁的声音与孩子的热情游戏形成对照,包围这热情,使之弱化和净化——就如同《家在格拉斯米尔》中华兹华斯看到的水中群鸟,没有一只鸟是静止的,但看起来又那么安静,仿佛它们是在无声地活动。大自然的安静气氛包涵一切,人的声音和活动都不会令其更改,都被那种沉静压住甚至淹没。此段落的笔触从孩子身上扩大到周围的自然环境之上,获得了一个广大的局外视角,一个并不属于其中任何游戏者的视角。

这个冬日滑冰片段分成两部分,第一部分写集体,第二部分写"我"。"我"参与在众人之中,又与众人不同,独自寻找孤寂(solitude),仿佛这样"我"才能真正面对自然。"我"还是要从众人转为一个人,从喧闹转为安静。众人之乐并非虚假,但总不如一人之乐更深入。参与在人群中又从人群走开,是华兹华斯经常写到的自己的一种姿态。

> 我常常离开这沸反盈天的喧嚣,
> 来到僻静的角落,或自娱自乐,
> 悄然旁足,不顾众人的兴致。(I.474—476,丁译本 I.447—449)

大家的疯狂滑行中,"我"会突然停下,感受到周围的悬崖仿佛仍在运动,一群急速滑行的孩子中,只有"我"站住并观看,显出"我"的异禀以及"我"与自然的默契。自然是动与静的交替,人在疾速运动,自然也随之运动。"我"停下来,才能感受到那种运动。"我"与自然之间的这种秘密的交流瞬间是独特的,无人知晓的。

因为遵循着对诗人的自然教育的主题,第一、二卷只有一次写到室内,就是第一卷的冬日室内打牌片段。此场景意图说明的是"我们居住的石舍,你们那般/卑微,却也尽奉着独有的圣职"(I.525—527,丁译本 I.499—500)。这些农舍都包裹在自然中,儿童室内游戏的主人公也是"我们",热闹而温暖的室内被室外的冬天所包围：

> 此时外面下着
> 大雨,或有霜魔肆虐,张开
> 锋利而无声的牙齿。(I. 562—570,丁译本 536—537,文字略有不同)

一个农舍隔开冷与暖、室内与室外、愉快与荒凉、人工与自然。在这个新场面里,室内、人工物、人虽然渺小脆弱,却具有一种抵抗自然的力量。外部自然完全不宜人,但室内的游戏给了这场面以温度。这个场景出现在深冬并非偶然,因为只有在深冬室内才显得比室外更加吸引人。此片段也包含视角的扩大。人的室内声音之外加上了室外冰破的声音,那是自然的声音,处于背景中,但比孩子的喧闹声要大得多。室内室外形成情绪上的对照。

《序曲》第二卷的叙事部分只有两个片段,一个可以说是事件,另一个则比较静态。第一个片段是 II. 99—145,写"我"骑马去弗内斯修道院(Furness Abbey),那修道院是教堂也是废墟,已变成自然的一部分,见证着人的世界与自然的合一,同时教堂和自然都是对上帝的礼赞。这样的教堂废墟在华兹华斯笔下很少引起"万物皆空"的慨叹,但仍不免带着一丝忧郁。"我们"疾驰穿过那修道院的废墟,速度和声音再一次被废墟的安静压住。

此外第二卷还写到了一个特殊地点:"我们"喜欢的一个小酒馆(II. 146—180),是前两卷中写到的唯一公共场所。它既古老又热闹,门前车水马龙,毫不幽静。很难解释华兹华斯为何违背自己的朴素趣味而喜欢这里。他必定喜欢这里的热闹和游戏,酒馆对他不是没有吸引力的,他并非像他自己强调的那样热爱孤独。然而即便对于这个酒馆,华兹华斯也很少提及室内,而是集中书写从那里能看到的自然风光(prospect),仿佛自己之所以喜爱这里是因其特殊的位置带来的特别视角,对外部自然的描述压倒了人工建筑本身。酒馆外的平台是一个半开放空间,将室内与室外、人的与自然的连接在一起。群体的欢乐活动引起群山的回响,这回响也把诗的视野放大。喧嚷的白天结束后,"我们"划船从湖上归去,气氛重归于幽静,

> 夜幕降临前,当我们乘上小舟,
> 在黄昏的湖面上返回,当我们
> 把集体中唯一的乐师送上一座
> 小岛,然后轻轻地划去,听他
> 在水边的礁石上吹起孤笛,啊,
> 就在这一时刻,平静而凝止的

> 湖水变得沉重,而我快意地
> 承受它无声的重压;
>
> (II.171—178,丁译本 II.165—172,两版本有一字之差)

自然仿佛对"我"进行渗透,"平静而凝止的湖水"(calm and dead still water),"快乐的重压"(weight of pleasure),这些有丰富滋味的词语融合了愉快与略微的不快,平静中有一丝忧伤。众人的活动结束于夜晚的幽静,再次将喧闹抵消。这一次的群体活动中出现了另外一个鲜明的有独立活动的人,就是那吹笛少年,"我们"的"乐师"(游吟诗人,minstrel),他孤独的笛声使他成为另一个诗人,而在很多诗中华兹华斯也是以游吟诗人的身份自居的。这个少年也是自然之子,也喜爱孤独。在自然中成长的少年都是潜在的诗人——这样看来"我"又并非那么独特。

第一、二卷是连续的,是华兹华斯从童年到少年的自然教育。第一卷生动的叙事更多,第二卷少些。整个《序曲》都旨在塑造诗人的一个自然人的形象,不仅通过沉思,也通过叙事。前两卷的主题是"我"与自然的关系,较少写到"我"与他人的关系,没有一次提及家人或老师,也没有出现另外一个人的名字。除了指称朋友柯尔律治外,第一卷、第二卷中的"you"常常指向山和湖等自然物。与大自然的多种相遇有愉快,有刺激。这些生动活跃的时刻给了诗以动态和生气,提供了沉思的材料。叙事中华兹华斯常常把人的举动与一种自然地点相配,人的行动虽然活跃,哪怕人很多,运动很热烈,声音很大,但都被自然的寂静气氛所整合。这些叙事少有创伤和痛苦,自然教育出来的人是一个完整浑全的人。若只从《序曲》的这些部分判断,华兹华斯的童年是快乐幸福、没有缺憾的。一些活动中"我"与许多孩子一起,另一些活动则是"我"独自一人。从"我"的童年可以看到人类的普遍童年,但"我"又绝对与众不同。人人在婴儿时都有潜在诗性,但大部分人后来失去了这能力,这种诗性能力也是华兹华斯关注的自己身上的成长部分。华兹华斯对自己的诗人身份更加看重,这诗性能力是他身份的核心。

第二卷从第一卷中儿童的无心游戏和玩闹,转到了与自然的更安静的交流,不再是身体之乐,而是发现了自己的内心。第一、二卷中除了这种"发展"外,叙事并不齐整,有时节奏很快,四季倏然过去,有时则聚焦一点。叙事也不完全依照逻辑或时间的顺序。但每一卷仍基本框限在一个地点或时间段内。这些叙事讲的是"我"的精神成长,有同一个主角和主线,使它们有更大的完整性和统一性。

浪漫派多是户外暴走者。华兹华斯少年时一大早就起来走五英里,在风雨中,在夜晚,他都常常待在户外。他总是最早出来的,唯一一个坐在野外的人。他是自然的孩子。那么另一个对儿童的成长至为重要的空间——家呢？这个空间在第一、二卷中很少见，只在第一卷有一个孩子们冬夜室内玩牌的场面。此外的一个人工建筑是第二卷的那个酒馆，但华兹华斯也没有多提及其室内活动，仿佛他不能忍受屋顶和墙。相比之下，修道院的废墟则与自然合为一体，其屋顶和墙壁已起不到阻隔内/外、自然/人工的作用。

从这两卷看，诗人顺利成长到了十七岁（II.405，丁译本 II.386），自然与他的关系越来越强烈和内在。他十七年的人生没有曲折和波澜，没有痛苦。然而从《序曲》后面的文字看，他的童年并非如此顺利，实际上有惨痛的创伤，但华兹华斯把那些创伤叙事安排在很靠后的地方。这与按照时间顺序展开的一般自传不同。此书不是记录发生了什么，而是记录一个诗人的养成史，在这一原则下进行材料的选择与布局。因为是养成，有一个终极目的，所以材料主要是积极的和正向的。童年不是没有痛苦，《序曲》的后面部分就触及这种痛苦。① 或许华兹华斯将痛苦回忆后置的做法就是一种自我治疗，他在记忆和叙述中将痛苦后置，使其不影响自己最主要的精神品格。前两卷中，华兹华斯并没有提及父母或兄弟及妹妹，父母的死亡仿佛对他的成长没有任何影响。前两卷的主角是家乡的自然和他的早期教育，也就是自然教育，诗人将其书写为他教育的最重要部分，奠定了他一生的基础。他几乎没有提及自己在其他方面的发展。

前两卷记录的是华兹华斯上剑桥之前在家乡的小事，甚至算不上是事件。他与自然的关系没有断裂，也没有某个决定性的时刻。华兹华斯的自传其实更接近奥古斯丁的《忏悔录》，而不是卢梭的《忏悔录》。华兹华斯也有一个指向和目标（telos）。奥古斯丁是写自己如何走向神，华兹华斯是写自己走向诗人之使命，寻找到自己的题材，两人对生平材料都有大幅度的不寻常的裁剪，他们只回忆自己最重要的精神发展历程。奥古斯丁就很少提及自己的女友或儿子，他的《忏悔录》字里行间夹杂着对上帝的思索，如同华兹华斯《序曲》中的沉思。

《序曲》第五卷题为"书籍"，其实远没有紧紧围绕这个主题。第五卷与第四卷如果调换个位置似乎更加顺理成章。第四卷最后写华兹华斯剑桥第一年结束后的假期，第六卷开篇就是秋季开学，二者形成自然的连续，但华兹华斯打破了这种过于平顺的时间线索。

---

① Dorothy 的第一封现存的信（1787 年写给 Jane Pollard）写道："威廉、约翰、克里斯托弗和我自己常常一起流下最苦涩的悲伤泪水。我们每天都更真切地感到失去父母带来的损失，每天我们都受到新的侮辱。"见 William Wordsworth, *The Prelude*: *The Four Texts* (1798, 1799, 1805, 1850), Jonathan Wordsworth ed., London: Penguin, 1995, p.582.

华兹华斯本应在书的第五卷中写到一个少年(V.389—449),他能与猫头鹰呼应,但他不到十岁就死了。与猫头鹰呼应是快乐的,周围的自然环境则很肃穆,如同"我"小时候各种自然乐事中的整体气氛,但少年的早死毕竟令人悲伤。他是诗人所赞赏的并认为现代教育培养不出的一个自然之子。这个故事与"书籍"缺少直接关系,或许这一卷的主题更是书和知识在儿童教育中应占据怎样的位置。这个男孩就是不需要书籍的典型,他不必读书而依然是完整的。

这少年的举动是自发的,他并不需要任何现代意义上的教育,自然就是他最好的老师。他与此卷中所讽刺的当代怪胎正相反,那怪胎是不自然的天才儿童。而这少年能与猫头鹰应答,这种与自然的呼应正是华兹华斯的一种能力,他写这少年就仿佛写自己,深入到了只作为叙事者的诗人按逻辑无法触及的内心:

> 而当他在讶疑中聆听,
> 那湍泻的山溪常引起轻轻的惊惶,
> 将水声遥遥地载入他内心的幽坳。(V.407—409,丁译本 V.382—384)

这里写到了这少年的心和他的头脑。写这少年的部分共 28 行,之后写他与"我""我们"的关系共 33 行(V.417—449)。因为这样的安排,"我"这个主人公从未失焦过,那少年成为"我"的精神的一部分。之前华兹华斯都是直接叙述自己的童年,这里讲述了另一个主人公,但这另一人又并非别人,而是"我"的一面镜子。华兹华斯曾说过写此部分时心中想的人物是威廉·雷音考克(William Raincock),但此人并未夭折,夭折的是约翰·泰森(John Tyson)。在华兹华斯最早的手稿(MS.JJ)中,这部分内容就出自诗人自己的经验。V.389—422 曾单独收入《抒情歌谣集》中,题为《有一个少年》("There Was a Boy")。《序曲》与后来的《远游》一样,是华兹华斯试图将零散的单独的诗整合成一篇大诗的努力。这个少年的形象就是几个乡村少年的组合,包括诗人自己。

然而这少年的生命是悲剧,只留下那欢乐的瞬间,对他的赞赏中带着哀悼。这个故事与紧接着的另一个故事都涉及猝死:一个少年死亡,一个陌生人溺水,其中暗含的对"我"的教育是死亡的教育。人突然死亡,但自然依然在,人的死亡对自然的肃穆没有损伤,甚至就发生在美丽而肃穆的自然中,这使"我"看到生死的变化而并不恐惧。但华兹华斯似乎并不想突出"死亡"这一主题,于是两个死亡故事都埋在关于"书籍"的第五卷中。

在书写了这个夭折的少年之后,第五卷写到"我"看见一个溺水的死者,但"我"没有恐惧。与上面那少年的故事一样,此事与书籍几乎没有关系。这是华兹华斯1799年写的"时间之点"序列中的一个。"我"看见死者的衣服在湖对岸:

> 此间,平静的
> 湖水更加深沉,百态的阴影
> 在它胸膛上展舒,时而有湖鱼
> 跳起,惊破死寂的夕霁。(V.462—465,丁译本 V.439—442)

这几行诗可以说深得日常恐怖之道,因为再过几行读者就会知道,那人就溺死在这湖中,美丽的湖水下隐藏着一个死者。华兹华斯直接写到死者被人从水中捞起,其视觉形象也是可怖的。这次与死亡的直接相遇发生在诗人九岁之前,它没有按照时间顺序放在全书更早的地方。它可以说是上一个夭折少年故事的延续,死亡将这两个令"我"执迷的故事联系在一起。它们既是人世对我的教育,也是自然的教育:生老病死就是人类之自然(human nature)的一部分。但死亡总难免令人心惊。

《序曲》的整体框架大致按时间展开,具体的叙事内容则不一定按照时间或者主题,可以说有时更按照某种色调(tone)。童年的阴郁部分放在较靠后的位置讲述,在明亮的色彩已确定之后把童年的另一面展示出来。第五卷溺水者的故事是相当恐怖的。美丽的风景中有一个死者,他是自杀还是失足?华兹华斯没有明言。在其他乡村叙事诗中华兹华斯没有写过自杀者,他的乡村里不存在那样的绝望。《彼得·贝尔》中也有一个溺水的死者,也被彼得从水中捞起,那首诗中关于死者的生动内容与《序曲》中的这个片段有清晰的联系。但华兹华斯在《彼得·贝尔》中用喜剧色彩冲淡了恐怖,而且那人可以确定是失足落水。溺水者的故事放在《序曲》中关于"书籍"的第五卷显得生硬。华兹华斯为此给出的逻辑是:看到这样的死亡场景"我"并没有害怕,因为"我"在阅读中已见过死亡。也就是说他已通过读书学会将一切诗化和艺术化,透过诗的面纱,他看到的是更好的现实。这个理由看起来是有些牵强的。

经历了法国大革命的震动之后,在题为"想象力如何被削弱又复元(续)"的第十一卷,华兹华斯再次回到童年,写到了两个童年事件,《序曲》这条回忆的河流再一次回到了源头。童年之事在《序曲》中出现得最多,在很多卷中存在,但把哪件事放置在哪里是很重要的。第一卷都是较为愉快的童年,奠定了自然教育的基础。第五卷的男孩之死、溺水者之死既从特别的角度涉及书的教育,同时也是自然对"我"所作的死亡教育。然而要迟到第十一卷中的两件事,我们才看到童年华兹华斯的孤凄与迷茫的时刻。这些事件出现的地点与其所属章节之间的逻辑关系并非明确,第十一卷的两件事与"想象力之复元"之间就似乎没有很大关系。

XI. 279—396叙述了"我"很小时候的两个事件，深入到了个人时间与回忆的最深处。两件事都是创伤。第一件事发生时诗人只有五岁，差不多是他最早的记忆之一，而他记得这样清晰。第五卷中看见溺水者的片段虽然惊人，但毕竟是"我"目击一个陌生人之死，而且华兹华斯自言并不恐惧，否认那是创伤。在讲述法国大革命的部分之后，在这关于"想象力如何被削弱又复元"的第十一卷里，为什么放置两个如此凄然的事件，是值得我们思考的问题。前面的诸卷已确立了稳定而快乐的基调，想象力在被"削弱"之后会有"复元"的预期，这一基调在第十一卷的题目中就已标明，确定了这一卷的总体上升走势。这两件"小事"于是就出现在新的视野中。或许这也是华兹华斯应对创伤的办法。

XI. 279—315讲五岁的"我"，与第一卷所写的同样五岁的在小河中整日洗澡的"我"几乎不像同一人。这一卷里，"我"与同伴（也是仆人）詹姆斯（James）一起骑马，结果"我"独自一人迷失在荒野上。在这一事件中"我"的迷茫与恐惧弥散到整个自然中，万物"皆着我之色彩"，自然失去了自身的力量，几乎没有自足的存在，无法给"我"提供任何安慰，而只能映照"我"的恐惧。这个片段在华兹华斯的自然描写中很独特，属于"我"与自然的一次罕见的接触。"我"已被主观的负面情绪充满，自然完全灰暗，连本来平常的甚至牧歌般的景象也变得可怖。"我"的情感具有改变一切的力量，自然则是被动的。

和詹姆斯骑马出发的时候"我"还充满希望。下面的一切都由一个具体原因引起："我"找不到詹姆斯。詹姆斯在"我"身边时是"我"的鼓励者和向导，找不到他之后，"我"变成独自一人。这个原因很直接，就是一个孩子独自在自然中的恐惧。华兹华斯在诗中几乎从未对另一人这样渴望过，而他此时还完全不能理解什么是孤独（solitude）。在自然的怀抱中，他怕的究竟是什么？他后来不是常常独处于自然之中吗？在第一卷中，童年的华兹华斯就敢于在夜晚的树林里独自行走，微微的恐惧只增强了愉悦与冒险之感。而第十一卷中五岁孩子的恐惧是一种近乎原始的对异己力量的恐惧，自然就是他恐惧的对象。可以说并非后来他的成长将对自然的恐惧克服，而是这种恐惧一直在那里，是他与自然关系中的一个潜在因素，这让我们对第一卷中的大山追逐的片段也有了新的理解。

在第十一卷的这个片段中，周围的一切起到的作用就是确认和增强"我"的恐惧。"我"看到一个杀人者被绞死的地方，看见地上迷信的人们刻下的那杀人者的名字。学者乔纳森·华兹华斯（Jonathan Wordsworth）对此做了如下考证:"如果我们假定这孩子撞见了一个有绞架的地点,那谷底应是潘里斯(Penrith)东边的考德雷克(Cowdrake)采石场,托马斯·尼克尔森(Thomas Nicholson) 1767 在那里被绞死。但《序曲》并非事实之记录。该绞刑架在 1775 年并未朽坏,一个五岁孩子也不可能骑马到那么远。华兹华斯是在描写复合的经验,他心中所想主要是霍克斯海德(Hawkshead)草地的一个朽烂的 17 世纪绞刑架,在他的学童时代那是令他恐怖的事物。"①此考证虽然说华兹华斯不一定记录事实,但还是把此片段中的因素归于某个事实证据,仿佛华兹华斯只是将事实进行了时间和地点上的重新组合。然而如果这个绞刑架(gibbet)有据可查,那水潭和那取水的女子呢? 毋宁说,华兹华斯记住的是"真的"刻骨印象和心理体验,带有他强烈的个人色彩。这个故事具有噩梦的特点,尖锐、破碎,各种孤立因素无端出现在一起,也是华兹华斯最接近凄惶与绝望之时。1783 年,华兹华斯的父亲就整夜在荒野迷路,因此得重病死去。② 虽然那是后来的事,但当书写之时,这五岁的事件也不免染上十三岁时家庭悲剧的色彩。

这次事件中出现的唯一可辨识的文字非常鲜明,是人在地上(在自然的身体上)铭刻出来的凶手的名字,字迹"清晰可见"(fresh and visible, XI.298;丁译本 XII.245),"fresh"一词被用在这样可怕的标记上。华兹华斯显然认得那名字,但并没有说出它,仿佛那就是恐怖之名。此片段中的场景是人与自然的诡异组合,自然中充满了未知的惊悚。"我"在自然中的举动是彷徨前行,是不知去向的、困惑的。这是个陌生之地,"我"不知自己身在何处。虽然华兹华斯不认识那地方,却认得那凶手之名,那名字与"我"的突然相遇就更令人惊心,使"我"本来拉紧的恐惧之心弦几近绷断。那名字刻在"绿色的土地上"(green sod, XI.301)上,绿色的草地也骤然显得不祥。"我"上下彷徨。"我"下到谷地看到这名字,然后再朝上方走。自然的整体色彩是不确定的。低处是绿色的土地,但刻着杀手之名。朝上是光秃秃的草地,更高处则是类似《山楂树》中那永远凄风苦雨的山顶。

> 当我重又爬上那光秃秃的公共
> 荒山,我看见山峦下面有个
> 凄清的水洼,一个烽火台立在

---

① Dorothy 的第一封现存的信(1787 年写给 Jane Pollard)写道:"威廉、约翰、克里斯托弗和我自己常常一起流下最苦涩的悲伤泪水。我们每天都更真切地感到失去父母带来的损失,每天我们都受到新的侮辱。"见 William Wordsworth, *The Prelude*: *The Four Texts* (1798, 1799, 1805, 1850), Jonathan Wordsworth ed., London: Penguin, 1995, p.647.

② Juliet Barker, *Wordsworth*: *A Life in Letters*, London: Penguin, 2007, p.12.

那边的山顶；稍近一些，有位

姑娘头顶着水罐，迎着呼啸的

疾风，步伐显得艰难而沉重。(XI. 302—307，丁译本 XII. 248—253)

"Bare common"（光秃秃的公共荒山），"naked pool"（凄清的水洼），"bare"与"naked"这样的形容词将此空间内的一切都清空，使其被虚无填满。"Bare common"不可能是绿色的，华兹华斯拒绝给予它任何色彩。而水洼是"naked"的，则其周围也没有任何生机。在这样荒凉的场景中，有三个被选择出来加以特别注意的事物，仿佛视野内只有这三个目标，此外就是荒芜。这三个目标是：一个水洼，山顶的烽火台，一个姑娘。这些事物或人都失去了它们在乡村风景中通常具有的含义。此处的水洼让人想起《山楂树》中那诡异的水塘。河流、泉、湖等水体在华兹华斯的诗中是流动的，充满生机，而此处的潭水就有一种死亡与虚无的气息，何况它还是"naked"的。① 烽火台（灯塔，beacon）在山顶本是为给人们指引方向。此前的凶手之名是山下一个醒目的人工标记，灯塔则是山顶的人工标记，但它也像这风景一样茫然而凄凉，失去了指引方向、令人振奋的意义，华兹华斯看到它也认出它，却仍然迷失。

而那个没有任何征兆地出现的女子，在这没有其他人迹的地方，在焦虑地等待的孩子看来，难道不应如空谷足音？难道不应让他感到见到同类后的欣喜？然而她与"我"之间没有任何沟通和交流。她仿佛是另一个华兹华斯，也在大风中蹒跚前行。她不应出现在这荒凉的所在，她的内心也仿佛是荒凉的。另一方面，华兹华斯先称她为"a girl"(XI. 305)，然后是"a woman"(XI. 314)[这一处在1850年版本中改为"the female"(XII. 260)]，可见诗人对她无法判断，连她的年龄都无法说清。她也是无法读懂的。这是华兹华斯最凄凉的风景之一，不亚于艾米丽·迪金森诗中冬日下午的荒芜。而这片段中的"我"是个在虚无与恐惧中彷徨的孩子。几件被单独描绘的事物和人之间没有联系。华兹华斯说自己缺少言语和色彩来描述这场面，确实，那种语言和色彩到现代主义的时候才全面出现，而现代主义的书写方法正类似华兹华斯这样：幻象般的，碎片化的，无意义的并置，就像卡夫卡的噩梦般的人物一样，无端出现，都仿佛是为了来增添人的困惑与恐惧。这风景中的自然和人都不能给华兹华斯以安慰，自然在他最需要安慰的时候是失效的。从《序曲》全书来看，这是华兹华斯个人历史中最早的时刻之一。也许被自然安慰的能力也

---

① 可对比罗伯特·弗罗斯特(Robert Frost)诗中作为天地运动和生死链条之一环的水塘(pool)。Robert Frost, *The Poetry of Robert Frost*, Edward Connery Lathem ed., New York: Henry Holt and Company, 1975, p. 245.

是自然教育和培养出来的,当人能释放和忘记自我,去接受自然的信息,体会自己在自然中的位置时,自然才能安慰他。而在这个片段中,"我"是如此自我中心,如此执着于自己当下的问题,自我意识如此突出且紧绷,而不能接受任何安慰。只有"我"所期待的詹姆斯能安慰我。

华兹华斯没有说"我"最后是否等到詹姆斯,或者这个片段怎样解决。那也许属于他忘记的部分。因为没有解决,没有结尾,这片段本身就保持了纯然的荒凉色调。可是,此前用以过渡并引起这两个"时间之点"的段落中,华兹华斯许诺的是治愈的故事:

> 在我们的生命过程中,有一些瞬间,
> 它们以超卓的清晰度,保有激活的
> 功效……
> 滋补我们的心灵,
> 无形中修复它的创伤。
> (XI.257—264,丁译本 XII.208—215,两版本有一字之差)

然而接下来的这两个鲜明的片段并没有安慰力量,叙事再一次超越了华兹华斯对它们规定的功能,创伤以安慰的名义保存下来。这些时刻都被他认为具有"有益的影响"(beneficient influence, XI.278)。痛苦的时刻并没有被忘记,但他并不以痛苦命名之,叙事中保存了这部分的原始材料。这里的"孤独"(solitude)成了惶恐之源,"我"如同孤儿,感到与人类社会断绝关系,被抛弃在陌生野外,在自然中完全不能得其所哉。风景不殊,正自有心情之异。这与《序曲》此前关于法国大革命的部分也有部分相通之处:当深深陷入法国大革命带来的期望与焦虑中时,无论法国和英国的风景都退后,都无法真正给"我"以安慰;在"我"的焦虑平缓之后,自然的安慰才能发挥作用。

似乎为了减轻这场景的沉重,接着华兹华斯写道,应该是 1787 年去剑桥上学之前,自己与玛丽、多萝西又去了同一地点,破除了那种恐惧(XI.315—329)。这不能称为结局,或可称之为续篇,其目的似乎是给这片段以反转和终结,解开童年的魔咒,把阳光照进从前的黑暗,用欢乐覆盖此前的痛苦。而十七岁的华兹华斯也是身心更加强大的时候,"我"的力量随时间而增长,并非童年时最为整全。通过同一个地点,五岁的"我"与十七岁的"我"联系在一起,风景的色彩则变得完全不同。十七岁的"我"心情快乐,风景也变得明亮。但不能不说这个补偿性的段落很短也很平常,没有细节,模糊而抽象,反而是五岁时的印象远为鲜明。华兹华斯的意图也许是覆盖童年的忧伤,但并没有做到完全覆盖,不论从篇幅还是力量上,十七岁的欢乐都没有胜出。

XI.344—388 是又一个"时间之点"片段,通常被称为"等马"(waiting for

the horses),写"我"独自在一个高崖上望着下面的道路,等待马来接自己。此前的诗行(XI.315—329)通过记忆已经来到十七岁,来到欢乐。这个片段则又跌回童年,跌回凄惶。三个段落构成一个往复的运动,第一个创伤还没有平复,另一个创伤又暴露出来。第十一卷的主题本应是诗人的想象力在法国大革命之后如何受损又如何恢复,但在这一卷中华兹华斯相当放任地表达了对自己的怜悯。

此事件大约发生在1783年12月19日,当时华兹华斯十三岁。这个片段本来是1786—1787年所写,其实是比上一个事件更深的创伤,触及了华兹华斯父亲的病。十三岁的华兹华斯爬上学校附近的小山等马回家,他"不知道这将是他最后一次回家,而之后他将永远失去那个家。"①华兹华斯即将成为孤儿,而《序曲》十一卷的这两个片段都是孤儿般的心态。在这一片段中,"我"到田野里去之前已经是"兴奋,烦躁,坐立不安"(XI.346,丁译本XII.289—290)。他为什么会有这样的心情?在华兹华斯的其他记忆中,少年的他很少是这种状态,而这是人们本该庆祝的圣诞季。第十一卷的两件事都是童年的华兹华斯焦虑地等待而未得。两个故事中都有马,马本来可以带他到自然深处,到远方,如同第二卷中一群少年骑马到弗内斯修道院,那是骑马才能到达的美好之地。然而在第十一卷的第一件事中,"我"失去同伴,只能下马,与马一起彷徨;第二件事中,"我"等待着马来接自己,马却迟迟不来。

在这第二个片段中"我"心情不安,显然与父亲生病的变故有关。

> 那一天风疾
> 雨狂,我坐在草上,
> 借一堵残墙遮住半个身子。
>
> (XI.355—357,丁译本XII.297—299,文字有变动).

在1850年的版本中,这一天的天气从"stormy, and rough, and wild"修改为"Tempestuous, dark, and wild"(XII.298),虽然改了两个字,却是朝更黑暗的方向修改,原诗的荒凉并没有弱化。"我"坐在一个山崖顶上焦急地等待马来接自己,"我"可以看到下面两条交叉的路,但不知马会从哪条路上来。十一卷的这两个片段中,第一个片段中是"我"上下寻找,第二个里是"我"在高崖上等待,但寻找与等待都没有结果,都没有说所等的人或马最后是否到来,集中书写的是寻找或等待的焦虑。两个片段中都是孩子的焦虑无法化解,华兹华斯不惮于将这焦虑写到最极致。第一个片段中远方山顶有一个灯

---

① Juliet Barker, *Wordsworth: A Life in Letters*, p.1.

塔,第二个片段中"我"是那山顶上不动的人。高处有开阔的视野,但这视野是荒凉的。

这片段中"我"只有几个不足为伴的生物为伴。前一个片段中有"a naked pool",这里有"a naked wall",这墙提供的庇护只是"一半的庇护"(half sheltered)。

> 右边是一只绵羊,一株枯萎的
> 山楂树立在我的左边。
> (XI. 358—359,丁译本 XII. 300—301,文字有变动)

如上一个片段一样,山顶只有两个可以辨认的孤立事物:一只羊(与"我"同样孤独的生物),一株山楂树。这两种事物更说明山顶上空空荡荡,两个无言的伙伴增添了我的凄惶。最后诗人将这图景中的孤立因素又列举一次:

> 而从那以后,那狂风与冰雪、自然力
> 不息的运动、那孤独的绵羊、枯萎的
> 老树、那残墙的石块间萧瑟的旋律
> 以及林木的嘈杂、流水的喧声,
> 还有沿着那两条公路向前移游的
> 迷雾和它那各式各样不容置疑的
> 身影——所有这些都成为密切
> 相关的景象与声音,供我一次次
> 重历,如回到泉边酣饮。
> (XI. 375—384,丁译本 XII. 317—326)

这个总结并非完全重复,也提供了新信息。一只绵羊,一棵树,都与"我"一样孤独。山楂树在上文是"whistling"(XI. 359),这里是"blasted"(XI. 377),无力承受自然的进攻。本来一向愉快的树林和水此处发出的是"noise"(XI. 379),上帝的风云变成"all the business of the elements"(XI. 375),自然对人毫无同情,没有顾惜。而这里雾的描写在华兹华斯的作品中更属特别。《序曲》第八卷中的雾揭示出崇高的牧羊人,《麦克尔》中的老牧羊人就曾这样身在山中的雾里,《序曲》第十三卷写攀登斯诺顿高山见到了雾海,《远游》中的孤独者在山上看到幻象般的云雾。山中大面积的云雾在华兹华斯的意象群中常常是崇高的因素。但这里它遮蔽了路,遮蔽了"我"的视线,让"我"看不到马。"我"无法阻挡它,它甚至是具有威胁性的。

1850 年版《序曲》这一段只改了一字,就是将第 380 行的"which"改为"that",也就是说实质性部分没有丝毫修改。可见这两个片段是华兹华斯一生的执着,其意义很可能大过《序曲》中叙述的其他人的故事。比如在河中遇险的牧羊人孩子(the matron's tale),或法国的一对恋人旺德拉库尔和茱莉亚的故事——这两个长篇叙事段落在1850年版本中全部删去,而十一卷的两个私人片段则完全保留。这是与华兹华斯本人息息相关的,是不能修改也无法修改的。华兹华斯说自己后来会反复回到这些事,如饮于泉,但从这道泉里饮到的水不是苦涩的吗?哈特曼认为,华兹华斯的"时间之点"(spots of time)是"从他的人生之初就开始的强烈记忆,如最初一样清晰保留下来,常常有无意识中的复元性",①但十一卷的这两个创伤记忆缺乏使人复元的能力。露西·纽琳(Lucy Newlyn)认为,"时间之点""引致孩子在审美、道德和精神上的成长",②而十一卷的这两个片段也不能说明孩子的成长。艾玛·梅森(Emma Mason)认为"时间之点"是"一些特殊的回忆,其中的情感在回想起来时能缓冲痛苦的经历,"③然而这两次回忆本身就是痛苦的。对"时间之点"的这些理解都强调其有益性,具有使诗人复元的功能,但十一卷的两个片段在这些理解中都无法放置。华兹华斯在《序曲》中所建构的自我统一性是存在裂缝的。诗人把这些放入回忆,反复咀嚼,如同把水仙花和割麦女的歌声放入回忆。它们都是情感资源,而他对痛苦资源也并没有回避。痛苦也是他的情感结构中的部分,虽然无法命名。我们可以说这些片段就是他的无意识,他无法处理它们,无法将它们整合为有逻辑的体系,但他可以特别锐利地书写他们。

这两部分与之后十一卷的8行结尾之间有明显的龃龉。在1850年的版本中这8行被删掉,很可能华兹华斯也意识到它们与前面两个叙事性片段的断裂。这8行诗是这样的:

> 你不必在此痛苦逗留,朋友,是为你
> 我在这些幽暗不明的道路上行走;
> 你将助我作为一个朝圣者
> 去寻找至高的真理。那么看我吧,
> 我再次在自然的面前,以种种方式
> 得到了复元,再次获得力量,
> (保留着对所逃过之事的回忆),

---

① Geoffrey Hartman, *Wordsworth's Poetry: 1787—1814*, p. 210.
② Lucy Newlyn, "The noble living and the noble dead: community in *The Prelude*," in Stephen Gill ed., *The Cambridge Companion to William Wordsworth*, p. 63.
③ Emma Mason, *The Cambridge Introduction to William Wordsworth*, Cambridge: Cambridge University Press, 2010, p. 91.

恢复了最虔诚的同情之习惯。(XI. 389—396)

作者意识到这种探索是"幽暗不明的道路"(dim uncertain ways)。这些卒章显志的文字显得牵强,实际上两个片段中都是自然对"我"无益,"我"几乎是无法安慰的,没有复元或获得力量。"我"和自然之间也并不是"同情"(sympathy)的关系,恰好相反,自然没有治疗的能力。在"我"最需要它的时候它沉默无言,只能映照"我"内心的灰暗,甚至雪上加霜,以风雨云雾来增强这种灰暗。这些龃龉是打开阐释空间的地方,让我们窥见华兹华斯的无意识与回忆之间的张力。

这些片段都关乎诗人的过去,是写给最亲密的友人柯尔律治的,具有心理的真实性。两个事件中"我"的心情都很坏,其原因与自然无关,自然也没有使情况变好。两个片段的气氛都迷茫而凄然,充满了不确定性。为什么在作者的想象力被削弱之际,他会反复回到这两件事,这与他的想象力得到恢复有什么关系?它们在这一卷是什么位置?它们几乎不应出现在这里。诗人更应表达的难道不是自然的拯救和安慰力量,自然的永恒欢乐,如同这一卷前面的诗行所言:无论人间多么动荡,人心多么不安,"我"却发现春天依然降临,天地依然美好。然而这两个片段几乎是与此相反的走向。华兹华斯的"时间之点"(spots of time)代表的是现在与过去的联系,是过去在现在中的依然存在,是回忆的能动性,尤其强调过去对现在的持久而复杂的作用。如独立成篇的《采坚果》《独自割禾的少女》《我如一朵孤云漫游》,大部分"时间之点"都是这样能够带来平静和安慰的时刻,然而十一卷的这两个片段并没有安慰作用。

华兹华斯关于童年回忆中的时刻,不一定像卢梭回忆童年的一些断裂性事件那样,具有个人史的断代功能,但华兹华斯将它们写得那样清晰而鲜活。它们是具有强烈私人意义的节点,在一般的自传体系中它们属于小事,但给华兹华斯留下强烈的印象,需要他在自传中去详尽书写它们。这些记忆拼在一起,共同构成华兹华斯的童年。阿布拉姆斯在其《自然的超自然主义》一书中写道:"华兹华斯描述自己的生活不是作为对过去的简单叙事,而是作为现在对过往的回忆……诗人寻找他的两个不同自我之间的连续性元素,持续探索回忆的本性与意义……探索在变化与时间的领域,那些持久与永恒之物的显现。"①华兹华斯改变了童年事件的顺序,也就改变了它们的相对意义与重要性。痛苦之事放置在《序曲》非常靠后的地方,在"幸福童年"的基调已经确立之后,痛苦在一定程度上被吸收和弱化,赋予自我的过去以更明亮的色彩。

① M. H. Abrams, *Natural Supernaturalism*, 1971, p. 75.

但过去中的裂缝并没有被完全填平，裂缝依旧赫然在目。

二 "我"与乡村之他人

书写《序曲》是华兹华斯把过去的经历串联起来，在回忆中给此前的人生以形式和轨迹，从杂乱的回忆中整理出秩序。第四卷的线索是"复元"(restoration, IV.146)，第十一、十二、十三卷构成的共同轨迹也是复元，诗人的受损与恢复是一个反复的过程。

华兹华斯把自己对人世开始发生兴趣的时间放在第四卷书写的这个时期，这种选择彰显的是精神史书写的困难，因为需要给某种精神线索以开端和发展。《序曲》第四卷的标题是"暑假"(summer vacation)，这是华兹华斯上剑桥后集中书写的 1788 年假期，实际延续的时间很短，但华兹华斯将这个暑假写了一卷的长度。他仿佛是到大地上就得以恢复力量的安泰，而他的力量被剑桥打断。《序曲》中诗人的成长基本是稳定上升的过程，其中剑桥时期是某种挫败或停顿。从第三卷有些封闭气息的剑桥出来，诗人解放一般回到故土，又拓展了新的自然领域。这是对剑桥之前的自然主题的接续，自然的教育和自我力量的获得与确认都在这一卷里持续发展。

在这样的青年时期，华兹华斯在自然中的主要活动是漫步。他不是在欣赏风景，而是在吟诗。这是我们在华兹华斯的许多漫游记录中没有看到的。可以想象这种疯子般的自言自语使他成为乡村的一个怪人，一个知道自己的怪异，在见到他人之前马上把自己整理成正常人的人。

第四卷的乡村也有其消遣，都是集体活动，"喜庆、酒宴与舞会，/或是聚众狂欢，还有比赛与游戏"(IV.274-275，丁译本 IV.282-283)。这类公共狂欢活动在华兹华斯的单篇叙事诗中很少见到，与他营造的宁静而有些孤寂的乡村生活并不相符。于是在这一卷里有了一点小波澜。此时华兹华斯作为诗人的人生目的已明确，这些活动则是虚浮而吵闹的，追求的是琐碎的快乐和虚荣，对他并没有益处。

这样看来，华兹华斯把"退役士兵"(The Discharged Soldier)的叙事片段放在第四卷很合宜。"退役士兵"本来是一首独立的诗，写于 1798 年二月初，1804 年二月放入《序曲》。在华兹华斯笔下，与"退役士兵"的相遇是 1788 年暑假里发生的事。《序曲》中此前诗人的叙事都是自己与自然之间的相遇，这次则是诗人与他人、历史、苦难的相遇，也是他对人的新兴趣和新关注的一种集中体现。

第四卷共 504 行，此片段就占 145 行(IV.360-504)，而且出现在"我"的自传里。为何这个士兵具有如此重大的意义，而非麦克尔等乡村人物？"我"

与这士兵的相遇给了"我"什么？

这个事件可分成五部分：

一(360—399行)："我"夜晚在路上行走。

二(400—432行)："我"看见那退役士兵，远远地观察他。

三(432—463行)："我们"谈话。

四(464—495行)："我们"一同行路，我给他找到住处。

五(496—504行)："我"的反思。

这五个部分中，前四个部分非常均衡，长度基本相当，显然是精心设计的结果。第三、四、五部分是我们可以预料的写法，而前面的两部分则很不寻常，写的是"我"与士兵尚未见面之时。

第一部分本应是引子，如同第五部分的反思只是尾声一样，但第一部分却有40行之长。这个片段并非华兹华斯的很多关于乡村人物的叙事诗，"我"是它的更重要主角。这40行里没有任何事情发生，就是"我"晚上在路上行走。世界几乎是静止的，"我"在移动，却仿佛没有移动，因为世界没有任何变化，安静的气氛笼罩一切，加强了催眠般的效果。① 下面的事就在这奇异气氛中发生。夜里独自走在大路上，这不是乡村人常见的习惯。"我"的这种行走近似松弛的机械动作，不需要思考，做梦一般，很适于遐想或作诗。大路改变了白日的面貌与功能，本来是公众的道路现在成了"我"的独有物。道路本属于人的空间，到夜晚则变得具有野意，其交通功能在夜晚被剥除，大路变得双重地岑寂，就如同废墟是自然的一部分，比自然更自然一样。路如同河流，"我"安宁而缓慢地走在这路上，

> 在上方，前方，后方，
> 和我的周围，是一片平安孤寂：
> 我也不环顾，那孤寂并不诉诸
> 我的眼睛，但我听到它，感到它。(IV.388—391,1850年版删除)

这种孤寂("solitude")包含了人与环境，不只停留在"我"的视觉层面，也进入了"我"的其他感官层面(听觉，虽然无可听)，进入了"我"肉体的最深处。人与环境同步，在同一个梦里沉浮。

士兵的出现对"我"的这种行走是一种打断。此前的路是小河一般平顺，到他那里则中断。他出现非常突然，打破了"我"的迷梦，仿佛他侵入到了"我"的私人空间，"我"的梦幻空间。吊诡的是，他一直坐着，而行走的是

---

① 这效果类似"Strange Fits of Passion had I known"中所写的"我"骑马去露西家，也类似《序曲》第十三卷的攀登斯诺顿山的片段。

"我"。但因为"我"非常有规律地机械般行走,突然看到一动不动坐着的他,"我"的行走倒仿佛是静态,他的坐姿倒仿佛是入侵。而且他出现在路上的"一个急弯处"(IV.401,丁译本 IV.388),令"我"惊惧,我对他的出现没有心理准备。这条路是"我"的,它在夜晚的时候不该有别人,而"我"在自己的节奏和迷梦中已经深深地沉入,仿佛一个梦游者(华兹华斯多次写到梦游者,而惊醒梦游者是危险的)。士兵给"我"以强烈的视觉冲击。

白天的路上,华兹华斯遇到别人时很少畏惧或退缩,他并不像卢梭一样尽量减少与他人的互动,而是乐于打招呼,询问对方的故事,他的许多叙事诗写的就是这样的路上相遇。但这次情况不同,这个故事仿佛不是发生在真实的时间和空间,仿佛在梦里发生。看到他,"我"本能地躲起来,"躲入一棵山楂树的 /茂叶下"(IV.403—404,丁译本 IV.389—390),以便安全地观察他。"我"观察的时间很长。在华兹华斯的其他叙事诗中,"我"在路上碰到他人,一眼就可判断对方形貌上的特点,然而这个士兵则需要"我"眼睛的努力。因为是黑夜,所以需要认真分辨;同时观察给了"我"一点安全的距离、一点控制感和信心。这段叙事有《索尔兹伯里平原》的影子,该诗中的两个孤独者在哥特式的气氛中相遇,但《序曲》中的这两个孤独者并非"同是天涯沦落人"。"我"此前是怡然自得地享受孤独,而士兵别无长物,只有孤独。

华兹华斯在其他叙事诗里较少正面写士兵。这是个乡村里的陌生人,不是牧羊人或乞丐,类似于某种流浪者。他如同雕像,与观察者"我"形成对照:一个一动不动,被观察而不自知;另一个一动不动地观察,两人构成一个紧张的静止画面。士兵也是高个子,这是华兹华斯提高他的叙事诗主人公的地位,赋予他们崇高感的常用方法。但这士兵又高又瘦,甚至有些骇人。有这样惊人外貌的恐怕只有《决心与独立》("Resolution and Independence")中的采集水蛭的老人,两个人物都有些不像人,"他有着幽灵才有的嘴唇"(IV.410—411,丁译本 IV.395)。身高给了他崇高感,而瘦骨嶙峋又将他的崇高感打了折扣,使他显得凄惨。[①] 他令人恐惧,还因为夜晚人的视觉不清晰,判断不明确:

> 他的身形似乎是
> 半坐着,半站着。(IV.412—413,1850 年版删除)

[①] David Simpson 指出士兵从海外归来常常带回疾病,华兹华斯此诗是"对一个痛苦身体的实证描述","这些时刻以超常的准确和分析力量,记录了 1800 年左右的历史"。David Simpson, *Wordsworth*, *Commodification and Social Concern*, Cambridge: Cambridge University Press, 2009, pp. 95, 114.

"我"连他的基本姿势都无法判断,也听不清他的自言自语。那是他口中发出的一种并非语言的声音,是"sounds",不是语言也不是"voice"。

"我"在远处听到或看到的信息很多在后面都被否定,他的这些诡异品质在近距离时发生改变,在与"我"的谈话中大体消失,他成了一个可以归类的"我"能够理解和应对的人物。而在远距离的视角下他是那样异样。"我"是鼓起勇气去跟他打招呼的。这第一层相识的帷幕打开之后,我们发现这个士兵与华兹华斯在白天路上碰到的那些人物并无大不同,他惊人的视觉形象不过是最初看来的印象。"我"对他打招呼,他礼貌地起身招呼"我",这是正常的人类交往的开始。他的声音变成了能辨认其品质和内容的人的声音(voice, IV.443)。他的陌生性与恐怖性大部分都去除。这是"我"克服自己的恐惧的一次胜利。他的形象前后是不一致的,一个是"我"远远看到的形象,一个是"我"走近攀谈后得到的形象,构成表象与真相之间的差别。先前他的"咕哝"(murmur)"似乎因为疼痛,或由于/不安的思绪"(IV. 422—423;丁译本 IV. 403—404),"咕哝的痛苦抱怨,/几乎听不见的呻吟"(IV. 432,1850 年版删除),现在他的声音完全改变。"我"先前的感觉是错觉?还是先前他在以为独自的时候无意识流露了自己,现在当他也鼓起勇气与人交谈时,开始克制自己,变得自觉?总之士兵部分恢复了他的崇高,使他类似于《水手的母亲》("The Sailor's Mother")中的女流浪者。他的声音是"murmuring"(IV.422,431)。"Murmur"一词在这个片段中反复出现。先前的小溪"murmured"(IV.375),后来将留这士兵住宿的人"will not murmur"(IV.457)。"murmur"接近于自言自语,低微而模糊,几乎要超出人交谈的范围。

这个士兵给"我"讲他自己的往事很简略,只有 4 行(IV.446—449)。"我"与他在一起的时间较长,不只是站着讲故事听故事的一小段静止时间,两人在路上同行,继续谈话,但华兹华斯没有记录他言语的细节。在《序曲》的语境中,这些细节不需详细叙述,也不太重要,关键是他说话的语气和方式才体现他的性格。在克服了恐惧之后,"我"的声音坚决而确信,与士兵的"murmur"形成对照,他的直接引语很少,而"我"的直接引语则很多,使"我"的话有一种压倒的优势,他的话则多经过"我"的转述与过滤。这个故事的主人公更是"我",是"我"帮助了他,并从这事件中获得更大力量。在他的秉性和"我"的帮助下,他的苦痛得以减轻。"我"不只像《索尔兹伯里平原》中的男主人公一样,通过安慰同伴而帮助后者,而是提供了更切实的帮助,"我"给他找到了住处和食物。这也是"我"观察与同情人的力量的恢复与增强。"我"为他找到一个住处,"我"敲门,"我"向屋主介绍他。"我"与本地人熟悉且彼此信任,有良好关系。士兵则当兵多年,归来如同异乡人一样无助。接纳这士兵的当地人在这个片段中没有名字也没有声音,只是"我"的话语的隐含接受对象,几乎不是他接纳了这士兵,而是"我"接纳了他。此事使"我"成长:"我"克服恐惧,知道了人间的苦与忍耐,帮助了别人,虽然对方的境遇令"我"忧伤。此片段的最后一行,"我"在回家的路上"心情平静,安恬"(IV.504,丁译本 IV.468)。"我"在经历此事后回到路上,但"我"已经不同,对人有了更深入的知识。

华兹华斯就以这样一个令人印象深刻的长段落叙事,结束了对 1788 年暑假的叙述。第四卷以这个片段结束,甚至没有添加其他结尾。这也是前四卷里最长最完整的事件,非常醒目。此事件与第四卷此前叙述的"我"暑假在故乡的活动不同,那些是喧闹而肤浅的与众人在一起的室内活动。此事则发生在户外,安静而忧伤,是两人单独相遇。众人中没有灵魂,也没有某一个形象突出的人,华兹华斯擅长的是在一对一的交往中去书写人。总之这可以说是那个暑假发生的唯一重大事件。自然是快乐与安慰之源,然而人世有很多忧伤。从这个故事开始人的忧伤就进入了《序曲》,成为一个反复的主题。

三 乡村之外的空间:剑桥与伦敦

除了英国乡村之外,《序曲》还有几个重要空间,它们包括剑桥、伦敦与法国。乡村与自然相联,给予华兹华斯最主要的教育和滋养。而剑桥、伦敦与法国并非乡村,对自然教育的主题造成中断和强化的效果。本节集中讨论《序曲》对剑桥与伦敦的书写。

华兹华斯大约 1787 年 10 月 30 日来到剑桥读书,《序曲》第三卷写的是在剑桥的第一年。大学常被认为对人具有决定性的塑造意义,尤其是剑桥这样的古老学府,华兹华斯却从剑桥所获不多。剑桥仿佛是他发展过程中的一种沉睡或偏离,因为他脱离了自然。第三卷节奏很快,几乎没有具体的时间点凸显出来。部分原因可能在于华兹华斯在剑桥有些异化,他的生活环境从故乡山水变成了有很多建筑的大学,他成了一条离水的鱼,虽然他对这种处境并不完全自知,也并非十分痛苦。可以作为对比的是徐志摩笔下的剑桥就是美好的大自然,几乎不见校舍等人工建筑,徐志摩也总是在大自然中独处,而少有学习上课等方面的书写。而从英国大自然中来的华兹华斯只看到了剑桥的人工。在剑桥的生活主要是集体生活,缺少独处的时间,也缺少能够独处的场所,尤其是户外的自然场所。故乡湖山的开放空间到这里变为半封闭的空间。这一卷的人称很多都是"我们"(we)。诗人仿佛偏离了内心,投入到外界其实不相干的活动中。剑桥几乎触发了华兹华斯某种轻微的幽闭

第六章 《序曲》：自我成长的多重叙述 147

恐惧症，"我无法忍受这校园的拘留"（III. 363，丁译本 III. 359）。剑桥是一段中断，是冬眠。在剑桥他是个旁观者，灵魂没有被深刻触动，也没有真正学到什么。这里的事物新奇而杂乱，但不成系统，如同博物馆里的陈列品。好在华兹华斯的天性还保留着，虽然它几乎被裹挟走。但他在剑桥也不是全无所获，剑桥可以说是一个合适的过渡。这一卷里的一个突出事件是华兹华斯为了弥尔顿第一次也是人生唯一一次醉酒。在弥尔顿曾经住过的地方，华兹华斯先是夹杂在一群学生中，他此时的内心激动只是私人表现，别人并不知道。然后他仍需要离开众人，从这个室内场所逃离。

伦敦对诗人的意义比剑桥要复杂和深入得多。《序曲》第七卷、第八卷的一部分均写伦敦，是华兹华斯多次去伦敦的印象总和。VII. 1—56 本来是写给第八卷作为开头的，放在第七卷恰好合适，写"我"本来中断了诗的写作。"我"听见一群小鸟，看到一只萤火虫，使诗情复生。这一段写的是给"我"以安宁和愉快的清新自然，激发"我"继续创作此长诗。此卷即将写到的伦敦则没有鸟和萤火虫，也没有季节的变化。第七卷的开篇是将现在写诗的时间笼罩在下文的回忆空间之上，以现在和自然对伦敦进行调节和控制。现在的"我"在自然中，将伦敦包裹在回忆里，削弱了其喧嚣和杂乱，给予它更安静的形式。

从第七卷看，伦敦曾经是华兹华斯热烈渴望与想象的目标。一个去过伦敦的小伙伴被描绘为"幸运的游客，让我们羡慕"（VII. 96—97，丁译本 VII. 93—94），但他从伦敦归来后并没有什么变化，令童年的华兹华斯大失所望。看来诗人小时候也对伦敦充满渴望，而并非一直安于乡土。当时华兹华斯想象伦敦有"声色表演/游行队伍，马车，勋爵，公爵"（VII. 109—110），后来真实的伦敦也确实拥有这些，但成长了的华兹华斯已不再渴望它们，而视之为肤浅幼稚的。

伦敦是英国现代性的最前沿。《序曲》第七卷里的伦敦充满炫人耳目的各种花样，空虚的娱乐和景观。伦敦如同万花筒，提供不必要的太多信息，太多琐屑的消遣。那里名词众多，新事物众多，零散化，表面化，这些都迅速过去，诗人无法对之进行长久处理，所以第七卷里很少用较大篇幅叙述某一人物或事件。城市化在这一卷的形式中留下了相应痕迹。

在伦敦上演的戏剧也有当代乡村题材。伦敦某剧院的一个剧目名为《巴特米尔的少女》(The Maid of Buttermere)。但华兹华斯认为应该以尊敬的态度将这题材处理为神圣的，华兹华斯提醒柯尔律治说，"我们"认识这剧中的女性，她有"端庄的步态"（VII. 332，丁译本 VII. 306）、优雅的气质。在关于伦敦的这一卷中，华兹华斯抓住一个离题的机会，插入了乡村姑娘玛丽的小像,她与华兹华斯很多诗中的乡村女性差别不大。玛丽的故事是这一卷里最长的停顿(VII.316—360),与伦敦的整体背景形成一种对照。在关于伦敦的这一卷里,华兹华斯细致描写的几个人物都因他们与伦敦都市品格的相异性,而如浮雕一般浮在伦敦的大背景之上。玛丽是城市中嵌入的乡村,也是这一卷所写的唯一有名字的人物。她扎根乡土,无焦虑地生活,而伦敦的生活则充满焦虑。

玛丽的故事之后,华兹华斯接着写了伦敦的一个一岁的孩子及其母亲(VII.347—412)。华兹华斯称这孩子是"一个农舍孩子"(a cottage-child,VII.380),但他却生活在剧院那不该孩子待的地方。他周围的人是堕落的男女,他完全置身于污泥中,而他本应在大自然中。华兹华斯在写到伦敦的堕落面时并无忌惮,虽然乡村的堕落面常常使他难以直接面对。他没有详述孩子的母亲。她是演员?杂耍者?妓女?总之她脸上化了妆,她也有孩子所在之处的那种虚假,是虚假环境的一部分。她似乎无法真正做母亲,无法爱这孩子或教育孩子。这位母亲与上文的乡村女性玛丽在文字上靠得很近,温和美好的乡村女性与伦敦的堕落女性并置在一起。华兹华斯没有对这位城市女性表达同情,仿佛躲避疾病一样躲避她。孩子不得其所,而在第七卷的伦敦,谁能得其所哉?华兹华斯愿意想象这孩子将永远纯洁,不成长也不变化,然而他明知孩子的天真不可能持续,在那环境里他只能堕落。他只有一岁,是一个城市人最可贵的婴儿时代,这时一个城市人才能美丽完整,不受污染。华兹华斯自己在乡村的童年那样丰富,他很难想象在城市里的童年生活。

VII.607—622写"我"走在伦敦街头,看见一个乞丐靠墙而立,胸前挂着一个标签,写着自己是谁。这乞丐是一动不动的。第四卷的退役士兵还发出一些言语。华兹华斯写到的乡村乞丐,比如坎伯兰的老乞丐,是人们熟悉的,是有机社会的一部分,其他流动的乞丐甚至是自由而高贵的,但这个盲眼的伦敦乞丐仿佛一个茫然的囚徒。他是华兹华斯在伦敦城里辨认出的乡村,因场所的改变而显得那么醒目,带上了悲剧性。华兹华斯看到了他的脸,但无法说明他的表情和面貌,他的脸是神秘的。乞丐是华兹华斯乡村诗中常见的主人公,这个伦敦乞丐则与他们完全相异,给诗人另一种深刻的触动。

在第七卷华兹华斯还较为抽象地写到一个政客和一个牧师,二人都在公共而正式的场合表演,说着虚假的言语,有很多听众。华兹华斯把两人并置,使牧师也失去了其神圣地位,其形象与《兄弟》《远游》等诗中温和智慧的乡村牧师截然不同。政客演讲时如同传奇中的英雄,华兹华斯采用的是用"仿英雄体"(mock-heroic)的写法。牧师在布道中设计了多样表情,把一切都拿来点缀自己的雄辩。而华兹华斯也是以语言为事业,他追求的朴素自然的风格

第六章 《序曲》：自我成长的多重叙述

正是这种虚伪炫耀的城市公共语言风格的反面。

第七卷的伦敦城几乎没有一次具体事件，一瞥之下的孩子和盲乞丐都是静态画面。伦敦没有突出的人或事。城市里的人与乡村人物相反，难以进行个性化区分，缺乏深度，没有名字，没有个人史也没有家族史，都是漂浮的，一闪而过。华兹华斯除了讽刺或寻找伦敦城里的乡村之外，几乎难以书写伦敦的人物。他看到的伦敦人物仍是妇女、儿童、乞丐，仍是他在乡村所关心的人。"从我身边掠过的每一张脸庞都是／一团神秘"（Ⅶ.596－597，丁译本Ⅶ.628－629），这是华兹华斯走在伦敦街头时对自己说的唯一一句话，也是第七卷里唯一的直接引语。城市陌生而神秘，他无法掌握和书写它。这直接引语说的是大都市的无名性（anonymity）。而乡村是他熟悉的，有共同体的感觉，诗人能够判断和理解乡村人物并测度其灵魂。

《序曲》第七卷是对18世纪末19世纪初伦敦城的生动书写，可以与后来狄更斯对伦敦的书写联系起来。大都市是现代性的产物，现实主义文学是这种变化所对应的主要文体，浪漫主义则是对这潮流的逆反。华兹华斯的方向是从城市走向乡村，可以说是反时代的，而城市则是当前以及未来的趋势。城市里到处是对感官的诱惑与扰乱。伦敦街道上的各种人、马，模仿的景观，律师在法庭、政客在议会、牧师在教堂的行为，都是表演和景观，都是虚假的。伦敦城里总是有人群，而没有孤独（solitude），没有一个可以长时段停留的地点，也没有冥思和静观的余地。人多事多，各种娱乐场所（游乐场、剧院、集市）都是公众的。这里没有自然，也没有室内的家庭空间。阿布拉姆斯说："大都市的空白与混乱令华兹华斯恐惧，双重地威胁到他的统一中之个性的观念：既将共同体破碎为彼此无关的部分之无序状态，亦将部分吸纳入一种同质性中，个性在其中无法留存。"[①]《序曲》第七卷的伦敦就是《麦克尔》中那个不在场的力量，是路加在其中堕落的地方，因为在这里堕落很容易。幸运的是自然教育已经奠定了华兹华斯的精神基础，所以他能够旁观而不堕落。

小时候华兹华斯对伦敦充满热望，剑桥毕业后在伦敦较长的居留把这种热望大体打消。第七卷里的伦敦是与乡村相反的空间。伦敦与剑桥有相似性，都在故土之外，人群之中都难得孤独。剑桥对诗人的作用模糊，只是合适的过渡。华兹华斯在伦敦则学习到很多，从负面知道了乡村和自然的重要性，第七卷的伦敦是一种反面教育。华兹华斯在深知自然的崇高与静穆之后，还要知道城市的喧嚣、浮夸、无道德。伦敦是对正面效果的加强，是对诗人的自然精神的一次考验和巩固，让他知道自己性之所近，该怎样选择，何为

---

① M. H. Abrams, *Natural Supernaturalism*, p.282.

正确,何为真。在剑桥他是随波逐流而不自知,而在伦敦他的自我力量已经更加强大,已经不需自然在眼前或自己在自然中。自然已经进入他的灵魂,成为他拥有的财富和力量,他可以将自然携带到任何地方,所以伦敦并不能诱惑他。

《序曲》全书集中于自然对诗人的教育,第七卷里的伦敦是自然的反面。但实际上就全书来看,伦敦也有其迷人之处。《序曲》第八卷就转而书写伦敦的正面。总的来说,华兹华斯并非完全反感和批判伦敦,而是对伦敦抱有浓厚的兴趣。他批评伦敦的人们追求低等的感官刺激,然而他本人也热衷于戏剧。他将各种城市场所描绘得那样热闹,具有某种异样的活力,看来他不是完全没有被吸引。他列举伦敦的众多现象时虽然常带讽刺,但也是颇津津有味,表明他对那些城市景观曾很认真地观察。

在第七卷的伦敦书写之后,第八卷开篇(VIII. 1—61)写格拉斯米尔的乡村集市,而第七卷刚写过伦敦城的集市。这两个集市在文本中很靠近,显然形成对比,以肯定乡村并否定城市。乡村集市在露天的场地,是美丽的画面,集市上没有多少人,大家都彼此熟悉。伦敦城集市的缺点是太大,人太多。乡村的这个人群则很小,不过四十人的规模,一切都比城里朴素。即便如此,在华兹华斯的乡村叙事诗里连这样的乡村集体活动也是非常少见的。乡村集市是在群山环抱中,人们一家一家前来买卖牛羊。这是我们在华兹华斯的诗中很少读到的乡村贸易活动,也是他的笔下人最多的乡村集体活动。这集市呈现出一种共同体之感。跛子、瘸子、表演者、江湖郎中,这些都是华兹华斯的其他诗里较少出现的人物,如今都在这一年一度的集市上露面。从前的五月节等古老仪式已经消失,令人遗憾,这个小集市则如同节日。华兹华斯较少写圣诞节、婚礼等民俗活动,他的兴趣不在民俗。对他而言,民俗不重要,单独的个人或家庭更重要,对乡村集市的这一次描写可以说是一个例外。相比之下,伦敦虽是商业活动中心却没有风景,伦敦的集市嘈杂繁多,淹没了个体,也没有共同体之感。第八卷开篇的乡村集市与城市集市形成对比,但它所暗含的对比对象是第七卷的伦敦,而不是第八卷后面的伟大伦敦。第八卷后来说到伦敦的时候主旨却是伦敦的好处,作者对伦敦体现出爱恨交织的态度。

第八卷一共 800 多行,关于伦敦的部分有二百多行。这一卷的伦敦是能够教育诗人的,是"严厉的女校长"(VIII. 678,丁译本 VIII. 530)。伦敦也有其崇高品质。体验伦敦,如同人拿着火把进入一个光怪陆离的山洞(VIII. 711—741)。这里华兹华斯使用了史诗风格的长明喻(extended simile),单是这种修辞的出现就给人史诗感和力量,而这些品质是赋予伦敦的。山水是地上的风景,这明喻中的伦敦是地下的风景,但也是自然的一部分。山洞中的景象是动态的,华兹华斯并没有写其中的具体事物,而写其光影的运动,在光影的变化之后他看到的是

> 森林与湖泊,
> 船只,河流,塔楼,穿盔甲的勇士,
> 跃动的骏马,拿着手杖的朝圣者,
> 戴冠的主教,宝座上的国王……
> (VIII.737—740,1850年版变动较大)

这些场面中几乎看不出大城市的特征。不同于第七卷中伦敦的混杂吵闹的"多",这里的伦敦中多是单个形象,而且大部分是自然形象,体现了面对伦敦时华兹华斯试图从众多中分离出个别、从陌生中分辨出熟悉的努力。

在第八卷中,伦敦是英国首都,爱英国就需要爱伦敦。华兹华斯也被伦敦所感动。他对激情有兴趣,伦敦到处是人,也就到处是人的激情。值得注意的是第七卷集中书写他在伦敦表面看到的,第八卷也是他在街道上所见。华兹华斯可以深入乡村人物的家庭和内心,描述其激情,但他对伦敦人显得无法掌握也无法理解,无法将其激情作为书写题材。他只记录了一些视觉瞬间,一些摄影般的静止形象。在剑桥和伦敦的短期逗留都无法冲淡或抵消他从童年开始的乡村生活,也没有提供很多用于写作的新素材。

与第七卷的伦敦相反,在第八卷他不是看到伦敦的种种可笑与肤浅,而是看到了它的伟大一面。令人意外的是,在第八卷华兹华斯说自己在伦敦看到"人类的同一性"(VIII.827,丁译本 VIII.668),这正是第七卷伦敦的支离破碎与喧嚣的反面。他仿佛是在伦敦寻找黑暗中的光,这些美好画面是零散的,因为与整体相反,所以更加醒目。之后华兹华斯记录了第八卷中伦敦的唯一一个人物形象,可以与第七卷那盲乞丐的片段并置阅读。两个人物都是静态画面一般,第七卷孤独的盲乞丐令人生出"我是谁"之迷惘与悲慨。第八卷则写了一个坐着的父亲慈爱地看着膝上患病的孩子(VIII.848)。值得注意的是这位父亲的职业是工人,这是他忙里偷闲的一刻,他在这一刻是自然的、自由的。

这对父子的画面结束了第八卷对伦敦的描述,也出现在整个第八卷(其题目是"对大自然的爱引致对人类的爱")接近结尾的地方,使这一卷结束于亲子之爱。这位父亲也是华兹华斯从城市中辨认出的与乡村相同的地方。城市并没有提供新的爱,但毕竟伦敦也有人的温情。这对父子与上一卷那必然堕落的天真孩子和那失去身份的盲乞丐,构成了大都市景观的正反两面。

但第八卷的伦敦形象虽然基本正面,却没有第七卷的文字那样充满动感、力量和讽刺的锋芒。或许因为华兹华斯对伦敦的批评更深广,对伦敦的赞美总显得虚弱。

四 断裂的空间:法国

《序曲》到第八卷之前是一个完整的主题,就是自然对诗人的教育再加上剑桥和伦敦的经历,第八卷对之前的全部内容进行了总结。之后又加上了法国大革命的两卷,法国大革命不是自然教育,但对诗人的成长非常重要,虽然其影响难以命名。

法国出现在第六卷和第九卷中,后者要重要得多。第六卷写剑桥生活与剑桥大三的法国旅行都较为模糊。诗人与同学在法国旅行,步行穿越阿尔卑斯山。这次法国旅行只有旅途上的行走,没有写到有趣的人。VI. 617—657是其中一个具体的事件:钟坏了,两个旅伴半夜起来赶路,迷路后在林中过了一夜。此事的特别之处是两人在深夜的森林中,当时的自然氛围神秘而有些令人恐惧,两个英国大学生无意闯入了这风景之中,陌生性给这小段落以完整的气氛与戏剧感。

第九卷写华兹华斯1792年在法国的居住。这一卷的题材主要是公共领域和政治,几乎没有诗人的孤独(solitude),也不涉及"我"与自然的关系。在大革命的背景下,这些因素都隐退,变得不重要。第六卷的法国之旅主要的背景是法国的自然,但在第九卷大革命的风暴里,自然几乎隐形,华兹华斯所写的都是共同体中的人。上一次是旅行,走马观花,几乎没有单独的人的形象。这一次他在奥尔良居住,深入了解了当地的人与事,产生了强烈的参与感。

第九卷的巴黎与《序曲》此前书写的伦敦很不同,伦敦给华兹华斯的印象显然是更深刻的。他在巴黎停顿甚短,只看到名胜,此时的巴黎正在革命热潮之中,与法国其他地方差别不大,作为大都市的特点被革命风云掩盖。巴黎有人的激情,这是华兹华斯最关心的,而这种热情是革命给予巴黎的。华兹华斯在巴黎感受到革命的热情,但自己毕竟是游客,介入尚不深。

到奥尔良后,华兹华斯先被新奇地方所吸引,也仿佛置身事外。此时他正赶上的是1789年巴士底狱被攻陷到1792年之间的法国三年较为和平的时期。他的介入越来越深:

> 我逐渐
> 疏远他们,进入更大声的社群,
> 于是不久即成为共和派,我的心

献给人民,我的爱与他们的同一。(IX. 123—126,丁译本 IX. 121—124)

"withdrew"一词表明这个行为与他的日常活动的方向是相反的,通常退入更安静的所在才称为"withdraw,"这里则是他退入一个"更大声的社群"。"Patriot"(共和派,爱国者)用在这位英国青年身上,体现了他对法国事业的认同。这时他与一群贵族军官交往。在《序曲》中,华兹华斯在英国乡村偶尔也参加群体活动,更多则是单独活动,他也并未投身于剑桥和伦敦的人群,他可以说常常主动寻求独处。但在法国他却与法国人打成一片,相处特别融洽,并没有身为外国人之感。

热爱激情的浪漫派怎能不被法国大革命这样的公共激情所吸引?此诗中,法国"这片土地到处充溢着狂热的 /情绪"(IX. 178,丁译本 IX. 175—6)。诗人在军官中如鱼得水,而他们多是保皇派。华兹华斯未必支持他们的观点,但支持他们的热情。华兹华斯的描述与雨果的《九三年》类似,革命与反革命双方都怀抱着激情,因其全身心的投入而都显得可敬。而决定性地影响了华兹华斯,使他倾向于法国大革命的是贵族军官博布依(Beaupuy)。此人后来去参与平定旺代叛乱,几乎是《九三年》中郭文的样子。他是整部《序曲》中除此诗的诉说对象柯尔律治外,华兹华斯唯一的真正意义上的朋友,一个大书特书的朋友。虽然华兹华斯也曾与友人早晨在湖边行走,在阿尔卑斯山和威尔士漫游,但那些朋友在《序曲》中几乎没有面孔和形象,甚至没有名字。博布依很像一个骑士,也被华兹华斯书写为这样的浪漫主义者。二人不止同游同行,更一起谈话,"我时常/单独与他交谈"(IX. 328—329,丁译本 IX. 319—320)。哈特曼认为博布依是华兹华斯的另一个自我(alter ego)。① 博布依的贵族、圣徒、政治哲学家的多重身份与华兹华斯显然不一样,但确实他们二人分享同一个孤独(solitude),华兹华斯把自己的"孤独"向他敞开。与华兹华斯笔下的年老的导师马修、货郎都不同,博布依是个热情的政治参与者,有行动能力。华兹华斯写到他的内容多是两人关于政治的谈话,二人都要求平等,抨击宫廷与上层的腐败。经由这样的谈话(诗中并没有直接引语),华兹华斯方便地说出了自己当时的政治立场。这些立场的主语是"we",由两人共同承担。在这一卷中华兹华斯叙述了自己在法国的居留,更表达了自己的政治理想。

第九卷中有一个长篇的法国爱情故事:旺德拉库尔和茱莉亚(Vandracour and Julia)的故事,该故事 1820 年单独出版,在 1850 年版本的

---

① Geoffrey Hartman, *Wordsworth's Poetry*:1787—1814,p. 237.

《序曲》中删除,写法国贵族青年旺德拉库尔与平民女子茱莉亚相恋,遭到父亲反对,茱莉亚在生下孩子后被迫进了修道院。旺德拉库尔独自带着孩子住到树林里,孩子不幸夭折,旺德拉库尔几乎发疯。这个故事叙事用力平均,缺少疏密的变化,但其中的很多方面却值得我们注意。它可以说是法国大革命的"前史",是对大革命所做的一种辩护,与华兹华斯的大量叙事诗很不同。故事发生在陌生的地点(法国一个地区),陌生的时间(法国大革命之前)。这不是当代英国乡村的故事,不是华兹华斯熟悉的生活。或许因为这一原因,此诗几乎没有任何自然描写。另一方面,法国也不能完全算作异域。在华兹华斯后来的爱国题材的十四行诗中,他在热情表达自己对英国之爱时常常把法国作为参照和对立面。然而在1805年版的《序曲》中,法国大革命的冲击是泛欧洲的,也是华兹华斯亲眼所见的。他身在法国,感同身受,法国的故事又并非完全的异国故事。

此故事的另一个与众不同之处是其男主角是个法国贵族。除了少数乡下贵族,华兹华斯很少写到英国当代贵族。此故事揭露贵族家长对年轻人恋爱的阻挠,以批判贵族制的不公。这也是华兹华斯所写的数量很少的当代爱情故事之一。中世纪和古典题材的叙事诗中,华兹华斯常以程式化的笔法书写爱情。但在处理当代题材时华兹华斯反而避开爱情叙事,更关注父子、母子、兄弟等血亲情感,可以说他并不擅长写甜蜜或火热的爱情。他在这故事里的爱情描写也不免程式化,男女二人生死以之的恋爱有中世纪骑士之爱(courtly love)的痕迹,也颇像罗密欧与朱丽叶的故事(诗中就直接提到了此作品)。这些故事都是写年轻人的初恋,不属于相濡以沫的情感,更多的是对异性的惊奇,在排他的爱情中,两个爱人仿佛失去了社会性。这是典型的浪漫爱情的梦幻。爱情的奇迹如同魔法,其热度与华兹华斯擅长描写的日常生活不相符合。华兹华斯有时甚至无法传达这爱情的甜蜜:"我略去不说这对恋人的幸福;这个题目 /已经由一百个诗人写过"(IV. 635—636)。华兹华斯常强调自己的题材与从前的诗人不同,而这个故事的爱情部分就不那么独特。在书写初恋上华兹华斯也并非全无新意,他没有把两人写成一见钟情,而是写他们青梅竹马,这爱情最动人的部分就是二人两小无猜之时。另一个不寻常之处是未婚先孕。1805年版的《序曲》对此没有任何指责,1820年的单行本中华兹华斯对茱莉亚未婚先孕显然不很赞成,称之为"德行之自律"(56行)的放松,但也将之写为旺德拉库尔父亲反对的间接结果,他请求读者"原谅他们的越轨"(65行)。此后华兹华斯对此事就没有任何追究。

这是一个痛苦的故事:旺德拉库尔与爱人分离,孩子死亡,但最严重的还是旺德拉库尔在精神上的受害。值得注意的是,两个爱人中男子是更重要的角色,华兹华斯的笔始终追随着他。华兹华斯的乡村婚恋故事主要是从女性角度书写,而此诗中男子是主要的苦难承受者。旺德拉库尔是一个缺少行动能力的贵族青年,这或许是旧制度和强大父权的结果。他每次被迫与爱人分开后都一次次去找她,在行为上一次次违抗父亲,但他却坚持在言语和态度上顺从父亲。IX.799—810是旺德拉库尔的最长言语,他叫爱人带孩子回自己的家乡,相信孩子会使父亲和小镇人回心转意。但他并没有将这一建议付诸行动,甚至并没有坚持这一建议或对之有明确信心。从后文看,或许他深知父亲的无情,这条路注定会失败,所以并不真的需要去实施。总之他甚至不愿一试。更多的时候他是忧郁而无力的。作者不强调他的男性特征,华兹华斯后来把此故事的重点从男女之爱转移为一个父亲对孩子的爱。茱莉亚进修道院后,旺德拉库尔几乎就是孩子的母亲,也是一个独自抚养孩子的年轻父亲,此时温柔成了他的优点。

此故事描绘了一个贵族青年的精神破产过程。在父亲的强硬阻挠下,旺德拉库尔已经有点疯狂。在杀人入狱又出狱之后,他与爱人之间的障碍变成了双重障碍:

> 你不再属于我,
> 我也不再属于你!茱莉亚,一个杀人犯
> 不能爱一个清白的女人。(IX.708—710)

此后他的精神发展表现为极度地内收,直到内爆。他默然无言,封闭自我。异常的最初征兆是在得知茱莉亚必须进修道院时,他内心很痛苦,表面却反而平静到无动于衷,语言、表情或肢体动作,能向他人表达自己情绪的外部身体符号,在他那里都已失效,因为他的痛苦比这些符号更深。茱莉亚对他的父亲感到愤怒,那是两个爱人之间的一次分歧,但这还不甚要紧,像他们小时候的争吵一样是可以弥合的。旺德拉库尔的无表情和无法表达则是根本性的分歧。两人是一个堡垒,这堡垒内部却出现了裂缝。就是在这样的严重分歧下,茱莉亚进了修道院,从此再无音讯,华兹华斯也没有再说两人是否彼此思念,仿佛那火热的爱情戛然终止了一般。修道院的高墙不是根本的障碍,旺德拉库尔的变化才是更根本的障碍,不仅将他与爱人隔绝开来,也把他与世人隔绝开来。

二十四岁的他独自在树林中养育孩子,而父子都本该属于社会。他的退隐是无奈的,是他的主动行动,但表现为被动和退出。他成了如此年轻的退隐者,一个畸人。孩子很快死去,但华兹华斯并没有归咎于孩子的父亲。丧子之痛不可能痊愈,旺德拉库尔最极端的变化就是在儿子死后。华兹华斯写得很直白:他变成了一个野蛮人。华兹华斯将这描绘为可怕的悲惨境遇,而不是卢梭式的高贵的野蛮人或高贵的孤独。旺德拉库尔不是平静的隐士或悟道者,他的状态是一种流放和囚禁,是自我残害和惩罚。他不与人言,不与人分享一个微笑。他先被世人弃绝,也就弃绝世人,自我隔绝。他变得非人,"像一个影子"(IX. 926)。并非他的无言下有一个丰富的自我,这无言之下是一种空洞,一种无法表达的绝望与空白。是他选择不笑、不言?还是他变得无法笑、无法言语?这是他非暴力不抵抗、不合作的极致,还是他被迫害的极致?这些都难以说清。总之他已自外于人类社会。他的状态是躲避,也是抗议。他的一切社会关系都不可能保持,而他与父亲的关系本来就极不自然,因为父亲对他没有表现出任何亲子之爱。

旺德拉库尔与父亲关系的描写很值得我们注意。旺德拉库尔是贵族,茱莉亚是平民,这是他们爱情的阶级障碍。固守这阶级区隔的是旺德拉库尔的父亲,他的形象是严酷的。他说的话很少,基本是抽象的幕后人物,但他掌握着一切资源(金钱、地位、暴力)。旺德拉库尔曾设想自己的父亲会被孩子软化,后来的发展与此相反。雨果《悲惨世界》中马吕斯的祖父很爱他,虽然女儿嫁给了一个拿破仑军官,但祖孙之间的血缘之爱给了三代人和解的机会。而《序曲》中的法国贵族父亲连血缘之爱都没有。他对儿子和孙子没有任何关切,对儿子的压制从未软化或有所犹豫,他是这悲剧的最大责任者。对于父亲旺德拉库尔没有怨言。华兹华斯使旺德拉库尔没有可指责之处,反照了父亲的无情,把全部过错归于这位严父。虽然旺德拉库尔从不批评父亲,但他的态度显然并非华兹华斯的态度,这位贵族父亲的不公与无情在反衬之下更加明显。

华兹华斯对这位父亲的态度虽不算疾言厉色,却非常鲜明。旺德拉库尔有圣徒般的忍耐,但他其实并未真地服从父亲,他不是反抗者或革命者,但一直是一个违命者。到最后他毕竟没能做成圣徒,他的隐忍是不成功的,也没有得到回报。罗密欧与朱丽叶冲破家庭阻碍出逃,但旺德拉库尔有对爱人和父亲的双重忠诚,造成心理上的分裂。他无法责怪父亲,由此带来精神上的混乱与自责。他从未与父亲发生正面冲突,不抱怨也不反抗,只是哀求和伤害自己,但他的退隐其实也可视为一种在行为上的抗议。

旺德拉库尔的父亲代表法国旧制度的不公正,贵族制也是作为儿子的旺德拉库尔变得虚弱的原因。他想要从父亲那里得到的是什么?他不要名分,但他毕竟需要一部分财产,有了财产才会有安稳的爱情,得到这些足以为生的财产之后,两个爱人才可以到遥远的地方隐居。旺德拉库尔出狱要靠父亲的特权。他带着孩子退入树林,那里仍是父亲领地的一角,一直到他最后成为野蛮人,却依然生活在父亲的土地上,一直从父亲那里得到一点经济资助。

他的生计依赖父亲，贵族儿子在经济上无法自立，导致精神上的虚弱。这使他远不如华兹华斯笔下的很多英国牧羊人，后者的家族财产并不丰厚，却能保证精神独立。

华兹华斯将旺德拉库尔的故事嵌在旧制度的背景下，父亲与国家相连，私域与公域相连，个人的自由需要面对家庭中的父亲与国家的暴力。此故事置于《序曲》关于法国大革命的一卷，旺德拉库尔的命运是旧制度造成的，而并非个案。所以当时的华兹华斯欢欣鼓舞于法国大革命，赞成废除这种旧制度。这故事是对法国大革命的解释与准备，恋爱自由（而非政治自由）成了最重要的自由。这并非偶然，因为爱情自由可以说是一种精神与良心自由，本身就是对父权和国家干预的否定。而法国大革命就是来纠正这些冤屈的，哪怕旺德拉库尔本人已经不自知或不在乎。第九卷终结于这个故事，最后一行是"他的日子就这样荒废——一个白痴般的心"(IX. 935)。旺德拉库尔的独自生活是在浪费生命，华兹华斯对他的状态是彻底否定的。

1805 年《序曲》第十卷的题目是"客居法国和法国大革命"（Residence in France and French Revolution），1850 年的版本将其分割为两卷，一卷题为"客居法国"，另一卷题为"法国"，仿佛不愿提及"革命"一词，显示了华兹华斯对过去的更强烈的否认。在第十卷，我们深切感受到华兹华斯对法国大革命的热情认同，前 200 多行可以说是政论：华兹华斯追求的主要是平等，要把不平等的政治制度推翻，实现共和政府。他没有直接提到自由，而旺德拉库尔的故事就说明了平等与自由的不可分割。

《序曲》第十卷主要写华兹华斯很不情愿地回到英国。《序曲》之前的部分基本是在私人领域，第九卷、第十卷却到了公共领域。从《序曲》的发展看，华兹华斯这种政治热情的爆发显得很突然，与他之前的生活截然不同。可见法国大革命教给他的是自然所不能教的。法国大革命的震动力非常大，连华兹华斯这样相对置身于政治之外的人都卷入，将其视为自己的事业一般，甘心为之献身。他恰好身在法国，感受到那种排山倒海般的时代力量，这可以部分解释他的强烈介入。当然也有个人因素，那就是法国也是他的女友阿奈特·瓦雍（Annette Vallon）的祖国，如果英法没有开战，华兹华斯本来可以去法国结婚的。这一重要的个人原因在《序曲》中只字未提。X. 240 说到诗人自己的"革命"（revolution）。以前他的个人发展是缓慢的，这次则是跨了一大步。法国大革命是欧洲历史上的转折点，也是华兹华斯个人史的转折点。他先前酝酿的一切只是酝酿，有了法国大革命才有了后来的他。

华兹华斯站在法国一边反对英国，这给他带来深切的痛苦。从第十卷的描述看，这一时期他的个人生活以及自然几乎均被抹杀，只剩下法国大革命这唯一的关注点。他没有写自己如何回国、回家乡,看到什么风景和什么人。他仿佛已无心欣赏自然,回到家乡后,自然也未能安抚他的焦虑。他作为诗人的身份与自觉也大部分被忘记。法国大革命是《序曲》中的大断裂,时代的洪流使他几乎失去自我。也是法国大革命这个公众事件让他遭遇到迄今为止最严重的精神危机,使他多年失眠,做噩梦,身心受到煎熬。在此前的自然教育中,自然已经给他奠定了平静安稳的心态,但这种心态在法国大革命的面前不堪一击:

  那时,白天有最忧郁的思绪一再

  纠缠,而接着就是痛苦的夜晚;(X.368—369,丁译本 X.397—398)

  这是他从未有过的痛苦,也是他罕有的噩梦。他因为怀疑而几乎失去个人的信念,从诗转向数学。法国大革命带来的震动使他对自然秩序产生疑问,很可能也是此后两卷他所写的想象力受到损害的主要原因。

  X.466—566 是《序曲》第十卷唯一详细描述的事件,写华兹华斯在英国的一处水边走路,从一个路人那里听到罗伯斯庇尔的死讯,那是他一生中最快乐的时刻。那么他先前在自然中的快乐呢?他刚刚拜谒过童年老师之墓,这一百行的诗中重新出现了华兹华斯在辉煌壮丽的自然中行走的主题以及诗人的主题,因为老师威廉·泰勒(William Taylor)从他小时候起就鼓励他写诗。这些主题在中断许久之后重新浮现,当时的自然环境充满"温柔与平静"(X.517,丁译本 X.554)。然而真正触动诗人的还是人世的消息。这一天值得纪念,不是因为他看望了老师的坟墓,不是因为那里的自然风景,而是罗伯斯庇尔之死。路遇的一个人对他说了一句"罗伯斯庇尔死了"(X.535,丁译本 X.573),这消息使"我"欣喜若狂。华兹华斯全身心投入到对法国大革命的关注中,《序曲》中的法国部分是自然教育主题的中断,远比剑桥、伦敦更令作者震动,使他的整个基础都几乎动摇。他后来从这一危机中走出。第十一、十二卷虽然没有明言究竟是什么伤害了他的想象力,但大体可以猜测是对法国大革命的投入与后来的失望打断了诗人的自然教育与发展,破坏了他对自然与人的信心。但自然的力量在之后继续发挥作用,使他得以恢复。

  叙事是《序曲》这一自传性质的长诗的重要部分。在贯穿全书的"童年"叙事中,华兹华斯通过对童年往事片段之安排,首先确定了自然教育"我"的主题,而与之矛盾的往事则放置在较后的地方,表达了过去的另外一面,并没有改变整体的和谐基调,但也显露出这种基调中的裂缝。乡村是华兹华斯精神力量的最主要来源,"退役士兵"的长篇叙事段落说明了诗人从爱自然到爱人类的成长。剑桥的几年被华兹华斯描绘为自然教育之暂时停顿,伦敦则主要作为乡村的对立面出现,虽然伦敦亦不乏吸引人之处。而法国大革命是在自然主题之外开辟的新的政治主题,与自然主题几乎分道而驰。法国大革命也给华兹华斯以知识。伦敦是通过否定的作用让诗人确认自然的力量,法国大革命则通过其动人心魄的诱惑以及更加深入骨髓的绝望,几乎将诗人陷于死地,之后他才能在自然中复生。但童年的创伤、伦敦、法国这些被克服的部分依然在文本中存在,使其中呈现的自我永不可能达到完满的一致和光滑的自恰。

第七章　家园、退隐与共同体

华兹华斯的长诗《家在格拉斯米尔》("Home at Grasmere")、《远游》(*The Excursion*)与《序曲》有类似之处,也是华兹华斯对自己精神世界的探索。这两个文本都探讨了个人与共同体的关系问题,涉及退隐、家园与孤独等主题。

一　多重矛盾构筑的"家园"

1800年,华兹华斯定居格拉斯米尔谷地后写下了一首长诗《家在格拉斯米尔》,①描述了卜居的过程,表达了对居住地和自己的希望。这首长诗对了解华兹华斯的心路轨迹有重要意义。诗中体现了自我与他人,个人与社会,浪漫与现实,人与自然这几组拉扯的力量之间的矛盾,彰显了华兹华斯与拜伦式的浪漫主义之间的距离。

1799年,二十九岁的华兹华斯与妹妹多萝西定居在了格拉斯米尔谷地的鸽居(Dove Cottage)。在学者乔纳森·华兹华斯(Jonathan Wordsworth)看来,华兹华斯一生中有三次短暂地实现了理想:一次是1792年他在法国,一次是1798年他在阿尔佛克斯顿(Alfoxden)住得离柯尔律治很近,最后一次是他1800年与多萝西定居在格拉斯米尔。② 此后到1813年,华兹华斯一直居住在格拉斯米尔谷地,虽然具体地点有所变化(其中1799—1808年在鸽居的时间最长),这些年也是华兹华斯创作丰富的时期。卜居于格拉斯米尔谷地对华兹华斯而言是一个重要举动。1800年,定居于此的第一个早春,华兹华斯写下素体长诗《家在格拉斯米尔》。这首诗在他生前未发表,讨论的人并不多。麦克法兰(McFarland)认为:"令人吃惊的是,这首诗很少受到华兹华斯研究者的重视;人们没有将其视为包含着华兹华斯价值观的跳动的核心;同样令人吃惊的是,这首诗直到1888年才为人所知。"③文学家的特权是不必清除自己思想中的矛盾,并可以在文本中保留这些矛盾。华兹华斯这首诗

---

① William Wordsworth, "Home at Grasmere," Beth Dalington ed., Ithaca: Cornell University Press, 1977, MS. B. 中译本见华兹华斯:《华兹华斯叙事诗选》,第216—254页。

② Jonathan Wordsworth, *William Wordsworth: The Borders of Vision*, Oxford: Oxford University Press, 1982, p.21.

③ Thomas McFarland, *William Wordsworth: Intensity and Achievement*, p.74.

就体现了几组矛盾,它们在文本中始终存在,最终也未解决,让我们得以窥见华兹华斯式的浪漫主义的复杂性。

拜伦在《唐璜》的序言中说湖畔派诗人们应将湖畔换成海洋,借此讽刺他们生活圈狭小,视野狭窄。① 抛开其中的讽刺不谈,内陆的"湖"与"海洋"确实在某种程度上表明了华兹华斯与拜伦、雪莱等更年轻一代的浪漫主义诗人,在对空间的理解和对"根"的理解上存在的巨大差异。华兹华斯卜居于英国的一个谷地,愿意扎根于此,并称之为自己的"家园"(home)。我们或可以不用"乡土"这个具有浓厚中国意味的词语指称他的行为,但强调自己在故国一处地方的根,强调文化传统以及与父辈的联系,确是华兹华斯的一个特点。他的一些叙事诗中的牧羊人正是这种"根"的精神的写照。他们世代生活在某地,传递着一点土地和并不丰厚但够用的家产,也传递着某种顽强的家族精神。在叙事诗《麦克尔》中,老牧羊人麦克尔的儿子到了大都会伦敦后,切断了与家园、故土的联系,才染上恶习,终于流亡海外,使父亲的希望落空,家族的血脉中断。《兄弟》中,年轻的牧羊人出海成为水手,却仍然是半个牧羊人,在大海上仍然看到高山和羊群的幻象,对故土的思念使他的多年海上生活仿佛是空的,虚度的。而《彼得·贝尔》中,主人公彼得·贝尔曾四处游荡,对他精神品格的提高却并无裨益。相比之下,拜伦笔下的唐璜则是在欧洲亚洲游历的无根的国际化人物。作品的这种对照在两位诗人身上也同样存在。拜伦自我流放出英国,漫游于瑞士、意大利,死于希腊。华兹华斯虽也曾在法国步行游历,但他选择在故国一角长期定居,则是与拜伦相反的举动。一边是对远方和异乡异域的向往,一边是对家园与故土的依赖——同一个"浪漫"的名称下包含着几乎截然相反的方向。

《家在格拉斯米尔》对格拉斯米尔谷地的自然环境与居民进行了叙述与评价。此诗的前三分之一可以说是自然的主题,然后华兹华斯用大约四百行诗书写谷地中的居民,这一部分也是最纠缠,矛盾最集中的地方。第 875 行到结尾则以诗人的责任作结。在这首长诗中,诗人有充分展开的空间,更多的留下了思维运动的轨迹和思想矛盾的痕迹。诗的整体色调是明亮乐观的,但这种色调也发生了多次变化。开篇时诗人的情绪非常高涨,可以说兴高采烈。他绝对肯定格拉斯米尔谷地的神圣性和唯一性,绝对认可自己卜居于此的选择,不需任何让步。诗人对上天的赐予非常感激;生活没有让他失望,更超出了他的希望。然而随着诗的推进,犹豫与疑虑甚至忧伤开始出现,中间经过多次的让步、调整、协商,诗的语气虽然仍旧乐观,但已没有最初那么热

---

① Lord George Byron, *Don Juan*, New York: Penguin, 2004, Dedication 5.

烈，谷地的绝对性打了折扣，但谷地的有益性仍得到确认。最后，当华兹华斯说到自己作为诗人的职责和任务时，诗的语气再次坚决起来。全诗经历了一个类似钟摆式的运动。

这首诗的乐观色调与诗中反复出现的"希望"（hope）一词密切相关，"希望"是一种望向未来的姿态。这种前瞻的方向体现在诗人对自身经历的总结中，体现在他对今后一年谷地生活的展望中，也体现在他对整个人类未来的判断中。华兹华斯在开篇写到自己少年时就曾驻足于这谷地中，当时即有过以此为家的模糊愿望。诗人书写少年时的自己伫立于高处，静观壮阔的谷地在面前展开，那种远望已经是望向未来。这样的开篇把成年后卜居于此的选择与遥远的少年渴望联系在一起，找到了个人史上的根源，形成一种连续和回归。而如在眼前一般描绘少年时所见的壮美自然，于写诗的"现在"（1800年）而言，又形成一种前瞻的姿态。这个开篇类似于华兹华斯的一些短抒情诗——如《我如一朵孤云漫游》（"I wandered lonely as a cloud"）、《独自割禾的少女》（"The Solitary Reaper"）。它们均是书写一个过去的鲜活时刻（虽然《独自割禾的少女》并非源于诗人的亲身经历），那时刻的重要性固然在其本身，更在于它未来对诗人的意义，在于它沉淀成为诗人的养分，成为他反复诉诸的资源和安慰。但不同的是，多年后的卜居使这首长诗中的过去复活，过去与现在重新连接了起来。如阿布拉姆斯所言，《家在格拉斯米尔》的开篇说明，格拉斯米尔过去不是诗人的家，但却是他想象中的家，后来真的成了他的家："他住在这里就是第二个也是更幸运的亚当，因为与亚当不同的是，他拥有了一个他自己赢得的伊甸园。"①

华兹华斯写《家在格拉斯米尔》之时，是他在格拉斯米尔谷地居住的最初两个月后。严酷的冬天即将过去，早春的消息开始显现。这是一年中最有希望的时候，也是此后多年的谷地生活最开端、最新鲜的时候。冬末春初的诗人期待着这一年，新来的居住者期待着未来的漫长岁月。这种未来的指向贯穿在字里行间。诗中对谷地当下景物的描写中夹杂着对未来可能有的景物的描写，现在时与将来时共存："春天的时候，／我还会有我的画眉和一百多种啼鸟"（736—737行）。尚不存在的，只存在于想象中尚未证实的未来事物，与当下的事物并置，共同构成这谷地丰富的自然环境。

这首诗也表达了对人类未来的信心，对"进步"的信心，在华兹华斯关于人类命运的诗中属于较乐观的一首。诗人把自己在这谷地中已拥有和将拥有的幸福，书写为全体人类未来都会有的幸福，只不过诗人是先行者。这谷

---

① M. H. Abrams, *Natural Supernaturalism*, pp. 288—289.

地是嵌在现世中的未来世界的一角：

> ［我们］……在那一个小小的角落，
> 甚至这样早，甚至在这不幸的时代，
> 就能够获取到一小份的幸福，
> 而我们深深地相信,在未来，
> 爱与知识会把这样的幸福赐予
> 世上的所有山谷,赐予所有人。(251—256 行)

那么,格拉斯米尔谷地是乌托邦？桃花源？华兹华斯卜居于此,是退隐？避世？避人？在这个问题上我们看出,华兹华斯力图达到某种均衡,或者说他允许矛盾的存在。他一边确认这谷地与世隔绝的"世外性",同时又将它书写为自成一个小世界,其中的生活并不孤独。

谷地周围的高山使之与外部世界形成地理上的隔绝。对于这种隔绝,华兹华斯用了"seclusion"(6 行)、"seceding"(249 行)、"recess"(827 行)等词语。空间上的这种隔离不像莫尔的《乌托邦》那样,被设置在一个地点无法明确也无法到达的海外岛屿,而是嵌在世中,有地理坐标,可在地图上找到。这里有桃花源的味道,但仍可以进入。华兹华斯将之比为一个"洞"(cave),其中有它自己的天地、风景、人：

> 仿佛一个幽洞般与尘世隔绝，
> 专属于那众多的人,众多的鸟兽，
> 他们是这隐蔽所在的主人,不受
> 侵扰的主人,这里是他们的立法厅，
> 是他们的圣殿,他们的华居。(824—828 行)

这里使用了具有政治色彩的"立法厅"和具有宗教色彩的"圣殿"。"自然"是这里的政治,也是这里的宗教。这里与世隔绝但并不脱离,在世界中但又自成一体,是谷中的生物共有的家园。人与其他生物是平等的,都是主人。这里仿佛也不受外界的历史时间的限制,它的"退出"不仅是空间上的,也是时间上的。这是一块处女地。然而诗中偶尔出现的否定式表达——"不受染污"(inviolate,686 行),"不受侵扰"(undisturbed,826 行)——也透露出诗人的焦虑,怕外界的侵入,怕历史时间的进入,怕这样一块圣土和净土终将被失去。

华兹华斯追求某种程度的隔绝,但并非"独自一人",而是某一个适于自己的"共同体"(community)。卢梭晚年的作品《漫步遐想录》的开篇写道:"我在世间就这样孑然一身了,既无兄弟,又无邻人,既无朋友,也无可去的社交圈子。"①在此书中，卢梭在自然中的徜徉完全是独自一人进行，与对他人的恐惧和拒斥联系在一起。然而华兹华斯强调他退到这谷地中并非孤独，也不是逃世。"退"和"逃"之间的微妙差别，从他在诗中对"solitude"一词的不同使用可以看出些端倪。莫里斯·迪克斯坦(Morris Dickstein)认为，"solitude"是华兹华斯使用最多的词语之一，"而悖论就在这里：孤独(solitude)使人与自己沟通，打通了个人力量之源泉，但也将他与其他人隔绝"。② 这个词在此诗中多次出现。当它指诗人独一无二的先知般的地位时，华兹华斯对它的态度是正向的，肯定的。有时，他也将其描绘为自己兄妹在此谷地所寻求的："到这里／一起过与世无争的平静日子"(326—327行)。而在另一处地方，当判断谷地生活是否为"独自"时，他做出了否定的回答：

> 那么请大胆地说，有这些的地方，
> 不会有孤独。(808—809行)

"这些"指华兹华斯在上文中列举的谷地中亲切的人与事。他对卢梭式的自我中心的浪漫主义人物有这样的批评：

> 只有那样的人才是孤独的，
> 他身在人群中，他的眼睛却注定要与
> 他不能理解也不能爱的事物，
> 日复一日地进行空洞的往还，
> 那是些死物，对他是加倍地死了，甚至更糟，
> 他面对着芸芸生命，最糟的是，他面对着人，
> 他的同类。(808—814行)

诗人不追求寂寞或孤独，而是追求同伴与社会。华兹华斯批评了一些浪漫主义者的自恋以及对外界和他人的物化。他退出了喧嚣的俗世，但希望在这里找到另一种"社会"，不是人类的某种政治组织，而是上帝这个父亲统治下的一个家庭，一座广厦，一个包括人与自然物在内的有机整体。

格拉斯米尔谷地在华兹华斯到来之前，早有居民。可以说华兹华斯的这次卜居类似避世，而并没有到逃世的极端。"逃世"(escape, flight)是浪漫主

---

① 卢梭：《漫步遐想录》，徐继曾译，北京：人民文学出版社，1986年，第1页。此书题目中即有"solitaire"一词。
② Morris Dickstein, "The Very Culture of the Feelings: Wordsworth and Solitude," in Kenneth R. Johnston and Gene W. Ruoff eds., *The Age of William Wordsworth: Critical Essays on the Romantic Tradition*, New Brunswick and London: Rutgers University Press, 1987, p.325.

义诗歌中一个反复出现的冲动。济慈的《夜莺颂》在此具有较典型的意义。①其中无忧的夜莺被书写为人之外的、高于人的自然力量。济慈几乎在半催眠状态下听到夜莺,他希望离开人间与夜莺同去,到达一个没有痛苦和死亡的所在。借助诗歌的翅膀,他到达了那里。那是一个迷离优美的自然世界,是遗忘,是自由,那里没有任何一个别的人。但那里实际只在想象中与诗中存在,这逃离是一个必然醒来的迷梦。《夜莺颂》对人世的厌倦令人动容,然而当挣脱了社会性后,诗人也不再是人,而是如同夜莺,也如同死去。这种浪漫主义的逃世声音直到叶芝的《湖上小岛茵尼丝弗里》("The Lake Isle of Innisfree")中还有着余响。该诗受到了梭罗《沃尔登湖》的启发,诗人渴望到一个小岛上,"独自一人生活在蜜蜂嗡嗡的林中"。② 诗中两次出现"我现在就要起身前去",这是诗人对自己的反复命令。但既需反复命令,就说明那种生活方式只存在于向往中和诗中,是永远失去或无法实现的。同这些典型的浪漫主义式的"逃世"渴望相比,华兹华斯在《家在格拉斯米尔》中显得温和,迁居于此既是他实际做到的,又并不与他前后的生活断裂开来。这个谷地中已有很多居民,他们固然无法成为诗人的同道,但华兹华斯也愿意他们是自己的伙伴,构成一个适于他心灵发展的人的环境。③

在《家在格拉斯米尔》中,华兹华斯从自然和人两方面描绘格拉斯米尔谷地的环境。对自然的部分,诗人的信心很少动摇。这里的大自然几乎是无缺陷的,总的来说温和、美丽、舒适。当然自然也并不总是如此。当华兹华斯回顾自己和妹妹如何在冬天第一次到达这里时,诗中的自然第一次呈现出严厉的表情,诗中也第一次出现了悲伤的暗流。这样的自然是令人敬畏的,不再是诗人的伙伴,而是他的考验者。诗人的心灵不再与之互为镜像,互相契合,而是与之对抗,经受考验,克服障碍,从中感受到自己的力量。在那次旅途中,诗人和妹妹经过了鹿跳泉,在那里也想到了上帝,但这一个上帝不是慈父式的家长,而是"哀痛的上帝,/受难的上帝"(244—245 行)。即便在这样的忧伤与受难中,自然虽不与诗人心灵形成镜像,却符合上帝的另一面,自然仍不改其神性。然而严冬毕竟不是此诗的主题。冬天——大自然的那另一个

---

① John Keats, "Ode to a Nightingale," in John Keats, *The Complete Poems of John Keats*, New York: Modern Library, 1994, pp. 183—185.
② W. B. Yeats, *The Collected Poems of W. B. Yeats*, Richard J. Finneran ed., New York: Scribner, 1989, p. 39.
③ 可参见陶渊明的《移居二首》,"昔欲居南村,非为卜其宅。闻多素心人,乐与数晨夕"(《陶渊明集笺注》,袁行霈撰,北京:中华书局,2003 年,第 131 页)。与华兹华斯相比,中国的隐士陶渊明更加强调社会性与平等,他并无坚固的需要保护的自我,也没有"必须有为"的心态。

面目——是需要忍耐的。诗人只为了等待春天,在严冬中只为了守护希望,也必须在冬天即将过去的时候才写下这首希望之诗。

如果说谷地中的自然主要是优美愉快的,纵使其严厉可畏的一面也有益于心灵的发展,那么关于谷地中人的环境,诗人则显得有更多摇摆与犹疑。学者麦克法兰将此诗解读为华兹华斯最欢乐的诗,"诗中的喜悦确实是独一无二的。不仅在华兹华斯的作品中,就是在任何其他地方,也没有可与之相比的喜悦。那是一种全然的满足,一种毫无缺失的状态"。① 可以说麦克法兰忽略了诗中的犹疑因素。此诗从自然主题过渡到人的主题是以两只天鹅的消失作为衔接。这两只天鹅因类似诗人兄妹而尤为他们所关注,春天到来,万物欢欣的日子,它们却不见了踪影。这是更沉重的悲伤的浮现,是在春天里发现的悲伤,是丰足中的空白。两只天鹅去了哪里?对此华兹华斯有不祥的预感。他在此也诉诸希望,但基本否定了这种希望,并由此引入了谷地中的居民:

> 或许怀抱这样的希望已经太迟,
> 或许,某个牧羊人已被激起了欲望,
> 他已经拿起了他致命的猎枪。(350—353 行)

诗人马上从天鹅的失踪,推想到它们可能已被本地居民枪杀。② 此前诗中的气氛十分欢乐,使这种猜度显得愈加突兀,令人惊惧,虽然在下一段里诗人对自己的猜度进行了指责和否定。这既是本地居民在诗中第一次出现,也是在描述过大自然之后,忽然说出的人对自然的戕害,人的残忍甚至谋杀。虽然这是不能坐实的猜测,但毕竟构成一个徘徊不去的阴影。

同样,本地居民的好处也常常不能坐实。华兹华斯常以复杂的句式表达他们的优点,比如用条件句:

> 如果我愿意追随我眼前的万物
> 引我去的方向,追随着
> 那掌管着这里的精灵的声音
> 引我去的方向,那么我应对自己说:

---

① Thomas McFarland, *William Wordsworth: Intensity and Achievement*, p. 79.
② 在传记作者 Kenneth Johnston 看来,牧人杀天鹅是可能的:"多萝西在日记中提到了'捕杀天鹅',这是对二十年前引入温德米尔地区的美丽天鹅品种的有组织猎杀,这种天鹅很不受当地居民欢迎,因为它们吵闹而具有攻击性。" Kenneth R. Johnston, *The Hidden Wordsworth: Poet, Lover, Rebel, Spy*, p. 705; Dorothy Wordsworth, *The Grasmere and Alfoxden Journals*, p. 27.

居住在这神圣之所在的人们，
　自身必定也是圣洁的。(362—367 行)

这几行诗后对谷地居民优秀品质的赞美，都是在虚拟语气的条件句之下展开的(虚拟式表达的是很难实现或与现实相反的情境)，可以说是一种思想的"引语"，仍部分地受到虚拟条件式的制约。下一段开头，华兹华斯这样写道："我们就这样安慰自己"(379 行)。那么，天鹅的命运究竟何如？这成为一个悬而未决的疑团。华兹华斯宁愿相信它们不是被本地人所杀。他用信念和意志的力量把这个疑虑压了下去，以便能重新回到欢乐的主题。

此诗中华兹华斯对大自然没有疑虑，带来最多疑虑的是人。在这样壮丽的自然中，谷地的居民实际上远未达到应有的道德高度。在这样的自然的荫蔽与教育下，他们却似乎并不比世人更好些。之后，在多次的反复后，华兹华斯还是肯定了本地居民优于世人的某些好处，他给出的原因并非是自然的教育，而是这里相对来说稍微宽裕的经济条件，在别的类似经济条件的地方，人们也会有类似的优点。谷地居民的优点究竟是什么，华兹华斯没有明言。他表示，他对本地居民并没有"浪漫的希望"(romantic hope, 400 行)。这是一个浪漫主义诗人对"浪漫"的否定，"希望"在这里也是少有的否定使用，表达的是"不抱希望"。紧接着，华兹华斯写到多次听见人的模糊呼喊，那是谷地中最可怕的声音，也是全诗的最低点，最阴沉的时刻，那声音传递的是"肮脏的言语，亵渎神灵，暴怒"(426 行)，这几个并列的名词是此诗中最刺目的词语，它们都与人有关。谷地中的人跟别处的人并无不同，别处的罪过这里都有。

然而华兹华斯是一个非常注重他人对自我的意义的诗人。在《坎伯兰的老乞丐》中他表示，"人于人是宝贵的"(man is dear to man, 140 行)。他固然崇拜自然，但同样渴望同类。当完全没有人迹的时候，自然就是野的。在《家在格拉斯米尔》详述的第二个谷地家庭的故事中，六个丧母的女儿与父亲维持着家庭之乐。这种快乐呈现在房屋的外形上。与其他房屋不同，那座房子在自然之上添加了人工之美，而不像其他房子那样完全只靠自然，"未必有情的自然"(mere friendless Nature, 560 行)。当"自然"一词出现的时候，很少被这样负面的词语所修饰。彻底的自然未必最好，人给予的秩序有时更好。花园墙上装饰性的石头是这家人从河里，从山上搬来。他们的劳动改变了这些自然物的处所和用途，将它们为自己所用，赋予了它们新的秩序。在华兹华斯那里，大尺度的自然，在远观、静观中的自然，是无缺陷的，但在小尺度上，在自然与人的"接触面"上，有时经过人劳动加工后的自然更优。同样，这一家人在山上辛苦开掘出的一小块园地，也是给自然打上了人的劳动的烙印。园地灌木丛中的人工鸟巢与墙头的那些石头一样醒目,都是给自然加上人手的点睛之笔,是诗人着力描写的细节,是诗中的特写。

如果说华兹华斯对谷中居民进行道德上的评判,其结果是发现他们只是很有限地优于俗世居民,此后华兹华斯其实转移了自己的重点。他希望表明的不再是"他们在道德上比世人更好",而是"他们与我们在情感上有共鸣"。谷中人的情感虽然更与利益相关,但不是"卑贱的""不洁的"(672 行)。这样的否定式表达,同一开始对谷地的热烈赞美相比已经下降了很多梯度。

华兹华斯用较长篇幅讲述了谷地中三个家庭的故事,这些故事属于华兹华斯擅长的关于乡村的叙事诗。当叙事的力量推动着诗的前进,我们发现华兹华斯似乎暂时忘记或放弃了自己的"论点"。三个故事大大溢出了他议论的范围,或者与那些议论相左。华兹华斯在三个故事之后这样总结谷地居民生活的意义,他们"传布着健康,传布着冷静的喜悦"(687 行),而这个结论远不能涵盖这三个故事。第一、第三个都是令人困惑的悲伤故事,与健康和愉悦关系不大。第一个故事讲述谷地中的一个男子,经济上的困顿带来了他道德的衰落,他终于死亡。诗人对他是完全同情的,他的过错源于人性的不严重弱点。这个家庭的悲剧与外界无关,妻子有些虚荣,丈夫有些随意和不善经营,结果无波澜的平静被打破,一家人陷入了下滑的不可逆过程。故事中的男主人公受到良心谴责,成为一个在内部、外部都无法自在(at home,也即"在家")的反面例子。当他内心不安宁时,外部的一切都无法安慰他,大自然也仿佛成了他的敌人。第三个故事也是个下降和衰落的故事。一对夫妻当初种下树林,现在树林繁茂,他们则不再繁茂,丈夫死去,妻子"在孤独中枯萎"(642 行)。总体看这三个故事并没有多少本地特征,与华兹华斯讲述的其他乡村故事没有本质不同。可见,就普通人的生活而言,这谷地又并非与世隔绝,这里的人生与谷外的人生是一样的。

那么这谷地还是独特的吗?还是"非此处不可"的家园吗?在华兹华斯最肯定的时候,他称这谷地为"我们知晓的最高圣殿"(194 行)。这里不仅是退居,而且是中心,是终点,具有唯一性、绝对性,是自足的无缺陷的完整。然而,即便在这样早的时候,在这样热烈的肯定中,诗人也仿佛不经意地加入"抑或,这是幻象?"(155 行)。这种自我否定的声音为后文埋下了伏笔。这样的纠缠在全诗中都存在,仿佛是诗人心中浪漫与现实的力量在拉锯。一旦他肯定了谷地的特殊性,又马上部分地否定它。在多次往复与自我否定后,谷地的独特性越来越少,跟谷地外的世界也越来越像。对谷中居民,华兹华斯的最后结论似乎是:

——若他们神志清明,我们自己也理应如此,

> 如果我们恰当地观察,公正地判断——
> 这里的人没有辱没他们的家园。(856—858 行)

这个结论对观察者和被观察者,判断者和被判断者都提出了要求,尤其是对观察者。即便这样一个低调的标准,谷地人也未必能达到。在这一结论的下一段第一句,华兹华斯再次将其否定,"纵使/不是如此,我们自己也有足够力量"(859—860 行),则毕竟还存在着谷地居民令诗人失望的可能性。

此诗题目中的"家"(home)可以分出很多个层次。格拉斯米尔谷地是最外的一个层次,但并非因其在最外而不重要——从全诗的篇幅分配来看,将这谷地作为"家园"是诗人最想要说服自己的层次。诗人可以把希望放在谷地居民身上,但不能没有疑虑。从谷地朝内缩小就是他的小家,由他和妹妹组成,将来还可以有其他亲友的加入。这是一个小得多的堡垒。如果谷中人令诗人失望,他仍可以依赖这个家,"家园中的家园"(262 行)。值得注意的是,诗中对鸽居的内部空间和建筑细节没有任何描述。对这个属于自己的小空间,华兹华斯几乎都是从外部书写,仿佛自己站在户外,站在远处。可以说,构成这个"家"的并不在于其家庭空间,而在于一个使华兹华斯有"家园感"的人的存在。这个家的最重要组成部分就是家中的另一成员多萝西(诗中的艾玛)。此诗中最强烈的感恩与激情是对妹妹的,诗人愿对她使用最高的赞美,认为自从有亚当以来无人有他这样的幸运。这种情感与谷地无关。如果没有妹妹,谷地不会是家,哪里也不可能是家。对此谷地的选择是华兹华斯童年愿望的实现,而对妹妹的拥有在他看来是人类更古老愿望的实现。

在此诗中,华兹华斯仿佛构筑了一个拥有几道防线的城池。即便那外层被攻破,内层则近乎固若金汤。小家中除了恒定不变的妹妹,还可以有临时居住的三五同道。这三五人是极其亲密的关系,他们包括作者的弟弟约翰·华兹华斯、柯尔律治、作者未来的妻子及其姊妹。值得注意的是,诗人将这几人都视为兄弟姐妹,未来的妻子和其姊妹是"我们心灵的姊妹"(869 行),柯尔律治是"我们心灵的兄弟"(870 行)。"友人"不足以描述这种关系,它比友谊的纽带更牢固。这是一个以血缘和类似血缘的关系结构起来,又建筑在志同道合基础上的"家庭"。当然,这也是一个不得已的防线。如果真的退守到这一步,不再与谷地中的其他人有关系,"卜居"也就失去了大部分的意义。

华兹华斯在诗的最后转向了诗人的责任和诗题的选择。这看起来脱离了对谷地的描写,仿佛有些突兀,实际上是此诗由外向内的运动以及防线内退的必然结果,也揭示了诗题中"home"一词的最后一层含义:诗人的自我。诗人对同道人组成的家庭深具信心,但他对自己的内心力量和特殊禀赋更深信不疑,这是此诗一切希望的来源。

> 但是，我感觉到在我的身上，
> 有一种上天惠赐的内在之光，
> 一定不能让它消亡，不能让它逝去。（885—887 行）

诗人是这内在光芒的唯一守护者，护卫和传递这光芒是他不可推卸的神圣职责。选择居住于何处，此时看来也并非最重要，最重要的是诗人如何安身立命，他在卜居之处做什么：

> 我不能走在这狭窄的天地间，
> 无忧无虑，听不到指责的声音。（877—878 行）

之前他用"洞"表示此谷地的隔绝与自足，这里则第一次说到这谷地是"狭窄的天地"。同自我内心的无限天地相比，谷地的空间显得逼仄，那小家也仿佛变得外在。到此我们抵达了诗人的本质与内核。在这里，他是与世隔绝的，甚至与最亲近的人也是隔绝的，他享受这种隔绝，独自拥有着财富。他是给予者、发光者。也许因为尚未发表，此诗中对自我不朽的信念表达得非常直白，类似但丁在《神曲》林勃狱中的自我判断，当时看来或许会令人觉得虚诞，现在看来则是预言式的。

在这一首诗中，华兹华斯对自己的身份、事业、责任的信心是明确无误的，但从华兹华斯的全部作品看，纠结和强烈的扰动也会摇撼这最后的城池，信心并非可以一劳永逸地确立。卜居于某处后，并不是从此就可以永远满意地生活，力量和决心都需要反复地确认。我们可以把华兹华斯的另一首名诗《决心与独立》("Resolution and Independence")视为《家在格拉斯米尔》的续篇，从中可看到他在"自我"与"诗人"这一深层次上的疑虑。《决心与独立》作于 1802 年五月至七月间。诗人已在格拉斯米尔谷地中居住了两年多，而现实并不像《家在格拉斯米尔》中诗人期待的那样乐观。在《决心与独立》中，华兹华斯想到诗人的悲惨命运时满腹疑虑，他的自我在快乐和谐的自然世界中成为不和谐的声音。那时，他最愿的是遗忘人世。做人的意义，做诗人的意义，都成为疑问。此诗中也出现了"雄伟的诗人"（mighty poets），与《家在格拉斯米尔》中是一模一样的用词：在《家在格拉斯米尔》中，"雄伟诗人"是上帝的圣殿（1029 行）；在《决心与独立》中，他们被剥去了神性，显得脆弱无助，"雄伟的诗人在困厄中死去"（123 行）。① 诗人迫切需要上天的指引和鼓励，幸好他遇到一个神秘老人，使他恢复了信心。同《家在格拉斯米尔》相比，《决

---

① William Wordsworth, *Poems, in Two Volumes, and Other Poems, 1800—1807*, pp. 123—129.

心与独立》一诗的语气要沉郁得多，诗人的信心跌落得更低，但最后仍得到了拯救。或许这正是华兹华斯的力量之一。他的诗中并非无边的浪漫，而是有丰富的现实层次。他愿意承认人间苦难的程度、自身绝望的程度，但仍能在其中艰难地保持希望。

二 《远游》的多声音叙述

长诗《远游》是展现华兹华斯自我身份的丰富性与矛盾性的另一重要文本。① 《远游》作于1797—1814年间，1814年发表。柯尔律治为华兹华斯所计划的大书《隐者》(The Recluse)只完成了一部《序曲》和一部《远游》。《远游》本应该是那由三部分组成的大书的第二部分。按计划《隐者》第一部分和第三部分中是作者自己说话，第二部分则"采用了人物发言以介入的写法和类似戏剧的形式。"②

《远游》这部长诗有一本书的长度，共九卷。全诗有一个整体叙述框架。年轻的"我"与忘年之交"漫游者"(the Wanderer)一同到山中去拜访"孤独者"(the Solitary)（一—二卷），在那里逗留并谈话（三—四卷），之后三人同去另一谷地拜访了一位牧师(the Pastor)，牧师讲述了很多当地人的故事（五—七卷）。之后，四人到牧师家中用餐，最后同牧师的妻子和孩子一起在傍晚出游，泛舟湖上（八—九卷）。

很多人认为《远游》是一部失败之作，按艾玛·梅森(Emma Mason)的说法：《远游》"是被浪漫派批评者所憎恨的名篇，但被维多利亚人所喜爱，其圣经式的语言和宗教慰藉对维多利亚人而言是具有安慰性的、熟悉的"③。哈特曼(Hartman)则认为，"必须承认，认真阅读《远游》的九卷是非常沉闷的经历"。④ 类似地，以"强度"(intensity)作为华兹华斯诗歌最大成就的麦克法兰认为《远游》的宗教性削弱了其强度。⑤ 但华兹华斯的传记作者朱丽叶特·巴克(Juliet Barker)就对《远游》有高度评价，"它是那种罕有的书之一，它们会对坚持做出回报。"⑥ 而从叙事角度看，《远游》是一个很值得挖掘的丰富文本。

《远游》的情节全部在一天内完成，开始于白天，终于傍晚。这一天中，几

---

① William Wordsworth, *The Excursion*, Sally Bushell, James A. Butler, and Michael C. Jaye eds., Ithaca: Cornell University Press, 2007.
② Ibid., Preface, p. 39.
③ Emma Mason, *The Cambridge Introduction to William Wordsworth*, p. 93.
④ Geoffrey Hartman, *Wordsworth's Poetry: 1787—1814*, pp. 292, 295.
⑤ Thomas McFarland, *William Wordsworth: Intensity and Achievement*, p. 101.
⑥ Juliet Barker, *Wordsworth: A Life in Letters*, London: Penguin, 2007, p. 322.

个人物说了许多话。就现实可能性而言,这一次"远游"是不可能发生的。《远游》中的空间游历其实并没有覆盖很大距离,不出格拉斯米尔谷地的范畴,远游者只走了两个小谷地,这些谷地各自隔绝,搭建起相对独立的故事空间。然而这次游历与华兹华斯擅长书写的在自然山水中的游历并不相同。这次"远游"不为了新奇与冒险,也不为崇拜自然,而是为了"访友",见到友人之后几个人物就停顿下来,不再移动,长诗的大部分内容都是几人具有戏剧感的长篇对话。除了最后的傍晚出游是华兹华斯诗中常见的漫游之外,游历在诗中只是串起几个人物的方便线索。人物讨论的题目是多方面的,所以这首诗所写的毋宁说更是一种精神远游。

《远游》中穿插了许多故事。四个主要人物之中除了"我"之外,漫游者、孤独者、牧师都擅长讲述故事。从路上到孤独者居住的谷地,到牧师的谷地,三次场景变化给了华兹华斯三次安排叙事的机会。就漫游者而言,诗中插入了一个长篇的集中故事,就是曾独立成篇的名作《废毁的农舍》。孤独者长于谈论,所讲的是自己从前的经历和所居住的农舍中发生的事。牧师则在一个墓园中讲述了大量或长或短的故事,涉及各种本地人物,其叙事以数量和丰富性见长。

首先我们来看华兹华斯对四个主要人物的设置:"我"、漫游者、孤独者、牧师。这几人处于生活中的不同时期,在精神状态上也占据着不同的位置。"我"是乐于学习、愿意体验的年轻人。孤独者、漫游者、牧师则年龄相仿,是"我"的长辈。孤独者是经历了世事但绝望的人,漫游者与牧师是经历了世事后获得了宁静的人。"我"与漫游者同游,一起拜访孤独者,三人又一起拜访牧师。一到四卷中最重要的对话都属于漫游者和孤独者,后几卷则属于牧师和漫游者。

在见到牧师之前,漫游者是"我"的导师。年轻的诗人在生活经历和精神上都需要向导,漫游者带引"我","我"才会与孤独者、牧师相遇。"我"与漫游者的关系如同但丁与维吉尔。"我"是漫游者的仰慕者,是不更事的年轻人,然而具备深刻的理解力和潜力。漫游者是一个老年智者,与"我"是一对游伴。华兹华斯很多关于乡村的叙事诗写诗人一人在路上独行而有所遇,较少看到他这样与人同行。诗人"我"放弃了发言人与权威者的位置,而将这位置让位于自己敬慕的漫游者。这次山中之旅于"我"而言意义重大,是"我"观察和学习的过程。"我"常常在每一卷开头有一段介绍性的总结或概括,有时甚至是一种离题的表述,而在正文中"我"扮演的角色非常有限,很少提出自己的独特观点。第二—四卷中,漫游者对"我"讲述孤独者的生平,孤独者讲述自己的遭际,"我"主要是听众,偶尔插话。见到牧师之后,牧师是主要的发言者,其他几人偶尔评论和插话。总之,在四人中,"我"从未成为重要的发言者,也没有像其他几人那样讲述任何故事。

　　第二一四卷的主要人物就是"我"、漫游者、孤独者,是一场"三人行"。华兹华斯对三人的关系设计下了很多功夫。漫游者与孤独者都是苏格兰人,是同胞也是朋友。漫游者是"我"的朋友和精神导师,三人的对话是朋友之间的对话。然而这不是一次普通的"探友",更是一次精神旅行,旨在描述孤独者的忧郁状态及对其的纠正。孤独者是迷失的灵魂,动荡不安。漫游者则已找到心灵安宁,可以教导朋友,纠正其迷误,两人既是朋友,又在精神上恰处两端。

　　在细读之后我们大约可以判断,华兹华斯写作《远游》的目的并非记录一次行程或刻画几个人物,而是表明几种立场,陈述和解答他所思考的一些问题。此诗很难与《麦克尔》等具有现实风格的作品同等视之。漫游者和孤独者这两人恰好都是苏格兰人,恰好出现在英国的这一个偏僻角落,他们是好友,又恰好对立,这些具有偶然色彩的安排都不是华兹华斯典型的较为写实的风格。在华兹华斯的其他叙事诗中常常是由他来讲述人物的故事,人物是被讲述者。或者人物可以自述,但他们对自己的处境缺少自知,人物善于表达情感,但未必长于说理,有时候无言就是他们的表达,比如麦克尔对自然的情感就不曾化为语言。除了自己,华兹华斯并不擅长叙述思考的、内省的其他人。但在《远游》中,漫游者、孤独者、牧师都既能表达深层的智慧和困惑,也能讲述别人的故事。他们都是健谈的深思者,能像诗人一样使用语言。这四个人物各具特点,却又是同一个层面的对话者,彼此均能理解。这样的几个人与其他乡村人物截然不同,与乡村情境也格格不入。

　　值得注意的是这几个重要人物高度虚化的名字。牧师被称为"the Pastor",没有姓名,他的职业足以赋予他的名字以神圣感。漫游者在《废毁的农舍》的第一稿中有名字——阿米塔奇,但在《远游》中这个具体的名字被隐去,他被称为"the Wanderer"。或许这是因为"货郎"(the Pedlar)的名称太过于强调他在很多人眼中并不浪漫的职业,过于世俗(虽然华兹华斯认为这职业是浪漫的),而"漫游者"则指向浪漫主义者钟爱的行为之一:漫游。孤独者则一直被称为"the Solitary",他的历史没有确切的年代,他的生平的主要地点也是虚化的。

　　这三个人物都并非现实主义的人物,不被乡村职业与劳动结构所固定。牧师的职业很特别,是乡村劳动者中的精神劳动者。孤独者没有职业,不劳动,我们不知道他现在以何为生。漫游者所做的是"漫游"。我们毋宁说这几人更是华兹华斯内心的几种力量。几个人物虽然或有所本,但很难说有血有肉,更像一种修辞手段,类似中国古人在写作中设计的子虚和乌有,作为某种立场的代表。他们更是作者的一部分,他们所说的很多话也是华兹华斯自己会说的,在他的其他作品里常常可以找到呼应和回响。漫游者是尘世的智者,牧师是智慧的神职人员,他们都解决了困惑和迷惘,获得了真理。孤独者代表怀疑,漫游者和牧师则在他的对立面。

这似乎可以解释漫游者与孤独者这两个截然不同的人之间的友情。同时,尽管"我"是漫游者的门徒,对孤独者有所不喜,但"我"也同情孤独者,甚至与他深有契合。比如在三人的对话中,孤独者说研究植物和矿物的人令人羡慕,因为愿望容易满足,得到的知识也是确定的。"我"接着他的话说,那么那边在游戏的少年就更值得羡慕。孤独者接着说:如果那孩子能一直如此,他就是最快乐的人(III. 163—193)。在这段对话中,"我"与孤独者沿着同一条线索思考,一人的思考是另一人的延伸。同时,考虑到华兹华斯许多诗的主题都是从消沉的情绪(despondency)到消沉被纠正(比如《决心与独立》一诗),可以说孤独者的精神困境也是华兹华斯某种困境的写照,牧师和漫游者的教诲也是华兹华斯对自己的教诲。

漫游者和牧师所拥有的真理有不同吗?漫游者是有宗教色彩的世俗人士,牧师是有世俗色彩的神职人员,两人的声音是类似的。前者有丰富的历史,后者有家庭,二人互补。而两人中,似乎漫游者更为华兹华斯所服膺,牧师则更加虚化。漫游者是贯穿文本始终的人物,引导"我"和孤独者的旅行。他不是职业神职人员,反而弱化了距离感。在第四卷中,是漫游者对孤独者进行布道般的长篇训导,其主旨是宗教性的。而在第八、第九两卷说话最多的也是漫游者,最后一卷的题目中更有"漫游者之言语"(Discourse of the Wanderer)字样,他的重要性显然胜过牧师。漫游者在很多方面都与孤独者对立。漫游者是一个从开始就建立了牢固的精神基础,未经历过重大打击,一直完全的人。华兹华斯在第二卷开篇赞美古代的行吟诗人,中世纪诗人的生活方式就是漫游或流浪(II. 1—29)。从这个意义来看,漫游者也可以说是一个诗人。他的生活方式是独特的,是华兹华斯很多叙事诗中定居于乡土者的反面。他出现于各种场合,被各种人欢迎,不参与纷争也不受到伤害,是个永远的旁观者。

漫游者在年轻人做一生的最重大选择,也就是选择职业之时,选取了做货郎。这并非一般人心目中的理想职业,中译文(货郎,流动小贩)更有将其矮化的危险,很难找到具有严肃意义的对应的译词,也说明这一职业在中国的文化传统中不具有崇高性。从华兹华斯的老对手弗兰西斯·杰弗里(Francis Jefferey)的尖酸评论中我们可以看出,这一职业在当时的英国也没有崇高性。杰弗里说:难以置信的是,"一个絮絮的演说者,他说起……种种异教神话,而他曾是一个货郎"。① 华兹华斯的好友查尔斯·兰姆已经预见到这种反对的声音,他说:"一种反对的声音是无法不预期到的。会有人问,为什么把这样雄辩的话语置于一个货郎口中?""大约可以这样回答:华兹华斯先生的计划需要一个出自卑微生活的人物来表达他的哲学。……此外,诗人在这个人物身上赋予了罕有的教育。""毕竟,如果有读者愿意赞美此诗,但被名字所冒犯,那我们建议他们在此名字出现的时候,不妨换上游方僧或朝圣者之名,或其他合宜的名称。"② 其实华兹华斯已经这样做了,他将这个人物称为"漫游者"。兰姆与华兹华斯都有些辩护意味(apologetic),可见这一人物的身份的颠覆性。

同孤独者与牧师相比,这职业似乎太卑微,但华兹华斯赋予了它以不常见的重要意义。华兹华斯对这一职业的偏爱是有缘故的。在华兹华斯所写的时代,货郎在乡村的地位已下降,但那曾经是受到尊敬的对乡村生活有很大贡献的职业。漫游者年事已高,属于前一个更加简朴的时代。他没有日常生活的困扰,没有拖累。他不仅阅尽人世和人心,更在自然中行走,他是自由而平静的。华兹华斯强调货郎满足了共同体之所需,他的职业其实为几乎自给自足的乡村社会带来一丝商业气息,然而我们在《远游》中几乎看不到他的商业和金钱味道。职业所决定的物质方面的服务之外,他独特的个人品格又给乡村人以精神安慰。他为人们所需要,并非无业游民。他的生活是一种理想生活,其好处是:

> 心灵平静,不为日常生活烦恼
> 所笼罩;没有焦虑,也不被
> 部分的奴役所扭曲。(I.385—386)

他的职业使他既能浪漫地远游,又能谋生。这是一种半游离状态,不扎根,但又并不真的远离,是华兹华斯心目中"孤独"(solitude)与社会的最佳距离,自由与牵绊之间的最佳平衡。而另一方面,他的这种状态使他能不局限于小我的悲喜,而具有更广大的同情,使他能体会人们体会到的一切,不是通过浮士德一般通过自己的身体去体验多种人生,而是通过同情。他就这样确立了自己在人间的位置:一个普遍的同情者,一个倾听者。华兹华斯的这种想象一方面体现了他的平等观念,貌似卑微的"货郎"在他眼中有特别的尊严,同时也表明了他的浪漫,仿佛货郎的漫游不是为了生计而跋涉,而是为了

---

① See John O. Hayden ed., *Romantic Bards and British Reviewers*, p.52.
② Ibid., pp.60, 61.

观察人生，获得智慧。渴望漫游是典型的浪漫主义想法。此诗中的货郎不是那些被迫离开家园的痛苦流浪者，也不是固守祖先土地的麦克尔般的乡民。他与华兹华斯很多叙事诗中安土重迁的人物并不相同，表达了华兹华斯的另一个面向。

漫游者有爱的能力，他爱一切人、一切自然生物，也被一切人所爱。他尤其善于倾听人们诉说自己的不安，并给予安慰。然而除了玛格丽特的故事外，作者并没有讲述漫游者在具体乡村住户遇到的故事，也没有触及其他具体的乡民。这种隔膜实际上是漫游者这个人物的理想性所带来的，也体现了华兹华斯与那些农舍居民之间的某种隔膜。漫游者的缺陷大约也在这里，就是他不与任何人有亲密关系，他具有对一切人与物的普遍的爱，但缺少对某一个人的爱，当然华兹华斯对这种缺陷很可能并没有自觉。

与华兹华斯笔下的很多人物不同，华兹华斯对这个人物并不声明其真实性。华兹华斯说："如果我出生在不能予我以所谓自由教育的阶层，身体强健的我并非不可能选择我笔下的货郎度过大半人生的那种生活方式。总之我有必要承认，我在这个人物身上所呈现的，主要是我自己在他的处境下会是怎样的人。"① 则这个漫游者在现实中并无其人，虽然华兹华斯见过几个与他略有相似之处的现实原型。② 华兹华斯如果没有做诗人，就希望自己成为漫游者那样的人，可以说漫游者是华兹华斯自身的变体和另一个面向，一种潜能，一个没有实现的版本。漫游者经验丰富，充满智慧，这些都是华兹华斯追求而尚未达到的。

漫游者是华兹华斯的良师益友，货郎的职业使他对于人世见闻甚多。他能够体验，也能够讲述。在《废毁的农舍》部分，漫游者是一个讲故事的人，华兹华斯不认识玛格丽特，是漫游者把她的故事讲给我听。漫游者不是一个被华兹华斯叙述的人物，他自己就是一个观察者、叙述者。华兹华斯的老师马修也与少年诗人形成对话，但马修同时是令华兹华斯困惑的，漫游者与华兹华斯则相处完全融洽，因为他实际上是华兹华斯的另一部分。漫游者作为一个有广泛阅历的人，扩大了华兹华斯的叙事范围与深度，他的最特别之处在于他的思考和内省精神。华兹华斯其他叙事诗中的人物都嵌在特别的事件中，这个漫游者身上则并没有什么事件发生。

《远游》第一卷的前半部分相当于漫游者的传记。他的精神成长从童年

---

① William Wordsworth, *The Poems*, John Hayden ed., New Haven: Yale University Press, vol. 2, p. 952.
② Juliet Barker 认为漫游者的原型之一是一个偶尔住在 Hawkshead 的货郎。Juliet Barker, *Wordsworth: A Life in Letters*. p. 18.

时代开始,与《序曲》中华兹华斯自己的成长相呼应。华兹华斯笔下的其他人物就没有这样的精神成长过程,诗人只是截取他们生活的一段或一瞬间。从漫游者的成长看,华兹华斯一直缺少对他的人际关系的描述。他仿佛是独自长大的,不需要别人,从别人那里也没有得到什么教育,大自然就是他的父母和老师。漫游者在自然中总是独自一人,但自然的教育在这样的独自状态下最为适宜。他小时候上学"独自归来"(I. 143),这时候他与自然有最深的交流(communion 或 intercourse, I. 149, 236, 241),他并不感到孤独。这些都与《序曲》中华兹华斯自己的少年时代类似。漫游者所在的自然都是远离他人的,因为其险要崇高,所以少有人去。但他并非住在自然之中,他是回家经过那里,漫游中走到那里。在成年之后,他的家还是在人间,他在村子里"拥有一个房间"(I. 57)。

华兹华斯并没有说漫游者在人间的各种经验,也不写他的社会关系如何,只谈他的心灵成长史。要在漫游者的历史中找出他成长的各个阶段,勾勒一个线性的过程是很困难的,因为他并没有彼此分开、截然不同的历史阶段。他是不写诗的诗人,生产和劳动对他不重要,重要的是他的静思。他也读书,但他受的教育主要是自然对他的教育,类似《序曲》中自然对诗人自己的教育。漫游者对自然的爱与体认不亚于华兹华斯自己的,比如他在山顶看到的壮美日出(I. 215—239)。我们可以将他同另一个老人麦克尔相比,麦克尔对自然的爱虽然强烈,却仿佛出于无意识,这种爱在人生的关键时刻并不能安慰他。漫游者对自然的爱则是自觉的。

然而细读之下我们会发现这个虚幻人格身上的某种矛盾,叙事揭示了这个裂缝。《远游》第一卷由两部分拼接而成:漫游者的成长经历,"废毁的农舍"。在《废毁的农舍》部分,漫游者与玛格丽特是父女一般,但并不属于一个家庭。面对玛格丽特的悲剧,他如何能不悲伤?对漫游者成长的描述与《废毁的农舍》中对他的讲述形成难以贴合的两块。在前面一部分他是反思的,在抽象品质中长大。而在《废毁的农舍》部分他变得亲切、有血有肉,同时他的智慧也打了折扣,他自己有时也是忧伤的,他对玛格丽特的处境无能为力,也无法真正安慰她。叙事诗对现实性的要求有时给这个虚幻人物赋予了"现实"性,同时也弱化了他的理想色彩。

漫游者是华兹华斯创造的理想人物,他获得了精神上的平衡与平静。对于孤独者失去亲人后经历的精神危机,漫游者这个老友和智者提出怎样的建议,给予怎样的帮助?他对孤独者过去的创伤未做具体拆解,而是比较宽泛地谈论上帝、自然、爱,他给出的是理论上而言可治愈一切精神疾患的药方。《远游》第四卷"消沉之纠正"(Despondency Corrected)中大部分就是漫游者的长篇发言。他的主旨是,唯有上帝是万物变迁中的永恒支撑。漫游者并非反对孤独者的独居,而是认为独居要有正确的目的和方法,要以真理为旨归。他的言语中有很多可视为格言警句,比如:"当我们俯身而不是飞升之时,/智慧常常离我们更近"(III.236—237)。他有时直接宣扬基督教。

现在我们来看《远游》后半部分出现的乡村牧师这个人物。牧师这一身份在《远游》中多次出现。孤独者曾是军中牧师,但放弃了圣职。漫游者仿佛是无圣职的牧师。漫游者、孤独者、"我"到另一个谷地中拜访了这位乡村牧师,而后者讲述的众多人物中又包含了另外两个本地牧师。作为后几卷的重要发言者,牧师更像一个熟知本地掌故的人,他也是一个叙事诗人。他并没有进行太直接的宗教教导,他的训诫语言尚不如漫游者的语言更深入、更宗教化。华兹华斯没有清晰描述他的外貌。他也是一个退隐者,但他的退隐更加成功,他居住的谷地与孤独者的谷地不同,是一个居民众多的小社会。牧师所讲的故事主要以乡村个人或家庭为单位,各个家庭之间较少互动,但都是本地居民。而孤独者的小谷地里,不同人居住在一个屋檐下,不构成家庭,造成了剥削和压榨的扭曲空间。这些都仿佛是华兹华斯给自己在格拉斯米尔的退隐生活勾勒出的多种面向。《兄弟》中的牧师一家也织布,就乡村经济而言几乎就是普通的乡民。而《远游》中的这位牧师更加崇高,他的祖先是本地贵族。他的教堂也并非小巧和谐,而是"高大坚固"(V.149),在朴素的乡村建筑中同样具有崇高性。他既然有神职在身,其权威性自不待言。在他面前,漫游者也成了三个提问者中的一个。漫游者、"我"、孤独者一起向他提出共同的问题:如何获得那内心的原则?三人的问话长度几乎一样(V.569—622),一人一段,以不同的说法,从不同方面,构成一个合唱(chorus)。而牧师是唯一的解答者。

《远游》第八、九卷,人物增多,且进入到一个正常而幸福的家庭(牧师的家),尤其因为有三个可爱孩子的加入,人物变得活跃,动作更加丰富,气氛也更愉快和睦。在孤独者的住处和牧师家这两个室内空间,均有众人一起愉快吃饭的段落,但牧师家的室内是和谐的家庭,有女主人和孩子;孤独者的家则截然不同,那里只有不在场的女房东,一个哀伤的与孤独者没有血统关系的少年。从中饭到晚餐,长诗《远游》的色彩越来越明亮。最后一卷(第九卷)通过划船的共同活动中断了智力讨论的沉重话题。人物先前的移动和更换环境都是为了找到某人进行对话,解决思想上的问题,到全诗最后才出现真正的"远游"。

第九卷第419—795行的远游非常愉快,虽然其中也有悲伤与犹疑的影子偶尔飘过。一群人在日暮时分共同出游,有男有女,尤其有孩子,这与卢梭在《漫步遐想录》中记录的湖上独自飘荡很不同,华兹华斯的浪漫是更具有社会性的。在泛舟、点燃篝火、野餐、打水漂的愉快集体活动间隙中,牧师的妻子和孤独者却表达了哀悼之情:前者哀悼一个白羊美丽的倒影会轻易消失,后者哀悼刚刚燃过的篝火会马上熄灭(IX. 550—558)。两种声音是同一走向,发出负面声音的不是孤独者一人,而是变成了两个人物。牧师的妻子有其他乐观品质平衡她的这种想法,是她提议饭后去湖边泛舟,但华兹华斯给了这位优雅安详的女性以令人意外的忧郁声音,也赋予了她隐秘的一面。她流露出悲伤,那正是孤独者的全部人格所代表的品质。

虽然如此,最后出游的整体气氛是欢愉的,足以压倒悲伤的声音。这部分中的人称常常是"我们",这人称就是一个统一性的因素,仿佛众人一心,负面的情绪和声音在这集体人格、集体活动中,其存在被削弱。最后牧师面对火烧云做了总结性的祈祷。这一段抽象的热情祈祷是脱离具体情境的宗教语言,与全篇相当不符,但仿佛为了使全诗终结于光明与希望,祈祷又是必须的。然而孤独者的心病虽有所减轻,却并未完全治愈,他独自离开,答应明天再来,看来这种"精神旅行"将再次重启。

三 孤独者:人格化的忧郁

《远游》的第二—四卷围绕一个人物"孤独者"(the Solitary)展开,写漫游者带"我"去山中看望老友孤独者,后者正处在消沉的状态,漫游者对他进行了劝导。第二卷题为"孤独者",第三卷为"消沉"(Despondency),第四卷为"消沉之纠正"(Despondency Corrected),这三卷都围绕着孤独者这个人物。

"孤独"(solitary 和 solitude)是华兹华斯偏爱的词汇,一般情况下都是正向的,但也常常包含其反面。在《丁登寺》的最后段落中诗人对多萝西说:"那么让月光/照着独自行路的你"(Therefore let the moon / shine on thee in thy solitary walk,135—136 行),但同一段中就出现"如果孤独,恐惧,痛苦,哀伤"(if solitude, or fear, or pain, or grief,144 行),孤独又是负面的。[①] 对"solitude"一词的矛盾使用表明了华兹华斯在与共同体的距离问题上的矛盾态度。计划中的《隐者》(The Recluse)包括三部分内容,"人,自然,社会"。作为总题目的"隐者"似乎与两个近义词"solitary"或"hermit"都不同,也许华兹华斯扩大了"solitary""hermit"所隐含的一人独居状态,而用"recluse"来指称自己这样的半退隐状态。在《远游》的"序"中华兹华斯说到《隐者》这题目的

---

① William Wordsworth, "Lines Written a Few Miles above Tintern Abbey, on Revisiting the Banks of the Wye During a Tour, July 13, 1798," in *Lyrical Ballads, and Other Poems, 1797—1800*, pp. 116—120.

用意:"需要说明一下为何此诗的题目是《隐者》。几年前,作者退居到故乡的山中,希望能创作一个或可流传的作品,其题目为《隐者》,因其主要题材是一个隐居的诗人的感觉与看法。"① 华兹华斯一生未完成的大作就是《隐者》,这题目指向他自己。而他在很多诗中有时赞美隐士,如《一丛报春花》("The Tuft of Primroses"),有时则对隐士进行反思,如《写于一株紫杉下的座位上》("Lines Left upon a Seat in a Yew-tree")。可以说他理想中的隐者是在一定程度上隐退,如他自己退居到格拉斯米尔这样的谷地里一样。格拉斯米尔谷地是广大的,有众多的他人,组成一个自成一体的小社会。而《远游》中的孤独者的退隐就过于狭窄了。

孤独者可能是《远游》四个主要人物里最特别的一个。他充满矛盾,远非理想,我们可将其视为华兹华斯对隐居生活的负面因素进行的思考。这个人物并非血肉丰满,在华兹华斯的人物画廊里是一个有负面色彩的另类。在第二至四卷中孤独者的位置非常关键,言语的比重很大。在第三卷前面的"总结"(Argument)中华兹华斯这样描述此人的特点,"他的怠惰与心理忧郁,是由于对宗教的伟大真理缺乏信仰,也由于对人的品德缺乏信心"。② 可见他的最大特点是失去了对宗教和人的信心。这是一个隐士,却没有隐士应有的安宁与平和,反而充满了怨愤,"隐士"的外表下掩着一个不安的灵魂。

孤独者这个人物也有几个模糊的来源——一个是退隐到此地的苏格兰人,另一个是华兹华斯曾在伦敦听说的一个牧师——但他们只能说给华兹华斯提供了一些触媒和灵感。这个人物没有单一原型,关于他的很多重要信息华兹华斯都语焉不详。比如,他叫什么?他的家乡是苏格兰的何处?对他的外形华兹华斯也所言不多,只有如下几行:

> 他面容苍白,
> 身形高瘦,他穿的并非村服,
> 那衣服与他本人一样暗淡失色。(II. 525—527)③

他精神的虚弱表现为身体的虚弱。他的外貌特点是匮乏,"pale"是缺乏血色,"meagre"是缺乏力量,连他的服装也是"暗淡失色"的。他的整个外形没有光彩也没有颜色,他是典型的被阴郁所折磨的人,甚至有卡夫卡笔下的饥饿艺术家的感觉。与卡夫卡笔下的人物不同的是,这个人物的精神危机是

---

① William Wordsworth, *The Excursion*, p. 38.
② Ibid, p. 43.
③ 这几行原文如下:"a pale face, /A meagre person, tall, and in a garb /Not rustic—dull and faded like himself."

第七章　家园、退隐与共同体　181

可以解决的,他也乐于摆脱这种危机状态。他面临深重的问题,但消沉(despondency)尚弱于绝望(despair)。但他即使不能说在彻底的黑暗中,也没有在光明中。他恨世、愤怒、不满、有时尖刻。他也擅于思索,但不足以成为华兹华斯的导师。

从漫游者的他述和孤独者的自述中,我们可以大体勾勒出孤独者此前的轨迹:他先是做军队牧师,后爱上一个美丽女子,放弃牧师身份,与妻子隐居,但妻子和两个孩子都死去。之后他从绝望中振作起来,参与支持法国大革命,法国大革命却变了味道,法国和英国都令他绝望。他又到了美国,美国同样令他失望。他到美国西部的印第安人那里,看到他们的状态也远非理想。最后他落脚到了英格兰这片山区。

孤独者身上集中了从私人到公共领域的各种痛苦与失败。个人生活中,爱妻和两个孩子的早死是他的创伤经历的开始。这沉重打击之后,他试验了种种可以获得自由与宁静的方法,它们也以失败告终。他曾去过很多地方:英国、美国,甚至蛮荒的美国西部。他也是个漫游者,他的漫游范围比漫游者更广,但他并未因此获得更多智慧,这几个国家都令他失望。漫游者对孤独者的这部分历史并没有进行批评,孤独者对这几个国家的负面判断也基本符合华兹华斯的判断。也就是说,并非因孤独者是惯性的悲观主义者,所以到处只看到黑暗,在国际局势方面他的判断是基本正确的。那么在这样一个充满危机的时代,欧洲美洲的公共生活都没有给人们提供希望的时代,一个人如何才能保有希望?

孤独者可以说几次出世入世。他曾与妻子退隐过一次,是退到爱情和核心家庭中,家人组成一个自足的世界,爱是这小世界的牢固纽带。这种家庭生活也是一种隐居,但比一人隐居好得多。个人生活破碎后他才去公共生活中寻找安慰,这希望又破碎后,他再次退到这山中。华兹华斯书写的其他人物在遭受外来厄运后,内心不是很挣扎,孤独者则是一个挣扎的灵魂。在自己的其他文字中,华兹华斯本人的被折磨的灵魂常常可寻找到解决问题之道,能够安慰自己,如同《决心与独立》一诗中一样,通过类似"顿悟"(epiphany)一般的时刻,达到对自我的肯定。而孤独者的问题到《远游》最后也没有彻底解决。《远游》第三卷题目是"消沉",第四卷是"消沉之纠正","消沉"是华兹华斯对孤独者病状的总结。消沉也就是忧郁,阴郁。孤独者觉得死亡优于睡眠,夜晚优于白日。忧郁也是浪漫主义者的一种典型病症。华兹华斯的一些诗也写到自己的消沉,比如《决心与独立》《作于早春》("Lines Written in Early Spring")等,但那些消沉状态都有具体缘故,属于特定的时刻,孤独者的消沉则是一种持久的状态,是他在对自己的经历与世界做出判断之后得出的一种人生观。

　　孤独者有"拜伦式英雄"(Byronic hero)的味道,但他并没有后者那样的负面强度,没有那样的愤怒和深重的自我折磨。他可以说是华兹华斯的一面,但远非极端。他并不是雅典的泰门那样对人世彻底绝望,也没有像约伯那样拷问上帝。他的最大特征是不平静。这与漫游者形成鲜明对照,后者的最大成就是获得了平静。孤独者尽管退居到一个远离人世的地方,但他有房东,有同住者,并没有达到隐居之目的。漫游者过去的生活中没有具体事件,其内心稳定成长,而孤独者却在内与外的两重风雨里飘摇。

　　《远游》大部分是二人、三人、四人之间的对话,几人之间有时形成交互与参差,第二到四卷中对孤独者生平的呈现方式亦可看出这一点。漫游者在未见到孤独者之前,对"我"讲述了孤独者的历史,后来孤独者又将那历史更细致地叙述了一遍。两个版本不甚和谐地共存,一个是自述,一个是他述,自述者是信息上的权威,他述者是道德权威。华兹华斯这样安排可能有叙事上的考虑,先让漫游者把这个人物的生平进行概述,令读者产生阅读和探索的兴趣;也可通过漫游者的"正确视角"对孤独者的生平做出判断,矫正他在自述中对自己形象的自觉不自觉的美化。

　　漫游者对孤独者的判断要比后者对自己的判断更严厉。比如对于孤独者念兹在兹的恋爱,漫游者强调新娘拥有的世俗财富。类似地,漫游者也强调孤独者虚荣世故的一面和对尘世名利的追求,而孤独者的自述中几乎没有这些因素的位置,他的自述与漫游者的他述形成一种对照。漫游者常常将孤独者的隐居动机世俗化,"使他绝望的是他鄙视那些人,/他眼见他们在权力或名声上发达"(II. 315—316)。在漫游者看来,孤独者的退隐行为动机不纯,并非完全出于厌世,而是有追逐名利而不得的因素。漫游者对法国大革命也有许多批评。在他的讲述中,孤独者成了"不信教者"(infidel)这一关键事件就发生在法国大革命中(II. 264)。偏离上帝是孤独者的最大过错,走向上帝也就是他的救赎。漫游者还提供了孤独者叙述中并未出现的其他负面信息。在漫游者的叙述中,孤独者的过往不仅充满痛苦,且千疮百孔,一些缺陷并未随时间或境遇而消失。漫游者这样总结孤独者现在的整体状态:

> 他虚度他余下的悲哀的时光,
> 沉浸在不能自拔的忧郁中,这忧郁
> 并不缺少自己的快感。(II. 327—329)

　　总之,从漫游者的叙述中可看到他对孤独者相当严厉,不甚符合他同胞兼老友的身份。作为一个具有宽厚同情心的理想人物,漫游者的态度似乎有些过分。难道对孤独者的不幸遭际,尤其是他妻子和孩子的死,不应有更多的怜悯？孤独者目前虽然悲伤，但并非堕落。在漫游者的这段叙述的字里行间，我们偶尔会看到漫游者"刻薄"的一面。后来他发现伏尔泰的书《老实人》（Candide）被孤独者丢弃在地，此时他的眼神是轻蔑的(II.496)。这是对那书及其作者伏尔泰的蔑视，也是对曾爱好这书，希冀从中找到精神力量的孤独者的蔑视。蔑视透露了漫游者的自傲和道德优越感。他的这些方面与此前华兹华斯描述的他的崇高、谦卑、悲悯，他的成长，他对废毁的农舍的叙述，都是矛盾的。漫游者对玛格丽特和孤独者是两种态度。对前者他充满同情，如同父亲，给予安慰。对后者他相当严厉，进行道德审判和长篇训导。

一个原因可能是玛格丽特是被生活变故压倒的人，没有多少过错。而孤独者对于自己的生活变故则应负担很多责任，他不是简单的受害者，他试图控制和设计自己的生活。另一方面，漫游者和孤独者在《远游》一诗中被设定的关系是"老友"，所以才有漫游者带着"我"去"访友"，并以忠言告诫朋友。但我们不知道漫游者和孤独者如何相识，他们的轨迹曾在哪里交叉过。这段友谊没有历史，而更像是一种叙述的设计。他们之间并不亲近，"我"与孤独者的距离倒像比漫游者与孤独者之间的距离近得多。这两人是对立品质的代表和人格化（personification），但他们又不能不相识，否则作为叙事中的"人物"（characters）他们如何相遇并深入对话？这种裂隙也是寓言叙事与贴近现实的叙事之间的裂隙。

再来看孤独者对过去的自述，第三卷的大部分都是这方面的内容（487行之后）。他的自述不仅是漫游者叙述(II.171-332,共161行)的扩大版，更提供了很多新信息，描绘了另一种自我形象。孤独者自己勾勒的轨迹是这样的。他本来充满希望地投入到很多人与事中去（婚姻、法国大革命、去美国的船、美国、美国西部），但每次他的希望都落空。他没有提到虚荣心和对名利的欲望，我们看到的是一个幻灭的理想主义者，一个上下求索的不安灵魂，这使他具有了浓厚的现代色彩，虽然他的危机还没有深重到我们在20世纪经典文学作品中看到的那种深度。

孤独者对自己历史的叙述从他的爱人开始。漫游者此前的叙述补足了孤独者的前史，孤独者没有说自己的家乡或父母，以及自己做军中牧师的经历。这固然是华兹华斯将信息进行了一定的分配，也表明了在孤独者眼中那段婚姻的重要性。他在婚姻中遭受的打击是毁灭性的，可视为他一生最大的创伤，他此后的经历都可理解为他试图治愈创伤的努力。他尝试了各种重要活动，更换了很多地点，但都不成功。

孤独者的全部自述这样开始："你（you）从未见过，你的眼睛从未看到／我的爱人那光辉的容颜"(III.483-484)。这里的"you"可以是泛指的第二人称,指漫游者、"我"或全部读者。然而在这自述之前,孤独者把目光单单转向了漫游者,这言语更像对漫游者一人所发。孤独者的否定语句是在陈述事实,但也让我们想到,漫游者这个具备完满的爱的能力的人却仿佛没有家人,没有固定的人际纽带,是个无根之人。他只是游走、观看、倾听,而并没有完全投入生活之中。虽然《废毁的农舍》中的玛格丽特与他很亲近,如同他的女儿,但他只在长期的漫游中偶尔见到她,对她的叙述呈现片段化的特征。他也不曾真正地受苦,真正地失去。他在旅途中看到很多苦难,但并没有看到庸俗和不人道之事。这也许是他保有智慧的代价,但也使他的智慧有了缺口。在与孤独者的对比中,漫游者显出了他可能的"缺陷",虽然这很可能并非华兹华斯有意为之。

两个人都叙述了孤独者的婚姻。一段事由两个人分别叙述,在分配信息时不免重复,比如对于孤独者的妻子两个叙述者都用了"这美丽的新娘"(this fair Bride)的相同表述(II. 202, III. 512)。然而更重要的是两种叙述之间的差别。孤独者用最大篇幅讲述与爱人的家庭生活(III. 487—714):自己如何爱上她,如何有了两个孩子,两个孩子如何先后离世,爱人如何死去,以及他的悲痛。这是他的自述中文字最密集的地方。尤其是一家人的快乐,那是孤独者一生的最高峰。对这婚姻,漫游者的叙述却只有 21 行(II. 202—222):"他们的快乐多么完满!/他们的爱多么自由"(II. 207—8)。即便在这样短短的 21 行中,漫游者还不忘隐含批评地说到孤独者的妻子很富有。孤独者叙述最详细的就是当年的婚姻欢乐,猝然失去这快乐是他最大的痛,但或许这也是漫游者最不了解也最难以描述的,漫游者可能并不懂这种男女之爱和亲子之爱。漫游者从孤独者的家世和童年讲起,仿佛对方的生平是一个均匀的时间过程。孤独者的自述则从妻子说起,因为那是决定他后来命运的时刻,之前在军队中做牧师似乎对他的灵魂并无塑造性的影响。在孤独者的叙述中,婚姻生活是他一生中最核心的七年。学者阿布拉姆斯认为法国大革命及其失败对华兹华斯这一代人特别重要,《远游》中的孤独者之消沉就是大革命引发的:"华兹华斯设计了《远游》以展现他那颓唐的时代,通过孤独者的范例——孤独者是浪漫派知识分子的代表,因大革命之失败而沉沦于忧郁和冷漠中——展现从'消沉'到'消沉被纠正'的道路。"①但按照孤独者自己所言,他的困境更是由个人灾难带来的,法国大革命只是后来的一种打击,而且他一直到《远游》的最后也并未完全得到纠正。

华兹华斯并不太擅长描写年轻男女的热烈之爱,这对夫妻的爱就写得相

---

① M. H. Abrams, *Natural Supernaturalism*, p. 328.

第七章　家园、退隐与共同体

当模式化。夫妻两人退到了海边的家中，在浪漫的地点展开浪漫的爱情。两个人的共同活动是一起在田野漫游，也就是华兹华斯一个人常做的事。幸福的婚姻生活几乎没有室内的成分，很"牧歌"也很虚幻。而两个孩子的去世及其对妻子的打击，因为华兹华斯有自己的惨痛经历而写得深入，比如妻子"沉入无声哀痛的黑暗深渊"（III. 683－684），其中很可能有华兹华斯妻子的影子。①

在孤独者的自述中，他在婚姻家庭中并不属于社会共同体。他过的完全是私人生活，对外界不关心也不介入，一家人完满自足。然而他的家人被死亡抹去。在消沉一段后，他从极端的私人生活走向了极端的公共生活，走向法国大革命的博爱理想。不论在漫游者还是孤独者的叙述中，法国大革命都具有强大的力量，是一次世界性事件，只有它能把孤独者从死亡一般深重的冷漠中震醒。孤独者说，大革命给出这样的承诺："从此以后，你自己所缺乏的／你将在他人身上立即找到"（III. 739－740）。这一理想是对人类的纽带与共同性的极端强调，是确信希望和安慰唯有在他人那里才能找到，这对在个人领域中绝望的孤独者而言具有很大吸引力。他投身于社会之中，并将其表述为第二次婚姻，以作为他从前的婚姻的替代："社会成了我闪光的新娘，／虚飘的希望成了我的孩子"（III. 742－743）。

在漫游者的叙述中，孤独者失去了基督教信仰，这发生在法国大革命的大气氛中，失去信仰是他和法国大革命的大悲剧。而在孤独者的叙述中，法国大革命对自己的打击来自自由理想的幻灭："自由，／我崇拜你，却发现你是个幻影"（III. 784－785）。他看见法国被军人掌控，而在英国"弥漫着对变化的强烈畏惧，／弱者被赞美，奖赏，得到晋升"（III. 835－836）。欧洲使他彻底失望。他于是想出走到离欧洲最远的地方——美国。这与他最后自我放逐到英格兰偏僻的山中是类似的举动。在去美国的船上他以为自己自由了，但并非如此，"因为我的回忆会像瘟疫一样爆发"（III. 855）。这回忆只能是对失去的妻子和孩子的回忆。并不是说船上没有自由或博爱，而是私人领域的损失在公共领域无论如何也无法弥补，他的逃离注定是失败的。关于美国的部分漫游者讲得很少，孤独者说得较多，但并不具体。他在美国给自己设定的身份是轻蔑的旁观者。美国令他失望，他又到美国西部的森林中去寻找高贵的野蛮人。他以为美国与欧洲不同，以为美国的野蛮人与文明人不同，但在令他幻灭这一点上，各处的人们都是相同的。

---

① 1813 年，华兹华斯的两个孩子短时间内突然死去后，妻子沉溺于悲伤，这时华兹华斯添加了孤独者的妻子和孩子死亡的部分。Juliet Barker, *Wordsworth: A Life in Letters*, p. 312.

华兹华斯对这个孤独者是怎样的态度呢?对于漫游者,华兹华斯的态度是尊敬与仰慕,将其设定为自己的情感与道德榜样。对孤独者,华兹华斯的态度则很复杂,可以说敬佩、同情、不屑兼而有之。作者的这种态度表现在漫游者对孤独者的叙述中,在对孤独者的隐居之所的描绘中也可看出端倪。居住地是居住者的一面镜子,而孤独者的这面镜子中反映出来的图景是驳杂而矛盾的。

"我"与漫游者先登上山中的高处,才从那里望见孤独者的山谷。那小谷地如同一个封闭的瓮,从高处看是这样的:

> 一个安静的无树的角落,两块绿田,
> 一个水塘在太阳下闪着光,
> 还有一个光秃秃的房屋。(II. 357—359)

仿佛华兹华斯不知对这地方该有怎样的感受。宁静,人耕种的绿色田地,闪光的水塘——这些是好的,然而没有树又显出了荒凉。

> 那领地里唯一的公鸡啼鸣,
> 春天小鸟在那里找不到篱笆
> 来隐蔽它们。(II. 364—366)

理想之地是以丰足为特征的,而华兹华斯每写一件这小谷地拥有之物,就会搭配一件它缺乏之物:有公鸡,但只是一只,没有小鸟;有田地,但没有树和篱笆。华兹华斯对这谷地的描述显得很犹豫,各种矛盾的词语并存,前一刻形成的印象很快被后面的词语抹去。那里是封闭的,既青葱又荒凉。这独居场所与华兹华斯的理想似乎有相当的差距。在《一丛报春花》中华兹华斯说到古代的基督教隐士们,他们依靠信仰的支撑共同隐居在美好的东方。时间上是古代,空间上是东方,与此时此地拉开遥远的距离,充满浪漫色彩。而《远游》中的这位现代隐士是那些古代隐士的反面。他曾经是教士,然而失去了信仰。他住在一个并非完全美好的隔绝之处,却未能远离人间的纷扰。这是一个隐士梦的现代版、恶化版。

然而下面一段的第一行就是"啊,我想,这是一个多么甜蜜的退居之处"(II. 369)。可见"我"又喜欢这里。"我"很少见过这样的地方,"这样孤寂,又这样安全"(II. 374),而"我"终究对这样的地方心有戚戚焉,也就是"我"与孤独者有类似的心灵和爱好。这一转折将上一段的基本贬义又翻转过来,此地又变成孤独却自足,贫穷却不匮乏。

> 如果这里没有平静,
> 就无处会有;不被公私领域里的

新闻所惊扰的日子。(II. 384—386)

实际上从此诗后面的发展来看,这里在地理上看似与世隔绝,但并未真正隔绝。这个谷地不仅有一个出口,且与其他谷地往来甚密。这里并未被时间和历史忘却,孤独者也并非独居,他内心没有宁静,生活在这里的其他人也没有宁静。这里毫不缺少痛苦和悲伤,而且刚刚死过一个人。"我"和"漫游者"对这里的最早感官接触,就是看到一个送葬的队伍把死者抬出谷地去埋葬。这里的人们并没有自足。后面的诗行以及漫游者对孤独者在此前的批评,部分地否定了"我"对这小谷地的浪漫幻想,将孤独者与他的居住地的崇高性拉了下来。然而这种矛盾在不同的时刻仍反复浮现。后来在离开孤独者居住的山谷时,"我"又依依不舍地告别这个"诱人的所在"(V.4),这是对那地点的最后总结,前面的不愉快再一次被抹除,这地点又变成令人羡慕的幽居之所。

当"我"与漫游者走近孤独者住的房子,看到它

> 几乎有一种令人生畏的裸露,
> 我觉得,同我们从那高崖上俯瞰
> 所见到的景象相比要逊色了,
> 令人痛苦地逊色了。(II. 641—644)

但进入这农舍之后,"我们"又发现孤独者很好客。孤独者的隐居之所是嵌套式的,先是那仿佛与世隔绝的谷地,然后是谷地中的这农舍,这农舍是他的"家",但并不足以使他安身立命。华兹华斯对他的房间的描述与对谷地的描述有类似的矛盾特点。房间里有各种科学设备,蒙尘的乐器、书,它们或已被弃,或未完成,表明房间的主人曾对艺术与科学进行了多种探索,但都于他的心灵无益。他的房间无系统,不脏,但是乱。一个整洁的房间是内心秩序的投射,他的房间跟他一样不成功。这里有很多东西,但无一样可用,单个看来每样物品都足以给他提供安慰,但他无法选定任何一种。他和他的房间一样有拼凑之感,最后令人无法得出统一完整的印象。然而孤独者给两位客人端上来的食物却洁净丰足,孤独者变身为一个"彬彬有礼的主人"(II. 699),出现在那混乱的房间。矛盾在这个房间里依然继续。

这农舍的居民还不止他们二人。与孤独者共住于此屋檐下的人,并非他的同类或灵魂伴侣,他们完全世俗化甚至过分世俗化。农舍内的成员不形成一个家庭,而是因偶然原因或经济关系而同住的陌生人。自然本应与其中的人相应,但这里的情况并非如此。这也是华兹华斯在《家在格拉斯米尔》一诗中的一个主要困惑,就是人配不上自己所在的崇高美好的自然环境。在《家

在格拉斯米尔》中,华兹华斯经过反复的挣扎和自我劝说,基本达到了一个肯定的结论。然而对美好自然中之人的矛盾态度与负面评判,可以说在《远游》这几卷得到了一次爆发,这些负面判断方便地放在一个恨世者口中说出。这小谷地属于格拉斯米尔谷地,又似乎在它之外,成为容纳一个特别的孤独者和一些负面内容的小空间。孤独者否认自己是与世隔绝的,"我们一直接触到/世界的庸俗律令"(II.762—763)。他讲述的农舍女主人和那刚刚死去的人就都是庸俗的(vulgar)。在华兹华斯的其他乡村诗中,乡村人物常常贫穷然而精神高贵,人们犯错误但令人同情和惋惜,这里的人却罕见地庸俗。小谷地中的生活并未给孤独者更好的爱的教育和治愈的机会,农舍中的几人构成的关系远远劣于格拉斯米尔大谷地中乡人之间的友爱与互助。这里有另一种人际关系,另一种经济和生活模式。这是一个猥琐化的所在,很难说这里是否仍应称作乡村。

最庸俗的是这里的经济安排。孤独者是其中一个房客,另一个房客是依靠公共慈善为生的七十多岁的老人。那刚刚死去的老房客是华兹华斯叙事诗中最凄惨的死者之一,没有人爱他,没有人哀悼他,他七十岁的生命就这样过去,没有留下任何回忆和痕迹。他不同于华兹华斯叙事诗中的其他乡村老人:麦克尔还有他不死的回忆和羊栏,坎伯兰虚弱的老乞丐还得到众人的怜悯,偷东西的老人还有孙子为伴。而此诗中的这老人只是凄惨,一直没能达到悲剧或崇高的程度。这才是真正平庸渺小的一生。这老者几乎失去了灵性和尊严,只剩下动物性的生存。孤独者仍有能力同情他,在这一点上他比这老人高出许多。但孤独者说,同那老人说话很吃力,"他在我眼中是一个廉价的乐趣"(II.786),老人死去,孤独者也并不很惋惜。对孤独者而言,这位老人的受苦也是庸俗的,只让自己继续看到人的渺小与猥琐。这位老人委顿到如此地步,即便被压迫,他也不是压迫下的英雄,而总给人虫豸之感。对于这老人,华兹华斯的态度可以说有鲁迅般的"哀其不幸,怒其不争"之意。

贪婪的女房东想从这老人身上敲诈出最后的几滴"剩余价值"。华兹华斯的叙事诗中,牧羊人/农民住在自己的房子里,种自己的土地,艰难地维持着物质与精神的独立。而此诗中的那老房客无家可归,流落在山中这租住的地方并死在这里。他从各方面而言都没有独立性。女房东从物质和精神上对他进行双重剥削,既收他的房租,还免费使用他干活,甚至让他去干与他的年龄不相称的危险生计。我们很难相信这种事只发生在小谷地之中,很可能这是当时乡村的某种庸俗却无法否认的现实,但华兹华斯将其控制在这小谷地中,免得其溢出。对孤独者而言,这微型社会般的农舍汇聚了社会上的被弃者——那无家可归的老房客和孩子,还有他这失去信念的人。这里与令孤独者失望的外部世界完全同质,他的精神在这里没有也不可能得到新生。

雇佣关系对华兹华斯来说是丑陋的,因为它是人对人的奴役,有悖于他所书写的理想乡村的精神独立原则。此诗中雇佣关系的赤裸裸存在,标明这里不是圣地,也并未保存乡村的良好传统,而是已率先沾染了城市病,沾染了一个更恶劣的未来的色彩。这里的剥削与雇佣具有新式特点,房客和无家可归者催生了一种特别的剥削形式。在这高山中的一角出现了令人惊心动魄的雇佣关系,显得很刺目。这里仍然是"农舍"(cottage),却是个变异的农舍。这不是一个家庭。在由血缘、爱和经济纽带连结的乡村家庭中,人们互助互惠。而在这个特别的农舍中,那女主人的丈夫只出现了一下便消失,关于他的信息很不明确,他在诗中和这农舍的运转中缺少存在感。这农舍的等级结构中最高的地位是一个"女王",她之下是几个为她服务的人。几个人没有血缘关系,也缺乏情感纽带,只是作为一个共同的经济体而存在,为了那"女王"一人的利益要牺牲其他人的利益。这美好谷地是有主人的,本该互助的乡民中出现了彼此的轻蔑与剥削。

在女房东与这老人的关系中,她拥有雇主一般的地位。她雇佣很多人,包括这免费的老长工。她是多重意义的女主人(landlady),既是女地主、女雇主,也是女房东。她几乎没有同情心,女主人的身份勾销了她作为女性应有的美、同情等品质。这七旬老者被女东家派到高山上暴风雨中去拾柴而失踪。孤独者对此感到义愤,他是这庸俗无情的小世界中唯一有同情心的人,他说:"无情!一个老人的生命/难道不值得哪怕想一下吗?"(II. 817—818)这样对待一个老人已不是庸俗,而是无情(inhuman)了。

孤独者的住所是矛盾的,从人的环境来看相当恶劣,但在自然的怀抱之中。那么孤独者对大自然是怎样的态度?在这方面,我们依然能发现他的矛盾。他对大自然的感受力很敏锐,他能体会到"我"所体会到的,这是他最大的救赎之点。这隐居处的大自然没有令他失望,从体会自然的部分来看,他实现了隐居之乐,听到了只有隐居者才能听到的声音,但这并未解决他的恨世问题。孤独者有几次对自然的集中描绘达到了很高的强度,他对门前两座山峰的描绘就很崇高。还有一次是他在抬那可怜老人回家的途中看到的独特的雾中风景。这段描写中的自然与被叙述的事件无关,景与事脱离,仿佛随机插入,是意外的打断。风景让孤独者忘记了人间的一切,也忘记了自己。他看到的景象是"无与伦比的光辉"(II. 862),那几乎是海市蜃楼,是雨后山中"一座雄伟的城市"(II. 870),这由暴风雨后的山和云构成的广大而闪光的城市幻象几乎是神样的。这样的自然描绘出自孤独者之口,相当于华兹华斯给了他某种特权,当时他与一群牧羊人一起,但他是看到此景象并发出赞叹的唯一一人。

然而这样一次奇遇只是当时对孤独者有强烈触动,并未使他的灵魂有深刻改变,他对自然的体会也只是集中于浅表层面。孤独者就在自然之中。他在院子中还有一个小去处,在山中还有一个小去处,但他没有说自己在这些去处中如何与自然共在。他并未主动去追求自然,他能描述看到听到的自然,却没能像漫游者那样对自然的德性进行思考。自然给了他富有深意的教育,但他并没有接收到很多信息。他对自然的描绘对于一个隐居山中的人而言仍然太少,他从自然中得到的滋养显然远远不够。同时孤独者所讲述的崇高自然与这自然中的猥琐人事形成强烈对比。崇高自然如果对应的是人世的深重痛苦,倒也不失为恰切的一对,但自然崇高,人事庸俗,二者形成严重的错位。

孤独者总是躲得不够远,他已经在这山谷的农舍,还要躲到农舍旁的一个小凳子上,躲到山里一堆石头中。这是一个无限躲藏的过程,表明人世和过去总在他眼前,他无处躲藏。我们来看一下他山中的那个躲藏处。如果说那农舍所在的小谷地还不够理想,这山中一角已经是独处的理想场所了。古代隐士的东方乐园已不可寻,这里可以说是现代能找到的最好隐居地。孤独者热爱大自然,也找到了这里,然而这并没有缓解他的焦虑。这是自然与人的另一种不和谐,自然无法安慰人。只有自然是不够的,社会和他人在华兹华斯的叙事诗中常常超过了自然的分量。孤独者对自然的爱并没有如《序曲》中那样引向对人类的爱,他的发展是被阻断的。在华兹华斯笔下,完全逃入无人之所在,将人世因素降为零,这并不是一种可行的选择,它导致的不只是焦虑,更是疯狂和非人。连圣巴西尔(St. Basil)那样的古代隐士都是群居而隐,同住的都是合意的伙伴,他们自己发明共同体的规则并遵守这规则。那才是最理想的隐居,然而当代隐居者已经失去了那种隐居条件。

这山中去处是进行静思的好地方,孤独者能找到这里却没能充分利用,他并未进行很多静思。风景施加于他的感官,但他却没有有意地观照(contemplate),漫游者看到这里是产生智者的好地方,孤独者对这些乱石的描述则是嘲讽口吻:

> 我们眼前的形状
> 和它们的安排,无疑应视为
> 自然的游戏,被盲目的偶然所助,
> 粗鲁地嘲笑人的劳作与苦工。(III. 128—131)

"盲目"(blind)、"粗鲁"(rudely)、"嘲笑"(mock)等词语把自然物进行了矮化的阐释。孤独者对自然的用语相当不敬,使此地的崇高打了折扣。他发现了这里,却没有看到这里的崇高,因内心的虚浮,他得到的是缩小版的本地风景。

华兹华斯没有告诉我们孤独者听到漫游者的训诫后如何反应。从下文看,孤独者并没有幡然悔悟。第三卷题为"消沉",第四卷题为"消沉之纠正",可是一直到第九卷,孤独者都未改其消沉,他并未被纠正。孤独者怀疑悲观,他的品质是浪漫主义的另一面,也是在现代派中充分发展了的一面。他并非恶人,他能一直参与众人的对话,能理解别人。他不是《浮士德》中墨菲斯特那样的否定的精灵。他也否定,但这不能消除他的忧伤。他没有幽默感,他是受伤害的厌世者,但期待着安慰和救赎。他又特别聪敏,擅长辩论与思考,所以想要说服他和救赎他并不容易。

或许写此诗之时,华兹华斯不能不面对自己的怀疑与犹豫,但又不愿将其直接写出,于是设计出这样一个角色,替自己的这一面发言。如果对这一面的征服已经完成,已经属于过去时,也就没有必要如此热切地探索这些问题的答案了。因此我们看到诗中的"我"与孤独者之间常"心有戚戚焉"。比如对孤独者的一番抱怨,"我"基本同意并将之进一步发展,提供进一步佐证。孤独者说:人生有春天,但夏天和成熟收获的秋天在哪里?秋天是"越来越缺少／外面的阳光和内心的热度"(V.403—404)。这灰暗的中年人的语言或者也是写诗时华兹华斯本人的忧虑。在这一片段中,"我"与孤独者两个人的言语几乎无缝衔接,很少抱怨的"我"在此却发出抱怨。此外"我"也是个隐居者,"被庇护,但并不无视社会责任,／退隐,但并非被埋葬"(V.52—53)。"我"的选择比孤独者要中庸合宜一些,这是华兹华斯自己选择的与社会之间的恰当距离。华兹华斯有较为丰富的精神资源与支持:工作、书,尤其是他在退隐中有强大的人际关系纽带(友谊与家人之爱),这些都是孤独者不具备的。孤独者的退隐是失败的退隐,但他也是华兹华斯的一种面向。对隐居而言最重要的是"度"的问题,要在社会性与自我之间找到平衡。孤独者就代表了隐居者可能陷入的一种困境。

孤独者是浪漫派忧郁的人格化体现,是成为肉身的忧郁,他面对的问题无法真正解决。华兹华斯并不以忧郁为荣,但不能否认它。在其他诗中,华兹华斯常常在情绪低落之后重新振作,而在《远游》中,孤独者这个人物一直到最后都是忧郁的。然而他并不反对社交,他与众人一起讨论、出游,是集体的一部分。或者可以说,忧郁是华兹华斯精神面向的一个有机部分,也是具有生产性的部分:如果不是要处理孤独者提出的疑问,漫游者怎么会有那么多发言?如果不是因为孤独者的请求,牧师怎么会讲那许多故事?《远游》是孤独者的疗伤之旅,不能说他最后疗伤成功,但毕竟交谈于他是有益的——

也就是说华兹华斯让自己的精神的这一部分与其他部分并存、对话，虽然无法消灭它。

　　《远游》的结尾说的是这一天对孤独者的意义。《远游》仿佛一开始是"我"的学习过程，但在孤独者加入之后，整体架构变成了他的疗愈过程。在全诗最后，孤独者独自走开，他依然是"独自"的，又从这集体中剥离，他毕竟无法完全融入。然而他答应明天仍与众人一起，"远游"还将继续。整首长诗从孤独者的角度来说可以视为一个反复的治疗过程。《远游》是对"消沉"问题的一次集中处理，并赋予它以一个形象，一个带着一贯价值观的人物，他有能力表达绝望与怀疑。华兹华斯试图用孤独者的例证告诉我们，恨世的隐居是不可能成功的。我们从中看到了隐居中的一些根本问题：隐居不就是为了避人避世？隐居者的非社会性，不就是对人的社会属性的反对？显然华兹华斯在入世与隐居之间是矛盾的态度：他不否认人的社会属性，但听到了人间的刺耳声音，看到了人间的问题；他渴望隐居的生活，但又看到了隐居的弊病与真正隐居的不可能。在《远游》中的孤独者这个人物身上，华兹华斯把可能属于自己的很多困惑与焦虑聚合起来，集中地做了一次人格化的表达。

第八章　古典与中世纪：重构英国和欧洲的"过往"

华兹华斯写了许多关于中世纪或古典题材的诗,有的篇幅很长,《莱尔斯顿的白鹿》(*The White Doe of Rylstone*)就有 1929 行。他的这部分作品没有受到足够的重视,斯蒂芬·吉尔(Stephen Gill)主编的牛津版《华兹华斯主要作品》(*William Wordsworth: Major Works*)里除了《快乐勇士的品格》("The Happy Warrior")外,没有选取一首这类题材的诗。① 这些诗在复古愿望中包含着某种对当代的不满,且对所书写的中世纪传统有反思和修正。

华兹华斯的这类诗属于一个长久传统的一部分,这个传统来自中世纪和文艺复兴时期的传奇。英国浪漫派诗人中,济慈也大力书写古典与中世纪,比华兹华斯的创作更幽微,更有梦幻感。而自称"最后的浪漫派"的叶芝的很多诗和剧作写爱尔兰的英雄,也有神话色彩,叶芝的一个诗集题名就是《绿色的头盔》(*The Green Helmet*)。如果说华兹华斯的乡村书写因为乡村生活的消失而难以在之后成为一个更大的诗歌传统,其中的写实精神却是后代诗人们所追求的,那么在浪漫主义高潮之后,他对中世纪和古典世界的浪漫书写这一传统,除了叶芝这样的个别例子,并没有被现代诗歌所继承。浪漫主义的这类诗被目为过于理想化或逃避主义,也就是过于"浪漫",不肯直面现实,因而为人所诟病。

华兹华斯的当代乡村中几乎没有贵族的位置。然而在他中世纪题材的作品中大体只有贵族,普通人变得边缘。处理当代题材时华兹华斯强调的是日常与谦卑,他的中世纪题材的叙事诗则充满了战争、决斗等,并且有超自然力量的存在,地点也常是贵族的华美城堡,而不再是农舍。同时,中世纪和古典的故事多是在人的关系中展开的,尤其是公共领域,孤独者或退隐者在那里没有多少位置。

一　梦幻乌托邦

在华兹华斯笔下,古典世界与中世纪是一脉相承的。他在诗中多次表达

---

① William Wordsworth, *The Major Works*, Stephen Gill ed., Oxford: Oxford University Press, 1984.

对古典世界的向往。《俗世离我们太切近》("The world is too much with us")这首十四行诗鲜明地对比了古典与现代，表现了对古典世界的渴望。① 在华兹华斯看来，当代的逻辑是"攫取，消费"(2行)，不论大自然多么奇妙，人们都无动于衷。这是真正的异化。诗人希望看到"普劳图斯来自海波，/或者听到老特里同把他的螺号吹响"(13—14行)。华兹华斯在这里呈现了一个活的神话世界，信仰神话的古典人对自然的体验优于华兹华斯自己的体验。他用文字描述了夜空下的大海，虽然他如此体察入微，且对自然背后的神性有所领悟，但这种体验仍不及古代世界的人们。他们看到的是活生生的神话，是自然获得了人一般的品格与力量，是用个性鲜明的神话人物(Proteus, Triton)来解释自然。这个古典世界不是"高贵的单纯，宁静的伟大"，不是叶芝所刻画的那种菲狄亚斯式的精准比例等古典原则，不是中庸有度，而是激情的载体，是"浪漫的古典"。

　　商业逻辑、金钱与市场较少存在于华兹华斯所书写的乡村，牧羊人的生活体现为自给自足的自然经济，"攫取和消费"的急迫生活方式在乡村很少见，然而这种乡村生活已岌岌可危。正如对乡村的书写是对现代病状的一种文化抗拒，中世纪与古代的梦幻可以说也是一种抗拒。华兹华斯的当代乡村故事写了当前仍外在于资本主义金钱逻辑的边缘地区和边缘人群，他们依然过着有机的生活。中世纪与古代的故事则回到一个全面的有机社会，虽然那种有机社会其实只存在于文字传统中。上面这首十四行诗用的人称是"我们"，体现了当代的普遍精神匮乏，这也是当代生活对诗人想象力的挑战。当代生活是贫瘠的，难以提供活生生的素材，诗人在其中扮演的角色就更加重要，他要为共同体保持鲜活的想象力，构建那处于边缘的或过往的乌托邦。类似的，在叶芝的诗《驶向拜占庭》("Sailing to Byzantium")中，驶向另一时空是不可能的，但这种"驶向"就是一个有意味的行为，虽然只涉及想象的空间，但也是一种对抗。② 叶芝的另一首诗《忧郁中作》("Lines Written in Dejection")也用半人马、女巫等神话人物和动物的消失，来指称自己灵感枯竭的中年，也确认了如今这个神话消失的时代的整体枯竭。然而古典时代已过去，在华兹华斯的眼中，普劳图斯和特里同也只是"神话"。他的这首十四行诗指向一个非基督教的世界，诗人甚至请求上帝，希望自己能"被异教信仰所哺育"(10行)，这请求既非一个基督徒应该有的请求，也是不可能实现的。

　　华兹华斯翻译了许多古典和中世纪、文艺复兴时期的作品，既作为一种

---

① William Wordsworth, *Poems, in Two Volumes, and Other Poems, 1800—1807*, p. 150.
② W. B. Yeats, *The Collected Poems of W. B. Yeats*, Richard J. Finneran ed., New York: Scribner, 1996, pp. 193—194.

训练，也表明了他的爱好。从他选择翻译的文本中我们可以看到他的倾向性。他在1823—1824年间翻译了维吉尔的《埃涅阿斯纪》，包括其第一、二、三卷的全部，第四卷的688—692行，第八卷337—366行，一共3000行左右，下了很大功夫。① 这既是华兹华斯向维吉尔致敬，也是他最大的一项翻译工作。可以看出他所翻译的主要为与狄多相关的部分，而不是该史诗后半部分的战斗内容。前三卷中没有战斗，第四卷他选译的是狄多死之前的几行，第八卷选译的则是埃涅阿斯在冥界看到罗马之未来。华兹华斯还译过一部分阿里奥斯托的《疯狂的奥兰多》。② 那是文艺复兴欧洲最流行的骑士传奇，奥兰多正是堂吉诃德最仰慕的骑士之一。此诗写查理曼大帝带领骑士在西班牙对摩尔人作战，与《罗兰之歌》背景接近。华兹华斯翻译了其中的82行，内容是奥兰多与里纳尔多（Rinaldo）共同追求的美女安吉利加（Angelica）在林中彷徨独行。这一段并非战斗，武士的战斗生活已非华兹华斯所关心，而女性和情感更为他所关注。

  以上的叙事诗翻译与华兹华斯自己所写的中世纪或古典题材的叙事诗有明显的互文关系，但华兹华斯对乔叟的翻译情况则比较复杂。乔叟的《坎特伯雷故事》是典型的叙事诗。华兹华斯翻译（改写）了其中两篇，一篇是"序幕"（prologue）中的《伙食采购人的故事》（"The Manciple's Tale"），写聪明的寺庙伙食采购人最善于讨价还价，胜过所有人。③ 这篇故事风格轻松，不避有些出格的内容，有浓厚的喜剧色彩。其中还嵌套了一个取材自奥维德《变形记》的古典神话，就是福波斯与乌鸦的故事，乔叟将日神福波斯市民化，福波斯成了戴绿帽子的丈夫，杀了出轨的妻子，把向自己告密的乌鸦变成了哑巴。这个古典故事在此处给人的教训是："不要乱说话"。这半真半假的市民智慧充满了反讽。华兹华斯的翻译非常有趣，生气勃勃。但这种风格的作品华兹华斯自己是没有的，这篇翻译在他的全部作品中就很醒目，或许更说明了华兹华斯与乔叟之间的差别，以及华兹华斯不选择或不善于书写什么。乔叟有辛辣的讽刺，这并非华兹华斯所长。乔叟有浓厚的世俗气息，华兹华斯则不写善经营的精明人，很少触及金钱。但另一方面，华兹华斯与乔叟都有广泛的同情和对人的兴趣。他们有一个相似的本领，就是变身为很多人，给不同的人以不同的声音，虽然就声音的多样性而言华兹华斯要弱于乔叟。

---

① William Wordsworth, *Translations of Chaucer and Virgil*, Bruce E. Graver ed., Ithaca: Cornell University Press, 1998, pp. 181—271.
② "Translation of Ariosto", William Wordsworth, *The Poems*, John O. Hayden ed., New Haven: Yale University Press, 1977, vol. 1, pp. 581—584.
③ William Wordsworth, *Translations of Chaucer and Virgil*, pp. 61—68.

华兹华斯还翻译了乔叟的一篇《修女院院长的故事》("The Prioress' Tale")。① 这一篇与上一篇截然不同,其严肃而令人哀怜的故事与华兹华斯的风格相符,故事中有奇迹发生,并充满宗教训导意味。此诗写古代亚洲犹太人居住地的一个信仰基督教的孩子,平日唱歌赞美圣母,被犹太人所杀成为烈士,死后依然歌唱。乔叟这首诗的主人公是个儿童殉道者,就写儿童之虔诚而言,此诗颇近于华兹华斯在《诺曼少年》("The Norman Boy")中所写的那个孤独而虔诚的少年。这是华兹华斯偏爱的风格,在乔叟的笔下则并不多见。

在华兹华斯自己的一些诗中,中世纪表现为理想之地,"骑士"或"武士"是理想的身份。《快乐勇士的品格》("Character of the Happy Warrior")一诗可说明"勇士"(warrior)一词对华兹华斯而言的理想性。② 诗中列举了一个快乐勇士的种种品质:他爱知识,有自知,有德性,温柔忍耐,不为名利所动。他能爱,也能勇敢面对风暴,不论穷达都忠于自己的童年理想。此诗的题目是"快乐勇士",但这个勇士显然与荷马或中世纪的勇士截然不同。"勇士"(warrior)一词的词根是"war",然而诗中没有讲到这位武士如何战斗,如何培养强健的身体,如何使用暴力。华兹华斯只在倒数第三行说到这勇士自信会得到"上天的赞许"(heaven's applause, 83行),此外就没有写他如何忠于宗教或领主,忠于所爱的女性。这个勇士的最大忠诚是忠于自己的内心,他的主要特点是一个自足的自我,

> 不论世上将流传对他的赞美,
> 永不消失,激发出高贵的行为,
> 还是他会默默无闻地归于尘土,
> 留下一个僵死空虚的名字,
> 他都在自身和追求中找到安宁。(77—81行)

他的勇敢主要表现为勇于实践自己的理想,勇于面对困境与无名,而不是在战场上的勇敢。他比堂吉诃德更内省,更注重内心和自我修养。堂吉诃德觉得理想勇士的职责是除暴安良,重建黄金时代,这些具有社会性的理想在华兹华斯的这位勇士身上内转成了自知与德行。诗中列举的都是快乐勇士如何塑造自己,基本上没有涉及他在共同体中的身份和贡献。

此诗中的勇士作为比喻可以说也指向华兹华斯自身,这是一种新的勇

---

① William Wordsworth, *Translations of Chaucer and Virgil*, 35—44.
② William Wordsworth, *Poems, in Two Volumes, and Other Poems, 1800—1807*, pp. 84—86. 按照华兹华斯的说法,此诗是以 Nelson 和自己的弟弟约翰为原型。

士。华兹华斯在开篇问道:"谁是那快乐的勇士?谁是他?/每个持武器的人都应渴望成为他?"(1—2行)对于这个问题,华兹华斯并没有回答,他回答的是这武士是怎样的人。此诗尤其汇集了华兹华斯自己已经具有和希望具有的品质,勇士的一些特点也是明显华兹华斯式的,比如,虽然他能从容应对大事与风暴,但"他的灵魂中最主要的部分,/更偏爱家庭之乐,温和的情景"(59—60行)。在具体作品中,华兹华斯其实并没有写过几个快乐的勇士,他笔下的勇士常常不免于悲剧和忧伤。此诗中的完美勇士是个纯粹的理想,浪漫主义各种优秀品质的聚合体。华兹华斯只能列举其优点,而无法将他具体化。即便在虚构的叙事世界里,这完美勇士也无法具有肉身,他是个无法存在的人物,不可能有名字和历史。华兹华斯以"勇士"来命名这理想人物,显示出骑士这一形象对他的吸引力。

次而言之,中世纪还给华兹华斯提供了另一种面具或身份。他在许多诗中都表达了对游吟诗人(bard或minstrel)的仰慕,然而在当代生活中他的这种角色只能是虚构的,当代社会,尤其是他所书写的乡村社会中,并没有他的公众位置。中世纪游吟诗人则是所在社会的有机部分,在共同体中扮演着重要角色。在这些中世纪题材的诗中,华兹华斯就常"扮演"游吟诗人这一角色,此时诗人不是骑士,而是歌唱骑士的人。华兹华斯的许多中世纪故事都呈现为某种具有公共性和口头性的传统故事,诗人仿佛把这些口头传统"记录"下来,实现一种公共的功能。比如《七姐妹》("The Seven Sisters")一诗写苏格兰的本地传说,讲述湖中七个岛屿的由来,仿佛是在记录一种集体记忆。当歌唱这样的民间故事时,诗人就是一个游吟诗人。但华兹华斯实际并非游吟诗人,他的诗也不会唱给苏格兰的那个共同体。他的歌谣是一种拟民间歌谣风格的个人创作,游吟诗人是他的角色扮演。

在《莱尔斯顿的白鹿》一诗前面给妻子的献词中,华兹华斯提到《仙后》(*The Faerie Queene*),《仙后》显然给了华兹华斯以灵感。《莱尔斯顿的白鹿》一诗就有模仿斯宾塞的感觉,诗人将自己假托为一个文艺复兴诗人,他说"按照诗人自己的想象,此诗作于伊丽莎白时期"。① 在诗中游吟诗人数次出现,直接说话,主要是在一些祈使句中,这些祈使句是对读者(听众)或自己的乐器竖琴发出的指令。一次是在第一诗章叙述教堂之外的白鹿时,诗人对读者说:"如果我的心和眼睛都专注于/一个情景,请不要责备我"(73—74行)。诗人把自己也安插到这一场景中,如同在场,当时故事中的众人都在教堂中,

---

① William Wordsworth, *The White Doe of Rylstone; or The Fate of the Nortons*, Kristine Dugas ed., Ithaca: Cornell University Press, 1988, p. 158.

而诗人则身在教堂之外独自注视着故事中的白鹿。诗人也对他的竖琴说话,他以竖琴再次强调自己的游吟诗人身份。竖琴仿佛具有独立的身份和意志,诗人不再是呼请缪斯,而是呼请竖琴:

> 竖琴!我们太久地沉溺于
> 繁忙的梦幻……
> 但是,竖琴!不要停止你音乐的低吟——
> ……
> 一个声音与我们同在——命我们歌唱,
> 以闪耀着天堂般光辉的音乐,
> 歌唱泪水之事,歌唱凡人之事。(325—337 行)

这是一个带着竖琴到处行走的诗人,竖琴是他不可分割的部分。从这些诗行来看,华兹华斯希望传达的效果是这个故事并非新创或自创,而是得到灵感的,是诗中的主人公骑士弗兰西斯的魂灵迫使游吟诗人和他的竖琴一起歌唱,而他们也不能不歌唱。这种对诗歌缘起和创作手法的解释,显然不同于浪漫主义时期诗人将自我作为诗歌源头的观念。

类似的,华兹华斯有一篇中世纪骑士的故事题为《梦游者》("The Somnambulist"),诗中有插入语曰:"故事这样说"(as story says, 12 行),仿佛这是个民间故事。① 华兹华斯的当代叙事诗多依赖"本事",而对于渺远的中世纪则更依靠虚构。按照华兹华斯的大量叙事诗的习惯做法,他也给此诗作了一个脚注,陈述自己写此诗的现实依据是一个朋友曾听到一声尖叫,发现原来是个梦游的女子。实际上这个微弱的线索与故事本身相去甚远,只能说是一个触发虚构的起点,而不足以作为"本事"。《艾伦·俄温》("Ellen Irwin")一诗中,华兹华斯也将自己假托为一位中世纪游吟诗人,讲起一个遥远的故事,同时也强调这故事的真实性,因为"你们"可以在那墓园看到此诗中的男女主人公的坟墓,遗迹尚在,"我"讲的就是这遗迹背后的故事。②

华兹华斯的中世纪故事具有更多的公共色彩,所写人物也很少是其当代叙事诗中所叙述的执着于私人领域中的孤独人物。他的叙事集中于英格兰北部,可以说是在为这一地区确立自己的文化品格和历史传统。一些故事发生于同一地点。《博顿修道院》("Bolton Abbey")一篇讲述约克郡的这座修道院如何建立,《莱尔斯顿的白鹿》一诗则涉及这修道院的毁坏。不同的诗形成

---

① William Wordsworth, *The Sonnets Series and Itinerary Poems*, 1820—1845, Geoffrey Jackson ed., Ithaca: Cornell University Press, 2004, p. 612—620.

② William Wordsworth, *Lyrical Ballads, and Other Poems*, 1797—1800, pp. 159—161.

一个时间连续的链条,共同叙说着同一地区的历史。在《莱尔斯顿的白鹿》的"广而告之"中,华兹华斯说这故事"依据与该地区有关的一种传说"。① 看来这种对地方历史真实性的强调也是面对读者或市场的一种策略。《艾格尔蒙特城堡的号角》("The Horn of Egremont Castle")写埃格尔蒙特家族的城堡里的事,华兹华斯说"此故事是坎伯兰的传说"。② 华兹华斯不仅写坎伯兰的现在,也写其传说中的过去,故乡附近和湖区是华兹华斯在当代叙事诗和关于古代题材的叙事诗中都关注的地点。事实上这些故事毋宁说是华兹华斯创造的民间传说,是以口头传统的面目呈现的文人创作。

在中世纪题材的叙事诗中,华兹华斯还写到英国的国王,这与他在乡村叙事诗中避免当代重要政治人物形成了鲜明对比。当写到英国的古老王朝时,他就是在为英国歌唱,诗人的自我定位更加提高。《埃及女郎》("The Egyptian Maid")是将一个新的故事加入亚瑟王的传说。《阿特格尔与艾力多尔》("Artegal and Elidure")写英国历史上的两位古代国王,他们的故事虽然在古史中,却未引起人们的重视。《事实与想象,又名海边的卡努特与阿尔弗雷德》("A Fact, and an Imagination or, Canute and Alfred, on the Sea-Shore")一诗显示了华兹华斯将自己的创作插入英国历史之中的做法。③ 此诗前半部分关于征服了英国的丹麦国王卡努特的内容来自弥尔顿的《不列颠史》(The History of Britain),后半部分关于英国国王阿尔弗雷德的内容则为华兹华斯自创。前半部分关于卡努特的部分有历史依据,是题目中所说的"事实",后面关于阿尔弗雷德的故事则是诗题中的"想象",两部分相对照,形成有趣的组合。卡努特在权力之巅峰,但被大海责备。阿尔弗雷德是英国的骄傲,颠沛流离中依然坚韧,他劝告他的军队像大海一样涌向前。华兹华斯就这样通过自己的创作,为英国已有的历史传说添砖加瓦。

作于1828年的《埃及女郎》("The Egyptian Maid")大约最能代表华兹华斯所书写的理想化的梦幻般的中世纪。④ 华兹华斯说此诗的缘起是因他的外甥特别喜爱一条名叫"睡莲"的漂亮的船。与华兹华斯的很多中世纪诗一样,这个缘起是薄弱的,从反面说明这首诗的情节出自作者虚构。诗中写亚瑟王曾帮助埃及国王,后者答应把女儿嫁给亚瑟王手下一骑士。埃及公主乘船(船名"睡莲")来到英国海岸,魔法师梅林(Merlin)看到这条漂亮的船,心

---

① William Wordsworth, *The White Doe*, p. 76.
② William Wordsworth, *Poems, in Two Volumes, and Other Poems, 1800—1807*, pp. 87—90, 405.
③ William Wordsworth, *Shorter Poems, 1807—1820*, pp. 210—212.
④ William Wordsworth, *Last Poems, 1821—1850*, pp. 124—148.

生妒忌,用魔法唤起风暴打破了船,公主被冲到岸上。善良的女魔法师妮娜(Nina)责备梅林。梅林以天鹅车将公主送至亚瑟王城堡,说哪位骑士若碰到公主的手,公主复活,那骑士就是她命中注定的夫君。结果加拉哈德爵士(Sir Galahad)碰到公主时,公主复活,两人结婚。

此诗的副标题"睡莲传奇"(The Romance of the Water Lily)直接点出了自己的文类:传奇(romance),而浪漫主义(Romanticism)一词正是来自"romance"。此诗具备中世纪传奇的各种元素:亚瑟王,圆桌骑士,东方公主,骑士爱,超自然色彩(魔法,睡美人)。它是按照传奇样式写的一首新传奇,故事发生在亚瑟王和他的骑士们中间,是古人发生的新故事。其情节也是模式化的,美丽女子碰到爱人复活,与睡美人类似。除了没有名字的埃及公主,诗中其他人物全部来自亚瑟王故事。华兹华斯写骑士们一个一个走过来触碰公主的手,此时他不厌其烦地将这些骑士的名字——列举(Sir Agravaine, Sir Kaye, Sir Dinas, Sir Percival, Sir Gawaine, Sir Tristram, Sir Lancelot)。后两位骑士最著名,每人分别有一些描述,其他骑士则只写出了名字。这样的穷尽式列举就个性化效果而言可能并非上策,但只是这些著名的名字本身就能给读者以快感,表示这故事是亚瑟王故事的延续。

此诗中的埃及公主几乎没有动作或语言,被发现时她已经睡着,如同死了一般。但她是启动这个事件的人物。她是东方公主与睡美人的组合体,一个"温顺天真的女郎"(66行),需要被拯救。她也是埃及送给英国的礼物。骑士们争取使她复活,为她而竞争,她是给他们的奖品。她与传奇传统中的基督教女郎没有大不同,她的异域色彩则由那条奇特的埃及船来承担。华兹华斯关于当代的叙事诗大多执着于本土,写异域的作品不多。然而在中世纪题材诗中,异域有时是他追求的一种效果,甚至中世纪本身就是一种"他者"的时间和空间。异域色彩是此诗优美特点的一个重要因素,那异域是东方古国——埃及。一条神秘的埃及船只载着那埃及女郎,二者几乎合为一体。船的名字是"睡莲",这条船"美丽,/闪光,愉快,潇洒"(51—52行)。船从远方来到英国海岸,把异域因素带到了英国的过去,带到了传说的英国历史中。公主自愿离开埃及,因对基督教的仰慕而来到英国,从前在埃及发生的前传则由亚瑟王说出。华兹华斯没有像拜伦一样直接书写东方故事,他不是让诗发生在埃及,而是让埃及"来到"英国。埃及也是异教的,所以船头刻着一个异教女神。这只船美丽又诡异,华兹华斯对它的描绘令人印象深刻(4—12行),而它之所以美得令人吃惊,如同有生命,原因之一就是它来自异域。不需要查考埃及是否有这样的船或这样的女神,在此诗中它们的功能就是带来新奇而遥远的效果。同时这条异教之船虽然美丽,在英国却必然破碎,把船上的公主献给英国,而她就是为基督教而来的朝圣者(pilgrim)。她是一位骑士的新娘,更是耶稣的新娘。异教、异域的因素是亮点和悬念,最后则被以亚瑟王为代表的基督教英国安全驯服。

这是一首优美轻快的诗,以事为主,不注重人物性格之刻画。而中世纪传奇也多聚焦于外部事件,缺少内心的展开和发展,人物缺少性格。此诗中的爱情不是私人之事,而是在大庭广众之下的一种考验,一种仪式。这是华兹华斯笔下罕见的中世纪快乐故事,几乎没有一丝暗色,最后是婚礼的大团圆结局。诗中最大的暴力是魔法师的恶作剧,最大的痛苦就是沉睡。美丽的埃及船,魔法,天鹅拉的飞车,亚瑟王的城堡,成群结队的骑士与贵妇,共同构成那梦幻般的乌托邦,亚瑟王的城堡就是这乌托邦的中心。这里没有普通人,没有痛苦,骑士们每天只是宴饮、演武,而亚瑟王就是推行正义和确保骑士爱情实现的人。他的判断一定是正确的,他的治理一定是成功的,这与《边境人》(*The Borderers*)中的骑士领袖截然不同。

二 失败的骑士

如前文所言,华兹华斯写了一篇并无实际指向的《快乐勇士的品格》,以一个快乐骑士的形象勾勒自己心目中的理想人物。值得注意的是,除了《埃及女郎》中的亚瑟王骑士们,华兹华斯的中世纪题材叙事诗中的骑士,欢乐的或胜利的并不多,他写得更多的是失败的骑士。

在《七姐妹》》("The Seven Sisters")中华兹华斯直接书写了骑士的暴力,以美丽忧伤的风格讲述苏格兰的七姐妹被来自爱尔兰的骑士追逐,一起跳湖自尽。① 此诗也是写具有异域风的边疆,讲述边疆的过去,似乎在记录民间的某种记忆。诗中是暴力死亡的故事,但副标题是"比诺里的孤寂"("the Solitude of Binnorie"),诗的正文情节中并未强调"孤寂",但这个词却反复出现在每段的副歌中。这个在诗中出现频率最高的词虽然没有展开,却是贯穿始终的一个音符,给了这故事以一种遥远而有些荒凉的气氛,使故事发生的地点仿佛成了一个独立隔绝的空间。

诗中父亲的不在场与爱尔兰骑士的凶暴造成七姐妹的死亡,骑士对爱的追求被直接书写为对性占有的野蛮追求。七姐妹的父亲是骑士,却只爱战斗,对女儿毫不顾惜。当七个女儿遭难时,父亲很可能在外打仗,并没有尽到保护女儿之责。七个姐妹没有单独的名字,她们以死保卫自己的贞洁,有烈

---

① William Wordsworth, *Poems, in Two Volumes, and Other Poems, 1800—1807*, pp. 97—100.

女之感。诗中写了一个可怕的逐猎场景,七个女子如同猎物一样被骑士追逐。那些追逐她们的敌人是丑陋的,只有力量而全无道德标准,遵循骑士道的骑士应保护和尊敬妇女,此诗中的爱尔兰骑士则是骑士道的反面。华兹华斯虽歌唱骑士的勇敢,但此诗中却可窥见战争的残酷,而古代史诗中常常写的就是对妇女和财物的争夺。当然,诗中批判的对象是爱尔兰骑士,他们乘船来到苏格兰海边。爱尔兰的敌人也是勇士(warriors,18行),但他们没有遵守骑士的行为准则。他们既是可怕的暴徒,又是入侵者,他们不只是私人的敌人,也是某种民族意义上的敌人。

在许多中世纪题材的叙事诗中,华兹华斯的骑士都是失败的、痛苦的,尤其是给爱人带来伤害甚至死亡,也就是说在最能体现骑士品格的骑士爱中失败。最后他们或是死亡,或是以接近自戕的方式严厉惩罚自己。

《艾伦·俄温》("Ellen Irwin")最初发表在1800年版的《抒情歌谣集》中,写苏格兰的艾伦选中布鲁斯为爱人,被她所拒绝的戈登要杀布鲁斯,艾伦为爱人挡住这一枪,因而死去。① 布鲁斯杀死戈登后,到西班牙去战斗,最后来到艾伦坟头死去。此诗中包含中世纪传奇的很多要素:骑士、爱情、二人决斗、多人的战斗。与《边境人》一样,此诗的地点也选在英格兰与苏格兰的边境地带。为爱献身的艾伦"如希腊女郎一样可爱"(3行),她的美是程式化的,表明在华兹华斯的笔下中世纪与古典的女性美并无差别,古典与中世纪在华兹华斯那里形成一条连续带。诗中的一男一女在美丽风景中谈情说爱,如同牧羊人和牧羊女,他们的爱情也是程式化的。两个骑士为争夺一个女性而决斗,虽然被艾伦拒绝的骑士也很高贵,他爱艾伦也一样深。艾伦选择布鲁斯并无逻辑理由,两个骑士没有优劣或善恶之别,但按照决斗的传统,二人必须你死我活。两个男子对一个女人的争夺只是在关于中世纪的诗歌中华兹华斯才会写到,仿佛在中世纪女性就是一种奖励,最好的骑士才能获得她。

男主人公布鲁斯是"悲惨的骑士"(43行),他能杀死情敌,能为上帝战斗,却不能保护爱人。他最后回到爱人坟上死去,几乎相当于自杀。爱情是他的唯一激情,他并不除暴安良。他在西班牙"怀着无休止的愤怒投入战斗"(39行),类似荷马英雄,此时他又是捍卫基督教的骑士,如同罗兰和十字军骑士。然而为上帝战斗这个中世纪骑士道的维度对他没有太大意义,同爱情相比无关紧要。宗教已不是这位骑士的忠诚的主要目标,而只是他排解恋爱悲伤的途径,他作为骑士的品质主要体现在爱情这一个领域。

如果说《艾伦·俄温》诗里骑士对爱人的伤害还是间接的,那么《梦游者》

---

① William Wordsworth, *Lyrical Ballads, and Other Poems*, 1797—1800, pp. 159—161.

("The Somnambulist")中,骑士就直接导致了爱人的死亡。此诗1828年作,写一个乡村美女艾玛在众多贵族追求者中选择了爱格拉默爵士(Sir Eglamore)。① 两人定情后,骑士到世界上去获取名声,艾玛在家中因思念而开始梦游。一天夜里,她梦游到水边,被归来的骑士看到,骑士一碰她,她就掉到水中,被救上来后不久死去。此诗的特别之处在于,华兹华斯在情节设计上或许无意中体现了骑士爱的矛盾及其对男性和女性提出的不同要求。艾玛想与所爱的骑士长相厮守,而骑士必须志在四方。两人的分离对他有利,他声名远播;对她则不利,她只能思念。他到处游走,空间越来越广大,她却固守原地,只能梦游。他是自由的,仿佛不被思念困扰;她则被空间和思念囚禁,折磨她的问题就是对方是否还爱自己。他在远方越成功,她在家中越虚弱,两人之间几乎是零和关系,最后骑士相当于"杀死了"女友。在此诗中,骑士在广大世界里施展武功,追求名声,这显然是错误的选择,造成女性的悲剧,在华兹华斯看来,中世纪的英雄更应该是私人领域里的英雄。

值得一提的是此诗中的梦游。在华兹华斯笔下这是一种"病症",是被压抑的悲伤或其他情绪的外化。《兄弟》里的詹姆士因思念兄长而梦游,此诗中的女子因思念爱人而梦游,梦游分别导致两人的死亡。《兄弟》中的詹姆士白天似乎高兴而满足,艾玛也如此,但梦游暴露了他们内心的创伤。华兹华斯此诗写了一个中世纪的女梦游者。可以说,在这里梦游类似一种短暂而无言的疯狂,所以华兹华斯将她比为麦克白夫人。《梦游者》的女主人公不仅梦游,还深夜到树林中的水边去,被人误以为是鬼魂,也使梦游染上了哥特的色彩。她的举动变得诡异:"她深深的叹息中混杂着迅疾的言语"(83行),"她的手指似乎是迷惘的"(105行),她潜意识中的不安浮出表面,化为动作。骑士碰了她一下,她发出尖叫。梦游和尖叫使她显得歇斯底里,但她毕竟是受害者,梦游给了她更多的维度和层次。此诗中女主人公的痛苦是华兹华斯的当代乡村故事中"弃妇"主题的中世纪变体,依然是幸福的少女遭遇恋爱悲剧,导致她的死亡。对爱人的漫长而不确定的等待使她近乎疯狂,她的等待近于《废毁的农舍》中玛格丽特的等待,这种痛苦使女性的精神失去平衡。此诗中女主人公的生活只有这一个中心,这一份执着,她仿佛没有任何其他人类关系或情感支持。华兹华斯在诗的最后要男主人公为爱付出代价,自我封闭,成为与女主人公此前一般的人。骑士做了隐士,如同死亡一样,而《边境人》中愧悔的骑士则是在世界上漂泊——总之失败的骑士要将自己逐出

---

① William Wordsworth, *The Sonnets Series and Itinerary Poems, 1820—1845*, pp. 612—620.

人世。

失败骑士伤害爱人并自我惩罚的主题在《边境人》(The Borderers)中得到了最充分的体现。① 这是华兹华斯唯一的剧本,以素体写成。它与华兹华斯描写的中世纪或古典时代的叙事诗以及关于当代乡村的叙事诗,既形成某种对照,又表现出某些方面的连续性。剧情的地点设置在英格兰与苏格兰边境,那也是许多传统的歌谣(ballads)歌唱过的地方,时间是亨利三世时期。一群好汉的首领默提莫(Mortimer)被友人理沃斯(Rivers)的谗言所中,以为自己的爱人玛蒂尔达(Matilda)的父亲(温顺盲眼的罗伯特)是个大恶人。默提莫想杀死罗伯特,犹疑之下未能动手,于是将老人弃在荒原,老人因此死去。最终恶人的阴谋被揭穿,默提莫终生流亡以悔罪。

此剧大约作于1796—1797年,是华兹华斯在创作最高峰时期之前的作品,1842年发表,共两千多行,体量非常大,也是华兹华斯唯一的剧作。剧中人物众多,情节复杂。华兹华斯关心信息的隐藏与发布,关心情节与悬念,但没有深入探索人的心理或描绘众多人物的互动。剧本的人物相对单薄,除了一个恶人外,其他人都较缺乏鲜明个性,默提莫的几个好友几乎彼此难以区别。华兹华斯在他的叙事诗中写了很多人,但他的人物肖像画的调色盘是有限的,多样化非他所长。

剧本的标题"边境人"指一群边境的骑士,他们过着罗宾汉式的集体生活。骑士中有头领及其下属,但大家如同兄弟,集体内部相对平等,重视忠诚与友爱,对百姓则扶困济贫,在无人管理的边境地带确保着百姓之安乐。这种社会组织形式带有自发的色彩,代表更轻的管束,缺少后来的中央集权民族国家那样的强制性,对骑士们来说意味着更多的自由。这也是剧本的浪漫之处。剧中完整设计了一个中世纪的共同体,其中有各阶层的男女人物:贵族、农民、乞丐、朝圣者。也有群体的活动,比如婚礼的庆祝。然而此剧写的不是乌托邦之美好,而是这一乌托邦的失败。剧中描绘的是华兹华斯笔下的当代乡村中没有的复杂社会关系,这个社会显得混乱,并没有真正的凝聚力,且处于大变动之中,马上要被中央集权接管。当骑士们无法辨认邪恶,现实之复杂性就导致痛苦与灾祸。同另一首相当浪漫的中世纪长诗《莱尔斯顿的白鹿》相比,此剧显得更阴暗残酷。在这部理应写一个中世纪乌托邦的剧本里,虽然有罗伯特父女之间的爱,骑士团体的其他成员对头领的忠诚,但总体而言呈现的是一个荒凉的共同体。最多的对话发生在默提莫与欺骗他的理

---

① William Wordsworth, *The Borderers*, Robert Osborn ed., Ithaca: Cornell University Press, 1982. 本书采用其中的1797—1799年版本。

第八章 古典与中世纪：重构英国和欧洲的"过往" 205

沃斯之间,但二人并无真正交流,默提莫终究是孤独的。爱人之间存在着误解,最好的朋友之间相当于猎手和猎物,人和人的关系充满假面、控制、背叛、误判。尤其当涉及罪与罚的问题时,个人判断的失误和私人审判造成大恶。主人公依靠个人正义的做法所带来的问题,触及了这个中世纪骑士乌托邦的政治基础。

剧中的恶人理沃斯聪明而理智,雄辩滔滔,他作恶的一个动机就是对权力的渴望。在关于当代乡村的叙事诗中,权力基本是负面的,华兹华斯总是站在没有权力的一方。此剧中的理沃斯追求的并非政治权力,而是控制他人心灵的权力。他对其他人不仅没有爱的能力,而且要主动施加伤害。他不遵守人间的道德规则,觉得自己可以超越之,他是个真正的独狼。他有他所谓的"独立的智力"(Ⅲ.v.33),这种独立是致命的。他因为自己无意中杀过人,从此把道德抛弃,获得彻底自由,为自我立法。他的原则就是不从庸众,"孤独! / 雄鹰过着孤独的生活!"(Solitude! /The Eagle lives in Solitude! (Ⅲ.v.53—4)。这是"solitude"一词的可怕使用。在理沃斯这个人物身上,华兹华斯展现了个人与共同体之间的矛盾关系。理沃斯没有任何对他人和社群的道德感,不是如同君王,而是如同怪物。他本来是大家的宠儿,他的性格逆转来自他把一个可恨的船长丢弃在海中荒岛,后来他知道那船长是无辜的。这导致他的罪感,逃脱罪感之后他彻底从人类的道德约束中"解放"了自我。中世纪的骑士们之所以令浪漫派神往,部分就因其有更多自由。自由是浪漫主义所追求的一种品质,也是此剧中的骑士们在边境地区的共同追求。但自由推到极端就走向恶,华兹华斯以理沃斯这个极端例子指出了其危险性。

理沃斯可以说是华兹华斯全部作品中罕见的彻底邪恶之人,让人想起西方文学作品中的很多著名人物,尤其是《李尔王》中的爱德蒙、《奥赛罗》中的伊阿古。他是此剧中较为鲜明、较有能量的人物。同华兹华斯笔下的彼得·贝尔、哈里·吉尔等当代乡村恶人相比,理沃斯的恶要严重得多,他对世界和他人怀抱着最大的恶意。他杀人,还腐化朋友的灵魂,引诱他也去杀人。当代乡村并非没有骇人的罪行,但华兹华斯选择用暖调来展现当代乡村。而当书写一个过去的时代时,在"悲剧"传统的合法性下就可以呈现惨烈的故事。这个悲剧发生在遥远的过去、遥远的边境地带,与当代拉开了距离。

男主人公默提莫逐渐被谗言所中的过程类似《奥赛罗》。默提莫本是"被压迫者的朋友与父亲,/悲伤的安慰者"(Ⅱ.i.90—91),是罗宾汉一般的好汉头领和模范骑士,但他却显得软弱。这种软弱一方面看是优点,他很温柔,不以武力见长,他的角色更是个和平时代的管理者。如果说温顺(meekness)是基督教圣徒的特征,那么默提莫的优柔寡断就是弱点,导致他的悲剧。他最信任的朋友是一个背叛他的人,华兹华斯指出了人与人走得太近之时假面的危险,以及与他人共处的困难。默提莫的缺陷就是太单纯甚至浪漫,他是一个失败的骑士。一个年老体弱的"恶人",又是爱人的父亲,该不该被惩罚?对此,他无法判断。剧中主要的纠结就是他认为自己应该杀人却下不了手,杀人对他而言这样困难,而暴力本该是骑士熟悉和习惯的元素。他伸张正义,反而错杀了一个无辜老人,他也没能保护自己的爱人。剧本结尾他放弃自己的领导地位,终生流浪以悔罪,只有在此时他是斩截的,然而那却是在惩罚自己之时。

　　默提莫这位著名骑士并没有多少骑士的光辉。此剧中的骑士们在英格兰与苏格兰交界地带,中央政权和国家法律的力量尚未抵达这里,好汉们自己执行正义。这本该是令人羡慕的自由,然而实际却导致误解和悲剧。若只依靠个人的判断而不依赖法律,要执行正义是多么困难。华兹华斯为此诗选择了一个历史节点:国王亨利三世的王权即将到达此处,中世纪的骑士生活方式即将结束。通过对骑士自由生活的批评,华兹华斯实际上表达了对王权的支持。全剧中多次出现动词、名词的"judge""justice"大体用其狭义,即判断"罪与罚"。罗伯特本来无罪,理沃斯向默提莫进谗言说他有罪;默提莫在反复犹豫后,自己无法动手杀死赫伯特,就丢弃他在荒原上由上帝判断。然而他毕竟要为自己的行为负责,而不是把责任推给上帝。上帝在此事件中没有插手,老人在荒原死去,默提莫虽非直接动手,还是相当于杀死了他。而理沃斯之所以沦落为恶人,几乎源于一个同样的执行死刑的行为。两个骑士的两次个人"审判"都是错误的,都导致无罪者惨死。理沃斯把船长抛弃在荒岛上,默提莫把老人抛弃在荒野,对那荒岛和荒野的描写是此剧中最尖锐的部分之一。犯下错误的骑士一个因此沦为邪恶之人,一个自我流放。没有法律之依凭,没有正当的程序,不经众人的确认,骑士个人施行的审判都带来了可怕的后果。

　　默提莫最后给自己施加惩罚,向自己宣布判决,他选择自我流放。

> 我将到大地上去流浪,
> 影子一般,在我的流浪中,
> 不会有人听到我的声音,
> 不会有人的房屋给我食物,
> 给我睡眠,给我休息。(V. iii. 265—269)

　　默提莫最后恢复了审判能力,然而这次他审判的是自己。他确认了自己的罪。他的错误主要是判断错误,即便如此,如同俄狄浦斯一样,他也需要被惩罚。他施加给自己的是该隐的惩罚,把自己开除出人群,不是流放到某处或远离故乡，而是流放到一切人群之外，剥夺自己与其他人的任何联系，过彻底孤独的生活以等待死亡。这是人世间除死之外的最大惩罚和最严厉的赎罪手段。华兹华斯为默提莫设计的这种惩罚使此剧与俄狄浦斯王、该隐的故事形成呼应，将文本放置在古老的欧洲文学传统中。《艾伦·俄温》中的骑士相当于自杀，《梦游者》中的骑士选择成为隐士，默提莫则选择自我流放。总之在这几个故事的结尾，失败的骑士终结了骑士身份，变身为隐士或流浪者。骑士身份消失，骑士也就相当于死去，他的新身份只是苟延生命而已。

此剧的副标题是"悲剧"，说明了文类的重要性。当华兹华斯写传奇诗时中世纪是一个样子，写悲剧的时候中世纪就可以呈现另一种面目。在这部悲剧中，华兹华斯遵循的是莎士比亚的传统。此剧的骑士中有恶人，骑士之间有竞争和等级关系，有阴谋，有背叛。骑士们并没有做很多好事。骑士时代有乞丐和恶棍，有贫困，饥寒，老弱，远非理想时代。剧中多处地方都能看出莎士比亚悲剧的影子，华兹华斯也罕见地表达了莎士比亚式的对人世的绝望。剧中的大自然是荒凉的，暴风雨在那里肆虐，这是《李尔王》式的自然。一个老者在暴风雨的荒原之夜死去，华兹华斯的当代故事中罕有这样的自然和凄惨。

不仅是悲剧传统，而且书写中世纪本身有时也给华兹华斯一定的自由，以另外一个空间，放置一些在他的当代诗中少见的暴力。华兹华斯愿意在"悲剧"这一文类的保护下走得更远。剧中关于底层的内容与华兹华斯的一些当代题材诗既暗合，又显示出不同之处。此剧中的底层没有牧歌色彩，主要呈现的是社会不公带来的痛苦，农民蒙冤下狱，底层女性被贵族玩弄后抛弃，一些痛苦只有在此剧中才可见到。剧中写了一个孤苦无助的女子被淫棍抛弃后发疯，每天半夜到自己婴儿的坟墓上去，情节接近《山楂树》，但她的疯狂不是起因于恋爱之失败，而是源于一个贵族对底层女子赤裸裸的性暴力。

剧中还有一个可怜的女乞丐。华兹华斯写的当代乞丐大多并非处于绝境，《坎伯兰的老乞丐》得到所有人的同情，《乞丐》一诗中的女乞丐可以说是高贵的。而在这关于中世纪的戏剧中，人们对乞丐相当残酷：

> 哎！他们会把乞丐从门前赶走，
> 还有一些母亲看到我怀里的婴孩，
> 居然问我从哪里买来的孩子。(I. iii. 64—66)

此外，剧中的女乞丐具有另一种功能，可以说是华兹华斯的当代乡村叙事诗的反转。她自愿成为恶人作恶的工具，她更多参与到共同体中，但加入的是一个阴谋。她是社会的有机部分，是可以被收买的，失去了其浪漫色彩。她也成为社会不公的控诉者。在华兹华斯关于当代乡村的诗歌中，乞丐遇到的主要困难是旷野的严苛,而不是人的严苛。与其说是中世纪乞丐的生存环境更加恶劣,毋宁说华兹华斯把乞丐生活的这严酷一面主要放置在了中世纪。

三 不可能的圣徒

在一些关于中世纪或古典时代的叙事诗中,华兹华斯塑造了一种新的英雄,近于基督教的圣徒(虽然主人公未必是基督徒),力图超越暴力与骑士爱情。但这些人物常常过于理想化,给人不可能之感。

华兹华斯的一些中世纪诗关注继承权问题,他前后写过两篇关于兄弟争夺继承权的叙事诗,一篇写于1806年,另一篇写于1815年。继承权问题主要在儿子之间展开,谁是合法的继承人对全部领地都有影响,继承人有善恶之分,继承人的不同就是善的统治与恶的统治的区别。两首诗都是团圆结局,从两篇作品的对比我们可以看出他的作品中的圣徒有怎样的特点。《艾格尔蒙特城堡的号角》("The Horn of Egremont Castle")写城堡里只有正宗的继承人才能吹响一个神奇的号角。① 两兄弟出征巴基斯坦,弟弟以为自己杀了哥哥,回来篡位后享受多年,没想到哥哥未死,归来吹响了那号角。弟弟得到哥哥原谅,在修道院中度过余生,哥哥繁荣发达,子孙绵长。此诗没有太多情感纠结,风格庄严肃穆,其中有一件神奇之物,就是那能辨别正统继承人的号角。情节主干是争夺正统的殊死斗争,兄弟相杀,类似莎士比亚的《暴风雨》,又接近圣经里的故事。两兄弟中哥哥崇高大度,是正统继承人,弟弟则阴毒残酷。虽然哥哥没有被弟弟杀死,但弟弟杀兄的举动仍然是极度暴力的,从这故事中呈现的中世纪相当血腥。在诗的结尾,虽然哥哥原谅了弟弟,但原谅其实仍是惩罚,弟弟要在修道院死去。诗中强调了贵族的长子继承权,两兄弟几乎无法在同一个城堡中共处,只能一个在城堡中,另一个逃亡在外。中世纪的这类正统在华兹华斯的诗里没有被质疑。

与此形成对照的是另一篇叙事诗《阿特格尔与艾力多尔》("Artegal and Elidure"),这首诗也是兄弟的王位之争,但把相争改成了相让,惩罚变成了谅解。② 诗中写古代的一位英国国王死后,长子阿特格尔继位,他胡作非为,被贵族和百姓赶走。然后次子艾力多尔继位,后来弟弟主动把王位还给兄长,哥哥改恶从善,之后多年都是明君。故事取自蒙茅斯的杰弗里所作的古史(*The Chronicle of Geoffrey of Monmouth*)和弥尔顿的《不列颠史》。华兹华

---

① William Wordsworth, *Poems, in Two Volumes, and Other Poems, 1800—1807*, pp. 87—90.

② William Wordsworth, *Shorter Poems, 1807—1820*, pp. 155—171, reading text 1.

斯先历数了该古史中被斯宾塞、莎士比亚、弥尔顿等歌唱过的著名人物或主题。华兹华斯从中发现了这一对被忽略的兄弟国王,通过书写这个题目也把自己放置在著名的英国诗人的行列。开篇叙述了英国最早的传说历史,这对兄弟国王的故事就不是一个孤立的家庭道德故事,而是处在漫长悠久的英国历史传统中,对塑造英国的品格具有重大意义。在他们之前是一系列英国国王,包括著名的李尔王、亚瑟王。两兄弟作为两位英国国王的身份非常重要,这是英国王室高贵血脉的传承。明君在位,国家繁荣,王室的内部和谐也是国家和谐的标记。同时这又是一个罕见的故事。弟弟让位于哥哥,这是家庭道德与政治道德的升华,圣徒罕见,王位上的圣徒就更加罕见。两兄弟中的兄长恶人变圣人,昏君变明君,其转变过于干净彻底。此诗的各方面都显得令人难以置信。弟弟是道德楷模,而他让位的动机到底是什么?他何以能保证兄长会改过自新?此诗虽没有太多基督教的直接迹象,其人物却是圣徒一般的,所以主角被称为"虔诚的艾力多尔"(264 行)。

《莱尔斯顿的白鹿,又名诺顿家族的命运》(The White Doe of Rylstone; or, the Fate of the Nortons,以下简称《白鹿》)可以说是华兹华斯对中世纪式崇高的集中书写。① 《白鹿》创作于 1807—1808 年间,是华兹华斯最长的传奇体诗,讲述伊丽莎白女王时代的北方叛乱。老贵族诺顿带着八个儿子参与了叛乱,长子弗兰西斯不赞成叛乱,但一直不携带武器追随着父亲。叛军战败,老诺顿命弗兰西斯把绣有十字架和耶稣伤口的旗帜,献给家乡的博顿修道院(Bolton Priory)。弗兰西斯奉命而行,被王军杀死。诺顿家的城堡莱尔斯顿(Rylstone Hall)被毁,只剩下弗兰西斯的妹妹艾米丽在废墟中徘徊。艾米丽死后,家中的一只白鹿每个安息日都会到修道院中弗兰西斯的坟上。

此故事写一个古老家族及其传统的终结,类似《麦克尔》或《兄弟》,繁华的贵族之家在短时间内的急剧结束就更令人触目惊心。这个家族中的全部成员,从老父到九个儿子、一个女儿,在诗中全部死亡,家园荒芜。悲剧和毁灭尤其体现在贵族城堡的毁坏上。城堡是中世纪贵族历史和传统的物质载体,城堡一旦毁灭,那种制度和生活方式就无所依傍。残破的古堡是典型的浪漫主义题材,古老的断壁残垣吸引着浪漫主义者们的目光。城堡是庄重的,同时又有许多幽暗的角落,城堡废墟常可能从庄严滑向恐怖,成为哥特故事的背景。然而《白鹿》中的城堡虽然废弃,却没有到荒凉的程度,因为有那只美丽的白鹿在这城堡的静态废墟中缓慢移动,它是这废墟最和谐的居住

---

① William Wordsworth, *The White Doe of Rylstone; or The Fate of the Nortons*, Kristine Dugas ed., Ithaca: Cornell University Press, 1988.

者，给了废墟以明亮的色彩，冲淡了它的荒凉。

此诗所写的年代是中世纪到文艺复兴之交。伊丽莎白时代并非多么遥远的往事，在诗中却变得遥远，成为传说。时代之变迁在华兹华斯的诗中体现为不同的行为规则的共存：现代的功利主义强权原则，中世纪的骑士道，圣徒与圣女的道德原则。

华兹华斯在诗中写了几个近于完美的人物。他关于当代的叙事诗常写看似平凡的故事，但并不表示他无意于不平凡，他同样向往理想化的人物，那些人物和故事可以放在遥远而安全的过去。写完美人物是很难的，这首诗的困难也在于此。华兹华斯在诗中可以说写了三种崇高。第一种是老诺顿和他的八个儿子作为中世纪骑士的崇高，他们勇敢，不畏死亡。比这再高一级的是弗兰西斯的崇高，他勇敢，不畏死亡，但却是反战的。最后是艾米丽的崇高，她接受苦难，达致了宗教的平和。更高一级的崇高常常是在否定前一种崇高的基础上实现的。

值得注意的是这几种崇高都属于叛军一方，伊丽莎白派来的王军则不具有任何崇高。当然，叛逆、反叛（rebel, rebellion）等词本身就带有浪漫色彩，为浪漫派所钟爱。这也在某种程度上体现了此诗的丰富性。这是伊丽莎白女王时期，女王代表统一，叛军试图反对中央，结果被强力镇压。就历史事实而言，英国王室就是通过不断从贵族手中收回或夺取权力才巩固了中央集权，促成了英国民族国家的强大。此诗中，中央集权是对的，但来自王室的军队却完全不是正面形象。王室军队虽有合法性，却是邪恶力量的汇聚。首先王室军队很残酷。"残酷"（Cruel）一词在诗中多次出现，王军的一个将领，真实的历史人物苏塞克斯伯爵就被称为"残酷的苏塞克斯"（cruel Sussex, 1344、1463 行）。这种称呼（epithet）并非偶尔使用的形容词，而是该人物的核心品质的浓缩。王军代表的是新式的战争原则：功利，残酷，他们没有中世纪骑士的那种宽宏大量。王军还有其他致命的道德缺陷，甚至被统称为"恶人"（bad men, 1472 行）。如此形象的王军大大损害了王室镇压地方的合法性。华兹华斯显然对被镇压的贵族深感同情，尤其是因为王军带来了城堡和贵族中世纪生活方式的毁灭。王军所遵守的不是中世纪骑士的战斗方式，王军所代表的新未来也并非很美好，而华兹华斯所处的十九世纪正是那种未来的实现与延伸。

叛军——用"叛军"这个自带贬义的中文词来翻译此诗中的反叛军队似乎并不妥当。同敌人相比，诗中的叛军在各方面都优越得多。这是一支代表过去的中世纪军队，他们战斗的目的是保卫教会和国家，不可谓不崇高。老诺顿陈述反叛的理由也很雄辩：女王无子嗣，则国将有纷争，"受难的国家在向你们怨叹,/你们必须把她从尘土中扶起"(654—655行)。这位老贵族的言语并不是外交辞令,而是他的真实信念。诺顿父子不甚顾及个人利益或欲望,如果说他们错了,至多是一种判断上的失误,而不影响他们在精神上的高贵。他们以十字架为旗帜,被华兹华斯描绘为具有更纯正的宗教热忱。需要特别指出的是北方叛军也是为反对伊丽莎白的宗教(新教)而叛乱的,叛军都是天主教徒,这不影响华兹华斯将他们塑造为英雄。华兹华斯并未强调这些宗教纷争,甚至新教、天主教的名称在诗中都没有出现,作为新教徒的华兹华斯在此诗中对天主教没有表达反感,而是对其修道院等建筑和机制心有戚戚焉。

这还不只是北方军队的反叛,更是整个北方的反叛,包括北方的全体百姓,甚至北方的山水。"北方"(the North)如同一个有机整体,具备了共同意志。叛军得到百姓支持,一呼百应。这次叛乱动员了下层的佃农(tenants),佃农保持着对领主的无限忠诚。各阶层都积极投身战斗,阶级矛盾和斗争并不存在。甚至北方的山河也听到这种召唤,积极响应,充满了狂欢感,本地的山川与建筑都仿佛加入叛乱之中。

华兹华斯将这支军队描绘为中世纪的骑士之军,高贵而英勇,战争写得很热血。真实历史上最主要的反叛首脑是珀西和内维尔伯爵(Percy and Neville),在此诗中他们没有直接露面。诺顿父子是这支军队的精华和最高体现,是无疑的英雄。这些具有代表性的战士不仅勇敢,而且漂亮,既是战斗典范,也是美学典范。

老诺顿是诗中传统骑士道的体现者。除了弗兰西斯外,老诺顿的八个儿子都甘心服从父亲,因为他们也遵守父亲的骑士精神。父子一心,八个儿子都是他的化身,一父八子构成一个集体形象。"他一言既出,八个儿子/立即追随着他"(413—414行)。这种把自己献身给父亲的能力显然是一种崇高能力,父子九人单从数量和团结一心上就给人以震撼。后来一父八子全部死亡,但他们的失败就是他们的胜利。他们视死如归,死得其所,"他们一起死去,欢乐地死去"(1355行)。对于骑士而言,只要勇敢,失败同样光荣,对英雄的形象毫无损害。

九人中最醒目的是老父亲。他是模范的中世纪骑士,勇敢、骄傲、好战,而好战也是北方人的品格。如同古代英雄,父亲易怒,轻死,不愿进行战略战术上的撤退,把以寡敌众当作荣誉,勇敢本身就是他的追求。其他的北方将领也会害怕,勇士最不该有的就是恐惧,他们无法与老诺顿相比。华兹华斯显然对马基雅维利式的谋略颇为不屑,而给了老诺顿这位贵族以崇高的荣誉和庄严的描绘。他威风凛凛,老当益壮,也是此诗中唯一有外形描写的人。

除了弗兰西斯对妹妹的言语外,此诗中言语最多的就是老诺顿。他也并不因好勇而浅薄,他有内心思考,他的思考中有不祥的预感,他也体会到痛苦和悲伤,他是个多层次的人。而对于其他人,包括弗兰西斯,华兹华斯都是借助于外部的语言和行动来加以呈现。

华兹华斯在此诗中又写了另一种英雄,弗兰西斯。弗兰西斯某种程度上是一个赫克托尔式的悲剧英雄,他预见到自己家族的未来命运,但知其不可为而为之。与赫克托尔不同的是,他拒绝参战,是父亲和八个弟弟的反面。他反对他们,然而爱他们,他具有他们的全部优点,但他还要问为什么而战。弗兰西斯拒绝参战的理由是:此战是不智的,逆历史潮流而动,也注定会失败。这当然不是因为他有先知的慧眼,而是华兹华斯从19世纪的历史进程做出的判断。但我们也看不出弗兰西斯坚定地支持中央政府——毋宁说,他的态度是一种更加模糊的反战冲动。

弗兰西斯隐隐表现出对暴力的根本反感。他的父亲和八个弟弟勇敢地走向暴力,甚至追求暴力,从道德分量上可以"以一抵九"的弗兰西斯却与暴力无关。华兹华斯在这个天平上体现了对暴力的两种相反态度。弗兰西斯不愿使用自己的勇敢,他不带任何武器追随在父亲身后。当最后面对追杀他的敌人时,他才不得不拿起武器,但作者没有给他使用暴力的机会,而是让他光荣的失败。他还未动手,就被敌人从背后偷袭,仿佛华兹华斯不愿让他的手上沾到血。同父亲和弟弟相比,弗兰西斯选择了一条更困难的道路,他不惮于成为别人眼里的懦夫和不孝子。勇敢和忠诚对骑士而言是最重要的价值观,否则就是大恶,但弗兰西斯可以忍辱。从此诗的文字看,这是一个武力已经无用的时代,是中世纪壮丽的黄昏,以父亲为代表的勇士们依然停留在中世纪,弗兰西斯则是一个新的英雄。此诗的七个诗章(Canto)中,除去首尾两篇外,中间五个诗章都涉及战斗。然而在热血的战斗中却有这样一个不战的英雄。典型的中世纪勇士是"一个勇敢的人,一个令人生畏的名字"(253行)。中世纪史诗对英雄的要求是勇敢加上对上帝、国王、领主的忠诚,华兹华斯的英雄弗兰西斯采取的却是非暴力不合作的态度,与时代、世事不合作,与当时的荣誉准则不合作。诗中所描绘的是一个注重群体的时刻,骑士参与群体行动,寻求公众眼中的光荣,这时却有这样一个个人主义者独行其外,执行着专属于他自己的道德与行为标准。他是带有强烈浪漫色彩的一个人物。

这种新的英雄和女性力量产生了某种联系。在九个兄弟中,只有弗兰西斯是妹妹艾米丽的灵魂伴侣。新的英雄不战斗,固守反对立场,女性则是坚忍的,两条路线都非常困难,同样需要"虽千万人吾往矣"的勇气。在别人眼中,弗兰西斯也许显得软弱而女性化,实际上他的品质却是一种更高的勇敢。

第八章 古典与中世纪:重构英国和欧洲的"过往" 213

勇怯,刚柔,强弱——华兹华斯在此诗中把这些品质的普通意义都翻转了过来。弗兰西斯并非怯懦,而是有一种新的力量和权威,在他夺旗的时候虽不用暴力,他的道德力量却有震慑的效果,敌人同样望风披靡。

弗兰西斯是个新式英雄,也是一个新式的儿子,他在与父亲的对立中确定了自己的性格和道德立场。他敢于独立思考,认为父亲是错误的,并在公开场合反对父亲。父亲是领主,相当于一个微型的君主,弗兰西斯公开反对他,这举动很不寻常。八个弟弟都不假思索地追随父亲参战,而作为长子的弗兰西斯,把父亲对长子的期望全部颠覆。八个儿子无条件服从父亲,内心没有一点反对的念头。女儿艾米丽不同意父亲的做法,但并不公开反对,而是隐忍地服从父亲。弗兰西斯则是最具有对抗性的,他公开不服从父亲,让父亲痛苦伤心,如同考狄利娅直接反对父亲李尔王。他如此行事并非不孝,而是他认为"直谏"才是真正的孝顺。弗兰西斯的行为割裂在服从与反对之间,他不拿武器地跟随父亲就是一种无奈之举,是他把自己区分为身体和灵魂两部分,灵魂反对战事,身体却跟随着父亲。他不是害怕死亡,死亡要求的是肉体,他可以把肉体交出去,但灵魂是不可剥夺的,属于他自己的。

华兹华斯不会让这位英雄一直得不到父亲原谅。父子在狱中和解,父亲没有就原谅说更多言语,而是给弗兰西斯下了一个新的命令,叫他去夺取旗帜,弗兰西斯立即执行。夺旗和挂旗的意义何在?父亲想把旗帜献在故乡修道院的圣母之前,表达自己的宗教忠诚。但毋宁说华兹华斯设置这一情节是为了给弗兰西斯以弥补的机会,之前父亲的命令他没有遵从,这次他也像他的弟弟们一样立即遵从。父亲终于成了发出命令的意志,儿子成了这意志的执行者,重新扮演了儿子应该扮演的角色。最后旗帜被敌人夺走,父亲的愿望和弗兰西斯的最后使命都没有实现。弗兰西斯暴死在行动中,为捍卫旗帜和父亲的意愿而就义。这最后的举动使他加入父亲和弟弟们的行列,从某种意义上来说他与他们一样都是烈士。

弗兰西斯是孤独英雄,与父亲作对,与自己的整个共同体作对,然而真理在他一个人手里。他希望做到既忠于自己的个人原则,又忠于共同体,在这两种力量的拉扯下,他只能死去。华兹华斯多次用"孤独"(solitary)来形容他(763,1233 行)。他是身在共同体之中的孤独者,而非远离人世的孤独者,他的孤独者身份是他主动选取的一种与众不同的道路。他有父亲、八个弟弟、亲爱的妹妹,在这样紧密的家庭中他本不该孤独,但他的个人原则与家族原则发生冲突,使他成为孤独者。他还是一个悲剧英雄,这不只因为他最后悲壮死去,还因为他有强烈的自我意志和自信,但他的心灵中没有免除不安与动荡。父亲和弟弟们都毫不犹豫,没有焦虑,弗兰西斯则被自疑所困扰。跟

随在父亲后面时,他充满焦思和疲惫。他对拿旗的举动有怀疑,他缺乏父亲那样的宗教热忱,所以才会在路上停住脚步,询问自己:

> 这样无益的献祭
> 有什么好处呢,
> 而我是擎旗的人?(1415—1417行)

他此举更是为了尽责任,自己对之并不以为然,此前他的意志没有动摇过,这时却动摇了。弗兰西斯自称"我的自责太沉重了"(1475行),他就带着这些自责死去。

比弗兰西斯达到了更高一级崇高的是妹妹艾米丽。兄妹二人面对着不同的问题,弗兰西斯的问题是如何面对暴力和良心,妹妹是如何面对痛苦。在弗兰西斯也死去之后,艾米丽的问题才刚刚开始。这兄妹二人之间的纽带是异乎寻常的。在九个兄弟中,艾米丽与弗兰西斯最亲密,对他的关心远胜过对其他兄弟甚至父亲的关心。而弗兰西斯与八个兄弟背道而驰,只有妹妹知道他的心意,两个人是精神伴侣。弗兰西斯与妹妹的告别类似《伊利亚特》中赫克托尔与妻子安德洛玛克的诀别,妹妹等待他归来也类似妻子等待丈夫从战场归来。华兹华斯与妹妹多萝西的亲密关系显然在这诗中有所投射。

艾米丽属于另一个所在。诗中的战场与家园一动一静,错落有致,战场是焦虑的,是男性的暴力空间,后方的家园则宁静而忧伤。战场的叙述迅疾,充满动作,家园的叙述则缓慢悠长。家园中是静谧的,多写到夜晚,也有许多战场所没有的自然描写。在家园中华兹华斯的笔悠闲了许多,写到很多小细节:

> 花园里池塘的阴沉水面,
> 被夜晚游戏的昆虫触碰,
> 泛起闪亮的小小涟漪;
> 成千上万个光圈
> 形成了,随即
> 在视野中消失。(968—973行)

这个家园是属于艾米丽的空间,在父兄都死去后,她更是这里唯一的幸存者和女主人。

在战斗过程中,家里的艾米丽显得被动,几次她都是被人"引着"(led)离开某处。父亲让她绣战旗,她虽不赞同,但无条件服从父亲。她的笑容是"温柔孝顺的微笑"(504行),她的反对不表现为行动和语言,而表现为一种内向的反噬和忧伤。与八兄弟的毫无置疑的服从和弗兰西斯的"直谏"相比,她的孝顺属于第三条路线,但和他们一样也是无可指摘的。后来她又无条件服从哥哥弗兰西斯。他说:"不要有任何希望,如果我可以这样 /对你说,你是女人,因而是软弱的"(534—535 行)。从后来诗的发展方向来判断,"软弱"(weak)在此诗中就是强。弗兰西斯在别人眼中也是弱的,却是更强大的男性英雄。艾米丽没有多少言语,然而从全诗看言语又并非最重要,最深刻的精神过程并不需要言语。

她要直面的问题是如何在战事中以及战事之后消化痛苦。家人都死后,她经受了巨大的精神创伤,生活的基础被抽空,这是极为罕见的严峻挑战。一切伤亡仿佛都是为了给她设置考验,弗兰西斯也是她的一个故事,艾米丽才是最后的主角。华兹华斯没有提到她回想过去,思念父兄。为何父兄那样死去?此事在神意的格局里有何解释?对此她并没有提出疑问。在最后一个诗章中不再提及战事,仿佛那已是久远的往事,叙述的节奏大大放缓,变为凄美风格,如同另一篇故事。她是幸存者,不是悲惨地活下来,而是获得了平和的心态。华兹华斯并没有明确书写她通过怎样的过程达成了这种心态,只罗列了她现在的品质:

> 她平静,不为悲伤所苦,
> 她的灵魂现在拥有
> 轻柔而神圣的春日,
> 温和,甜蜜而忧郁。(1774—1777 行)

华兹华斯用大量的形容词来描述她,可以说太多的特点使她实际上没有了特点。她仅有的情绪波动仿佛只与白鹿有关,她见到鹿也会哭泣,鹿和她亲近,"她"多么高兴"(1753 行),"得到多么大的安慰"(1755 行),这时我们才看到她并非心如止水。关于她的很多重要信息也语焉不详。"她曾在远方长久地流浪"(1630 行),到处漫游是她从前作为一个贵族女性不会做的,漫游使她增长了智慧。但关于她的流浪的具体情形,诗中也写得非常模糊。

她是一个典型的浪漫女主人公,她不思考生计问题。她与鹿休息在树荫下,山洞中,类似古典神话中的林中女仙。鹿完全懂得她,人与动物的这种罕见的亲密也是浪漫的。她改变了从前的柔顺与被动的特点,获得了权威,成了这里的女主人,甚至是"童贞女王"(virgin Queen,1609 行)。吊诡的是,历史上镇压了北方叛乱的伊丽莎白女王也是"童贞女王"。像很多浪漫女主人公一样,忧郁仍是艾米丽气质的基调,以此为基础她建立了自己的权力。然而,我们无法得知她身上平静和忧郁的相对比重和相互关系。

全诗没有对她外形的描写,仿佛她的外形到死也没有变化,她成了一个几乎没有身体的圣女或鬼魂。之前她已经扮演了圣女的角色。北方叛军的一个口号是保卫宗教,艾米丽也是那宗教的忠诚信徒,但她不相信这宗教是用于战斗的。圣女贞德在法国的民族战争中扮演了圣女的战斗角色,圣女可以绣旗帜,也可以自己成为旗帜。艾米丽绣战旗实际帮助了父亲,给了叛军一面旗帜,一个象征。这样说来,她作为圣女已经参与了战斗,虽然她并非有意如此。家人都死后她则成了真正的圣女,她的灵魂"超脱于 /凡人之爱的脆弱"(1644—1645 行),她的爱已不属于人间,不针对任何具体对象,而是抽象的爱。她几乎不食人间烟火,在废墟里漫游。一个女性深夜在破败的修道院,在墓地流连,此时这个凄美的故事与哥特故事之间相当接近,好在有那只白鹿压制了哥特因素的漫延。

这首长诗的前后都是一个疗愈的过程,以弱化悲剧本身,将更多笔墨用于书写人如何应对悲剧。从结构和诗行分配来看,第七个诗章全部写悲剧的余波(1569—1929 行),开篇的第一个诗章(1—337 行)也是更晚的余波,加在一起共有 800 多行,而全诗共 1929 行。第一个诗章是关于鹿的,最后一个诗章则关于艾米丽与鹿。当动作与悲剧全部结束后,此诗又继续了三百多行,其中似乎并未有什么外部事件发生,而专注于描述灵魂的波澜与平静。全诗的开头结尾相呼应,把悲剧包裹在当中,使之成为易逝的瞬间,成为具体的历史个案。华兹华斯不愿让悲剧成为骇人的疤痕,而要拉开一段距离,使之成为审美和故事,成为情感教育和精神成长的资源。最后一个诗章讲述了艾米丽精神疮疤的平复。第一章是更大意义上的平复,写到自然与普通人生活的恢复。开篇描述的场景是欢快的,时隔多年,悲伤几乎已完全消失,风景与当地的人们恢复了生机与欢乐。对于这城堡的废墟,大自然已在展开疗愈的过程。而鹿重新出现,如同提醒人们不要完全遗忘。遗忘与回忆在此诗中是并存的。

这把我们的目光引向那只白鹿。如《鹿跳泉》中所写,鹿是有灵性的动物,此诗中的鹿则到了超自然的程度。诗题指向这只白鹿,实际上在大部分情节中它并不在场。它本来有历史,弗兰西斯在与妹妹告别时说,"我们"的一切都会消失,包括那只鹿,"他指着一只可爱的鹿,/鹿就在几步外,吃着草,信步而行"(561—562 行)。此时的鹿置身于这一贵族之家的各种动物中,虽然美丽但并不突出,缺少后来的神光,对这家族也没有特殊意义。但城堡后来只剩下艾米丽和鹿,二者形成强烈纽带,甚至不可区分(艾米丽和鹿都是女性)。到第七个诗章的余韵部分,鹿开始变得超自然,而到第一个诗章的余韵之延续,它几乎成了"神鹿",越来越不真,如同幻象。它平静而美丽,尤其当它从城堡的各种光影中走过时,形成奇特的视觉效果:

　　这只漫游的鹿,

第八章 古典与中世纪：重构英国和欧洲的"过往" 217

使许多潮湿阴暗的角落，

都有了圣洁的光辉。（102—104行）

它的色彩很重要。白色是纯洁，是空白。这只白鹿照亮了角落，弱化了废墟的阴暗。这是历史的废墟在提纯之后留下来的记忆，暴力、死亡、战斗在鹿的身上并没有痕迹。

当一个当地母亲把鹿指给自己的孩子，把它的故事说给孩子时，本地的传统在两代之间口头传递。孩子将长大，而这鹿还将继续存在，没有迹象表明它已老弱，它仿佛比从前更加光亮洁白。第一个诗章的时间不确定，我们不知道此时艾米丽已死去多少年，而虚化的时间中鹿仿佛是不死的。到全诗的最后两句，城堡对鹿说，"你，你不是时间的孩子，/而是永恒青春的女儿"（1928—1929行）。鹿成了这里的守护者，即便人已死，建筑已朽坏。鹿的重要就在于它一直存在，一直出现。在一场毁灭性的历史大灾难之后，时间仿佛失去了标记，几乎是一种历史的终结，而过去纯化为一个作为美好象征的鹿后将永远存在。

叙事诗《劳达米娅》（"Laodamia"）借助一个古典题材也写了一个不可能的圣徒。① 如果说弗兰西斯否定的是暴力，《劳达米娅》中的圣徒否定的就是"爱"，而华兹华斯对这种否定显示出较为矛盾的态度。此诗写希腊联军领袖之一普罗泰斯劳斯（Protesilaus）从神谕中得知，谁的船第一个触碰到特洛伊的海滩谁就会死。为了集体事业，他勇敢赴死。他的妻子劳达米娅向神祈祷，神给了普罗泰斯劳斯三个小时的还魂时间，此诗就集中于这对夫妻重聚的三个小时。丈夫的鬼魂告诫妻子要节制爱，要隐忍，追求更高的精神目标。时间一到，他永远离开，劳达米娅倒地而死，并因爱的无节制而在死后受到惩罚。此诗的古代来源主要是维吉尔《埃涅阿斯纪》的第六卷，此外也用到了奥维德的《女杰书简》（*Heroides*）和欧里庇得斯的《伊菲革涅亚在奥利斯》（*Iphigenia in Aulis*）。华兹华斯重写了一个特洛伊故事。此诗虽是古典题材，却并非对古典的回归，而是隐含了华兹华斯超越古典作家的意愿——不是在艺术上超越，而是在道德上超越。华兹华斯可以说重塑了一个希腊-基督教英雄。

从表面上来看，普罗泰斯劳斯的一个突出优点与古典作品中希腊英雄的优点是一样的，就是他"无与伦比的勇气"（44行）。然而在古典作品中这主要是指身体的勇敢，是在战场上勇于直面敌人与武器，在华兹华斯的诗中则变成了道德上的勇敢，是勇于为正义事业而死。荷马史诗中的希腊与特洛伊

---

① William Wordsworth, *Shorter Poems*, *1807—1820*, pp.143—152.

双方很难说孰为正义,史诗对双方都给予了深厚同情。在《劳达米娅》中希腊方则是正义的,占据了道德高地,在这样的阵营中才会有普罗泰斯劳斯这样的道德英雄,他为集体而牺牲自我的精神才值得称道。在古典作品中,希腊英雄少有集体感,所谓"集体"至多是松散的联盟,英雄的一些"为集体"的行为也显得富有争议甚至错误,阿伽门农为了联军舰队而牺牲女儿伊菲革涅亚就是错误行为。普罗泰斯劳斯的行为则没有争议:他为正义牺牲自我,与其说他是勇士(warrior),毋宁说他更是烈士(martyr)。

勇敢只是他生前的特点之一,他生前还温和、坚定、善良,这些特点使他类似华兹华斯书写的其他中世纪英雄,如《白鹿》中的弗兰西斯。更重要的是普罗泰斯劳斯在死后获得了更高的智慧,那就是对激情的节制,包括对爱、自恋、悲伤的节制。这使他与妻子的重逢显得很特别。妻子依然不改爱与悲痛,诉说着对他的思念,他的语言则主要是对妻子的道德劝诫。此时他们已不是一对热恋的夫妻,丈夫更像道德导师:

> 忠诚的妻子,你要学会
> 控制那狂悖的激情:因为神认可
> 灵魂的深度,而不是其动荡。(67—69行)

他劝妻子超越爱情,追求更高的目标:"你虽然在爱情上坚强,在理性上/却很软弱,在自制上过于迟慢"(103—104行)。这种关于节制的教诲与古希腊英雄并不相符,阿基里斯就激情无度,不节制自己的愤怒或悲伤,此诗中丈夫批评劳达米娅所具有的"不良"品质正是希腊英雄的普遍特征。可以说诗中的普罗泰斯劳是一位反希腊英雄的新英雄。

此诗以劳达米娅为题,然而她却是一个被批评的人物。她并没有作恶,她的错误就是她的"爱"。这是否应称为错误,华兹华斯对此也有些犹豫不决,从开篇与结尾的龃龉以及几个版本的修改中可以看出他的犹豫。在诗的开篇,当劳达米娅为爱人而向神祈祷的时候,她的形象是高大的,主神朱庇特回应了她的祈祷,表明了对她的认可。她的爱先得到神的奖励,后来却遭到神的惩罚。神的态度转变似乎是从下面这个节点开始的:她对还魂的丈夫说,"在这熟悉的榻上,/给我夫妻间的一吻"(57行),此时朱庇特开始皱眉。她过于关注肉欲,把夫妻之爱理解为肉体之爱,在这样的生者死者相会的时刻,她最渴望的是对方的身体。她被感官所捆缚,无法领会更高的灵魂层次,而丈夫则已失去肉体也超越了肉体,成为更纯粹的灵魂。爱人与自我紧密相连,劳达米娅的爱并没有成为灵魂上升和扩大的手段。她所理解的爱是有局限的男女之爱、具体之爱,执着于某个具体对象,而不是对神的爱。她太尘世,太人间。她爱得过度,也要求过分,她不仅要求丈夫复生三小时,且希望他能真正复生。丈夫的阴魂一离开,她就悲痛而死,甚至没有来得及思考和实践他的教导,她的死亡结局说明她依然是情感过度的。这令人想起希腊神话中很多被惩罚的女性(Niobe, Arachne 等),而希腊神话中强调她们的过度主要在于她们僭越人与神的界线,于是遭神惩罚。此诗中劳达米娅的不知节制则去除了僭越的成分,节制本身就是应当遵循的戒律。这也是在古典外衣下华兹华斯的基督教思想的体现。此诗的情节中能看到俄耳甫斯与欧律狄刻故事的影子,那是感动人神的伟大的爱,其中的俄耳甫斯可以说也是无节制。他的爱人在冥界,他也去冥界,希望将爱人带回尘世却不能成功。但他作为伟大的歌者被永远纪念,而劳达米娅的类似品质在华兹华斯的笔下则是可谴责的。

究竟该如何审判她的爱?如何奖励或惩罚?奖惩发生在来生——而在古希腊的神话中,死去的灵魂除个别例外全部去了冥界(Hades),无所谓奖惩,古典世界里并没有死后的审判。华兹华斯在如何"审判"她的问题上做了几次修改。1815—1820 年间,华兹华斯觉得她应该被原谅和奖励。她爱得无节制,但毕竟没有犯罪,所以她死后的去处是宜人的:

> 温和地审判这个深深爱着的人!
> 她虽缺少理性,但并无罪过,
> 在激情的昏迷中她被带走;
> 从时间的痛苦之轭下解放,从这些
> 脆弱的元素中——去永不凋谢的
> 林中至乐之寂静里采撷花朵。(122—127 行)

1827 年,华兹华斯将对她的判决改为"并非没有罪过"(not without crime),"到没有欢乐的所在流浪",①语调已经开始严厉,把她放置在一个次一等的空间。到 1845、1849—1850 年的版本中,华兹华斯自己也到了生命晚年,对来生问题显然更为关注,对她的审判结果就与最早的版本恰相反,变成非常严厉的惩罚:

> 她被规诫、被指责都是徒劳,
> 她就这样死去;由于她的任性之罪过,
> 正义的神不会被软弱的同情所动,
> 她度过自己的规定的时间,
> 远离快乐的阴魂,他们在永不凋谢的

---

① William Wordsworth, *Shorter Poems*, *1807—1820*, p.151.

林中至乐之寂静里采撷花朵。(158—163)①

前后截然不同的奖励或惩罚代表着劳达米娅的不同结局,也勾勒出华兹华斯越来越严厉的道德判断的轨迹。

然而此诗最后的意象却让诗在一定程度上又回到了矛盾的状态。最后一段描绘了一丛树,它从普罗泰斯劳斯的坟墓上长出,一旦长高到望见特洛伊城就枯萎,如是循环往复。这株会枯萎的树只能是劳达米娅的象征,而不是普罗泰斯劳斯的象征,因为他已获得永恒安宁,不可能枯萎。树的意象仿佛是奥维德《变形记》的新篇,使此诗又回到了古典神话。这丛树是无法被劝诫的,仿佛大自然凝固了她的执着情感,将之赋予了活的永恒形式。这一结局又给予了劳达米娅某种崇高感。

此诗最多的内容是对话,具有戏剧性,然而娓娓动听的故事在这里已经不是华兹华斯的目的,叙事成了包裹道德信息的外壳。两个人物可以说是华兹华斯身上古典与基督教两种倾向的代表。华兹华斯的十四行诗《俗世离我们太切近》("The world is too much with us")中是对古典时代的哀悼与向往,此诗则是基督教对古典精神的战胜。这两种因素其实在华兹华斯身上一直纠缠,此诗中他将两个代表不同价值观的人物设定为一对夫妻。他们曾相爱过,重逢的时候,华兹华斯用道德判断将两人分开。普罗泰斯劳斯是具有基督教色彩的英雄,劳达米娅因为太古典,所以被谴责。这已经不是一个爱情故事,两个爱人见面不是互诉衷肠,而是一个渴望,一个推拒,死后他们也不可能如俄耳甫斯和他的爱人一样终于在一起。分开他们的巨大鸿沟不是生死,而是价值观。与华兹华斯的意图也许相反的是,此故事虽然力图书写道德高贵的人物,却缺少动人的力量,甚至有可能产生相反的效果。妻子如此爱丈夫,丈夫暂时复生,却没有对妻子的爱做出回应。即便以基督教对女性的传统标准来判断,劳达米娅对丈夫的爱至少也是忠贞的体现,她的激情对象是合法的丈夫,她对死去的丈夫念念难忘,又何错之有?而丈夫难免令人觉得冷酷刻板,缺少爱的能力。

浪漫主义者们只能通过文字来追忆和重构中世纪那样一个欧洲的过往、英国的过往。这是对他们的想象力的考验。乡村尚可退入,尚可找寻,浪漫的过去却已无法回去,甚至并不存在。这就是浪漫派的中世纪情结(medievalism)。在他们那里,中世纪不再是启蒙主义者眼中蒙昧的"黑暗时

---

① William Wordsworth, *The Poems*, John O. Hayden ed., New Haven: Yale University Press, 1977, vol.1, pp.158—163; *Shorter Poems*, 1807—1820, p.152.

代"(Dark Ages),而是充满了骑士、美女、恋爱和英勇的战斗。他们的中世纪诗也是挽歌,是哀悼。从这个意义上看,对中世纪的重构可以说是对精神匮乏的当代的拒斥。

如果说关于乡村的叙事诗中有华兹华斯的真实生活体验,是浪漫与现实主义的结合,那么更集中地表现了他的浪漫情怀的是中世纪或古典题材的叙事诗。华兹华斯的中世纪故事里充满爱恨情仇、暴力与斗争,激情(passion)以显豁的方式体现,缺少日常情感。中世纪在华兹华斯笔下有时是梦幻般的乌托邦,但更值得注意的是其中书写的失败的骑士,从中可以看出华兹华斯对中世纪书写传统的反思。而一些诗中的圣徒形象则是华兹华斯的浪漫化也是基督教化的较为极端的体现。

结　语

华兹华斯可以说生活在一个新旧交替的时代。他在新的事物(城市、工厂、工人、商品)中没有看到希望。于是他在几方面都建构了理想,但对之也难免疑虑。他的理想是不纯正的,现实常常侵入其中。他笔下的乡村有淳朴独立的牧歌风情,但他也以充满同情的笔触书写了乡村居民遭遇的贫穷、衰败与破产。他书写的乡村女性是美好之载体,但她们会遭遇到变故而疯狂。他设想的自我有较为平顺的发展历史,被自然所教育,但这其中埋藏着童年创伤和法国大革命的危机。他希望自己选择的退居之地的人们也是高贵的,但他不能不看到他们的缺点,同时他也看到孤独的人将陷入的困境。他书写了浪漫的中世纪和古典世界,同时也写了失败的骑士。在他的叙事诗中,他写人的美好与痛苦、欢乐与哀伤,这两方面于他而言是不能偏废的。

华兹华斯的叙事诗对许多关于他的结论都形成挑战。M. H. 阿布拉姆斯认为,浪漫派中残存的基督教观念"控制着主体与客体之间的互动,使我们所说的浪漫哲学有了鲜明的特点和格局。但在这种宏大的体系中,主体、心灵、精神起着主导作用",这种主客关系"平行于华兹华斯在《丁登寺》中所确立的典型的抒情诗模式"。[①] 阿布拉姆斯主要分析的文本是华兹华斯的抒情诗与《序曲》。抒情诗可以说是浪漫派的典型文体,但从抒情诗中得出的结论并不能解释华兹华斯的叙事诗。在他的叙事诗中,诗人与自然的地位退后,他人的地位更加突出,"我"与他人也并非主客体的关系,他人具有很大的独立性。

学界对华兹华斯的叙事诗之缺少分析可能与一种更大的走向有关。叙事诗正在衰落,抒情诗成为几乎占垄断地位的诗体。在西方当前的三大文类——小说、戏剧、抒情(fiction, drama, lyric)——的划分中,叙事诗已找不到自己的位置。文学书写他人的任务主要由小说承担,诗歌则更加收缩、内转,他人与共同体从诗歌中日益退出。华兹华斯还在孤独与共同体之间徘徊,而后世诗人们的孤独几乎无法打破,无论是自己选择的孤绝,还是来自外

---

① M. H. Abrams, *Natural Supernaturalism*, pp. 91, 92.

部的放逐,其效果是类似的。这也是当代世界原子化在诗歌领域的一种征兆。

　　从现在的历史时间点再回头来看华兹华斯的叙事诗,似乎那已是一种不可能的诗作。对我们自己的时代而言,这些作品比他的抒情诗更具有异样性,尤其是他书写乡村的叙事诗。乡村基本上已不再是属于诗人的所在,何况在城市化和工业化进程在全球加快的情况下,乡村本身正在消失。20 世纪上半叶的美国诗人弗罗斯特可以说是一个重要的例证。在个人与共同体之间的连续带上,他显然朝个人的方向走出去更远。他虽然也身在乡村,但他的作品中基本没有共同体之感。他也像华兹华斯一样在乡村道路上行走,但我们很少看到他遇到其他人,或者与别人交谈,对话在他的诗中大体被独语或沉默取代。他与他人建立的联系都几乎是在遥远的距离之下,那种联系也是脆弱的,甚至是主观设想的:他在雪中看到一堆木头,想到那不在场的伐木的劳动者;他在深夜看到落满雪的树林,想到那树林的主人;他坐火车经过荒凉之所在,从车上远远看到一个当地居民。而他在夜里的城市街道行走时,没有人召唤他,巡夜的人与他交错而过,两个人之间没有言语。他与邻居的唯一共同行为是在双方的领地之间修墙,虽然他意识到这行为是荒谬的,但"墙"似乎更是他的作品中诗人与他人距离的象征。相应的,弗罗斯特诗中的荒凉色彩也更加浓重,孤独有时成为一种沉重的负担。

　　华兹华斯在《序曲》中写到,在伦敦,"从我身边掠过的每一张脸庞都是 / 一团神秘"(VII. 596—597,丁译本 VII. 628—629),而这目前正成为普遍的境况。诗人只剩下了自身可以探索,广大的高山湖泊等自然物也常成为诗人无法触及之物,当代诗人可以凭依的自然与共同体的支持都大为削弱。艺术家与社会之间更加对立甚至对抗,理解和同情他人变得困难,带来的是以诗书写他人之困难。此时阅读华兹华斯的诗让我们看到现代诗歌的另一种可能性。华兹华斯与自然的联系和他与他人、共同体的联系是相关的,他体现了诗人在共同体中更加内在的位置,虽然在自我与共同体之间何去何从,对他而言已经是一个难以处理的问题。

　　写当代题材叙事诗的华兹华斯并非典型的浪漫派。拜伦叙事诗的主人公还多是类似拜伦自己的人,华兹华斯则大部分时候书写与自己迥异的人们,正是他的复杂性和丰富性使他的作品溢出了浪漫主义的范畴。我们常常将华兹华斯比作中国的陶渊明、王维、李白,这些还主要是从他与自然的关系入手,而他的叙事诗其实正类似中国的乐府,在这一点上他与杜甫不是没有相似之处。罗素在《西方哲学史》中为"浪漫主义运动"这一文学现象专设了一章。在罗素看来,浪漫主义的本质是"对已有道德标准和美学标准的反叛。"①他分析了浪漫主义的一些特点,比如厌倦安稳,寻求刺激,偏爱大自然中可怕的一面,反社会性,迷醉于异国与远方。罗素眼中的浪漫主义主要是卢梭和拜伦式的。他只一次匆匆提及华兹华斯,说他变得"反动"(reactionary),而并未对他的诗歌做出评价。② 实际上,英国浪漫主义诗人中成就最大的华兹华斯,很多时候并不符合罗素对浪漫主义的定义。他更温和,也更妥协。他去过远方,但更偏重于描写家园。他注重自我与内心,但也强调人的社会性和道德,强调传统。鲁迅《摩罗诗力说》中"立意在反抗,旨归在动作"的浪漫主义诗人也主要是拜伦式的,同为浪漫主义诗人的华兹华斯就并不能以"摩罗诗人"目之。③ 在罗素和鲁迅的笔下,拜伦式的浪漫主义是典型的浪漫主义。而华兹华斯与典型浪漫主义之间的差别,若只以政治立场的"消极""积极"来解释,反而会遮蔽很多面向。恰是在"反动""消极"的华兹华斯笔下,出现了最多的乡村普通人形象。或许,正是华兹华斯的不典型性,使他在自我与他人、个人与社会、浪漫与现实、人与自然这些力量之间维持着矛盾和犹疑,也维持着某种丰富而宝贵的平衡。

---

① Bertrand Russell, *A History of Western Philosophy*, New York: Simon & Schuster, 1967, p. 675.
② Ibid., p. 680.
③ 鲁迅:《摩罗诗力说》,《鲁迅全集》第一卷,北京:人民文学出版社,2005年,第68页。

参考文献

1. 一手资料

华兹华斯诗歌主要参考康奈尔版本,使用到的卷册如下:

The Salisbury Plain Poems of William Wordsworth. Ed. Stephen Gill. Ithaca: Cornell University Press, 1975.

Home at Grasmere. Ed. Beth Dalington. Ithaca: Cornell University Press, 1977.

Benjamin the Waggoner. Ed. Paul F. Betz. Ithaca: Cornell University Press, 1981.

Poems, in Two Volumes, and Other Poems, 1800—1807. Ed. Jared Curties. Ithaca: Cornell University Press, 1983.

Peter Bell. Ed. John Jordan. Ithaca: Cornell University Press, 1985.

The Tuft of Primroses and Other Late Poems for The Recluse. Ed. Joseph F. Kishel. Ithaca: Cornell University Press, 1986.

The White Doe of Rylstone; or The Fate of the Nortons. Ed. Kristine Dugas. Ithaca: Cornell University Press, 1988.

Shorter Poems, 1807—1820. Ed. Carl H. Ketcham. Ithaca: Cornell University Press, 1989.

Lyrical Ballads, and Other Poems, 1797—1800. Eds. James Butler and Karen Green. Ithaca: Cornell University Press, 1992.

Translations of Chaucer and Virgil. Ed. Bruce E. Graver. Ithaca: Cornell University Press, 1998.

Early Poems and Fragments, 1785—1797. Eds. Carol Landon and Jared Curtis. Ithaca: Cornell University Press, 1999.

Last Poems, 1821—1850. Ed. Jared Curtis. Ithaca: Cornell University Press, 1999.

The Sonnets Series and Itinerary Poems, 1820—1845. Ed. Geoffrey Jackson. Ithaca: Cornell University Press, 2004.

The Excursion. Eds. Sally Bushell, James A. Butler, and Michael C. Jaye. Ithaca: Cornell University Press, 2007.

The Prelude 参考的版本:

The Prelude, 1799, 1805, 1850. Eds. Jonathan Wordsworth, M. H. Abrams, and Stephen Gill. New York: Norton, 1979.

The Prelude: The Four Texts (1798, 1799, 1805, 1850). Ed. Jonathan Wordsworth.

London: Penguin, 1995.

所用的华兹华斯其他作品:

The Poems. Ed. John Hayden. New Haven: Yale University Press, 2 volumes, 1977.

Major Works. Ed. Stephen Gill. Oxford: Oxford University Press, 1984.

The Letters of William and Dorothy Wordsworth: The Early Years. Ed. Ernest De Selincourt. Rev. Chester L. Shaver. Oxford: Clarendon Press, 1967.

The Letters of William and Dorothy Wordsworth: Middle Years. Part I. Ed. Ernest De Selincourt. Rev. Mary Moorman. Oxford: Clarendon Press, 1969.

The Letters of William and Dorothy Wordsworth: Middle Years. Part II. Ed. Ernest De Selincourt. Rev. Mary Moorman and Alan G. Hill. Oxford: Clarendon Press, 1970.

The Letters of William and Dorothy Wordsworth: The Late Years. Part I. Ed. Ernest De Selincourt. Rev. Alan G. Hill. Oxford: Clarendon Press, 1978.

The Prose Works of Wordsworth. Eds. W. J. B. Owen & Jane W. Smyser. Oxford: Clarendon Press, 1974.

中译:

威廉·华兹华斯:《序曲,或一位诗人心灵的成长》,丁宏为译,北京:北京大学出版社,2017年。

威廉·华兹华斯:《华兹华斯叙事诗选》,秦立彦译,北京:人民文学出版社,2018年。

2. 研究资料

外文文献

Abrams, M. H. *The Mirror and the Lamp: Romantic Theory and the Critical Tradition*. New York: Oxford University Press, 1953.

———. *Natural Supernaturalism: Tradition and Revolution in Romantic Literature*. New York: W. W. Norton & Company, 1971.

——— ed. *Wordsworth*. Englewood Cliffs, New Jersey: Prentice-Hall, 1972.

Averill, James. *Wordsworth and the Poetry of Human Suffering*. Ithaca: Cornell University Press, 1980.

Barker, Juliet. *Wordsworth: A Life in Letters*. London: Penguin, 2007.

Bate, Jonathan. *Romantic Ecology: Wordsworth and The Environmental Tradition*. London and New York: Routledge, 1991.

Benis, Toby R. *Romanticism on the Road: The Marginal Gains of Wordsworth's Homeless*. Basingstoke: Macmillan, 2000.

Bewell, Alan. *Wordsworth and the Enlightenment: Nature, Man, and Society in the Experimental Poetry*. New Haven: Yale University Press, 1989.

Bialostosky, Don H. *Wordsworth, dialogics, and the practice of criticism*. Cambridge: Cambridge University Press, 1992.

Blake, William. *Blake's Poetry and Designs*. Eds. Mary Lynn Johnson and John E. Grant. New York and London: Norton, 1979.

Blank, G. Kim. *Wordsworth and Feeling: The Poetry of an Adult Child*. London: Associated University Presses, 1995.

Bloom, Harold, ed. *Romanticism and Contemporary Criticism: Essays in Criticism*. New York: Norton, 1970.

——. *The Anxiety of Influence: A Theory of Poetry*. New York: Oxford University Press, 1973.

——ed. *William Wordsworth*. New York: Infobase Publishing, 2007.

Bradley, A. C. "Wordsworth."*Wordsworth*. Ed. M. H. Abrams. Englewood Cliffs, New Jersey: Prentice-Hall. 1972.

Bromwich, David. *Disowned by Memory: Wordsworth's Poetry of the* 1790s. Chicago: University of Chicago Press, 1998.

Brooks, Cleanth. *The Well Wrough Urn: Studies in the Structure of Poetry*. New York: Harcourt Brace, 1947.

Burke, Edmund. *Reflections on the Revolution in France, and on the Proceedings in Certain Societies in London Relative to that Event*. Hartmondsworth: Penguin, 1968.

——. *A Philosophical Enquiry into the Sublime and Beautiful*. London: Penguin, 2004.

Butler, Marilyn. *Romantics, Rebels and Reactionaries*. Oxford: Oxford University Press, 1981.

Byron, Lord George. *Don Juan*. New York: Penguin, 2004.

Campbell, Patrick. *Wordsworth and Coleridge, Lyrical Ballads—Critical Perspectives*. Basingstoke: Macmillan, 1991.

Chandler, James K. *Wordsworth's Second Nature: A Study of the Poetry and Politics*. Chicago: University of Chicago Press, 1984.

Clarke, C. C. *Romantic Paradox: An Essay on the Poetry of Wordsworth*. London and New York: Routledge, 1962.

Cobban, Alfred. *Edmund Burke and the Revolt against the Eighteenth Century: A Study of the Political and Social Thinking of Burke, Wordsworth, Coleridge and Southey*. London: George Allen and Urwin, 1929.

Coleridge, S. T. *Biographia Literaria*. Ed. Nigel Leask. London: Dent, 1997.

——. *Poems*. London: Dent; New York: Dutton, 1974.

Collings, David. *Wordsworthian Errancies*. Baltimore: The Johns Hopkins University Press, 1994.

Cooke, Michael. *The Romantic Will*. New Haven: Yale University Press, 1976.

Curran, Stuart, ed. *The Cambridge Companion to British Romanticism*. Cambridge,

England: Cambridge University Press, 1993.

Danby, John F. *The Simple Wordsworth: Studies in the Poems 1797—1807*. London: Routledge & Kegan Paul, 1960.

Darbishire, Helen. "Wordsworth's Significance for Us." *The Major English Romantic Poets: A Symposium in Reappraisal*. Eds. Clarence D. Thorpe et al. Carbondale: South Illinois University Press, 1957.

Darlington, Beth. "Wordsworth and the Alchemy of Healing." *The Wordsworth Circle*. 29 (1998), No. 1:52—60.

Davis, Hugh Sykes. *Wordsworth and the Worth of Words*. Cambridge: Cambridge University Press, 1986.

De Quincey, T. *Selected Writings*. Ed. Philip Van Doren Stern. New York: The Modern Library, 1949.

Deane, Seamus. *The French Revolution and Enlightenment in England, 1789—1832*. Cambridge, Mass. : Harvard University Press, 1988.

Dickstein, Morris. "The Very Culture of the Feelings: Wordsworth and Solitude." *The Age of William Wordsworth: Critical Essays on the Romantic Tradition*. Eds. Kenneth R. Johnston and Gene W. Ruoff. New Brunswick and London: Rutgers University Press, 1987.

Durrant, Geoffrey. *Wordsworth and the Great System: A Study of Wordsworth's Poetic Universe*. London: Cambridge University Press, 1970.

Faggen, Robert, ed. *The Cambridge Companion to Robert Frost*. Cambridge: Cambridge University Press, 2001.

Ferguson, Frances. *Solitude and Sublime: Romanticism and the Aesthetics of Individuation*. New York: Routledge, 1992.

Ferry, David. *The Limits of Mortality: An Essay on Wordsworth's Major Poems*. Middletown, Conn. : Wesleyan University Press, 1959.

Fletcher, Pauline and John Murphy, eds. *Wordsworth in Context*. London and Toronto: Associated University Presses, 1992.

Frost, Robert. *The Poetry of Robert Frost*. Ed. Edward Connery Lathem. New York: Henry Holt and Company, 1975.

Gill, Stephen. *William Wordsworth: A Life*. Oxford; New York: Oxford University Press, 1989.

——— ed. *The Cambridge Companion to William Wordsworth*. Cambridge: Cambridge University Press, 2003.

———. *Wordsworth's Revisitings*. Oxford: Oxford University Press, 2011.

Godwin, William. *An Enquiry Concerning Political Justice*. Harmondsworth, England: Penguin Books, 1976.

Hagstrum, Jean H. *The Romantic Body: Love and Sexuality in Keats, Wordsworth and*

Blake. Knoxville: University of Tennessee Press, 1985.

Hartman, Geoffrey. *Wordsworth's Poetry: 1787—1814*. New Haven: Yale University Press, 1964.

——. *The Unremarkable Wordsworth*. London: Methuen, 1987.

——. "Was it for this…? Wordsworth and the Birth of the Gods." *William Wordsworth*. Ed. Harold Bloom. New York: Infobase Publishing, 2007.

Hayden, John. *William Wordsworth and the Mind of Man: The Poet as Thinker*. New York: Bibli O'Phile Publishing Company, 1992.

——ed. *Romantic Bards and British Reviewers: A Selected Edition of the Contemporary Reviews of the Works of Wordsworth, Coleridge, Byron, Keats and Shelley*. London and New York: Routledge, 2016.

Homans, Margaret. *Women Writers and Poetic Identity*. Princeton: Princeton University Press, 1980.

Jarvis, Robin. *Romantic Writing and Pedestrian Travel*. London: Macmillan Press, 1997.

Johnston, Kenneth R. *The Hidden Wordsworth: Poet, Lover, Rebel, Spy*. New York: W. W. Norton & Company, 1998.

Johnston, Kenneth R. and Gene W. Ruoff, eds. *The Age of William Wordsworth: Critical Essays on the Romantic Tradition*. New Brunswick and London: Rutgers University Press, 1987.

Keats, John. *The Complete Poems of John Keats*. New York: Modern library, 1994.

Langan, Celeste. *Romantic Vagrancy: Wordsworth and the Simulation of Freedom*. Cambridge: Cambridge University Press, 1995.

Levinson, Marjorie. *Wordsworth's great period poems: Four essays*. Cambridge: Cambridge University Press, 1986.

Liu, Alan. *Wordsworth: The Sense of History*. Stanford: Stanford University Press, 1989.

McCracken, David. *Wordsworth and the Lake District: A Guide to the Poems and Their Places*. Oxford: Oxford University Press, 1984.

McFarland, Thomas. *William Wordsworth: Intensity and Achievement*. Oxford: Clarendon Press, 1992.

McGann, Jerome J. *The Romantic Ideology: A Critical Investigation*. Chicago: The University of Chicago Press, 1983.

Manning, Peter J. "Troubling the Borders: Lyrical Ballads 1798 and 1998." *The Wordsworth Circle*. 30 (1999), No. 1: 22—27.

Martin, Philip W. and Robin Jarvis, eds. *Reviewing Romanticism*. Basingstoke: Macmillan, 1992.

Mason, Emma. *The Cambridge Introduction to William Wordsworth*. Cambridge: Cambridge University Press, 2010.

Mill, J. S. *Autobiography*. New York: Penguin Classics, 1990.

Moorman, Mary. *Wordsworth: A Biography*. 2 vols. Oxford: Clarendon Press, 1957—1965.

Newlyn, Lucy. "The noble living and the noble dead: community in *The Prelude*." *The Cambridge Companion to William Wordsworth*. Ed. Stephen Gill. Cambridge: Cambridge University Press, 2003.

Nichols, Ashton. *The Revolutionary 'I': Wordsworth and the Politics of Self-Presentation*. Basingstoke: Macmillan, 1998.

Owen, W. J. B. *Wordsworth as Critic*. Toronto: University of Toronto Press, 1969.

Page, Judith. *Wordsworth and the Cultivation of Women*. Berkeley: University of California Press, 1994.

——. "Gender and Domesticity." *The Cambridge Companion to William Wordsworth*. Ed. Stephen Gill. Cambridge: Cambridge University Press, 2003.

Parrish, Stephen M. "'The Thorn': Wordsworth's Dramatic Monologue." *ELH*. 24 (1957), 153—163.

——. *The Art of the Lyrical Ballads*. Cambridge, Mass.: Harvard University Press, 1973.

Perkins, David. *The Quest for Permanence: The Symbolism of Wordsworth, Shelley and Keats*. Cambridge, Mass.: Harvard University Press, 1965.

——. *Wordsworth and the Poetry of Sincerity*. Cambridge, Mass.: Harvard University Press, 1964.

Pinion, F. B. *A Wordsworth Companion*. London: Macmillan Press, 1984.

Rawnsley, H. D. *Reminiscences of Wordsworth among the Peasantry of Westmoreland*. London: Dillon's, 1968.

Reed, Ardern, ed. *Romanticism and Language*. Ithaca: Cornell University Press, 1984.

Roe, Nicholas. *Wordsworth and Coleridge: The Radical Years*. Oxford: Clarendon Press, 1988.

——. *The Politics of Nature: Wordsworth and Some Contemporaries*. New York: St. Martin's Press, 1992.

Rosen, Charles. *Romantic Poets, Critics, and Other Madmen*. Cambridge, Mass.: Harvard University Press, 1998.

Russell, Bertrand. *A History of Western Philosophy*. New York: Simon & Schuster, 1967.

Rzepka, Charles J. *The Self as Mind: Vision and Identity in Wordsworth, Coleridge, and Keats*. Cambridge, Mass.: Harvard University Press, 1986.

Sales, Roger. *English Literature in History. 1780—1830: Pastoral and Politics*. London: Hutchinson, 1983.

Shelley, Percy B. *Shelley's Poetry and Prose*. New York: W. W. Norton, 2002.

Simpson, David. *Wordsworth's Historical Imagination: The Poetry of Displacement*. New York and London: Methuen, 1987.

——. *Wordsworth, Commodification and Social Concern*. Cambridge: Cambridge University Press, 2009.

Snow, Heidi J. *William Wordsworth and the Theology of Poverty*. Surrey, England: Ashgate Publishing limited, 2013.

Thompson, E. P. *The Romantics: England in a Revolutionary Age*. New York: The New Press, 1997.

Todd, F. M. *Politics and the Poet: A Study of Wordsworth*. London: Methuen, 1957.

Ulmer William A. *The Christian Wordsworth 1798—1805*. New York: State University of New York Press, 2001.

Vendler, Helen. "'Tintern Abbey': Two Assaults." *Wordsworth in Context*. Eds. Pauline Fletcher and John Murphy. London and Toronto: Associated University Presses, 1992.

Watson, J. R. *English Poetry of the Romantic Period, 1789—1830*. London: Longman, 1985.

Weiskel, Thomas. *The Romantic Sublime: Studies in the Structure and Psychology of Transcendence*. Baltimore: The Johns Hopkins University Press, 1976.

Wilson, Douglas B. *The Romantic Dream: Wordsworth and the Poetics of the Unconscious*. Lincoln and London: University of Nebraska Press, 1993.

Woodring, Carl. *Politics and English Romantic Poetry*. Cambridge, Mass.: Harvard University Press, 1970.

Woof, Robert, ed. *William Wordsworth: The Critical Heritage*. New York: Routledge, 2001.

Woolf, Virginia. *A Room of One's Own*. Cambridge: Cambridge University Press, 1995.

Wordsworth, Dorothy. *The Grasmere and Alfoxden Journals*. Ed. Pamela Woolf. Oxford: Oxford University Press, 2002.

Wordsworth, Jonathan. *William Wordsworth: The Borders of Vision*. Oxford: Oxford University Press, 1982.

Wu, Duncan, ed. *A Companion to Romanticism*. Oxford, UK: Blackwell Publishers, 1998.

——. *Wordsworth: An Inner Life*. Oxford, UK: Blackwell, 2002.

Yeats, W. B. *The Collected Poems of W. B. Yeats*. Ed. Richard J. Finneran. New York: Scribner, 1989.

中文文献

但丁:《神曲》,田德望译,北京:人民文学出版社,2002年。

丁宏为:《理念与悲曲:华兹华斯后革命之变》,北京:北京大学出版社,2002年。

——:《真实的空间——英国近现代主要诗人所看到的精神境域》,北京:北京大学出版社,2013年。
卢梭:《漫步遐想录》,徐继曾译,北京:人民文学出版社,1986年。
鲁迅:《鲁迅全集》第一卷,北京:人民文学出版社,2005年。
张旭春:《浪漫主义、文学理论与比较文学研究论稿》,上海:复旦大学出版社,2013年。

华兹华斯作品中英对照表

(普通诗题标为斜体。以第一行为诗题者,不标为斜体)

A

A narrow girdle of rough stones and crags 《窄窄的一带巉岩与山崖》
Alice Fell 《爱丽丝·菲尔》
Andrew Jones 《安德鲁·琼斯》
Anecdote for Fathers 《写给父亲们的一件小事》
Armenian Lady's Love, The 《亚美尼亚女郎之爱》
Artegal and Elidure 《阿特格尔与艾力多尔》

B

Ballad, A 《歌谣》
Beggars 《乞丐》
Benjamin the Waggoner 《车夫本杰明》
Blind Highland Boy, The 《高地盲童》
Borderers, The 《边境人》
Brothers, The 《兄弟》

C

Character of the Happy Warrior 《快乐勇士的品格》
Childless Father, The 《失去孩子的父亲》
Complaints of a Forsaken Indian Woman, The 《一个印第安弃妇的怨诉》
Convict, The 《囚徒》

D

Descriptive Sketches 《速写》

E

Egyptian Maid, The 《埃及女郎》
Ellen Irwin 《艾伦·俄温》
Evening Walk, An 《黄昏漫步》
Excursion, The 《远游》

F

Fact, and an Imagination or, Canute and Alfred, on the Sea-Shore, A 《事实与想象,又名海边的卡努特与阿尔弗雷德》
Forth from a jutting ridge, around whose base 《从一道向外突出的山岭》
Fountain, The 《泉》

G

Gleaner, Suggested by a Picture, The 《拾穗者,观画有感》
Goody Blake and Harry Gill 《布莱克婆婆与哈里·吉尔》
Grace Darling 《格蕾丝·达琳》
Grief, thou hast lost an ever ready friend 《悲伤,你失去了一个常在身边的朋友》

H

Hart-Leap Well《鹿跳泉》
Home at Grasmere《家在格拉斯米尔》
Horn of Egremont Castle, The《艾格尔蒙特城堡的号角》

I

I wandered lonely as a cloud《我如一朵孤云漫游》
Idiot Boy, The《痴孩子》
Idle Shepherd-boys, The《不务正业的牧童》

L

Laodamia《劳达米娅》
Last of the Flock, The《最后一只羊》
Let more ambitious poets take the heart《让更雄心勃勃的诗人们用风暴抓住人心》
Lines Left upon a Seat in a Yew-tree《写于一株紫杉下的座位上》
Lines Written a Few Miles above Tintern Abbey, on Revisiting the Banks of the Wye During a Tour, July 13, 1798《丁登寺》
Lines Written in Early Spring《作于早春》
Louisa《露易莎》
Lucy Gray《露西·格雷》
Lyrical Ballads《抒情歌谣集》

M

Mad Mother, The《疯狂的母亲》
Manciple's Tale, The《伙食采购人的故事》
Matron of Jedborough and her Husband, The《杰德镇的主妇和她的丈夫》
Michael《麦克尔》

N

Norman Boy, The《诺曼少年》
Not in the lucid intervals of life《不是在生命的清醒间隙》
Nutting《采坚果》

O

Oak and the Broom, The《橡树与金雀花》
Old Cumberland Beggar, The《坎伯兰的老乞丐》
On the Detraction Which Followed the Publication of a Certain Poem《某诗出版后受到的诋毁》

P

Pet-Lamb, A Pastoral, The《宠物羔羊,一支牧歌》
Peter Bell《彼得·贝尔》
Power of Music《音乐的力量》
Preface to Lyrical Ballads《抒情歌谣集》序言
Prelude, The《序曲》
Prioress' Tale, The《修女院院长的故事》
Proud were ye, Mountains, when, in times of old《群山,你们从前是骄傲的》

R

Recluse, The《隐者》
Redbreast and the Butterfly, The《知更鸟

与蝴蝶》
Repentance《懊悔》
Resolution and Independence《决心与独立》
Ruined Cottage, The《废毁的农舍》
Russian Fugitive, The《俄罗斯逃亡者》
Ruth《路得》

S

Sailor's Mother, The《水手的母亲》
Salisbury Plain《索尔兹伯里平原》
Seven Sisters, The《七姐妹》
Simon Lee, the Old Huntsman《老猎人西蒙·李》
Solitary Reaper, The《独自割禾的少女》
Somnambulist, The《梦游者》
Song for the Spinning Wheel《纺车之歌》
Sonnet on the Projected Kendal and Windermere Railway《肯德尔和温德米尔的铁路计划》

T

The world is too much with Us《俗世离我们太切近》
There Was a Boy《有一个少年》
Thorn, The《山楂树》
Three Graves, The《三座坟墓》

Through Cumbrian wilds, in many a mountain cove《在坎伯兰的原野,在许多山坳里》
To—《致—》
To a Highland Girl《致一位高地少女》
To a Young Lady Who had been reproached for taking long Walks in the Country《致一位因在野外漫游而被指责的女郎》
To Joanna《致乔安娜》
To the Daisy《致雏菊》
Translation from Michelangelo, A Fragment《译米开朗基罗断章》
Translations from Metastasio《译麦塔斯塔西奥诗》
Triad, The《三女性》
Tuft of Primroses, The《一丛报春花》
Two Thieves, The《两个小偷》

W

Waterfall and the Eglantine, The《瀑布与野蔷薇》
We are Seven《我们是七个》
Westmoreland Girl, The《威斯特摩兰的少女》
White Doe of Rylstone; or, the Fate of the Nortons, The《莱尔斯顿的白鹿,又名诺顿家族的命运》(简称《白鹿》)

中英人名对照表

A

Abrams, M. H. 阿布拉姆斯
Ariosto 阿里奥斯托
Augustine 奥古斯丁
Averill, James 詹姆斯·阿维里尔

B

Bakhtin, Mikhail 巴赫金
Barker, Juliet 朱丽叶特·巴克
Bate, Jonathan 乔纳森·贝特
Beaupuy, Michel de 博布依
Bialostosky Don H. 多恩·比亚罗斯托斯基
Blake, William 威廉·布莱克
Bloom, Harold 哈罗德·布鲁姆
Buck, Pearl 赛珍珠
Byron, Lord George 拜伦

C

Chaucer, Geoffrey 乔叟
Coleridge, Samuel Taylor 柯尔律治

D

Dante, Alighieri 但丁
Dickens, Charles 狄更斯
Dickinson, Emily 艾米丽·迪金森
Dickstein, Morris 莫里斯·迪克斯坦

E

Euripides 欧里庇得斯

F

Fenwick, Isabella 伊莎贝拉·范薇克
Frost, Robert 罗伯特·弗罗斯特

G

Gill, Stephen 斯蒂芬·吉尔

H

Hartman, Geoffrey 乔弗里·哈特曼
Hayden, John 约翰·海顿
Hemingway, Ernest 海明威
Homer 荷马
Hugo, Victor 雨果
Hunt, Leigh 雷·亨特
Hutchinson, Joanna 乔安娜·哈金森
Hutchinson, Sarah 莎拉·哈金森

J

Jarvis, Robin 罗宾·贾维斯
Jefferey, Francis 弗兰西斯·杰弗里
Jefferey of Monmouth 蒙茅斯的杰弗里
Johnston, Kenneth 肯内斯·约翰斯顿

K

Kafka, Franz 卡夫卡
Keats, John 济慈

L

Lamb, Charles 查尔斯·兰姆
Langan, Celeste 西莱斯特·朗干
Levinson, Marjorie 玛杰莉·列文森
Liu, Alan 阿兰·刘

M

McFarland, Thomas 托马斯·麦克法兰
McGann, Jerome 杰罗姆·麦克干
Marx, Karl 马克思
Mason, Emma 艾玛·梅森
Metastasio 麦塔斯塔西奥
Michelangelo 米开朗基罗
Milton, John 弥尔顿
More, Thomas 莫尔

N

Newlyn, Lucy 露西·纽琳
Napoleon, Bonaparte 拿破仑

O

Ovid 奥维德

P

Page, Judith 茱蒂丝·佩芝
Pinion, F. B. 毗尼翁
Pope, Alexander 亚历山大·蒲柏

R

Robespierre, M. F. M. I. De 罗伯斯庇尔
Rousseau, Jean-Jacques 卢梭
Russell, Bertrand 罗素

S

Shakespeare, William 莎士比亚
Shelley, Percy B. 雪莱
Simpson, David 大卫·辛普森
Southey, Robert 骚塞
Spenser, Edmund 斯宾塞

T

Thompson, E. P. 汤普森
Thoreau, Henry David 梭罗
Tyson, Ann 安·泰森

V

Virgil 维吉尔
Voltaire 伏尔泰

W

Woolf, Virginia 伍尔夫
Wordsworth, Dorothy 多萝西·华兹华斯
Wordsworth, John 约翰·华兹华斯
Wordsworth, Jonathan 乔纳森·华兹华斯
Wordsworth, Mary 玛丽·华兹华斯

Y

Yeats, William Butler 叶芝

后　记

　　本书与笔者的诗歌翻译及创作密切相关。笔者翻译了《华兹华斯叙事诗选》(人民文学出版社2018年版)，之后继续华兹华斯抒情诗的翻译，其间同时致力于此书的写作。书中部分内容曾作为单篇论文发表。笔者工作的诸方面均出自对诗歌的热爱，属于这一热情的多重表现，这多少有助于缓解某种异化和内心矛盾。感谢师友的帮助，家人的支持，尤其是冯紫金的支持。北京大学中文系比较文学与比较文化研究所这个小小的组织，在诸位同事和同学的维护下，保持着一种相对单纯的小环境，也是必须感谢的。同时感谢北京大学出版社张冰教授与朱丽娜编辑的大力襄助。最后要感谢未名湖，没有它四时的变化，没有它周边的草木，我的生活会失去很多乐趣。是为记。

秦立彦
二零二零年六月于燕园